BESTSELLER

Clare Mackintosh trabajó doce años en la policía británica, en el departamento de investigación criminal y como comandante del orden público. Dimitió en 2011 para empezar a trabajar como periodista *freelance* y consultora de redes sociales. Asimismo es fundadora del Chipping Norton Literary Festival. Su primera novela, *Te dejé ir*, obtuvo un gran éxito de crítica y público, y los derechos de traducción fueron cedidos a una treintena de países. A ella la siguieron *Te estoy viendo*, *Si te miento* y *Cuando todo acaba*. Actualmente vive en Cotswolds con su marido e hijos, y se dedica por completo a la escritura.

Para más información, visita la página web de la autora:
www.claremackintosh.com

También puedes seguir a Clare Mackintosh en Facebook, Twitter e Instagram:
Clare Mackintosh
@claremackint0sh
@claremackwrites

Biblioteca

CLARE MACKINTOSH

Cuando todo acaba

Traducción de

Rosa Pérez

DEBOLS!LLO

Papel certificado por el Forest Stewardship Council®

Título original: *After the End*

Primera edición: septiembre de 2020

Printed in Spain – Impreso en España

ISBN: 978-84-663-5130-0
Depósito legal: B-7941-2020

Compuesto en gama s.l.

Impreso en Rodesa
Villatuerta (Navarra)

P 351300

Penguin
Random House
Grupo Editorial

Al equipo de la Unidad de Cuidados Intensivos
Neonatales del Hospital John Radcliffe, Oxford
Gracias

PRÓLOGO

Leila recorre la sala de justicia con la mirada. Solo el puñado de periodistas con autorización para asistir se mueven, esbozando rápidos trazos en taquigrafía con sus bolígrafos en los que dejan constancia de cada palabra que dice el juez. El resto de los asistentes están muy quietos, observando, aguardando, y Leila tiene la extraña sensación de estar congelada en el tiempo, de que todos podrían despertarse, dentro de un año, y seguirían sentados en esta sala de justicia, esperando el fallo que va a cambiar tantas vidas.

Leila traga saliva. Si es tan duro para ella, ¿cuánto más insufrible debe de ser para Pip y Max escuchar las palabras del juez? ¿Saber que en unos momentos conocerán la suerte de su hijo?

Antes del receso, Max y Pip Adams estaban sentados cada uno en un extremo del largo banco detrás de sus equipos jurídicos. Siguen en el banco, pero la distancia entre ellos se ha acortado y ahora están tan cerca que pueden tocarse.

De hecho, mientras Leila los observa, y conforme el juez va acercándose al momento de dictar sentencia, ella ve movimiento. No sabría decir si Max se ha movido primero o si lo ha hecho Pip. Ni tan siquiera está segura de que sepan que lo están haciendo. Sin embargo, bajo su atenta mirada, dos manos se aventuran despacio por la tierra de nadie que los separa y se encuentran.

Los padres de Dylan se cogen de la mano.

El juez habla.

Y una sala de justicia contiene la respiración.

ANTES

UNO

PIP

Dylan tenía seis horas de vida cuando le vi una marca detrás de la oreja izquierda, tan grande como la huella dactilar de un dedo pulgar. Estaba acostada de lado, observándolo, rodeándolo con el brazo en actitud protectora. Detecté el temblor de sus labios perfectos al respirar y paseé la mirada por sus mejillas y alrededor de las orejitas acaracoladas, aún demasiado nuevas para haber adquirido su forma definitiva. Y entonces vi una huella dactilar del color del té con leche y sonreí porque, pese a ser completamente nueva, también me resultaba muy familiar.

—Tiene tu marca de nacimiento.

Se la enseñé a Max, que dijo: «Entonces es mío seguro», y el cansancio y la euforia nos hicieron reír tanto que la enfermera asomó la cabeza por un lado de las cortinas para preguntar a qué venía tanto alboroto. Y cuando Max tuvo que marcharse y atenuaron las luces, puse la yema de un dedo sobre la marca del color del té con leche que unía a las dos personas que quería más que a nada en el mundo y pensé que la vida no podía ser más perfecta.

Se oye un quedo lamento en alguna parte del pabellón, seguido del murmullo de una madre que sigue despierta tan tarde como yo. Oigo el chirrido de unos zapatos con suela de goma en el pasillo, y el burbujeo del dispensador de agua al soltar una dosis, antes de que los zapatos se alejen con el vaso de agua.

Con cuidado, pongo una mano en la frente de Dylan y se la acaricio hacia arriba. El pelo está volviendo a crecerle en rubios mechones, como cuando era bebé, y me pregunto si aún lo tendrá rizado. Si se le volverá castaño, como le ocurrió cuando cumplió dos años. Le paso un dedo por la nariz, con cuidado de no tocar la fina sonda que se le introduce por una fosa nasal y le llega al estómago.

El tubo endotraqueal es más recio que la sonda de alimentación. Está insertado entre los labios de Dylan y sujeto por dos anchas tiras de cinta adhesiva, una de lado a lado de la barbilla y la otra por encima de los labios. En Navidad llevamos al hospital los bigotes adhesivos que nos salieron en unas galletas y escogimos los más rizados y estrafalarios para Dylan. Y durante unos días, hasta que las cintas adhesivas se ensuciaron y hubo que cambiárselas, nuestro hijo de casi tres años de nuevo nos hizo sonreír a todos.

—¿Puedo tocarlo?

Miro hacia la parte de la habitación donde está el niño nuevo; donde su madre, preocupada e insegura, vacila junto a la cama de su hijo.

—Claro. —La jefa de enfermeras, Cheryl, la anima con una sonrisa—. Cójale la mano, dele un abrazo. Háblele.

En esta habitación siempre hay al menos dos enfermeros, y cambian constantemente, pero Cheryl es mi preferida. Transmite tanta calma que estoy convencida de que sus pacientes mejoran por el mero hecho de estar en su presencia. En la habitación hay tres niños: Darcy Bradford, de ocho meses, mi Dylan y el niño nuevo.

La ficha del pie de su cama lleva el nombre «Liam Slater» escrito con rotulador. Si los niños se encuentran suficientemente bien cuando ingresan en cuidados intensivos, les dejan elegir la pegatina de un animal. En la guardería de Dylan hacen lo mismo con las placas que identifican el colgador de cada niño. Yo elegí un gato para él. Dylan adora los gatos. Los acaricia con muchísima delicadeza y abre mucho los ojos, como si fuera la primera vez que toca algo tan suave. En una ocasión, un gran macho rubio lo arañó y su boquita dibujó un círculo perfecto del susto y la desilusión que se llevó, antes de que la cara se le descompusiera y rompiera a llorar. Me entristeció que a partir de entonces siempre desconfiase de algo que lo había hecho tan feliz.

—No sé qué decir —susurra la madre de Liam, respirando de forma entrecortada.

Su hijo es mayor que Dylan —ya debe de ir a la escuela—, con la nariz respingona, pecas y el pelo largo por arriba. En un lado tiene dos finas rayas afeitadas por encima de la oreja.

—Muy chulo ese corte de pelo —digo.

—Por lo visto, todos los demás padres les dejan llevar el pelo así. —Pone los ojos en blanco, pero su exasperación no resulta nada convincente.

Le sigo la corriente y respondo con una mueca fingida:

—Santo cielo, lo que me espera. —Sonrío—. Soy Pip, y este es Dylan.

—Nikki. Y Liam. —Le tiembla la voz al decir el nombre de su hijo—. Ojalá estuviera aquí Connor.

—¿Tu marido? ¿Vendrá mañana?

—Tiene que coger el tren. Ya sabes, los recogen los lunes por la mañana y los traen de vuelta los viernes. Pasan la semana en la obra.

—¿Albañil?

—Yesero. Una obra grande en el aeropuerto de Gatwick. —Mira a Liam, lívida.

Conozco la sensación: el miedo, cien veces peor debido al silencio del pabellón. En Oncología el ambiente es distinto. Hay niños por los pasillos, en la sala de juegos, juguetes aquí y allá. Los mayores estudian matemáticas con el equipo educativo, los fisioterapeutas ayudan a movilizar extremidades que se resisten a colaborar. Continúas estando preocupada, por supuesto —santo Dios, estás aterrorizada—, pero... es distinto, tan simple como eso. Hay más ruido, más alegría. Más esperanza.

«¿Ya estás de vuelta?», decían los enfermeros cuando nos veían. Me miraban con dulzura, para dar a entender una conversación paralela un poco más seria: «Siento que haya pasado esto.

Lo estáis llevando estupendamente. Irá bien». Y dirigiéndose al crío, añadían: «¡Esto debe de gustarte, Dylan!».

Y lo curioso era que le encantaba. La expresión se le iluminaba al ver las caras conocidas y, si las piernas le respondían, echaba a correr por el pasillo hacia la sala de juegos y se ponía a buscar la gran caja de Lego Duplo. Y si alguien lo viera de lejos, concentrado en su torre, jamás sabría que tenía un tumor cerebral.

De cerca, lo sabría. De cerca, le vería una curva, como el gancho de un colgador, en el lado izquierdo de la cabeza, donde los cirujanos le abrieron el cráneo y le extrajeron un trozo de hueso para poder acceder al tumor. De cerca, le vería los ojos hundidos y la piel cérea por la escasez de glóbulos rojos. De cerca, si te cruzaras con nosotros en la calle, no podrías evitar hacer una mueca.

Nadie hacía muecas en la Unidad de Pediatría. Dylan era uno de los muchos niños que sobrellevaban las heridas de una guerra que aún no habían ganado. Quizá por eso le gustaba estar ahí: encajaba.

A mí también me gustaba. Me gustaba mi cama plegable, justo al lado de la de Dylan, donde dormía mejor que en casa, porque en el hospital lo único que tenía que hacer era pulsar un botón y alguien acudía corriendo. Alguien que no se dejaba llevar por el pánico si Dylan se arrancaba el catéter venoso central; alguien que me tranquilizaba asegurándome que las llagas de la boca se le curarían con el tiempo; que me sonreía con dulzura y me decía que era normal que le salieran moretones después de la quimioterapia.

Nadie se dejó llevar por el pánico la última vez que pulsé el botón, pero tampoco nadie sonrió.

—Neumonitis —dijo la médica. Nos había acompañado en el primer ciclo de quimio, el que Max y yo pasamos conteniendo las lágrimas y diciéndonos el uno al otro: «Sé valiente por Dylan», y la habíamos visto en todos los ciclos posteriores; una constante en los cuatro meses que habíamos pasado entrando y saliendo del hospital—. La quimioterapia puede causar inflamación en los pulmones, por eso le cuesta tanto respirar.

—Pero el último ciclo fue en septiembre.

Era finales de octubre. Lo que quedaba del tumor después de la operación no había aumentado; habíamos terminado la quimio; Dylan tendría que estar mejorando, no empeorando.

—Los síntomas pueden desarrollarse meses después, en algunos casos. Oxígeno, por favor.

Esta última frase iba dirigida a la enfermera, que ya estaba desenvolviendo una mascarilla.

Dos días después trasladaron a Dylan a la Unidad de Cuidados Intensivos Pediátricos conectado a un respirador.

El ambiente de la UCIP es distinto. Aquí reina el silencio. La seriedad. Te acostumbras. Puedes acostumbrarte a lo que sea. Pero aún me cuesta.

Nikki alza la vista. Me doy cuenta de que está mirando a Dylan y, por un momento, veo a mi hijo a través de sus ojos. Veo su piel pálida y sudorosa, las cánulas insertadas en ambos brazos, y los cables entrecruzados sobre su pecho desnudo. Veo su pelo, ralo y con calvas. Los ojos se le mueven bajo los párpados, como el temblor de una polilla presa entre dos manos ahuecadas. Nikki lo mira fijamente. Sé lo que piensa, aunque jamás lo reconocería. Ninguna de las dos lo haría.

Piensa: «Que ese niño esté más enfermo que el mío».

Me ve observándola y se ruboriza antes de bajar los ojos y clavarlos en el suelo.

—¿Qué estás tejiendo? —me pregunta.

En la bolsa que tengo a mis pies hay un ovillo de lana amarilla con unas agujas de punto clavadas.

—Una manta. Para la habitación de Dylan. —Le enseño un cuadrado terminado—. Era esto o una bufanda. Solo sé tejer en línea recta.

Debe de haber una treintena de cuadrados en la bolsa, de distintos tonos de amarillo, esperando a que los cosa entre sí en cuanto tenga suficientes para cubrir una cama. Hay muchas horas que llenar cuando se tiene un hijo en la UCIP. Al principio me llevaba libros de casa, solo para leer la misma página una docena de veces y, aun así, no tener la menor la idea del argumento.

—¿En qué curso está Liam?

Nunca pregunto por qué están ingresados los niños. Te enteras de cosas, y a menudo los padres te lo cuentan, pero yo nunca pregunto. En cambio, sí lo hago por la escuela o por el equipo favorito de sus hijos. Hago preguntas sobre quiénes eran antes de caer enfermos.

—En primero. Es el más pequeño de su clase.

A Nikki le tiembla el labio inferior. A sus pies hay un jersey escolar azul metido en una bolsa de viaje. Liam lleva una bata que debieron de ponerle cuando ingresó.

—Puedes traer pijamas. Te dejan traer ropa, pero asegúrate de marcarla con el nombre, porque desaparece.

Cheryl sonríe con ironía.

—Ya tenéis suficiente con lo vuestro para andar persiguiendo una camiseta perdida, ¿no es así? —Alzo la voz para incluir en la conversación a Aaron y a Yin, los otros dos enfermeros del turno.

—Tenemos trabajo de sobra, eso seguro. —Yin sonríe a Nikki—. Pero Pip tiene razón; traiga ropa de casa, por favor, ¿y quizá uno de sus juguetes preferidos? Algo que se pueda lavar es lo ideal, por el riesgo de infección, pero si tiene un osito de peluche especial, no hay problema, por supuesto.

—Traeré a Boo. —Nikki se vuelve hacia Liam—. Traeré a Boo, ¿sí? Te gustaría, ¿verdad?

Su voz es aguda y forzada. Requiere práctica hablar con un niño que está sedado. No es como si estuviera dormido y entráramos en su cuarto de puntillas antes de acostarnos para susurrarle «te quiero» al oído. Ni como cuando nos quedamos un momento mirándole la maraña de pelo que asoma por encima del edredón y le decimos «dulces sueños, que sueñes con los angelitos». No hay ningún suave suspiro cuando oye nuestra voz en sueños, ninguna reacción cuando se despierta a medias y susurra una respuesta.

Se dispara una alarma y una luz parpadea junto a la cuna de Darcy. Yin atraviesa la habitación, vuelve a colocarle el oxímetro en el piececito y la alarma enmudece; las concentraciones de oxígeno de Darcy vuelven a ser normales. Lanzo una mirada a Nikki y veo pánico en sus ojos.

—Darcy se mueve mucho —le explico. Se tarda un tiempo en dejar de sobresaltarse cada vez que suena un timbre, una alarma—. Normalmente, sus padres vienen todas las noches, pero hoy es su aniversario de boda. Han ido a ver un musical.

—Oh, ¿qué han ido a ver?

Yin ha visto *West Side Story* once veces. En el cordón del cuello lleva prendidas chapas de *El fantasma de la ópera*, *Los miserables*, *Matilda*...

—*Wicked*, creo.

—¡Oh, es buenísimo! Yo lo vi con Imogen Sinclair en el papel de Glinda. Les encantará.

Darcy, de ocho meses, tiene meningitis. «Tenía» meningitis: otra razón para que sus padres estén, por una vez, disfrutando de una noche fuera de la UCIP. Por fin han pasado lo peor.

—Mi marido también está fuera —le digo a Nikki—. Viaja mucho, por trabajo. —Miro a Dylan—. Papá se está perdiendo tu gran día, ¿verdad?

—¿Su cumpleaños?

—Mejor que un cumpleaños. —Toco el brazo de madera de mi silla, un gesto instintivo que debo de hacer un centenar de veces diarias. Pienso en todos los padres que se han sentado en esta silla antes que yo; en los dedos supersticiosos que han tocado la madera con disimulo—. Mañana le quitan el respirador. —Miro a Cheryl—. Lo hemos intentado unas cuantas veces, ¿verdad?, pero este monito... Crucemos los dedos, ¿eh?

—Crucemos los dedos —dice Cheryl.

—¿Es un gran paso? —pregunta Nikki.

Sonrío.

—Un paso grandioso. —Me levanto—. Bueno, cariño, me voy. Se hace raro, al principio, hablar así, rodeada de otras familias. Da vergüenza. Como llamar por teléfono en una oficina diáfana o ir al gimnasio por primera vez y tener la sensación de que todos te están mirando. No lo hacen, por supuesto; están demasiado ocupados pensando en su propia llamada telefónica, su propia tabla de ejercicios, su propio hijo enfermo.

Así que una se pone a hablar y al cabo de tres meses le ocurre como a mí, que soy incapaz de parar.

—La abuela viene a verte el fin de semana. Será estupendo, ¿verdad? Te ha echado muchísimo de menos, pero no quería ni acercarse a ti, con el horrible catarro que tenía. Pobre abuela.

Se ha convertido en una costumbre, hablar sin cesar. Me sorprendo haciéndolo en el coche, en las tiendas, en casa; así lleno el vacío dejado por «¿ves el tractor?», «hora de irse a la cama» y «Dylan, se mira pero no se toca». Nos dicen que es bueno hablar con nuestros hijos. Que les reconforta oír la voz de mamá y papá. Yo creo que es a nosotros a quienes reconforta. Nos recuerda quiénes éramos antes de tener un hijo en la UCIP.

Abato la barandilla de la cuna de Dylan para poder inclinarme sobre él, con los antebrazos apoyados a ambos lados de su cuerpo, y le toco la nariz con la mía.

—Beso de esquimal —digo en voz baja.

Él jamás nos permitía olvidarnos de ese beso de buenas noches, por muchos abrazos que le hubiéramos dado, por muchas pedorretas que le hubiéramos hecho. «¡Quimal!», insistía, y yo volvía a abatir la barandilla de la cuna y me inclinaba para terminar de darle las buenas noches. Y él apretaba la nariz contra la mía y enterraba las manos en mi pelo.

—Te quiero, pequeñín —le digo ahora.

Cierro los ojos y me imagino su aliento cálido en la cara, oliéndole a la leche de la noche. Mañana, pienso. Mañana le retirarán el tubo y esta vez no volverán a colocárselo. Lo beso en la frente, subo la barandilla y me aseguro de encajarla bien para que no pueda caerse.

—Buenas noches, Cheryl. Adiós, Aaron, Yin. ¿Nos vemos mañana?

—Tengo tres días libres —responde Yin, alzando ambas manos en un mudo «aleluya».

—Ah, es verdad, vas a visitar a tu hermana, ¿no? Pásatelo bien. —Miro a Nikki Slater, que ha acercado un poco más su silla a la cama de su hijo para poder apoyar la cabeza junto a la suya—. Descansa un poco si puedes —le digo con dulzura—. El nuestro es un camino largo.

Doy las buenas noches a las chicas del puesto de enfermería y a Paul, el celador que trajo a Dylan a la UCIP desde Oncología y siempre pregunta por él. Cojo el abrigo, busco las llaves y me encamino al aparcamiento, donde meto otras diez libras en el parquímetro.

Se pueden comprar abonos, si se tiene un familiar en cuidados intensivos. Siempre me aseguro de que los padres nuevos lo sepan, porque todo suma, ¿no? Sobre todo cuando hay que traer dos coches al hospital, como a menudo hacemos Max y yo. Aparcar veinticuatro horas cuesta diez libras, pero es posible pagar veinte por una semana o cuarenta por un mes. Compré el abono mensual en noviembre y de nuevo en diciembre, pero cuando llegó enero y estuve junto a la oficina con el monedero en la mano, no fui capaz de pedir otro abono mensual. Parecía tan... derrotista. No íbamos a pasarnos otras cuatro semanas en la UCIP, ¿verdad? No cuando Dylan estaba mucho más estable.

La escarcha reluce en el asfalto. Rasco el hielo del parabrisas con la funda de un CD de Aretha Franklin y pongo la calefacción al máximo hasta que se desempaña. Cuando consigo ver a través del cristal, hace tanto calor que tengo que bajar la ventanilla para no quedarme dormida.

El trayecto a casa dura poco más de una hora. El hospital ofrece alojamientos para los padres: tres estudios con minúsculas cocinas tan nuevas como el día que se instalaron, porque ¿quién piensa en cocinar cuando su hijo está en cuidados intensivos? Pasamos la mayor parte de noviembre en uno. Después Max tuvo que volver a trabajar y Dylan estaba «crítico pero estable», y nos pareció que era hora de dejar el piso para alguien que lo necesitara más. No me importa conducir. Pongo uno de mis programas de radio y antes de darme cuenta ya estoy aparcando delante de casa.

Estoy escuchando *Educar a B*, un *podcast* grabado por una madre que debe de tener más o menos la misma edad que yo. No sé cómo se llama B, solo sé que tiene dos hermanas, que le gustan la música de piano y los cojines de terciopelo y que padece una discapacidad profunda.

Ya hace unas semanas que sabemos que Dylan tiene daños cerebrales, no solo por el tumor, sino también por la operación requerida para extirpar la mayor cantidad posible de tejido tumoral. Pensar en ello me oprime el pecho hasta que siento que soy yo la que necesita ayuda para respirar, así que escuchar *Educar a B* me ayuda a tomar cierta perspectiva.

B no puede andar. Pasa la mayor parte del tiempo acostada boca arriba, mirando los CD con los que sus hermanas le han construido un reluciente móvil que dibuja arcoíris en el techo. Los CD son de amigos suyos y la madre de B les encontró cinta y botones, y ambas charlaron con B mientras discutían amigablemente entre sí sobre dónde poner cada cosa. Su madre tenía la voz risueña cuando explicaba la historia para los miles de oyentes que jamás conocerá, y me pregunté cuántos de ellos eran como yo. Cuántos estaban escuchándola con lágrimas en los ojos pero con fuego en el corazón, pensando: «Puedo hacerlo. Puedo ser esa madre».

La casa está desierta y a oscuras, y el contestador parpadea. El ordenado montón de cartas de la mesa del recibidor me indica que ha venido mi madre y, en efecto, hay un táper en la nevera donde pone «lasaña» y una nota junto al hervidor que dice «Te queremos, M & P x». De repente me entran ganas de llorar. Mis padres viven en Kidderminster, donde yo me crie, a más de una hora de la casa que Max y yo compramos en las afueras de Leamington, justo al otro lado de Birmingham. Visitan a Dylan dos veces a la semana como mínimo, pero mi madre ha ido encadenando resfriados y los dos decidieron que sería mejor no aparecer por la UCIP durante un tiempo. No obstante, cada pocos días uno o los dos siguen pasando dos horas en la carretera para venir a Leamington y asegurarse de que su hija y su querido yerno comen.

Mis padres se enamoraron de Max casi tan rápido como yo. A mi madre le cautivó su acento; a mi padre, la formalidad con la que prometió cuidar de su única hija. Como los parientes de Max viven todos en Estados Unidos, mi madre se encargó de cuidarnos a los dos.

Es demasiado tarde para comer, de manera que meto la lasaña en el congelador con los otros táperes y me preparo una taza de té para llevármela a la cama. Me detengo al pie de la escalera y miro alrededor entre las sombras que arroja la luz del rellano. Me había parecido un derroche comprar una casa de cuatro habitaciones cuando solo necesitábamos dos. Con garantía de futuro, lo llamó Max.

—A lo mejor tenemos un equipo de fútbol de hijos al completo.

—¡Con uno será suficiente por ahora!

Yo me reí, pues me costaba imaginar a Dylan como algo que no fuera una barriga enorme que me impedía verme los pies desde hacía semanas.

«Con uno será suficiente.» Se me corta la respiración.

Abro la puerta del comedor y me apoyo en el marco. Esta será la nueva habitación de Dylan. El cuartito blanquiazul de la primera planta se había quedado demasiado infantil para un niño de dos años más interesado en el fútbol que en Perico, el conejo travieso; el año pasado por estas fechas estuvimos hablando de hacer el cambio. «El año pasado por estas fechas.» Ahora me parece otro mundo y cierro los ojos para intentar no pensar en lo que podría haber sido. «¿Y si te hubieras dado cuenta antes? ¿Y si te hubieras fiado de tu instinto? ¿Y si no hubieras hecho caso a Max?»

Abro los ojos y me distraigo pensando en cuestiones prácticas. Dylan tiene casi tres años. Es fácil de transportar, pero dentro de unos años pesará demasiado para llevarlo arriba a la cama. En el comedor hay sitio para una silla de ruedas, una cama especial, una grúa si la necesitamos. Imagino un móvil de relucientes CD sobre la cama de Dylan, dibujando danzarines arcoíris en el techo. Cierro la puerta y me llevo el té a la cama.

Mando un mensaje de texto a Max.

> Buen día hoy: saturación de oxígeno estable y ningún signo de infección. ¡Nuestro hijo es un luchador! Crucemos los dedos para mañana x

Estoy demasiado cansada para calcular la diferencia horaria, o para saber si Max ya habrá despegado de Chicago con rumbo a Nueva York, la última etapa de este viaje antes de que regrese a casa. En otra época habría sabido qué hora era en cualquier parte del mundo. Nueva York, Tokio, Helsinki, Sidney. Podría haber recomendado un lugar para comer, informar del tipo de cambio, sugerir un buen hotel. Las auxiliares de vuelo en clase preferente no solo estamos para servir bebidas y recitar las instrucciones de seguridad. Somos ayudantes personales, cocineros, guías turísticos. Conserjes en hoteles de cinco estrellas. Y cuando terminaba el trabajo, empezaba la fiesta. Bailar, beber, cantar...

Siempre que echo de menos los buenos tiempos, recuerdo por qué dejé de trabajar. Una vez que llegó Dylan, no pude ausentarme las horas que requerían los vuelos de larga distancia, no con lo mucho que Max viajaba por trabajo, así que cambié mi elegante uniforme azul por uno chillón de poliéster y las escalas de lujo por viajes baratos a Benidorm. La jornada completa por la parcial. No me entusiasmaba, pero no importaba. Era bueno para Dylan. Para nuestra familia. Y después, cuando Dylan cayó enfermo, paré. Todo paró.

Ahora la UCIP es mi trabajo. Llego a las siete, antes de que el sol de invierno bañe el aparcamiento, y me voy mucho después de que anochezca, mucho después de que el turno de noche haya empezado. Doy un paseo por los jardines del hospital a media mañana, y otro por la tarde, me como mis sándwiches en la sala de padres y paso el resto del tiempo con Dylan. Todos los días, todas las semanas lo mismo.

En el dormitorio, enciendo el televisor. Cuando Max está de viaje, la casa está demasiado silenciosa, y mi cabeza, demasiado llena de los pitidos y zumbidos de los cuidados intensivos. Encuentro una película en blanco y negro, bajo el volumen hasta que es casi inaudible y pongo la almohada junto a mí como si fuera Max.

Ya han intentado desentubar a Dylan tres veces. En todas ellas ha entrado en estado crítico y han tenido que volver a conectarlo al respirador. Mañana lo intentarán de nuevo y si Dylan puede valerse por sí solo, si puede seguir inhalando y exhalando... estará un paso más cerca de regresar a casa.

DOS

MAX

—¿Le apetece algo de beber, señor?

La azafata tiene la dentadura blanca y reluciente y el pelo lustroso. Apenas hemos salido de Chicago, pero estoy agotado. El cliente que he visto es nuevo, una *start-up* de Illinois financiada por instituciones académicas, y no solo tengo que mantener su clientela, sino duplicarla. Pasé el primer día presentándole resultados rápidos para justificar que nos eligiera; por la noche lo impresioné con una reserva en el exclusivo restaurante Schwa. Cuando por fin salimos —«¿Hacemos la última?»—, me quedé despierto hasta las tres preparándome para el día siguiente. Y vuelta a empezar.

«Parece que estamos en buenas manos», dijo el cliente cuando me marché, pero los dos sabemos que lo que cuenta son los resultados. Para saber si el postre es bueno, hay que comérselo, como dicen los británicos.

Bostezo. Terminar a las tres de la madrugada todos los días me ha pasado factura. Daría lo que fuera por dormirme ahora. Dylan ya dormía de un tirón hacia los diez meses, pero nunca dormimos igual cuando tenemos hijos, ¿verdad? Siempre estamos atentos por si oímos un ruido, casi listos para despertarnos. Yo estaba convencido de que Dylan se había perdido y me despertaba sobresaltado, y ya tenía las piernas fuera de la cama antes de que mi cerebro se pusiera en marcha y me dijera que estaba soñando. Incluso entonces tenía que cruzar el pasillo y asomarme a su puerta para comprobar que estaba realmente en la cuna.

Pero ¿en los hoteles?, ¿cuando sabía que Dylan estaba protegido en casa? Vaya que si dormía... Por supuesto, el *jet lag* era duro, pero no hay nada mejor que una habitación de hotel insonorizada con estores opacos, minibar y el desayuno servido en la habitación.

—¿Qué tal el viaje? —me preguntaba Pip cuando regresaba de Phoenix, Nueva York o Toronto—. El hotel ¿bien?

—Bastante bien —respondía yo—. Casi no he estado en él.

De hecho, nunca estoy: nuestros clientes pagan un dineral y se aseguran de que me gane cada centavo, pero las pocas horas que estaba... juro que jamás he dormido tan bien.

Esas noches de sueño reparador en habitaciones de hotel se terminaron cuando Dylan cayó enfermo. Empecé a tener otra vez los sueños, pero entonces Dylan no solo estaba perdido en casa o en el parque; estaba bajo el agua y, si no lo encontraba, se ahogaría. Me quedaba desvelado en la habitación a oscuras, deseando estar en el hospital, o en casa, asegurándome de que Pip estuviera bien. Veía la CNN y el sufrimiento de los demás me dejaba indiferente.

Pido un vodka con Coca-Cola y abro el ordenador portátil. Si termino el informe durante el vuelo, podré «trabajar desde casa» cuando llegue al Reino Unido, lo que significa pasar más tiempo con Pip y Dylan en el hospital. «Si» consigo terminar este informe... Miro la pantalla, tengo arenilla en los ojos y la cabeza en otra parte; a continuación, muevo el dedo por el panel táctil y abro la carpeta «Fotos».

Cuando Dylan nació, Pip creó un álbum compartido. Publicaba una fotografía nueva todos los días e invitó a la familia a unirse. Fue una manera estupenda de juntarlos a todos, pese a la distancia que los separaba. Desplazarse rápido por las fotografías es como pasar las páginas de un libro animado, solo que, en vez de un muñeco de palitos, aparece mi hijo, desde que era bebé hasta convertirse en un niño de casi tres años, con indicios del hombre que un día será.

El pelo rubio con el que nació, tan claro como el de Pip, empezó a oscurecérsele el año pasado y, cuando empezó la quimio, los mechones que quedaban en la almohada eran tan oscuros como los míos. Pero continuaba siendo el vivo retrato de Pip. Grandes ojos castaños, con largas pestañas, y las mejillas redondeadas. «Mejillas de hámster», las llama Pip; las infla y me hace reír.

Debajo de la fotografía hay comentarios. «¡Es una ricura!» «Os come bien, ¿no?» «¡En esta se parece un montón a ti, Pip!» «Tengo una foto de Max en la playa igual que esta.» «¡Oh, por favor, compártela: nos encantaría verla!» Abuelos que solo se han visto una vez, en nuestra boda, unidos por su único nieto pese al océano que los separa.

Cada fotografía me trae un recuerdo. El primer viaje en avión de Dylan, para visitar a la abuela Adams en Chicago. El parque temático con el grupo de ayuda de quimioterapia. Fiestas de cumpleaños, Acción de Gracias, el bautizo de Dylan.

—Romperá unos cuantos corazones cuando sea mayor. —La azafata se lleva mi vaso vacío—. ¿Sabe lo que va a comer?

—Las tostaditas de salmón, por favor. Y luego la ternera.

Sonríe a la pantalla.

—Es muy guapo.

La fotografía de la pantalla se hizo el verano pasado. Dylan lleva un disfraz de pirata y un tutú rosa que se negaba a quitarse.

—Solo para dormir —probó Pip, pero nadie ha conseguido nunca negociar con un niño de dos años, y Dylan se pasó tres semanas durmiendo con un redondel de redecilla rosa alrededor del pijama de dinosaurios.

—Se parece a algunas de las mujeres de mi vuelo a Ibiza de ayer —dijo Pip.

Íbamos paseando por los jardines de Packwood House, Dylan con el tutú, que no le pegaba nada con la camiseta y el pantalón corto que llevaba debajo.

—¿Una fiesta de gallinas? —pregunté, usando la expresión inglesa para «despedida de soltera» que aún me rechina, incluso después de llevar diez años en el Reino Unido.

Mis colegas estadounidenses me dicen que parezco británico; los ingleses, que soy yanqui de los pies a la cabeza.

Pip dice que ya no se da ni cuenta.

«Yo solo oigo a Max», dice siempre.

Entramos en el jardín ornamental, donde había tejos centenarios distribuidos por el césped como gigantescas piezas de ajedrez, y Dylan echó a correr entre ellos con los brazos en cruz, como un avión.

—Sí, una despedida de soltera. Tutús y alas, y borrachas como cubas antes de que se apagaran las señales del cinturón de seguridad. Demasiado agarradas para reservar asiento con antelación, así que se pasaron todo el vuelo yendo y viniendo por el pasillo y sentándose unas en el regazo de otras.

—Un poco distinta a la que tuviste tú.

Dylan corrió a esconderse detrás de un árbol enorme y yo eché a correr en el sentido contrario, grité «¡uh!» y él chilló de alegría.

Pip y yo nos inspiramos en ambos lados del Atlántico para nuestra celebración previa a la boda y dimos una fiesta en el pub de nuestra calle; fue parte despedida de soltera, parte despedida de soltero y parte ensayo de la ceremonia de boda. Nada de regalos, habíamos dicho, pero los invitados los trajeron de todos modos, o los enviaron después de la boda a través de un interminable desfile de repartidores.

—Es por educación —dijo Pip cuando la mesa de nuestra cocina se tambaleó bajo el peso de más cajas muy bien envueltas—. A la gente le parece grosero no regalarnos nada.

—Más grosero es ignorar la petición de la feliz pareja de no hacernos regalos, ¿no?

—A lo mejor lo hacen por mí —arguyó Pip, lanzándome una pícara mirada de reojo—. Piensan que un bonito jarrón de cristal quizá pueda compensar el hecho de que me haya casado con un estadounidense horrible que intenta impedir que la gente me haga regalos y no me deja llevar la «L» de novata ni unas bonitas alas de plumas en mi despedida de soltera...

La agarré y le hice cosquillas hasta que las cosquillas dieron paso a los besos y los besos se convirtieron en otra cosa que nos obligó a apartar las cajas.

La azafata está sonriendo a la fotografía de Dylan.

—¿Cuántos años tiene?

Cumplirá tres en mayo. Esta la sacamos el verano pasado.

—Cambian rapidísimo, ¿verdad? —comenta—. Seguro que ahora está completamente distinto.

Consigo forzar una sonrisa y la azafata va a buscar mi comida. Deja un olor a flores tras de sí. Pip lo reconocería. Sabe de perfumes como algunas personas saben de coches o de música.

«¿Jo Malone, Granada Noir?», le dirá a alguien en el ascensor. Y después dicen que los estadounidenses somos demasiado directos.

Me gustó nada más verla en el avión. Yo regresaba a Chicago después de haber visto a un cliente en Londres, prácticamente lo contrario de lo que hago ahora. Tenía las pestañas más largas que había visto en mi vida, y estaba tan ocupado preguntándome cómo conseguían las mujeres que les crecieran tanto las pestañas que tardé varios segundos en coger la toallita caliente que me ofrecía pacientemente.

Después, cuando coincidimos en el mismo bar de River North y ya llevábamos tres cócteles, le dije lo bonitas que eran sus pestañas.

Pip se rio.

—Las llevo pegadas.

Fue como tener otra vez dieciséis años y darme cuenta de que las chicas se ponían relleno en el sujetador y cremas para estar morenas, solo que no tenía dieciséis años, sino veintiocho, y no era precisamente inexperto. Sabía qué eran las pestañas postizas, pero no sabía que quedaran tan... Lo cierto es que su belleza me había deslumbrado.

Pip se llevó las manos a la cabeza.

—Y además, por supuesto, está la peluca.

Movió las manos y el pelo se le desplazó hacia delante y hacia atrás, y reconozco que por un momento...

—¡Vaya cara! —Otra carcajada.

Cuando Pip se ríe, se le ilumina toda la cara. Se le forman hoyuelos en las mejillas y se le arruga la nariz, y es imposible no reírse con ella.

—Me daría igual —dije con osadía.

—¿Te daría igual que fuera calva?

Entonces la besé, allí mismo, en mitad del bar, y ella me devolvió el beso.

Ni tan siquiera tenía que ir en ese vuelo. Había reservado con American Airlines, pero el vuelo se canceló y la oficina me cambió a British Airways.

—Imagina —le dije a Pip en una ocasión, después de que nos comprometiéramos—. Si no me hubieran cancelado el vuelo, no nos habríamos conocido.

—Nos habríamos conocido —respondió de inmediato—. Si algo tiene que ser, es. Pase lo que pase.

Volvimos a vernos, la siguiente vez que ella voló a Chicago, y de nuevo cuando yo dispuse de unas horas en Londres antes de que mi avión despegara y ella acababa de terminar su jornada laboral. Empecé a echarla de menos, y ella dijo que también me echaba de menos.

—¿No podrías pedir un traslado? —me preguntó.

—¿Mudarme a Inglaterra? —dije, bromeando solo a medias.

Pero ya estaba enamorado de ella y supuse que me resultaría igual de fácil trabajar desde la oficina del Reino Unido que hacerlo desde Chicago, y el resto, como dicen, es historia.

Voy pulsando el teclado para pasar las fotografías de una en una. Dylan con un balón de fútbol, Dylan con su bicicleta sin pedales, Dylan con el pez de colores que ganamos en la feria. Cada imagen es distinta: todas ellas congelan un momento en el tiempo que nunca recuperaremos.

Las fotografías diarias cesaron en octubre. Pip continuó publicándolas, durante un tiempo, después de que Dylan cayera enfermo. En las imágenes aparece más delgado, cada vez con menos pelo, con los pulgares de ambas manos levantados en la puerta del pabellón de Oncología. Aparece dando una mano en la emisora de la radio hospitalaria y jugando con sus amigos en la sala del final del pasillo. Pero luego contrajo una neumonía y lo trasladaron a la UCIP, y, cuando los días empezaron a confundirse unos con otros, las fotografías ya no reflejaban ninguna mejoría, sino que nos recordaban a todos lo poco que había avanzado.

Miro, en cambio, el mensaje de WhatsApp que Pip me mandó anoche: ¡Nuestro hijo es un luchador!

Mi historial de mensajes es un reflejo de nuestras vidas, en textos e imágenes. Tiempos de vuelo, fotografías en aeropuertos, selfis con cara de cansado y regalitos. Y otras fotografías que los abuelos no ven. Imágenes que hablan por nosotros, cuando nos faltan las palabras. Una copa de vino, una almohada vacía, la radio del coche en la que suena «nuestra» canción. Los resultados de los análisis de sangre de Dylan, su sonda de alimentación, las etiquetas de los fármacos nuevos. Cuando no puedo dormir, abro Google y los investigo, busco sus índices de éxito.

A la hora de cenar, con nostalgia y *jet lag* en el bar de un hotel nada memorable, releo nuestras conversaciones hasta que me mareo; entonces llego al verano pasado, antes de que supiéramos que Dylan estaba enfermo. Leo nuestros mensajes y es como escuchar una conversación entre dos personas que conocía pero que no veo desde hace mucho tiempo.

> Llego hacia las 8. ¿Comida para llevar, botella de vino y un revolcón después de que D se duerma?
>
> Tío, no si lo llamas revolcón.

Sonrío, sigo pasando conversaciones. ¡El dichoso perro lleva una hora ladrando!

¿De verdad nos importaba el perro de los vecinos? ¿Una molestia que duraba más o menos una hora de nuestra vida, por lo demás perfecta? Los últimos seis meses, tan dolorosos, nos han dado una perspectiva muy distinta sobre la vida.

—Su aperitivo, señor.

Guardo el móvil y dejo el ordenador en el asiento vacío de al lado. La azafata espera a que despeje la mesita.

—Perdón.

—No hay problema. ¿Le apetece vino con la comida?

—Tinto, gracias.

Si no hubiéramos tenido a Dylan, Pip seguiría trabajando en viajes transatlánticos. Es curioso imaginarla aquí, sirviendo vino a ejecutivos cansados y retocándose el maquillaje a mitad de vuelo. Cuando lo dejó, lo echó de menos —los aviones grandes, los destinos importantes—, pero jamás se quejó.

«Los vuelos de corta distancia se compaginan mucho mejor con Dylan», decía siempre que le preguntaba. Ahora es como si nunca hubiera trabajado, como si siempre hubiera pasado los días en un pabellón de hospital.

Envidio a Pip el tiempo que pasa con Dylan, pero, a la vez, no sé si yo sería capaz. El tiempo que estoy fuera del hospital me da fuerzas para cuando regreso. Comer bien me da energías para cuando no como nada en absoluto. Ver a personas sanas y felices a mi alrededor me recuerda que esa era la vida que una vez tuvimos. La vida que volveremos a tener.

—¿Cómo está la familia? —me preguntó el mes pasado mi cliente de Nueva York al estrecharme la mano en recepción.

—¡Estupendamente! —respondí, no solo para no incomodarlo, sino porque, durante un momento, pude fingir que así era.

Miro a la azafata cuando se aleja por el pasillo y se detiene para rellenar la copa a un pasajero. En la cocina del final, se apoya en la encimera y saca un pie del zapato para masajearse el talón. Está hablando con alguien que no alcanzo a ver y se ríe de algo que ha dicho. Me invade la nostalgia y, por un instante, echo tanto de menos a Pip que me duele físicamente.

Cuando Dylan cayó enfermo, el trabajo empezó a traerme sin cuidado. Mi bandeja de entrada estaba llena, el móvil me parpadeaba, saturado de mensajes de voz que no oía. Pasábamos día y noche en el hospital, no comíamos, no dormíamos. Y entonces la especialista, la doctora Jalili, nos llevó aparte.

—Váyanse a casa. Coman. Descansen un poco.

—Pero Dylan...

La doctora se mostró firme:

—No pueden ayudarle si se ponen enfermos.

Fue un consejo que oiríamos a menudo en las semanas siguientes; un consejo que enseguida empezamos a dar nosotros mismos a los padres que llegaban a la unidad. «Descansad un poco.» «Tenéis que ser fuertes para vuestro hijo, para vuestra hija, el uno para el otro.» «Es una maratón, no una carrera de velocidad.»

Ninguno de los dos había ido a trabajar en varias semanas. La jefa de Pip no podría haber sido más comprensiva. Le concedió un permiso indefinido por razones familiares; le pagó las primeras seis semanas y le dejó la puerta abierta para cuando se viera con fuerzas para regresar. «Son unas circunstancias excepcionales. Todos lo sentimos mucho. Si hay algo que podamos hacer, solo tienes que pedirlo.»

Mi compañía, Kucher Consulting, celebra días en familia dos veces al año y, en ellos, los gerentes de nivel medio se fotografían repartiendo caramelos y jugando a baloncesto con adolescentes vestidos de punta en blanco que tienen instrucciones de fingir que están divirtiéndose. El año pasado, la revista *Forbes* nos incluyó entre las primeras veinticinco compañías estadounidenses que mejor compaginan vida y trabajo.

Cuando le dije a Chester que mi hijo tenía un tumor cerebral, me dio tres días. Me gasté todas las vacaciones, me tomé una semana por una gripe ficticia y después, sencillamente, desaparecí. Cuando por fin oí los mensajes de voz, eran todos de Chester, cada uno más seco que el anterior. «¿Qué se supone que debo decirles a los clientes, Max?» «Schulman está amenazando con irse a Accenture.» «¿Dónde coño estás, Max?»

Quería dejar el trabajo, pero Pip me lo impidió.

—¿De qué vamos a vivir?

—Encontraré otro empleo.

Sin embargo, antes de acabar la frase ya sabía que no podía irme. Era bueno en mi trabajo. Me respetaban, hasta cierto punto. Disponía de cierta flexibilidad en cuanto a horarios, dentro de lo razonable. Tenía un buen sueldo.

Volví a trabajar.

Ninguno de nosotros sabe qué necesitará Dylan cuando regrese a casa. Quizá le haga falta una silla de ruedas. Equipamiento especial. Una enfermera residente. No lo sabemos, y ese interrogante podría ser caro. En resumidas cuentas, necesito este trabajo. Y, para ser sincero, no podría hacer como Pip. No podría estar en el hospital, día tras día. No sé cómo lo hace.

La azafata se lleva las tostaditas de salmón y me trae la ternera asada, acompañada de verduras tiernas y una jarrita de reluciente salsa. No tengo hambre, pero aun así me lo como todo; entre bocado y bocado, vuelvo la cabeza hacia mi ordenador para recordarme qué he escrito hasta ahora. La azafata se lleva la bandeja; me ofrece queso, postre, café, más vino. Elijo café. Alrededor de mí, los pasajeros están acabando de comer y abatiendo los asientos. Los auxiliares de vuelo reparten más almohadas, despliegan mantas, preparan tentempiés. Las luces se atenúan.

Combato el cansancio. «Termina este informe —me recuerdo— y podrás ver a tu hijo.» El niño que, si Dios quiere, hoy va a respirar por sí mismo.

Miro mi reloj. Ya es mañana en el Reino Unido. Enderezo la espalda, me concentro más. Hoy. Hoy es el día que retiran el respirador a Dylan.

TRES

LEILA

El despertador de Leila Jalili suena a las cinco y media. La escarcha de las ventanas enfría el aire por encima de su cama, pese a la calefacción central, que está resignada a dejar encendida durante la noche hasta que su madre se aclimate. Solo están a diez grados menos que en Teherán, pero Habibeh Jalili, de setenta y dos años, los nota en todos los huesos.

Cuando Leila baja, Habibeh ya está levantada, con el chándal verde menta de felpa que lleva por casa.

—*Maman!* ¿Cuántas veces te lo he dicho? No hace falta que te levantes conmigo.

En el televisor del salón, una mujer impecablemente maquillada con un traje amarillo limón está haciendo una demostración de las cualidades antiadherentes de una batería de cocina. Los canales de teletienda son el placer inconfesable de Habibeh, y la cadena QVC, su droga preferida. En las últimas dos semanas, la cocina de Leila se ha provisto de un cortador en espiral, un pelador para piñas y veinte paños de cocina con microporos.

Habibeh besa a su hija.

—Te he preparado la comida. ¿Qué quieres para desayunar?

—Solo té. Pero ya me lo preparo yo. Tú vuelve a la cama.

—¡Siéntate!

Su madre la sienta en una silla, enciende el hervidor y enjuaga la tetera que Leila solo saca con las visitas.

—*Maman*, no tengo tiempo de desayunar.

Leila no le dice que es probable que tampoco tenga tiempo de comer y que el *kotlet* y los encurtidos que Habibeh le ha puesto en fiambreras con tanto amor se quedarán en su bolso hasta el final del día, cuando quizá tenga un momento para comérselos de camino hasta su bicicleta.

Se bebe el té, acepta un pan de pita con la famosa mermelada de fresa de su madre.

—Tengo que irme. ¿Saldrás hoy a dar una vuelta?

—Quizá. Tengo mucho que hacer aquí. Tus ventanas son una vergüenza.

—No me limpies las ventanas, *Maman*, por favor. Sal a dar una vuelta.

Bajo el porche, la bicicleta de Leila está plateada por la escarcha que la recubre. Su vecina, Wilma Donnachie, la saluda desde la ventana de su dormitorio. Son las seis y media; ¿por qué nadie quiere quedarse hoy en la cama? Cuando se jubile, piensa Leila, se levantará tarde todos los días. Le devuelve el saludo, pero Wilma señala la acera y desaparece. Está bajando. Leila mira la hora. Tarda veinte minutos en ir al trabajo en bicicleta y ese es justo el tiempo que tiene antes de que empiece su turno.

—Buenos días, cariño. Solo quería saber cómo se está adaptando tu madre. —Wilma va abrigada, con una recia chaqueta de punto abotonada y un jersey de cuello vuelto debajo—. Al final no la vi en la venta de pasteles.

—Lo siento.

Habibeh lleva dos semanas en Birmingham y aún no ha salido de casa. Leila estuvo mucho tiempo convenciendo a su madre de que visitara el Reino Unido. Después estuvo incluso más tiempo convenciendo a las autoridades de que se lo permitieran. Le preocupa que Habibeh pase los seis meses que le permite el visado encerrada en su casa adosada de dos habitaciones situada a las afueras de Birmingham.

—Pasaré a verla más tarde, ¿te parece? ¿Para tomarnos un té?

—Eres muy amable, gracias.

Leila quita el gorro de ducha floreado que mantiene seco el sillín de su bicicleta y lo mete en la arcaica cesta del manillar.

—Si no te abre la puerta...

Wilma sonríe.

—No lo tomaré como algo personal.

A Leila le gusta ir al trabajo en bicicleta. Le gusta el sutil cambio de paisaje cuando los barrios periféricos dan paso al núcleo urbano; la libertad de pasar pedaleando junto a una cola de coches, cuyos ocupantes están tamborileando impacientemente con los dedos en el volante. Le gusta el aire fresco con el que empieza y termina una jornada laboral sin luz del día, y el ejercicio que de lo contrario no tendría tiempo de hacer. Hay días en los que es un gusto atravesar Birmingham en bicicleta; pasar por Highbury Park y por delante de la Mezquita Central, con sus minaretes coronados por medias lunas. Por otra parte, están los días como hoy.

La lluvia parece azotarla horizontalmente, tome la dirección que tome. El agua helada le ha calado la bufanda empapada y se le cuela por dentro de la camiseta, y, pese a las fundas impermeables que lleva sobre las piernas, el pantalón se le pega a la piel. Tiene las zapatillas de deporte chorreando; los pies, entumecidos. Debido a la falta de sueño, las piernas le pesan y cada golpe de pedal le supone un esfuerzo.

Ve un destello plateado con el rabillo del ojo; un espejo retrovisor lateral le roza la tela de la manga. Un coche pasa a toda velocidad, demasiado cerca, y la atenaza el miedo que conlleva haber estado a punto de tener un accidente. Este tramo de carretera no es lo bastante ancho para adelantar con tráfico en sentido contrario, pero eso no disuade a los conductores de intentarlo.

La adelanta otro coche, y otro, y cuando vuelve la cabeza para ver si vienen más, nota que la rueda delantera le patina, desviada por ese momentáneo lapso en la concentración. Oye un fuerte bocinazo y, un poco después, dos, tres coches la pasan como balas, impacientes por avanzar antes de que ocurra un accidente que pueda obligarlos a detenerse.

El hombro de Leila es lo primero en impactar contra el suelo, con un golpetazo que ella sabe por instinto que le causará una contusión, pero no le romperá ningún hueso. Luego le toca a la cabeza, seguida del cuerpo, lo que le saca el aire de los pulmones junto con una maldición involuntaria.

—*La'nati!*

Oye un estrépito metálico, un derrape de caucho sobre el asfalto. Su cabeza quiere que se incorpore, pero el cuerpo no le obedece. La están sujetando contra el suelo.

—No se mueva, eso es. ¿Alguien puede llamar a una ambulancia?

—Estoy bien, no necesito una ambulancia.

Hay una mujer con un chubasquero azul arrodillada junto a Leila; se ha dirigido a un corrillo de transeúntes que se han acercado a mirar.

—Mi bicicleta...

—Su bicicleta da igual —dice la mujer en tono mandón—. No mueva la cabeza, podría haberse roto el cuello. ¡Una ambulancia! —vuelve a gritar.

—No me he roto el cuello.

Un dolor sordo le irradia del hombro. Mueve los dedos de las manos y los pies para comprobar que aún le funcionan; luego se desabrocha el casco y se lo quita porque de golpe le da claustrofobia.

—¡No hay que quitarse nunca el casco! —grita la mujer y, por un momento, Leila cree que podría intentar encasquetárselo de nuevo. Hace otro intento de levantarse, pero sigue faltándole el aliento.

—¿Puedo ayudar?

Hay un hombre de pie al otro lado de Leila. Ella mueve la cabeza para verlo mejor y la mujer del chubasquero le grita que se quede quieta.

—Tengo formación en primeros auxilios, y han llamado a una ambulancia.

—Soy técnico de ambulancia —dice el hombre—. Le echaré un vistazo y así podré informar a mis compañeros cuando lleguen.

—No lleva uniforme.

—Voy camino del trabajo.

Le enseña su identificación y, por encima de ella, Leila ve los conocidos colores del carnet del hospital.

—Se ha quitado el casco, mira que se lo he dicho.

—Yo me ocupo.

El hombre se coloca al otro lado de Leila y se arrodilla, con lo que la otra mujer no tiene más remedio que apartarse. Leila la oye murmurar algo a alguien que no ve.

—No hay que quitarse el casco. Se lo he dicho...

El hombre sonríe.

—Hola, soy Jim. ¿Cómo te llamas?

—Leila Jalili. Soy médica. Y estoy bien.

Jim pone los ojos en blanco.

—Uf, sois los peores pacientes. Los dentistas os siguen de cerca. Siempre sabéis más que nadie. Eso sí, la gente corriente no es mucho mejor: prefieren confiar en el doctor Google que en alguien formado para hacer su trabajo...

Mientras habla, explora a Leila; con suavidad, le palpa el cráneo, la nuca, las orejas y la nariz. Le afloja la bufanda y le pasa los dedos por la clavícula. Leila sofoca un grito.

—¿Te duele?

—No, tienes las manos heladas.

Él se ríe, una risa melosa que concuerda con su expresión afable.

—Lo siento.

Tiene los ojos castaños salpicados de motitas doradas y pecas en el puente de la nariz.

—He caído sobre el hombro izquierdo. Solo es una contusión.

La muchedumbre ya se ha dispersado porque el nivel de

drama es insuficiente para que la gente se cale hasta los huesos. Jim prosigue con su metódica exploración. No lleva abrigo y la lluvia le ha oscurecido el pelo rubio.

Por fin, se pone en cuclillas.

—Solo es una contusión.

—Ya lo sé —dice Leila, exasperada, pero sonríe porque él lo hace, y porque sabe que, de haber estado en su lugar, ella habría hecho exactamente lo mismo.

Coge la mano que él le tiende y se pone de pie con cautela. La señora del chubasquero ha ido a buscar su bicicleta que, aparte del guardabarros abollado y la cesta aplastada, ha salido indemne.

—Gracias por la ayuda —les agradece a los dos.

—Voy a anular la ambulancia —dice Jim—. Mi coche está ahí. Mete la bicicleta en el maletero y te llevaré al trabajo.

—Gracias, pero estoy... —Leila no termina la frase. El dolor del hombro se le ha intensificado, está empapada y muerta de frío, y llega tarde al trabajo—. Sería estupendo.

Con los asientos traseros abatidos, la bicicleta de Leila cabe justa en el Passat de Jim.

—Perdona el desorden. —Coge un montón de ropa del asiento del acompañante y lo arroja a la parte de atrás. El suelo es un revoltillo de botellas de agua vacías, envoltorios de sándwich y McDonald's y algo que cruje cuando Leila lo pisa—. Tuve que dejar mi piso hace un par de semanas y aún no he encontrado otro. Duermo en casas de amigos, pero eso significa que más o menos estoy viviendo en el coche, y... bueno, cuesta tenerlo ordenado.

—Debería prestarte a mi madre.

—¿Es ordenada?

—No me atrevo a dejar una taza de té hasta que me lo termino: ella la tiene lavada y guardada en diez segundos de reloj.

Jim se ríe.

—Parece la compañera de piso ideal. ¿Estarás bien? —Se detiene en la parada de autobús delante del hospital infantil, baja del coche, saca la bicicleta de Leila y endereza el guardabarros para que la rueda pueda girar—. Convendría que la llevaras a revisar a algún sitio, para mayor seguridad.

—Lo haré. Gracias de nuevo.

Camino del pabellón, Leila pasa por Neurología y asoma la cabeza por la puerta abierta de un amplio despacho con las paredes llenas de estanterías. Su mentor, Nick Armstrong, está leyendo un expediente, inclinado hacia atrás en una silla apoyada sobre dos patas. Se echa hacia delante cuando ve a Leila y las patas delanteras de la silla hacen un ruido sordo al tocar el suelo.

—¿Qué te ha pasado?

Leila se mira las fundas impermeables de las piernas, que están manchadas de barro.

—Me he caído de la bicicleta. —Se sienta y hurga en la mochila en busca de 50 mg de codeína; se pone la pastilla sobre la lengua y se la traga sin agua—. Estoy bien.

—Supongo que ahí dentro no llevas nada de comer.

Leila saca los dos táperes y se los acerca por la mesa.

—*Kotlets*. La especialidad de mi madre.

—¿Cómo está?

—Volviéndome loca. No hay manera de que salga de casa.

—La echarás de menos cuando se vaya.

Leila pasea la mirada por el despacho de Nick; la posa en las estanterías repletas de libros de consulta, en las paredes llenas de fotografías de su mujer y sus cuatro hijos mayores. Detrás de Nick, en el alféizar de la ventana, hay una fotografía suya con la reina, el día que lo nombraron miembro de la Orden del Imperio Británico en el 2005. Ahora tiene unas cuantas arrugas más, y un poco más de entradas quizá, pero, en cuanto al resto de su persona, no ha cambiado. Siempre lleva el traje arrugado y la corbata torcida. Hoy tiene un aspecto especialmente desaliñado.

—¿Cuánto tiempo llevas aquí?

Nick mira su reloj.

—Cinco horas y media. Hemorragia subaracnoidea en la Unidad de Ictus.

—¿Has dormido?

—Un par de horas debajo de la mesa. —Se restriega el cuello—. No te lo recomiendo.

—¿Y el paciente?

—Muerto. —Toma un bocado de *kotlet*—. Esto está increíble. ¿Qué es?

—Carne de ternera picada mezclada con patata y rebozada en abundante aceite. Engorda mucho.

Leila sonríe porque Nick es alto y delgado, con la envidiable capacidad de comerse todo lo que le apetezca sin engordar un gramo. Ella es todo lo contrario; no tan menuda como Habibeh, ni tan armónica, sino curvilínea y con la capacidad de ponerse kilos encima con solo mirar un pastel.

—¿Mucho trabajo?

—¿No es siempre así? Esta mañana vamos a desentubar a Dylan Adams.

Nick arruga la frente.

—Refréscame la memoria.

—Tres años, meduloblastoma.

—¿Neumonía?

—Ese. Lo hemos intentado tres veces y en todas hemos tenido que volver a conectarlo al respirador en menos de veinticuatro horas.

—¿Reflejos de las vías respiratorias?

—Intactos.

—¿Secreciones?

—Tratables. Sin duda, está listo. Le estamos dando ventilación en modo SIMV y ventilación controlada por presión desde hace cuarenta y ocho horas; todos los signos son buenos.

—Fantástico —dice Nick, con la boca llena de *kotlet*.

Leila no dice nada. No puede quitarse la sensación de que algo malo va a ocurrir.

Oye los gritos antes de alcanzar el pabellón y aprieta el paso hasta que llega a la Habitación 1, donde Cheryl está hablando en tono tranquilizador con el causante del griterío: un hombre de cuello recio con una camiseta de la selección de fútbol inglesa que le tira en la protuberante barriga.

—Como ya le he dicho, no puedo hacer eso.

—¡Pues vaya a buscar a un médico que sí pueda, joder!

—Buenos días a todos —dice Leila en tono alegre, como si no se hubiera dado cuenta de que algo va mal.

Aaron está al lado de Cheryl con los puños cerrados, como los espectadores de una pelea de bar.

Pip Adams tiene un brazo apoyado en la almohada de su hijo. En la otra mano sujeta un cepillito de pelo con las cerdas blandas, de esos que se usan para los bebés. Acaricia la rala pelusa de la cabeza del niño; nada que ver con la suave aureola de rizos castaños de la fotografía colgada de la pared junto a su cuna.

«Dylan Adams, casi tres años. Meduloblastoma.» La información se le pasa por la cabeza de forma casi inconsciente, como el texto de una fotografía que aparece brevemente en pantalla.

Al otro lado de la cuna de Dylan están Alistair y Tom Bradford, los padres de Darcy.

«Darcy Bradford, ocho meses. Meningitis bacteriana.»

—¿Qué tal fue el teatro? —les pregunta Leila, en parte por educación y en parte para distender el ambiente.

Alistair sonríe.

—Estuvo muy bien, gracias.

—Feliz aniversario por ayer.

Se oye un desdeñoso bufido al otro lado de la habitación y, de repente, Leila comprende qué sucede y, a la vez, espera estar equivocada. Se acerca a la cama de Liam Slater, donde su madre Nikki está con el hombre barrigudo que Leila supone que es su marido. Alarga la mano derecha.

—Doctora Leila Jalili. Soy una de las especialistas que cuida de Liam.

El hombre la mira fijamente y ella resiste la tentación de dar un paso atrás. Le sostiene la mirada y sigue con la mano alargada hasta que resulta más que evidente que el hombre no se la va a estrechar.

—Este es Connor —dice Nikki, y la voz le tiembla como si no estuviera segura—. El padre de Liam.

A Connor le late una vena del cuello. Leila percibe un olor a sudor reciente y un leve rastro de cerveza.

Por fin habla:

—Quiero que cambien a Liam de sitio.

«Liam Slater, cinco años. Crisis asmática. Crítico pero estable.»

—¿Cambiarlo de sitio? Señor Slater, su hijo está muy enfermo. La Unidad de Cuidados Intensivos Pediátricos es el mejor sitio posible para...

—No sea condescendiente conmigo, «doctora». —Lo dice como si fuera un insulto—. Quiero que lo cambien de cama. Lejos de esos. —Escupe las palabras en la dirección de Tom y Alistair Bradford.

Leila permite que su cara refleje una perplejidad que no siente.

—Perdone, ¿lejos de quién?

Espera que Connor Slater no se atreva a decirlo en voz alta, pero Tom Bradford no les da la oportunidad de averiguarlo.

—Lejos de los gais, quiere decir.

Tom lo dice en tono exagerado, con una jovialidad que Leila no está segura si es sincera o fingida, y Connor frunce el labio superior.

—¿En serio, señor Slater?

Leila es médica, no una defensora de los valores éticos, pero, aun así, un tono de censura tiñe su pregunta. Piensa en la noche que ingresaron a Darcy, con la fiebre por las nubes y un sarpullido revelador en todo su cuerpecito. En Alistair y Tom, cogidos de la mano con los nudillos blancos. Padres, como todos los demás, asustados por el estado de su hija.

—Quiero que lo cambien.

Connor Slater habla en tono brusco e iracundo, con los puños cerrados a los costados; pero tiene los ojos hinchados y enrojecidos. Hay padres que lloran sin disimulo en el pabellón;

otros que preferirían morirse a que los vieran llorar. Connor Slater, sospecha Leila, pertenece a la segunda categoría.

—Lo siento, pero no es posible.

—Me parece increíble que Tom y Alistair estén tan calmados cuando usted está hablando de ellos de una forma tan insultante —interviene Pip—. Solo demuestra lo encantadores que son.

—Gracias, querida, tú también eres bastante encantadora. —Tom adopta una voz afeminada que Leila no le ha oído nunca. Alza una mano y la deja colgando de la muñeca.

Alistair pone los ojos en blanco.

—Eso no ayuda, Tom.

—No pienso exponer a mi hijo —a Connor se le está poniendo la cara colorada, tan crispada por la rabia que le cuesta pronunciar las palabras— a «eso».

Aaron da un paso hacia Connor.

—Vamos, amigo, no puede...

—¡Yo no soy su amigo, joder!

El padre de algún paciente pasa por delante de la puerta abierta y se queda mirando sin disimulo. Leila alza ambas manos, con las palmas abiertas.

—¡Ya basta! Esto es un hospital, señor Slater. Hay niños en estado crítico cuyos padres aterrorizados pueden oírle, y su comportamiento es inaceptable.

—Yo pago mis impuestos...

—... lo que el Sistema Nacional de Salud le agradece muchísimo. No hay más camas, señor Slater. Liam está aquí porque es donde necesita estar. Si lo cambiamos, será por una necesidad médica, no por una preferencia personal. Sobre todo cuando esa preferencia personal es desagradable en el mejor de los casos y homófoba en el peor.

Leila se calla de golpe, antes de pasarse de la raya. Puede que ya lo haya hecho.

A Connor se le enrojece el cuello mientras sostiene la mirada a Leila. Le dirige una sonrisa torcida y frunce el entrecejo, antes de mirar a su mujer y encogerse de hombros.

—No entiendo ni una palabra de lo que dice, ¿y tú?

Leila vuelve a fijarse en sus ojos enrojecidos. Se recuerda que está al borde de perder a un hijo, que está enfadado con el mundo, no con ella. Habla despacio y con claridad:

—No cambiaré a Liam de cama, señor Slater.

Él le sostiene la mirada.

—Lo siento, no la entiendo... Es el acento, corazón.

Alguien inspira hondo detrás de Leila. Pip, quizá. Leila no reacciona. Connor Slater no es el primero, ni será el último.

—¿Quiere que busque a otro médico para que hable con usted?

—Sí. —Un triunfo mal disimulado inunda la cara de Connor—. Sí, desde luego.

Esta vez no ha tenido ninguna dificultad con su acento.

—No hay problema. Creo que el doctor Tomasz Lazowski está de turno. ¿O quizá el doctor Rehan Quereshi?

Se hace un silencio mientras Leila y Connor Slater se sostienen la mirada. Por fin, Connor aparta los ojos.

—Vamos a comer algo —le dice a su mujer.

Ella se escabulle detrás de él y, cuando la puerta se cierra y el mecanismo de seguridad evita el portazo que seguro que a Connor le habría encantado, se oye un pausado aplauso.

—Bravo, doctora Jalili.

Leila coge la gráfica de Liam y la escudriña, azorada por el aplauso de los Bradford.

—Está asustado, nada más.

—Todos estamos asustados —dice Pip en voz baja.

—Ha estado magnífica —la elogia Tom con efusividad.

Leila se pregunta si él y Alistair dan más importancia a las palabras de Connor Slater de lo que parece. Se pregunta si les duele o si, como ella, no les afecta.

—No sabría decirles. Solo me sabe mal que haya pasado.

Alistair rodea a Tom con el brazo.

—Hemos pasado cosas peores, se lo aseguro.

—Aun así. ¿Quieren que intente encontrar otro sitio para Darcy?

—¿Y dejar que se salga con la suya? Ni hablar. —Tom sonríe—. Además, no vamos a estar aquí mucho más tiempo, ¿verdad?

—No demasiado. —Leila es reacia a darles una fecha concreta—. Les pasaremos a la Unidad de Alta Dependencia en cuanto haya una cama libre; después, quiero ver la saturación de Darcy un poco más estable antes de que empecemos a hablar de ir a casa.

—¿Oyes eso, princesa? ¡A casa!

Alistair saca a Darcy de la cuna con la misma delicadeza que si fuera de cristal, con cuidado de no arrancarle el oxímetro que lleva en el piececito ni los electrodos adhesivos que monitorizan su frecuencia cardíaca. Tom los abraza a los dos y ambos miran a su hija.

—Sois una familia preciosa —dice Pip, y luce una sonrisa que cualquiera juraría que es sincera de no haber atisbado, como ha hecho Leila, el dolor que le crispaba la cara hace un momento—. Tendréis que dar una fiesta por todo lo alto para compensarla por haber pasado aquí su primera Navidad.

—Buena idea —dice Tom, pero Alistair está mirando a Pip, que ha vuelto a coger la labor de punto, con la sonrisa aún pintada en la cara.

—Perdona, Pip. No queremos restregártelo por las narices.

—No seas bobo. Me alegro por vosotros. A nosotros nos tocará dentro de poco. —Mira a Leila—. Hoy le quitan el respirador a Dylan, ¿verdad?

Leila asiente.

—Cuando termine la ronda. Me gustaría hacerlo aquí, para minimizar el estrés de Dylan, así que... —Mira a Alistair y a Tom.

—Nos iremos —dice Tom.

La puerta de la Habitación 1 está cerrada. Los Slater han ido al comedor, y los Bradford, a trabajar. Leila ha intentado convencer a Pip de que salga a dar un paseo, tanto por su propio bien como por el bien de Leila y su equipo, pero la madre de Dylan ha insistido en quedarse con su hijo. Está sentada en una silla en un rincón de la habitación, una pequeña concesión que ha hecho cuando Leila le ha pedido espacio.

Junto a Leila, en un carrito metálico, hay tubos endotraqueales y cánulas de traqueotomía, además de un bisturí esterilizado y lidocaína, en el improbable caso de que Leila tenga que establecer una vía respiratoria alternativa. A un lado de Dylan está Cheryl; al otro lado, Aaron, quien le está quitando la cinta adhesiva de la cara con tanto cuidado, tanta ternura, que Dylan podría ser su hijo.

—¿Listos?

Leila hace un gesto con la cabeza a cada uno de sus compañeros. Aaron aspira el tubo endotraqueal y desinfla el balón que lo mantiene en su sitio. Leila mira los monitores para asegurarse de que la frecuencia cardíaca y el nivel de saturación son estables. Despacio, milímetro a milímetro, extrae el tubo. Oye la respiración rápida de Pip detrás de ella; la voz serena de Cheryl cuando habla a Dylan, pese a la sedación.

—Ya casi está, cariño, así. Lo estás haciendo muy bien.

La última vez no llegaron tan lejos. Leila pensaba que Dylan estaba listo y lo tenía todo preparado igual que ahora, pero sus constantes vitales cayeron tanto y tan deprisa que pararon y esperaron a que se estabilizara, y cuando Dylan no lo hizo, Leila no tuvo más remedio que invertir el proceso.

«Esta vez», piensa. Pero aún le queda un resquicio de duda que la hace estremecerse de la cabeza a los pies. Algo malo va a ocurrir.

Solo que entonces el tubo está fuera, con una tos de perro que insta a Pip a levantarse de un salto.

—¿Qué pasa? ¿Está bien? ¿Respira?

—Es un reflejo —responde Leila con dulzura—. Al principio ayudaremos a respirar un poco a Dylan, después iremos reduciendo la presión y veremos cómo le va. —Aaron aspira las vías respiratorias de Dylan y Leila le coloca una mascarilla para

BiPAP y regula la presión—. Si con esto mejora —añade—, probaremos con una cánula nasal de alto flujo. Pero cada cosa a su tiempo.

Pip asiente dócilmente. Espera hasta que Aaron y Cheryl se llevan el carrito, y hasta que Leila se aleja de la cuna de Dylan, y entonces cruza la habitación y pega los labios a la frente de su hijo. Pasa los dedos por los pegajosos restos de cinta adhesiva.

—Pediré que le traigan un poco de alcohol.

Pip se sobresalta, como si hubiera olvidado que Leila estaba con ella. Entonces le dirige una sonrisa vacilante y le escruta la cara, como si pudiera leerle el pensamiento.

—Va bien, ¿verdad? ¿Verdad? ¿Qué opina usted?

Y su expresión es tan suplicante, y su voz tan desesperada, que lo único que Leila quiere decir es: «Sí, Dylan es estupendo, su evolución es buena, se pondrá bien».

Pero Leila no puede mentir. Y por eso dice:

—Hay que ver cómo evoluciona en las próximas veinticuatro horas.

Y se marcha. Porque la sensación que tiene en la boca del estómago desde que ha llegado al hospital, la sensación que ha tenido en el despacho de Nick, de que algo malo iba a ocurrir, es más fuerte que nunca.

CUATRO

PIP

Al otro lado del pasillo de la UCIP está la sala de padres, un espacio común con cómodas sillas, un hervidor de agua y una nevera llena de leche y diversos envases de plástico con etiquetas. «Anna Roberts.» «Beckinsale.» «Tiras de queso de Noah. No tocar, por favor: ¡es lo único que come!» Saco mis sándwiches y me siento a la mesa para comérmelos.

La sala está amueblada como la residencia de mi abuela: sillones de respaldo alto con brazos de madera y fundas de hule, mesitas barnizadas de color claro con montones de revistas atrasadas. Hay un estante con folletos titulados *Su hijo está en Cuidados Intensivos Pediátricos: ¿ahora qué?* y un televisor colgado de la pared, demasiado alto para verlo con comodidad. Siempre tiene el volumen al mínimo y los subtítulos aparecen un momento después de la imagen, como una película mal doblada. Veo a una presentadora de la ITV hablando sin voz por encima del texto de un anuncio de un limpiador de alfombras, antes de que sus palabras la alcancen. Me recuerda el día de la Madre del marzo pasado, cuando Max se levantó para dejarme dormir. Dylan estaba en la etapa de despertarse a las cinco de la madrugada y, cuando me desperté a las siete y media —muy tarde, en comparación—, los encontré viendo un episodio de *Peppa Pig* sin sonido.

—No queríamos despertarte —dijo Max—. Feliz día de la Madre, cariño.

—¿Por qué tenéis puestos los subtítulos? —le pregunté mientras cogía a Dylan en brazos. Él enterró la cara en mi cuello y bajó una mano por la espalda de mi camiseta—. Es decir, está claro que nuestro hijo es superdotado, pero no creo que sepa leer aún.

Max se restregó la nuca. Se encogió de hombros, distraído.

—Es el episodio en el que la doctora Hámster elige un animal de compañía para ganar el primer premio; es bastante divertido.

—¿Me estás diciendo que los subtítulos son para ti?

Me reí tan fuerte que Dylan me tocó la cara, estupefacto; luego, él también se rio y los dos nos partimos de risa mientras Max se hacía el ofendido.

—Chisss, es esta parte —dijo.

Subió el volumen y nos hizo sitio para que pudiéramos apretujarnos a su lado. Y mucho después de que Dylan hubiera bajado del sofá para jugar con sus dinosaurios, Max y yo seguíamos abrazados en el sofá, viendo *Peppa Pig*.

Es demasiado temprano para comer, pero no he desayunado y el hambre me ha dado náuseas. Mis sándwiches, en la nevera desde ayer, están resecos y bebo agua del grifo para tragarlos mejor. Me siento desinflada, la consecuencia lógica de la tensión extrema de esta mañana. La importancia de que Dylan consiga respirar por sí mismo es crucial y, sin embargo, no hemos tenido ningún momento «tachán», ningún veredicto definitivo. «Correr para esperar», lo llamaba mi madre cuando teníamos que darnos prisa para ir a algún sitio, solo para quedarnos esperando a nuestra llegada.

Cuarenta y ocho horas, ha dicho la doctora Jalili. En las próximas veinticuatro horas tendrá una idea clara de cómo responde Dylan, pero, si aguanta dos días sin respirador, lo considerará un éxito. Sigue adormilado. No es ninguna sorpresa, después del tiempo que ha pasado sedado, me recuerdo, decidida a no permitir que esta sensación de desinflamiento me desanime todavía más. Saco el teléfono.

La extracción del tubo endotraqueal ha ido muy muy bien. Mascarilla para BiPAP de momento, pero por ahora pinta bien. Buen viaje de vuelta esta noche. ¡Te echamos de menos! x

Casi de inmediato me vibra el teléfono.

Yo también os echo de menos. Pronto estaré en casa xxx

Tres besos.

«Uno para ti —puso Max, hace muchos años, en la primera nota que escribió después de que yo le dijera que estaba embarazada—, uno para mí y otro para nuestro hijo. Una familia de besos.»

Noto un escozor de lágrimas en los ojos y parpadeo para no llorar. Me levanto, estrujo el sándwich que me queda en su envoltorio de aluminio y lo tiro a la basura. Enciendo el hervidor y me pongo a pasear por la sala; estiro el cuello hacia los lados y noto que me cruje, aunque no tengo claro si se queja o le alivia.

En la mesita hay un cuaderno tamaño folio que Cheryl me dio cuando le pregunté si podía poner en marcha un libro de sugerencias.

—No para vosotros —aclaré—, sino para otros padres. Los nuevos. Un libro para compartir consejos sobre cómo afrontar esto.

—Es una idea estupenda. Te traeré un cuaderno.

Pensaba que habría un armario con material de papelería o algo por el estilo, pero, cuando Cheryl me trajo un cuaderno de espiral al día siguiente, vi los restos de la etiqueta del precio en el dorso. Intenté darle el dinero, pero ella dijo que ni hablar. Ahora lo abro y hago girar el bolígrafo entre los dedos. La última anotación es mía.

«¡Domino's Pizza hace entregas aquí! Dales el código postal del hospital infantil y queda con ellos en recepción.» Me lo dijo uno de los celadores cuando me encontró mirando una máquina expendedora vacía un domingo por la noche. Max y yo pedimos una pizza de *pepperoni* y nos abalanzamos sobre los grasientos triángulos como si estuvieran premiados por la guía Michelin.

Encima de mi anotación, alguien ha escrito en una bonita letra ligada: «Si tuerces a la izquierda cuando sales de la UCIP y atraviesas el aparcamiento, pasado el bloque de Enfermería, hay un banco debajo de un roble enorme. Es un sitio precioso y tranquilo para sentarse a pensar».

Conozco el banco, y es verdad: es un sitio precioso. Destapo el bolígrafo e intento pensar en un consejo que no he compartido, en algo que pueda ayudar a padres agotados y angustiados. Padres que están superados por la situación, que no saben qué hacer, qué decir, adónde ir.

Vuelvo a tapar el bolígrafo.

La sangre me zumba en los oídos cuando el miedo y la tristeza me azotan como una ola. Me levanto y voy al fregadero. Pienso en los cisnes a los que Dylan da de comer cuando lo llevamos a los canales de Stratford-upon-Avon y me pregunto si alguna vez se dan por vencidos, si llega un día en el que sencillamente se agotan de mover frenéticamente las patas bajo el agua, si van cargándose, como me ocurre a mí, hasta que ya no pueden mantener la calma ni seguir deslizándose por la superficie, fingiendo que todo va bien. Y entonces... ¿qué?

Siento que me hundo, me fallan las piernas y me apoyo en el escurridero, mi cara deformada en su superficie de acero inoxidable. Abro la boca en un grito mudo —«¿Por qué yo, por qué nosotros, por qué mi hijo?»— que siempre llevo a flor de piel y pienso en los cisnes, moviendo las patas sin cesar, tan tranquilos en apariencia, tan dueños de sí mismos. «¿Por qué yo, por qué nosotros, por qué mi hijo?»

Detrás de mí la puerta se abre. Respiro hondo. Parpadeo con fuerza. «No te des por vencida.»

—¡El agua ya hierve!

Me pinto una sonrisa. En el escurridero, mi reflejo deformado me la devuelve. «No te des por vencida, no te des por vencida, no te des por vencida.» Nikki Slater, quizá, o su marido, o una madre recién llegada, aún asombrada de lo extraño que es todo, con necesidad de ver una cara amable, de sentirse reconfortada.

Y entonces un brazo me rodea por la cintura y noto el áspero roce de una barba de varios días en el cuello.

—Hola, cariño, ya estoy aquí.

Suelto la taza, que cae con estrépito al fregadero metálico. Max. Huele a café y a viaje.

—¿Sorprendida?

Me doy la vuelta para mirarlo. El corazón no me cabe en el pecho.

—¿Cómo lo has sabido?

—¿Saber qué?

Me pongo a llorar, súbitamente incapaz de soportar el peso de todo.

—Que te necesitaba justo en este momento.

Max deja de rodearme por la cintura y me coge las mejillas con ambas manos. Tengo muchas ojeras.

—Porque yo también te necesitaba justo en este momento.

En los últimos meses hemos aprendido que la esperanza es un lado de un balancín que tiene como contrapeso la desesperación y bascula demasiado rápido entre una y otra. Hemos aprendido a ser cautos, a preguntar en vez de suponer, a tomarnos cada día, cada hora, tal como viene.

Por eso, aunque Dylan va saliendo de la sedación, somos cautos. Aunque la doctora Jalili pasa a verlo y dice «de acuerdo, ahora cambiaremos a una cánula nasal», somos cautos. Nos inunda la alegría cuando vemos la cara de nuestro hijo sin mascarilla ni tubo endotraqueal por primera vez desde hace semanas; sin embargo, al momento atemperamos el entusiasmo del otro.

—Tiene color en las mejillas, ¡mira!

—Aún no está fuera de peligro.

—Qué bien ver que su saturación de oxígeno es estable.

—Aunque aún es pronto.

Nos turnamos para arrojar agua fría sobre nuestras respectivas llamas de esperanza para no permitir que prendan. Y, no obstante, cuando las veinticuatro horas pasan a ser treinta y seis, cuarenta y ocho, y la extracción de los tubos de Dylan se considera oficialmente un éxito, es imposible no abrigar esperanzas.

—Respira —dice Max en un hálito de voz.

Mira a nuestro hijo, que tiene la cánula nasal junto a él en la almohada, por si acaso. Observo el monitor de la saturación de oxígeno, veo que los niveles se mantienen en torno al 93 %. En los niños sanos varían entre el 96 y el 100 %, pero para Dylan el 93 % es bueno. El 93 % es genial.

—Respira —digo.

Nos miramos y ninguno quiere ser el primero en decir lo que ambos pensamos. «Va a ponerse bien.»

Max asiente.

—Sí.

Y Dylan mueve la cabeza y mira a su padre como diciendo: «Claro que voy a ponerme bien; ¿acaso lo dudabas?».

—¿Cómo está?

Nikki y Connor regresan del comedor. Liam también lleva una mascarilla para BiPAP, pero los enfermeros no han dicho nada que indique que van a intentar retirársela, y me pregunto si les cuesta ver que Dylan respira por sí solo.

—Bien, creo —respondo en tono neutro, por si acaso.

—Crucemos los dedos —dice Nikki.

Se sientan junto a la cama de Liam y Connor dice algo en voz baja que no alcanzo a oír. Yo estaba nerviosa, cuando regresó a la UCIP al día siguiente de perder los estribos, pero apenas ha dicho una palabra desde entonces. Me gustaría pensar que estaba avergonzado, pero nadie lo diría viéndole la cara, que siempre está crispada con rabia contenida. Liam tiene hermanos en edad escolar y los Slater solo tienen un coche, de manera que todas las tardes hacia las dos y media recogen y se van a casa. Esa rutina les evita coincidir con Tom y Alistair, que llegan a las siete de la mañana para dar el desayuno a Darcy y regresan después del trabajo para pasar toda la tarde con ella. «Como en la guardería», dijo Tom en una ocasión, aunque todos sabemos que no es así. Me alivia que los horarios de los Slater entre semana les impidan estar en la UCIP al mismo tiempo que Tom y Alistair, pero me asusta el fin de semana, cuando es posible que coincidan.

Cuando llegan los Bradford, Alistair tiene que mirar dos veces a Dylan.

—¡Así se hace, hombrecito!

—Noventa y cuatro por ciento —dice Max con orgullo.

Alistair le estrecha la mano y Tom me abraza, como si fuéramos nosotros los que hemos insuflado aire en el cuerpo de Dylan, aunque todo es gracias a él, a mi pequeño luchador.

—A este paso os iréis a casa antes que nosotros —dice Tom, aunque Darcy está sentada en la cuna balbuceando y es evidente que, pese a la vía intravenosa que le administra los antibióticos, está casi lista para regresar donde debe estar.

—Aún nos queda, creo —digo, pero las fechas se suceden en mi mente como las hojas del calendario que Max tiene en el escritorio de casa, y me pregunto si Dylan regresará a casa este mes, el próximo, el día de la Madre.

Este año no pienso quedarme en la cama hasta tarde. Jamás volveré a desear quedarme un rato más durmiendo. Pienso en todas las veces que me quejé de estar demasiado cansada, de no poder nunca ir sola al baño o tomarme el té caliente. Pienso en todas las veces que rezongué: «Solo quiero cinco minutos para mí. ¿Es demasiado pedir?». Me sube la bilis a la garganta. ¿Por qué no era capaz de ver lo que tenía? ¿Lo afortunada que era? Cuando Dylan regrese a casa, dormiré cuando él duerma y me levantaré cuando él se levante, y no me perderé ni un segundo más del tiempo que estemos juntos.

—Vámonos a cenar —dice Max más tarde, cuando Dylan vuelve a dormir. Mira su reloj—. Si salimos ahora, podemos estar en el Bistro Pierre a las ocho y media.

—Hace siglos que no vamos. No estamos desde antes. —Vacilo. Las pestañas de Dylan reposan sobre sus mejillas; un movimiento apenas perceptible bajo los párpados—. No sé.

Max toma mi mano.

—Dylan estará bien. —Se vuelve hacia la parte de la habitación donde Cheryl y una enfermera que no conozco están preparando la medicación, y dice alzando la voz—: Estará bien, ¿verdad?

—Pues claro. Id a cenar. Telefonead si queréis saber cómo va todo, pero, si hay algún cambio, os llamaré.

—No me parece bien eso de salir a cenar cuando Dylan no puede moverse de aquí.

—Pónganse la mascarilla de oxígeno antes de ayudar a los demás —dice Cheryl. Sonríe y enarca una ceja—. ¿No es eso lo que siempre decís vosotras?

El Bistro Pierre es el lugar donde nos comprometimos, un restaurante poco iluminado con una anchura de solo dos mesas y un laberinto de estrechos pasillos y salitas que hacen que parezca que no hay ningún otro cliente. Pierre es, de hecho, Larry, nacido y criado en Birmingham, pero con un don para la cocina francesa que nadie adivinaría por su acento.

—¡Menuda sorpresa, cuánto tiempo!

—Hola, Larry, ¿qué tal?

Nos acompaña a nuestra mesa preferida, en una salita aparte, al final de un tramo de escaleras, y nos da la carta, un único folio impreso, fotocopiado por la mañana. No hay especialidades de la casa, ni un gran surtido de platos, solo tres opciones para cada plato, basadas en los productos frescos que Larry compra en el mercado bien temprano.

—¿Hasta qué hora tenéis niñera?

Vinimos la primera vez que dejamos a Dylan con una niñera y yo me pasé toda la cena mirando el teléfono y preguntándome si debería llamar a casa. Engullimos los segundos y no pedimos postre para estar de vuelta antes de las diez, solo para encontrarnos a la niñera viendo la televisión felicísima y a Dylan profundamente dormido en la cuna. «¿Ya están aquí? —nos preguntó—. Pensaba que tardarían horas en volver.»

—No hay niñera —le respondo a Larry. Vacilo—. La verdad es que Dylan lleva un tiempo en el hospital. —Noto que Max se pone tenso—. Tiene cáncer.

Max no se lo habría dicho. Max no se lo dice a nadie.

—Mierda...

Larry se queda sin palabras. No sabe qué hacer, qué decir. Nadie lo sabe. Me apresuro a tranquilizarlo:

—Pero estamos bien, ya hemos pasado lo peor. Le han dado seis ciclos de quimioterapia y han podido extirparle casi todo el tumor, así que pinta bien. De hecho, ¡hemos venido a celebrar que ya no necesita oxígeno para respirar!

Siento los ojos de Max clavados en mí. Estoy hablando demasiado rápido, diciéndole a Larry cosas que no necesita saber. Pero a él se le iluminan los ojos.

—Bueno, ¡eso es estupendo! Y oye, traed al pequeñajo a merendar cuando ya esté en casa, ¿vale? Invita la casa.

—Gracias, Larry.

Tomamos sopa de cebolla con una recia costra de queso fundido y pato guisado cuya carne se separa del hueso y tiene que pescarse con una cuchara. Hablamos de Connor Slater y de lo callado que está desde que la doctora Jalili lo puso en su sitio. Hablamos de Tom y Alistair, y de que algún día me gustaría invitarlos a cenar a casa.

—No obstante, ¿tenemos algo en común? —dice Max—. ¿Además de la UCIP?

—Pero así es como empieza, ¿no? —Arranco un trozo de pan y lo unto en el guiso—. Me refiero a la amistad. Tienes algo en común, hijos, sacar al perro, la UCIP, y va desarrollándose a partir de ahí. Y no hay muchas personas que puedan entender lo que estamos pasando.

—Pero ellos no pueden. No realmente. La experiencia de Tom y Alistair es distinta a la nuestra, a la de Nikki y el troglodita de su marido. Es como... —Max busca las palabras—, como si todos estuviéramos viajando por el mismo país pero con destinos distintos. Por rutas distintas. ¿Sabes? Nosotros somos los únicos que sabemos cómo es nuestro viaje, qué se siente haciéndolo. —Me coge la mano—. Solo nosotros.

Después de la calidez del restaurante, el frío aire nocturno me hace tiritar y me envuelvo la bufanda alrededor del cuello dos veces, tres. Nuestro aliento se condensa en el aire un momento antes de que pasemos a través de él, de manera que regresamos a casa envueltos en una niebla que creamos nosotros. Entrelazo los dedos con los de Max y él toma mi mano y se la mete en el bolsillo.

Por tácito acuerdo, cuando llegamos a casa no nos entretenemos en el recibidor ni en la cocina. No nos quedamos en la puerta del comedor para hablar de cómo podríamos transformarlo en una habitación. No hablamos de nada. Subimos y hacemos el amor por primera vez después de muchísimo tiempo.

CINCO

MAX

—¿Cuándo creéis que podrá ir a casa?

Estamos en la clase de bar al que nadie va hasta que tiene hijos, cuando, de golpe, las tronas y una zona para jugar al aire libre son más importantes que su selección de ginebras con aromas botánicos. Alison y Rupert han llegado temprano y han ocupado dos grandes mesas junto a la puerta de la terraza. Los niños exigen constantemente que los lleven afuera y después, casi de inmediato, quieren volver a entrar, sus padres secuestrados por terroristas de menos de un metro de estatura que necesitan abrigos y guantes que se quitarán al cabo de un minuto.

—Es difícil decirlo.

—¿Hablamos de semanas o meses?

Rupert, el marido de Alison, es médico de familia, lo que, según parece, le confiere autoridad para hacer preguntas que los demás quizá piensen, pero no harían.

Miro mi reloj.

—No lo sabemos.

«Una hora —ha dicho Pip—. No esperarán que nos quedemos mucho, tal como está Dylan.»

—Es decir, está en la UCIP desde hace, ¿qué?, ¿seis semanas?

«Tres meses», respondo en mi fuero interno.

—Semanas, diría yo. —Pip me mira—. ¿No crees? —No espera una respuesta—. Semanas. Un mes, como mucho.

Dejo de prestar atención. No quiero hablar de Dylan delante de todas estas personas que están inclinadas sobre la mesa para no perderse una sola palabra de esta desgracia que no les ocurre a ellas, por lo que están profundamente aliviadas.

—No podemos echarnos atrás —ha dicho Pip cuando le he sugerido no ir—. Imagina cómo te sentirías tú si no vinieran al cumpleaños de Dylan.

—Lo entendería, dadas las circunstancias.

Pero Pip se ha mantenido firme, de manera que, en vez de hacer compañía a Dylan, estamos pasando esta tarde de domingo en un bar franquiciado con los hijos de otras personas. Los hijos «sanos» de otras personas. No es que les desee lo que estamos pasando, ni a ellos ni a nadie, pero... es duro, nada más.

Pip sigue poniéndoles al corriente:

—Hemos tenido un par de problemillas después de que le quitaran el respirador, pero ya lleva estable un par de días. El lunes le hacen un escáner para asegurarse de que el tumor no ha crecido, y luego veremos a la especialista cuando Max vuelva de Chicago. ¿Verdad, Max? —Intenta que me una a la conversación.

—Eso es estupendo —dice una de las otras mujeres.

¿Phoebe? Confundo a las mujeres. Tengo que colocarlas mentalmente con sus maridos para acordarme de quién es quién. Phoebe y Craig; Fiona y Will. Entonces es Phoebe, sí. Tiene la cabeza ladeada. «Qué horror.»

—Todos os tenemos muy presentes —interviene Fiona—. Siempre.

—Y rezamos por vosotros —añade Phoebe.

«Nos tienen presentes en sus pensamientos y en sus oraciones», pienso. Miro a Pip, pero ella parece sinceramente conmovida por los lugares comunes.

—Gracias, chicas. Significa mucho.

No significa nada. No sirve de nada. Me levanto y me dirijo a la puerta. Fuera, un niño de unos tres años está intentando encaramarse al tobogán. Se agarra a los bordes con los regordetes puñitos enguantados, pero no puede subir tanto las piernas, y las zapatillas de deporte se le enganchan cada vez con el canto del tobogán y se cae hacia atrás. Un hombre corre a la zona de juegos, lo coge por la cintura y lo levanta por encima del tobogán como si fuera un avión. Se me hace un nudo en la garganta. Aparto la mirada.

Llega una camarera con dos fuentes de patatas fritas —«Algo para picar», ha dicho Alison— y todos empiezan a sentarse niños en los regazos y a partir las patatas por la mitad para soplar en ellas y untarlas en kétchup. «Sé que lleva muchísimo azúcar, pero en casa no se lo dejo comer.» La hijita de Will está llorando porque no quería dejar de jugar, pero ahora no quiere bajarse, y «si no quiere nada, no la obligues; ya comerá cuando tenga hambre».

Solo Pip está quieta. Solo Pip está sentada sola, con el regazo vacío, los brazos vacíos. Sonríe mientras habla con Craig sobre sillas de coche y se diría que está pasándolo bien, pero conozco a mi mujer. La conozco bien.

Llevábamos juntos alrededor de un año cuando me acompañó a un cóctel de bienvenida organizado por la oficina del Reino Unido. Nos separamos —Chester quería que yo hiciera contactos y a Pip se la había llevado Janice de contabilidad—, y, cada vez que intentaba volver con ella, había alguien más que tenía que conocer. La vi sonreír y reírse con Janice, luego sonreír y reírse con los amigos de Janice, después con Brian de informática, y cualquiera que no la conociera pensaría que lo estaba pasando en grande. Pero yo la conocía.

—¿Quieres ir a un sitio más agradable? —le susurré al oído cuando por fin conseguí atravesar la sala.

—Sí. Por favor.

Ahora la miro mientras se ríe de lo que Craig está diciendo y pasa el vinagre a Fiona para su hija pequeña —«Se lo pone en todo; es de locos, ¿verdad?»—, y me alejo de la puerta. Rodeo la mesa hasta donde está sentada y me agacho para rozarle el pelo con los labios.

—¿Quieres ir a un sitio más agradable?

—Por favor.

En el largo pasillo, camino de la UCIP, nos apartamos para dejar pasar a un celador con un chico en silla de ruedas. El chico tiene unos catorce años y está ictérico e hinchado por efecto de los corticoides. La mano con la que empuja el gotero con ruedas está amoratada por el catéter intravenoso.

Hay mucho movimiento en la UCIP y esperamos varios minutos antes de que nos abran la puerta. Colgamos los abrigos, nos lavamos las manos, hacemos las cosas que hemos hecho todos los días desde hace tiempo. «¿Semanas o meses?», ha preguntado Rupert. Que sean semanas, por favor.

Pip me da un codazo cuando entramos en la Habitación 1 y vemos a los Slater y a los Bradford. Están separados por la cama de Liam y las cunas de Dylan y Darcy; ambas familias tienen cuidado de evitarse. Tres niños mayores acompañan a los Slater; están conectados al iPod y parecen aburridos.

No dedico demasiado tiempo a pensar en la dinámica de la habitación porque han bajado las barandillas de la cuna de Dylan hasta la mitad y mi hijo, en vez de estar acostado boca arriba, está apoyado en una gran cuña de espuma. Una fisioterapeuta le da golpecitos en el pecho con la mano ahuecada.

—¡Está sentado! —Pip corre junto a él. Sonríe a la fisioterapeuta—. Cómo me alegra verlo así.

—Ya casi he terminado. Esto deshará las secreciones y, con un poco de suerte, le ayudará a toser. —La fisioterapeuta tiene un aro en la nariz y acento sudafricano. Lleva un cordón multicolor en el cuello lleno de alegres chapas. Da otro golpecito a Dylan; él expectora y un espeso moco le llena la boca. Ella lo incorpora y, con un pañuelo de papel en la mano, le sujeta la barbilla y le limpia la boca con mucha habilidad—. Así se hace.

Sigue dándole golpecitos, desplazando la mano ahuecada por su flaco pecho. Los brazos de Dylan le caen como dos palos de madera a los costados.

Pesó cuatro kilos y trescientos gramos al nacer. Quince días después de salir de cuentas, Pip tenía la barriga tan baja que no podía andar sin agarrársela con las manos, como si eso fuera lo único que impedía que Dylan se cayera. Brazos y piernas como el hombre de Michelin, tan mofletudo que parecía que tuviera los ojos cerrados pese a tenerlos abiertos.

—A lo mejor será luchador —dijo Pip, cuando tenía seis meses, mientras le cambiaba el pañal.

Le apretujó los rollizos muslos y le hizo una pedorreta en la barriguita.

—O un catador de pizzas.

Pip me arrojó un babero a la cabeza.

Por supuesto, lo perdió todo cuando empezó a moverse. Casi de la noche a la mañana, los rodetes de los brazos se le fundieron y, poco a poco, lo vi transformarse de bebé a niño.

Y después cayó enfermo y adelgazó. Y ahora daría lo que fuera por volver a ver esas piernas del hombre de Michelin.

—¿Qué tal, campeón?

Dylan escupe más flema.

—¡Muy bien, Dyl! —La fisioterapeuta le limpia la boca y, con delicadeza, vuelve a apoyarle la cabeza en la cuña de espuma—. Puede quedarse sentado un rato, si ustedes quieren.

Me alegra verlo sentado y, aunque alterna momentos en que duerme y otros en que se despierta (no es de extrañar, con el cóctel de fármacos que le administran), se nota que sabe que estamos aquí. Al cabo de un rato la fisioterapeuta regresa, le retira la cuña de espuma y lo acuesta de lado, apoyado en un cojín más pequeño. Pip saca su labor y yo cojo mi iPad, compruebo que está en modo avión y me quedo mirando la pantalla.

Dylan tampoco hablaba mucho antes de caer enfermo. Sabía unas cincuenta y tantas palabras —las anotamos en un papel pegado a la nevera—, pero apenas había empezado a conectarlas. «Quiero leche.» «Tostada no.» «Papá libro.»

Trago saliva. Ojeo un artículo sobre *bitcoins* con el entrecejo fruncido; luego cierro la pestaña y abro el menú de enlaces favoritos. «Índices de supervivencia del meduloblastoma», reza el primer titular. No me hace falta abrir el enlace. «Si la enfermedad no se ha extendido, los índices de supervivencia son aproximadamente del 70 al 80 %.»

—Ochenta por ciento —repitió Pip cuando se lo dije—. Eso es bueno. Muy bueno.

Siguió diciéndolo, como si no estuviera convencida del todo. No le dije qué ponía en la línea siguiente.

«La enfermedad tiende a ser más agresiva en niños menores de tres años, para los que el índice de supervivencia es menor.»

Miro a mi hijo, pálido y débil bajo la manta; con el pelo tan ralo que no le tapa la cicatriz de la intervención quirúrgica. Pasó seis horas en quirófano y cada minuto me pareció un año. Me llevé el ordenador portátil; estuve en el comedor respondiendo correos que apenas leía y elaborando una presentación que no me interesaba lo más mínimo.

Pip me miró fijamente.

—¿Cómo puedes pensar en el trabajo en un momento como este?

—Alguien tiene que pagar la hipoteca —bufé, dolido por su mirada e incapaz de expresar en palabras lo que de verdad quería decir: que pensar en el trabajo me resultaba más fácil que pensar en lo que estaba ocurriendo en el quirófano.

Le extirparon casi todo el tumor. «Una resección subtotal», dijeron. Lo busqué mientras esperábamos para ver a Dylan. «Extirpación del cincuenta al noventa por ciento», me dijo Google.

—Hay mucha diferencia entre cincuenta y noventa. —Estábamos sentados a ambos lados de la cuna de Dylan, con el cirujano de pie al final, provisto de un portapapeles—. ¿Puede ser más concreto?

—He extirpado todo lo que he podido sin causar más daño a las células sanas que rodean el tumor.

Rehuyó la pregunta y sustituyó una preocupación por otra. «Daño cerebral.»

Dylan tiene lesiones cerebrales. Primero a causa del tumor y, después, por una cruel paradoja: a causa de la operación para extirpárselo. Algunas partes del cerebro se recuperarán, otras no, y pese a todos sus conocimientos, todos sus estudios, los médicos no pueden estar seguros de los porcentajes. Tenemos que «esperar a ver».

—Voy a salir a tomar el aire —le digo a Pip.

Ella alza la cabeza para darme un beso.

Atravieso el aparcamiento y paso por delante del bloque de Enfermería hasta el banco de debajo del roble. Me siento, apoyo los codos en las rodillas y me restriego los ojos con la base de las manos. Noto tanta presión en la cabeza que me parece que estoy bajo el agua, que tengo sobre mí el peso de todo un océano. Pienso en el tumor de la base del cerebro de Dylan y me pregunto si esto era lo que sentía antes de que se lo extirparan. Pienso en el escáner que le harán el lunes. Intento visualizar lo que queda del tumor —me lo imagino reseco y reducido por la radioterapia—, pero lo único que veo es la sombra del primer escáner que nos enseñaron después de que Dylan ingresara en el hospital.

—Lo siento —dijo el especialista, como si fuera culpa suya.

El tumor llevaba un tiempo allí. Meses. Meses de dolores de cabeza. Meses de náuseas. Meses de visión borrosa, pérdida de equilibrio y un montón de síntomas más que un niño mayor podría haber verbalizado, pero Dylan... Me restriego los ojos con más fuerza. Recuerdo el verano pasado, intento pensar si podría haberlo sabido de alguna manera, si de alguna forma «debería» haberlo sabido...

—¡Aúpa! —dijo Pip cuando Dylan se lanzó de cabeza contra la pared, se cayó al suelo y volvió a caerse cuando intentó levantarse.

Todos nos reímos. Nos acordamos del juego de nuestro primer año de instituto en el que girábamos sobre nosotros mismos y luego intentábamos correr en línea recta.

«Nos reímos de él.»

¿Fue entonces? ¿Fue entonces cuando empezó? No era torpe, no estaba aprendiendo a andar, sino que estaba enfermo. Se me escapa un gemido.

Alguien tose.

Me incorporo, avergonzado de descubrir que no estoy solo, y veo a Connor Slater sentado a mi lado. Le saludo secamente con la cabeza, me levanto y entonces me doy cuenta de que no ha sido una tos.

Connor Slater está llorando.

Se agarra al borde del banco con unas manos que están ásperas y enrojecidas. Tiene un tatuaje en la cara interna del antebrazo: el nombre de Liam en letra cursiva negra. Pese a la época del año, lleva anchos pantalones cortos y tiene las piernas bronceadas y pecosas. En los pies, botas beis, tan gastadas por delante que se ven las relucientes punteras de acero.

No conozco a nadie como Connor Slater, no sé cómo ayudarlo.

«No lo conozco.»

Pero da igual.

Sé lo que es dejar a mi familia todos los lunes y no volver a verlos hasta el viernes. Sé lo que es recibir una llamada de mi mujer diciendo: «Estoy en el hospital, tienes que venir. Tienes que venir ahora». Sé lo que es tener tanto miedo de perder a mi hijo que nada ni nadie más importa.

Eso lo sé.

—Es duro, ¿eh?

Connor asiente despacio. Tiene los ojos clavados en el suelo entre sus pies y las manos apoyadas en las rodillas.

—Es un buen hospital. Uno de los mejores del país. Liam está en buenas manos.

Lugares comunes, pienso en el mismo momento en que lo digo, pero Connor se restriega la cara y asiente con más vehemencia, y supongo que a veces lugares comunes son precisamente lo que necesitamos oír.

—Estoy intentando apoyar a Nik, ¿sabes? Y no quiero que mis otros hijos se preocupen, así que les digo que todo va bien, y siempre me aseguro de que estén bien, de que Nik esté bien, y...
—Se interrumpe, pero no antes de que yo me vea reflejado en él.

—¿Y nadie te pregunta nunca si tú estás bien?
Connor aprieta los labios.
—Y no lo estás.
—No.
Connor me mira y tiene los ojos enrojecidos e hinchados.
—Porque yo tengo la culpa de que Liam esté aquí.

SEIS

PIP

—Se le olvidó el inhalador.

Nikki está cambiando de pijama a Liam. Hoy Max ha tenido que ir a la oficina, así que estamos las dos solas. Hay mamparas con ruedas para proporcionar intimidad, pero no ha venido nadie más y a ninguna de las dos le importa. Además, estar cuidando de nuestros hijos juntas tiene algo que reconforta.

Hace siglos, Alison y yo hablamos de irnos de vacaciones en algún momento, de alquilar una casa los seis para pasar unos días con los niños. Todos arrimaríamos el hombro. Cocinaríamos, cuidaríamos de los niños juntos. «Como una comuna», dijo ella, entre risas. Ahora me pregunto si alguna vez lo haremos.

Nikki quita la camisa del pijama a su hijo sacándosela por la cabeza.

—Regalamos a Liam una mochila nueva para su cumpleaños. Había metido todas sus cosas para ir la escuela, pero no había sacado el inhalador del bolsillito de la vieja.

Estoy cepillando los dientes a Dylan. Tiene catorce, y justo al fondo de la boca, en la parte de abajo, noto dos muelas que le asoman a través de las encías. Dylan me mira, con los ojos grandes y vidriosos.

—¿Te duelen los dientes, pequeñín?

Ojalá dijera algo. Ojalá emitiera algún sonido, cualquier sonido.

—Llevaba años sin tener una crisis —continúa Nikki—. Pero, a la hora de desayunar, Liam se acordó de golpe de que no lo llevaba y se alteró mucho.

—Pobrecillo.

Con suavidad, paso las blandas cerdas por los dientes de Dylan. Hace meses que lo alimentan por sonda, pero seguimos cepillándole los dientes tres veces al día para asegurarnos de que no se acumulan bacterias que podrían agravar su estado. Me pregunto cuánto tiempo pasará antes de que vuelva a prepararle comida: ¿seguirán encantándole las gachas de avena con plátano cuando vuelva a casa, o será otra cosa? Tortitas, quizá, o torrijas.

—Connor llegaba tarde al trabajo y, bueno, supongo que no pensó que fuera importante... Como he dicho, Liam llevaba meses sin tener una crisis. —El tono de Nikki es defensivo—. Y entonces... —le tiembla la voz—, la escuela llamó para decirnos que habían pedido una ambulancia.

—Debiste de angustiarte muchísimo.

Termino de cepillar los dientes a Dylan, meto el cepillo en el cajón y cruzo la habitación para tirar el agua que he utilizado.

—Deberían tener un inhalador para emergencias, pero no lo habían repuesto. No paro de pensar: ojalá no le hubiéramos regalado la mochila a Liam, ojalá hubiera vuelto Connor...

Ojalá. El mantra de los padres de la UCIP. «Ojalá hubiéramos ido antes al médico, ojalá hubiéramos hecho caso, ojalá se nos hubiera ocurrido, ojalá...»

—Yo lo sabía. —Cojo el pijama limpio que he traído de casa y lo guardo en el armario de Dylan para mañana—. Yo sabía que a Dylan le pasaba algo. Simplemente, lo sabía. Nos fuimos de vacaciones, los tres, el mes de mayo del año pasado. Un apartamento pequeño en Gran Canaria, donde comimos chorizo, queso de cabra y una miel muy espesa, y nadamos en un mar tan azul que los ojos nos dolían. Dylan lo había pasado mal durante el vuelo. La presión de la cabina le hacía daño en los oídos y durante todo el viaje de ida estuvo llorando, e incluso al día siguiente se encontró mal.

—Mira este sitio —le dije a Max, señalándole la bahía con el brazo—. Pensaba que echaría a correr, excitadísimo. —Dylan se quedó en el cochecito, adormilado y quejumbroso. Más tarde lo vi caerse mientras exploraba el apartamento—. Se cae mucho, ¿no?

—Tiene dos años.

—Pero más que los niños de dos años, ¿no crees?

Max me miró de la misma manera que me miró antes de que Dylan empezara a gatear, cuando yo estaba convencida de que tenía un retraso del desarrollo; de la misma manera que me miró cuando me pregunté en voz alta si Dylan podía ser intolerante a la lactosa porque había vomitado dos veces la leche de la noche.

—¡Vale, vale! —Levanté las manos—. Soy una madre paranoica. Lo reconozco.

—Más adelante descubrimos que el tumor cerebral le había provocado hidrocefalia —le digo a Nikki ahora—. Una acumulación de líquido en el cerebro. Produce dolor de cabeza, visión borrosa, torpeza. La presión de la cabina durante el despegue fue el doble de dolorosa para Dylan que para un niño sin hidrocefalia. —Trago saliva. «Ojalá.»

—No podías saberlo —dice Nikki.

Pero yo lo sabía. Un pequeña parte de mí lo sabía. Una madre siempre lo sabe.

Nos quedamos un rato calladas, absortas en nuestros pensamientos, en nuestros «ojalá». Tardé un mes entero en llevar a Dylan al médico. «Ojalá...» Observo la cara de mi hijo, buscando al niño que era, al niño que será. Parece el mismo de siempre y, no obstante... su expresión vacía, sus ojos ausentes, tienen algo que me asusta. Se queda dócilmente echado donde lo dejan, mueve un brazo o una pierna de vez en cuando, pero, más que nada, permanece quieto. Con la mirada fija.

—No es un mal hombre, ¿sabes? Mi Connor.

El comentario de Nikki me sorprende.

—Seguro que no —digo de forma automática, aunque aún

puedo oír las palabras envenenadas que dirigió a Tom y a Alistair, a la doctora Jalili.

—Creo que ni tan siquiera pensaba todas las cosas que dijo. Estaba asustado, y avergonzado por no haber vuelto a buscar el inhalador de Liam. —Nikki apoya las manos en el borde de la cama de su hijo—. Cuida muy bien de todos. No son suyos, mis otros hijos, solo lo es Liam, pero nadie lo diría. Los quiere mucho a todos, y es mucho más fuerte que yo. Aguanta lo que le echen, ¿sabes? No como yo.

«¡Estaba llorando! —dijo Max cuando me contó que se había encontrado con Connor en el banco. Habíamos regresado a casa y Max había empezado a hacer la maleta para irse otra vez de viaje—. Ahí estaba, ese hombre grande y enfadado, con lágrimas cayéndole por la cara.»

Intenté imaginármelo, y después probé a imaginarme la situación a la inversa, a Max llorando y a Connor intentando ayudarle, y descubrí que no podía a ver a mi marido de esa forma.

—Lo sé —le digo a Nikki.

Si Connor no quiere que su mujer sepa que lo está pasando mal, yo no soy quién para decírselo.

—¿Cuándo tiene Dylan el escáner?

Me alegro del cambio de tema. Me alegro de estar casada con un Max, no con un Connor. Me alivia que mi marido se centre en las soluciones, no en los problemas; en el futuro, no en el pasado. No podríamos permitirnos derrumbarnos los dos.

—Esta tarde. ¿Verdad, Aaron?

El enfermero asiente.

—Veré si puedo conseguir que me concreten la hora, pero ya sabes cómo es.

Al principio me daba vergüenza, tener conversaciones cuando siempre había enfermeros cerca. Susurraba a Max, como si estuviéramos solos en un restaurante silencioso, aunque todo lo que dijera fuera trivial. Pero ¿qué iba a hacer? ¿Pasarme seis meses callada? Así pues, Aaron, Yin, Cheryl y el resto de los enfermeros han oído a Max discutir con clientes y con Chester; y a mí, despotricar por la matanza selectiva de tejones y fustigarme por explotar a mis padres. Se han enterado de discusiones provocadas por la tensión y el cansancio, y de los besos de reconciliación cuando todo queda olvidado.

«Desconectas —dijo Cheryl cuando le pregunté por ello—. Puede parecerte que estoy escuchando, pero probablemente estoy preguntándome dónde se ha metido mi relevo, o reponiendo medicamentos intravenosos, o regulando goteros, o preparando una toma, o dando la vuelta a un paciente...»

—¿Estás preocupada por el escáner? —dice Nikki.

—¿No lo estamos siempre las madres? —Sonrío—. Pero todo parece positivo. Le han quitado el respirador, respira bien, no tiene fiebre... Crucemos los dedos —añado, y me pregunto si hay algún otro sitio en el mundo donde esta frase se utilice con tanta frecuencia, donde signifique tanto—. Y el miércoles nos reuniremos con la doctora Jalili para hablar de llevárnoslo a casa.

—Caray. —Nikki no logra disimular su envidia y me siento mal de inmediato. Los Slater están justo al principio de su viaje por la UCIP, justo cuando nosotros vamos a terminarlo. Atempero mi afirmación—: Aunque no será enseguida. Vas a tener que aguantarnos un tiempo más.

Recuerdo los amargos celos que se apoderaban de mí en los primeros tiempos, cada vez que un niño pasaba de la UCIP a los pabellones generales. ¿Por qué ellos y no nosotros? ¿Cuándo nos tocaría a nosotros?

«Ahora —pienso mirando a Dylan—. Nos toca ahora.»

SIETE

MAX

Me resulta extraño regresar a la casa en la que me crie. La calle es la misma, pero está distinta; los árboles son más altos, y los coches, más nuevos. Han limpiado montones de solares y aprobado la construcción de viviendas nuevas. Cuando mis padres compraron la casa situada en el número 912 de North Wolcott Avenue a mediados de los setenta, formaba parte de toda una hilera de casas construidas de la misma forma. Con el tejado triangular, escalones hasta al porche y un pulcro cuadrado de hierba delante. Estrecha pero larga, con una habitación tras otra entre la fachada y el jardín trasero. Cuando tuve edad para pasearme por la calle en bicicleta, ya estaban derribando estas casas unifamiliares para dejar sitio a descomunales bloques de pisos de ladrillo. Ahora la casa de mi madre está empequeñecida por sus vecinos y es una de las tres únicas que quedan en la manzana.

Cierro el coche de alquiler y me quedo mirando la casa. La fachada roja necesita una mano de pintura: los ladrillos tienen desconchones, el revestimiento de madera ha amarilleado y las ventanas del sótano donde mis amigos y yo jugábamos a ser espías tienen las mosquiteras rotas.

Llamo a la puerta y oigo a mi madre gritar «¡Voy!» como si, quienquiera que sea, no estuviera dispuesto a esperar ni un segundo. Me apoyo en el porche y sonrío para mis adentros. Tres, dos, uno...

—¡Oh! —Su sorpresa se troca en alegría y abre los brazos.

Lleva un pantalón y una blusa estampada, y el pelo oscuro recogido en una cola de caballo—. ¡No me habías dicho que estabas en Chicago!

—No sabía si tendría tiempo de pasarme.

Me agacho para besarla, sorprendido como siempre de lo menuda que me parece. Cuando iba a la universidad, me decía que era porque yo cada vez estaba más alto, pero en los últimos veinte años no he crecido tanto ni en broma. Mi padre murió dos años después de que Pip y yo nos casáramos y mi madre encogió dos dedos de la noche a la mañana. Me preocupé por ella, intenté que viniera a vivir con nosotros, pero tenía a sus amigos aquí, tenía una vida aquí.

—¿Te quedas esta noche?

—Tengo un vuelo a las diez. —Veo su expresión triste y me siento mal por el tiempo que ha pasado desde la última vez que la vi. Cuando me mudé al Reino Unido, siempre sumaba un día a mis viajes a Chicago, o quedaba con ella en el centro para comer juntos entre una reunión y otra. Cuando nació Dylan, vernos se volvió un poco más complicado. Supongo que cuando somos padres nos cuesta más ser hijos de nuestros padres—. He pensado que podríamos salir a cenar temprano.

—Hecho. Dame diez minutos para maquillarme.

Miro el móvil mientras espero. «Estoy deseando empezar a trabajar con vosotros», me confirma el correo electrónico del cliente potencial de hoy, y no me doy cuenta de lo nervioso que estaba hasta que siento el alivio en el estómago.

—Me da la sensación de que tienes la cabeza en otro sitio —me dijo Chester ayer.

Hablé sin alterar la voz, no quería parecer molesto.

—Estoy obteniendo resultados.

Chester movió la mano como si eso fuera intrascendente, aunque los resultados lo son todo para Kucher Consulting. Aunque lo son todo para Chester.

—Te echaron de menos el día del golf. Bob preguntó por ti.

Bob Matthews. El mandamás de Send It Packing, una empresa de mensajería londinense que se está expandiendo más deprisa de lo que puede gestionar. Nos contrataron para mejorar la eficacia de sus procedimientos internos, a fin de liberar a sus directivos de nivel medio para que se concentraran en los nuevos mercados.

—Tenía compromisos familiares.

Bob Matthews también tiene hijos, aunque nadie lo diría. Como a Chester, le gusta hacer negocios mientras cena, o en el campo de golf. Y, como le ocurre a Chester, mide la dedicación en virtud del tiempo que su equipo trabaja fuera de horas.

Chester se recostó en la silla y juntó los dedos.

—Cuando te fuiste a vivir al Reino Unido, acordamos que te ocuparías de los clientes británicos. Que serías «yo», pero a lo «inglés». —Entrecomilla ambas palabras con los dedos—. Que los recibirías en casa con esa mujer tan adorable que tienes.

Cerré los puños.

—Mi hijo está en el hospital.

—¿Todavía? —Como si no lo supiera—. Lo siento. —Como si lo sintiera de verdad—. ¿Se quedará mucho más tiempo? —Como si le importara.

Estuve a punto de decir: «No lo sabemos, sí, posiblemente va para largo», pero vi que Chester estaba tamborileando con el bolígrafo sobre la mesa y me fijé en su sonrisa preocupada, que no le pasaba del labio superior.

—No, pronto estará en casa y todo volverá a la normalidad. —Una mentira, se mire como se mire.

Mi madre baja.

—¿Qué tal estoy?

Da una vuelta sobre sí misma. Se ha puesto un vestido verde con un cinturón ancho que le combina con los zapatos.

—Preciosa, mamá. —Sonrío.

Comemos en The Rookery, en Chicago Oeste, donde yo tomo *poutine* y mi madre elige una ensalada de gambas acompañada de verduras mixtas.

—Bueno —me dice con la mirada seria—, ¿cómo está nuestro pequeñín?

Tomo un sorbo de agua antes de responder.

—Está bien. Hoy le han hecho un escáner. Pip me ha dicho que ha ido bien. —Me ha mandado una fotografía después de la prueba, de su cara pegada a la de Dylan. Ambos mirando a la cámara, ambos serios, ambos guapos. Se la enseño a mi madre—. Sabremos más mañana.

—Echo de menos las fotos que compartía Pip.

—Lo sé. Es duro. Resulta duro para ella.

—¿Cómo está? —Mi madre no espera mi respuesta—. Una pregunta tonta. Pero la estás cuidando, ¿verdad?

—Pues claro que la cuido.

De repente me siento culpable de no estar con Pip ahora mismo, de que ella esté en casa o en el hospital, preocupada por el escáner, sabiendo que la doctora Jalili ya habrá visto los resultados, ya estará pensando en los próximos pasos...

—Me gustaría ir a veros. No veo a Dylan desde su cumpleaños. —Antes de que cayera enfermo, pienso. Cuando todo iba bien aún—. Podría ayudar a Pip, ocuparme de la casa, sustituirla para que no se pase todo el día en el hospital...

La interrumpo:

—Ven cuando Dylan esté en casa, mamá. Ya falta poco, y así podrás pasar buenos ratos con él.

No le digo que me preocupa que el ambiente de la UCIP sea excesivo para ella; que los timbres y alarmas puedan agobiarla. No le digo que, por mucho que intente ayudar, su presencia será, para nosotros, para Pip, otra cosa más en la que pensar; que ahora mismo no tenemos espacio para pensar en nadie que no sea Dylan.

Ella asiente y dice: «Lo que a ti te parezca mejor», y yo pienso en el verano y en ir a esperarla al aeropuerto acompañado de Dylan. Pienso en ellos dos tumbados sobre una manta en el jardín con una bandeja de fresas.

—¿Y cómo está mi hijo? —me pregunta, sosteniéndome la mirada como si pudiera ver dentro de mí.

—¿Yo? —Sonrío—. Estoy bien.

Otra mentira, se mire como se mire.

OCHO

LEILA

Leila mira por la ventana.

—¿Y si se me escapa algo?

—No se te escapa nada. —Nick habla con firmeza.

Permanecen sentados en silencio. Fuera, un minúsculo petirrojo se posa en el alféizar de la ventana y luego echa a volar.

—¿Se lo esperan?

—Nos pidieron que fuéramos francos con ellos desde el principio. Nunca me he *comido* la lengua con ellos. —Leila busca el pájaro, pero el cielo está vacío.

—Mordido.

Leila mira a Nick, desconcertada.

—No te has «mordido» la lengua. Morder, no comer.

—Oh. Gracias.

La corrección la desconcierta. Habla inglés con soltura. Piensa en inglés, incluso sueña en inglés, desde hace años. Pero a veces las sutilezas del idioma se le escapan y le preocupa ofender, o que algo de lo que diga se malinterprete.

Cuando regresa al pabellón, la cabeza está a punto de estallarle. Está pensando en los pacientes que tiene a su cargo, en sus responsabilidades clínicas. Piensa en el informe que debe presentar al comité que investiga las muertes de niños, y en las actas de la última reunión sobre gestión hospitalaria aún sin abrir en su bandeja de entrada. Piensa en la petición del coordinador del hospital de que participe en el programa de docencia y se pregunta de dónde va a sacar las horas para poder hacerlo. Piensa en su cama y en el tiempo que hace que la ha dejado. Piensa en su madre y en cómo puede convencerla para que salga de casa.

Anoche, Habibeh estaba esperando en la cocina cuando Leila llegó. En la encimera, al lado del microondas, había una reluciente máquina para preparar bebidas con gas.

—¿Cuándo la has comprado?

—Ha llegado hoy. —Habibeh le recitó el eslogan publicitario—: ¡Deliciosas bebidas con gas con solo tocar un botón! —Llenó un plato sopero con *ash reshteh* de la cazuela que siempre tiene lista para calentar y los fideos planos se escurrieron del cazo al plato—. *Bokhor, azizam.* —Come.

Ahora le ruge el estómago al pensar en comida. En su taquilla, otra de las comidas para llevar de Habibeh espera a que encuentre un momento para tomar un bocado, que aún masticará cuando regrese al pabellón. Anoche, su madre volvía a ir vestida de casa y se encogió de hombros cuando Leila le preguntó si había salido.

—He estado ocupada. Saluda al fondo de tu cesta de ropa para planchar, debe de hacer tiempo que no lo ves.

—No tienes que plancharme la ropa.

—Alguien tiene que hacerlo.

—Me preocupas, *Maman.*

—¿Yo? ¡Bah! Preocúpate por ti, Leila *joon*, trabajando todas las horas del día. ¿Cuándo vas a encontrar tiempo para conocer a un buen hombre?

—Hay mucho tiempo para conocer a alguien.

—Tienes treinta y cuatro años, Leila.

—¿Crees que debería conformarme con alguien mediocre?

—Yo me conformé con tu padre.

Leila sonríe al recordar el intento de Habibeh de decirlo con cara seria, antes de que la boca se le crispara y le brillaran los ojos. Los padres de Leila se querían tanto que, cuando mataron a su padre, ella creyó que su madre también se moriría, que se consumiría sin él a su lado. Habibeh no se murió, pero se marchitó. Dejó de salir. Dejó de ver a gente. A Leila le preocupa, sola en su piso de Teherán.

—Si encontrara a un hombre como *Bâbâ,* me conformaría.

A Habibeh se le dulcificaron los ojos y dejó de bromear.

—No hay muchos como él.

—Razón de más.

Leila sigue pensando en todas esas cosas cuando llega el momento de informar al equipo que la releva. Intenta concentrarse.

—Luke Shepherd, once años. Trasplante de riñón con éxito de donante vivo hace tres días, ayer le quitaron la vía del cuello y la sonda nasogástrica. —Leila se imagina a Luke, un niño alegre y ferviente hincha del Birmingham City FC, quien siempre les suplica que le dejen ir a la sala familiar para ver el partido y, si sigue mejorando, podrá hacerlo pronto—. La herida está drenando bien y no hay marcadores de infección.

Cheryl interrumpe para decirle que tiene visita. Le dirige una mirada que Leila no termina de descifrar.

—Anda, ve. —Jo Beresford, la especialista que releva a Leila, y la única mujer que ella conoce que puede estar glamurosa con zapato plano y bata blanca, consulta sus notas—. Ya casi hemos terminado, creo. Solo nos queda Liam Slater. Habitación 1. Varón, cinco años, ¿asma aguda? Salbutamol por vía intravenosa. Taquicárdico. Controlado por posible hipopotasemia.

Jo tiene el pelo rubio, casi blanco, y lo lleva tan corto que podría parecer un chico, de no ser por los labios, que son carnosos y rojos, su color realzado únicamente por una pizca de bálsamo transparente.

—Exacto.

—Pues ya está. Ve a hacer lo que tengas que hacer.

A la salida de la UCIP, apoyado en la pared del pasillo con las manos en los bolsillos, está Jim, el técnico de ambulancia que levantó a Leila del suelo después de su accidente.

—He pensado en pasarme para ver cómo está la paciente.

Leila sonríe.

—Tengo unos cuantos moretones de miedo, pero el pronóstico es bueno. Gracias otra vez por acudir en mi auxilio.

—¿Necesitas medicación?

Leila mira alrededor y finge decepción.

—¿No has traído el óxido nitroso?

—Eso me costaría el empleo. —Jim restriega la puntera de la bota contra el suelo y la goma deja una marca negra—. Pero si estás libre una tarde de la semana que viene, podría extenderte una receta de vitamina C.

—¿Vitamina C?

Leila se queda desconcertada. Está repasando mentalmente una lista de suplementos y sus beneficios cuando Jim alza la mano derecha y hace el gesto de beber.

Leila se ríe. «Vitamina C.» Cerveza. Reflexiona un momento. Piensa en las mil y una cosas que tiene que hacer. Luego piensa en la insistencia de su madre para que dedique tiempo a conocer a alguien. Saca un papel del bolsillo de la bata, comprueba que no hay escrito nada importante y anota su número de móvil.

—Si es de vitamina L y T, ¡te tomo la palabra!

Y ahora es Jim el que se queda desconcertado cuando Leila vuelve a entrar en la UCIP preguntándose cuánto tiempo tardará en resolverlo.

Leila espera hasta el final de su turno para hablar con Pip y Max Adams. Quiere estar segura de que no tendrá que ausentarse; de que hay suficientes personas de servicio para que el pabellón funcione con normalidad. Quiere dedicar toda su atención a los padres de Dylan.

—¿Quieren beber algo? ¿Té? ¿Agua?

Cheryl también está presente. Tomará nota de todo, para que no haya ninguna duda sobre lo que se dice, ni por parte de quién. Como Leila, está callada. Circunspecta.

—No, gracias —dice Pip.

—Nada para mí —dice Max.

Él es tan moreno como rubia es Pip, con una mata de pelo que se le rizaría si no lo llevara tan corto. Tiene una barba bastante rala que da la impresión de que no se afeita, pero la lleva muy bien recortada por debajo de la barbilla. Es alto, mide más de metro ochenta, y cuando lleva traje impone bastante. Proyecta un aire de confianza que hace que algunos padres recién llegados lo confundan con un especialista.

Su mujer y él tienen los dedos entrelazados y las manos casi enterradas entre ellos en el sofá. La sala está amueblada con sencillez. Un sofá para los padres, dos sillas para el personal. Una mesita y una cesta con juguetes para los hermanos. Una caja de pañuelos de papel. Flores de plástico en el alféizar de la ventana, llenas de polvo.

En el cartel en la puerta pone SALA DE DESCANSO, y cualquiera puede pedir utilizarla, ya sea para estar a solas o pensar o para una conversación fuera del pabellón.

Una conversación difícil.

Leila nunca antes ha traído a padres a esta sala para decirles que su hijo está en fase de remisión, que ha superado la infección, que está listo para marcharse a casa. Solo ha dado malas noticias en la sala de descanso y ya nota el peso del ambiente, cargado y expectante. La sala del llanto, ha oído que la llaman.

Leila no puede suavizar lo que está a punto de decirles a los padres de Dylan, de manera que no lo intenta.

—El tumor ha crecido.

Pip inspira por la boca y contiene el aliento antes de sacar el aire muy muy despacio. Leila explica que el centímetro de tumor que quedó después de la operación —porque extirparlo entero era imposible— ha pasado a tener uno coma tres centímetros. Crece despacio, pero crece.

—¿Hay que volver a operarlo? —pregunta Max.

Tiene el entrecejo fruncido; Pip se muerde el labio inferior por la parte de dentro. Los dos están echados hacia delante, atentos, esperando. Quieren que Leila les proponga algo nuevo, algo que no han probado aún.

Algo que dará resultado.

—El tumor está cerca del tronco cerebral. —Leila habla en voz baja, consciente del impacto que tendrá cada palabra que diga—. Volver a operarlo conllevaría un riesgo considerable.

—¿Más quimioterapia, entonces?

Leila los mira, uno a uno.

—Señores Adams, el daño cerebral de Dylan es global y extenso. Su estado, fundamentalmente, es terminal, y, aunque seguir tratándolo podría darle algo más de tiempo, tenemos que valorar cuál sería su calidad de vida.

Se oye una carcajada sofocada en el pasillo cuando alguien pasa junto a la puerta de la sala de descanso.

—¿Qué está diciendo? —La voz de Pip es un susurro.

Leila nota un nudo en la garganta. Cuando estudiaba Medicina, a una de sus compañeras le preocupaba que no fuera nunca capaz de dar malas noticias sin llorar. Era muy emotiva, le decía, siempre lo había sido. El tutor le aconsejó que se concentrara en un punto del puente de la nariz de la persona con la que estuviera hablando. «Desde su perspectiva, tú aún estás mirándola directamente —le explicó—. Pero no le verás los ojos, no tendrás la misma reacción emocional.» A Leila le pareció que era hacer trampa. Mira a Pip a los ojos. Ella mueve la cabeza de un lado a otro; un gesto minúsculo, pero incesante. «No, no, no, no, no...»

—Les estoy pidiendo que tomen una decisión sobre el futuro de Dylan.

Pip emite un gemido. Le nace de las entrañas y se le escapa entre los labios apenas separados, y sigue y sigue, hasta que ya no le queda aire en los pulmones.

—Sé que esto es lo que más temían desde que Dylan ingresó, y no saben cuánto desearía poder hacer algo más.

—¿Cuánto tiempo? —pregunta Max. Habla demasiado alto y Leila ve que Pip se estremece—. Sin más tratamiento. ¿Cuánto tiempo tendríamos?

Es lo único que todos los familiares quieren saber, y lo único que ningún médico puede responder.

—No hay forma de saberlo con seguridad —responde Leila—. Dylan estaría estable, le controlaríamos el dolor, tal vez le daríamos más quimioterapia, pero sería paliativa, solo para aliviar los síntomas y asegurarnos de que no sufriera.

—¿Cuánto tiempo?

—Semanas. Tres meses, como mucho.

A Leila le escuecen los ojos. No puede derrumbarse ahora. Ella es quien debe tener el mando, el control. Traga saliva.

—¿Y si seguimos? —pregunta Pip, con la voz ahogada en lágrimas—. Otra operación. Quimioterapia. Radioterapia. Entonces ¿qué?

Leila vacila.

—Es posible que pudieran tener varios meses. Quizá un año, puede que más. Incluso con un tratamiento agresivo es extremadamente improbable que Dylan viva más de otros dos o tres años, y el grado de deterioro neurológico significa que tendría discapacidades graves.

Pip cierra los ojos y la cara se le crispa de un dolor mudo cuando se echa hacia delante, abrazándose el cuerpo con los puños cerrados.

—Muchas personas con discapacidades llevan vidas plenas y satisfactorias —dice Max de forma brusca, como si estuviera repitiendo las palabras de un comunicado de interés público.

Tiene razón. Claro que la tiene.

—Dylan está paralizado de cuello para abajo —explica Leila—. Es poco probable que vuelva a andar, hablar o tragar, o que controle los esfínteres. Sin medicación, tendrá dolor constante. Es poco probable que sea consciente de su entorno. Dependerá de ustedes para todas sus necesidades.

Pip alza la vista, despacio. Arruga la frente.

—Somos sus padres —dice—. Para eso estamos.

—Se investiga más sobre el cáncer que sobre cualquier otra enfermedad —interviene Max—. Siempre hay medicamentos nuevos, tratamientos nuevos, en fase experimental.

—Sí —responde Leila.

—Hay curas milagrosas todo el tiempo.

Leila no dice nada. No cree en los milagros. Cree en la ciencia, los fármacos y las resonancias magnéticas. Cree que Dylan ya ha sufrido bastante. Pero la decisión no es suya.

—La gente escribe libros parpadeando, pinta cuadros con los pies.

—Sí.

—Las personas discapacitadas hacen cosas increíbles todos los días.

—Sí.

Max se inclina hacia delante y escruta la cara de Leila.

—Ha dicho que es «poco probable» que Dylan ande; no lo sabe con seguridad, ¿verdad?

Leila vacila. Está todo lo segura que se puede estar de que Dylan Adams jamás recuperará el movimiento voluntario. Pero ¿puede ella, puede alguien estar completamente seguro?

—No.

Max se levanta y Pip lo secunda, lo que no deja a Leila más alternativa que ponerse también de pie. Max le sostiene la mirada.

—Entonces, seguiremos intentándolo.

—¿Cómo ha quedado la cosa?

Nick y Leila se dirigen al aparcamiento, los pasos de Leila son dos veces más rápidos que las largas zancadas de Nick.

—Les he dicho que se tomen unos días para pensarlo, para hacerme todas las preguntas que quieran y para considerar qué es lo mejor para su hijo.

Un hombre sale de la Maternidad cargado con una silla de coche en cada mano, tensando los bíceps para intentar impedir que le golpeen las piernas. Detrás de él, una mujer menuda y rubia anda con la cautela de una madre que acaba de dar a luz no hace mucho. Leila sonríe a los nuevos padres y ellos le corresponden con otra sonrisa. Sus caras reflejan una mezcla de orgullo y temor, pues, con cada paso que los aleja de las comadronas, la responsabilidad de cuidar solos de sus hijos les pesa cada vez más. Él llevará el coche más despacio que nunca. Ella se sentará detrás, entre sus hijos, porque, si no puede verles las caras, algo horrible podría ocurrir y ella no lo sabrá.

Leila y Nick pasan entre los bloques de Maternidad e Investigación camino del huequecito en el seto que sirve de entrada no oficial al hospital y evita tener que dar un rodeo de cinco minutos por la carretera. Van al King's Arms, cerca del hospital que, por consiguiente, está ocupado a todas horas por profesionales médicos tomándose una cerveza después del trabajo o un café para aguantar la guardia. Leila debería estar en otro sitio —llega tarde, muy tarde, a la cena de cumpleaños de su amiga Ruby—, pero necesita relajarse antes de emerger al mundo real.

Ninguno va a tomar alcohol. Leila no bebe y Nick está de guardia, así que piden dos cafés y se los llevan a una mesa vacía, donde él la mira con aire pensativo.

—¿Qué quieres que decidan?

Leila tiene el corazón encogido. «Querer» no es la palabra correcta. Ella no «quiere» poner a los padres de Dylan en este dilema. Pero su trabajo está lleno de conversaciones difíciles.

—Creo que deberían dejarlo marchar —responde por fin.

Un grupo de mujeres irrumpe en el pub, hablando todas a la vez. «Un absceso perianal... no había forma de que se quedara quieto...» «¡Hemos acabado las dos llenas de pus!» Piden vino —«¿Copa grande o pequeña, señoras?» «¡Oh, grande, desde luego!»— y se quedan en la barra hasta que todas tienen sus consumiciones.

—Y si ellos no opinan así —Nick se calla, lo que da más peso a las palabras que siguen—, ¿has pensado en lo que vas a hacer?

A la madre de Leila le cuesta entender el papel de Nick en la vida laboral de Leila.

—¿Es tu profesor? —le preguntó Habibeh—. ¿Has vuelto a estudiar?

—Yo siempre estudio, *Maman*, pero no, no es mi profesor. Es mi mentor.

«¿Has pensado en lo que vas a hacer?»

Desde que Leila lo conoce, Nick jamás le ha dado respuestas. En cambio, sí le ha hecho preguntas. Le ha preguntado qué piensa y después la ha tranquilizado. «¿Ves?, sabes qué hacer. Sabes lo que te traes entre manos.» En todos los años que Leila lleva acudiendo a Nick en busca de consejo, ya sabía la respuesta.

Hasta ahora.

Su silencio habla por ella y clava los ojos en su café. Cuando Nick habla, su tono es suave pero insistente.

—Creo que deberías.

Leila piensa que quizá no irá a la cena de cumpleaños de Ruby. De todas formas, llega bochornosamente tarde, y no sería buena compañía.

—¿Tienes hambre? —pregunta antes de poder echarse atrás—. Podríamos comer algo.

Se hace un silencio incómodo; después, Nick le sonríe con afabilidad, lo que es peor que el silencio porque está claro que no quiere disgustarla ni ofenderla, y Leila quiere meterse debajo de la mesa y desaparecer.

—Tengo que volver —dice—. Asuntos de familia.

«Asuntos de familia.» Su mujer.

—Claro.

A Leila le arden las mejillas. No era su intención...

¿O lo era?

—En otra ocasión.

—Claro. —Leila se levanta y, con las prisas por marcharse, se da un golpe con la mesa—. Además, tendría que estar en una fiesta. Supongo que al menos debería hacer acto de presencia.

Agradece el mensaje de texto que le llega mientras se aleja, pues le da algo que hacer con las manos. No tiene el número guardado en el móvil.

¡Lima con tónica!, dice el mensaje. Jim, el técnico de ambulancia. Por fin ha deducido la bebida preferida de Leila. Le gustaría invitarla a una copa. ¿La semana próxima?

Claro —escribe ella—. ¿Por qué no?

El restaurante está lleno y Leila mira las mesas buscando a su amiga.

—Lo siento mucho, Ruby. Trabajo.

—No te preocupes —dice ella, pero esto ha sucedido demasiadas veces para que su sonrisa sea sincera.

Hay una razón para que médicos y enfermeros congenien, para que salgan juntos, para que se casen. No son necesarias tantas justificaciones, tantas disculpas.

Ruby se mueve para que Leila pueda apretujarse a su lado en el banco. Leila se inclina para besar al marido de Ruby, saluda con la mano a Scott y a Danni, que están conversando al otro lado de la mesa, y mira alrededor para ver a quién más conoce. Son doce, reunidos para celebrar con retraso los cuarenta años de Ruby, la primera persona que Leila conoció cuando se mudó al Reino Unido para terminar sus estudios de Medicina. Ruby estaba sacándose el Certificado de Aptitud Pedagógica, después de haber tomado la decisión existencial, como ella la llamaba, de dejar su agradable trabajo fijo de contable para dedicarse a enseñar ciencia. Ocho años después, es subdirectora de una escuela que el periódico local describe como «problemática», con una vida social limitada a las vacaciones escolares.

—Estamos en los postres —dice Ruby.

Todo el mundo ha acabado de comer, se han llevado los platos, y el mantel, antes blanco, ahora está lleno de manchas de vino en forma de media luna y aceitosos platillos de aceitunas. Leila pide un mojito sin alcohol y unta un trozo de pan que ha sobrado en vinagre balsámico. Se oyen cubiertos tintineando en todo el restaurante, conversaciones salpicadas de risas. Muchas risas. Mira alrededor. En las mesas centrales, bajo las enormes arañas de luz, casi todo son grupos: alguna que otra despedida de soltera, y quizá una o dos celebraciones de Navidad atrasadas. En la periferia del restaurante hay mesas más pequeñas, donde la iluminación tenue proyecta sombras sobre parejas de enamorados. Un matrimonio mayor, vestido para ir al teatro, mira la hora y se apresura a pedir la cuenta. Vidas llenas de celebraciones, amor, felicidad. A Leila se le cierra la garganta y le cuesta tragar el trozo de pan. Se pregunta qué estarán haciendo Max y Pip en este momento. Si habrán tomado una decisión.

—¿Estás bien? —Kirsty es una profesora amiga de Ruby y ahora, por poderes, también de Leila.

—He tenido un día duro en el trabajo.

—¡Qué me vas a contar! Creo que mis alumnos de historia de último curso esperan que los exámenes de práctica se los haga yo, a juzgar por lo poco que están repasando.

—¿Cómo les irá?

Kirsty pone, a su pesar, cara de orgullo.

—Bien. Los aprobados y los suspensos que son claros tendrán lo que se merecen, y los que están en el medio recibirán una patada en el culo para que repasen como es debido para el examen de verdad. Eso si no han desperdiciado la oportunidad de tener plaza en una universidad. —Toma un buen trago de vino y hace una mueca—. ¡Estresante!

A Leila le vibra el teléfono. Mira la pantalla por si se trata de trabajo, pero es un mensaje de texto de Jim, confirmando la hora.

—Oh. —Ruby está mirándole el móvil—. ¿Una cita?

Leila lo deja en la mesa boca abajo.

—No es nada.

—Vamos, no seas así.

Le arrebata el teléfono y Leila llega al límite de su paciencia, sobrepasada por demasiadas horas en el trabajo, demasiadas cosas en la cabeza y...

—¡Joder, Ruby! —Por una fracción de segundo, se hace un silencio alrededor de la mesa, antes de que se reanude el barullo de conversaciones—. Perdona. —Leila le toca el brazo—. Perdona, Rubes.

—¿Un día duro?

Leila asiente. Quiere contárselo, pero el marido de Ruby ha dejado el tenedor y se está inclinando sobre la mesa.

—¿Os habéis enterado de lo que ha pasado con las recuperaciones de biología? Parece que el examen está «en entredicho». —Dibuja las comillas con los dedos.

Las conversaciones se interrumpen alrededor de la mesa; se oye un «oh» colectivo cuando todos le prestan atención. Leila intercambia una mirada de solidaridad con Danni, periodista y el único que no es profesor, aparte de ella.

—Ojalá lo hubiera estado mi examen de bachillerato de francés —dice alguien—. Así, mis *espèces de merde* quizá tendrían una posibilidad de aprobar.

El comentario provoca fuertes carcajadas y Leila se recuesta en el afelpado terciopelo rojo y piensa en Dylan. Cuando ha salido de trabajar, retrasada por unas convulsiones febriles, se ha detenido en la puerta abierta de la Habitación 1. Keeley Jacobs, recién llegada de Pediatría General, tenía a Darcy en un brazo y la mecía con suavidad mientras la niña se tomaba ávidamente un biberón. En ese momento, el monitor de Darcy ha empezado a pitar con insistencia; Keeley le ha retirado hábilmente el biberón y ha esperado a que la respiración se le estabilizara antes de permitirle continuar. Ha mirado a Leila y ha sonreído. «Come por los ojos, esta pequeñina», le ha dicho. En la cuna del centro, Dylan estaba dormido, entre una maraña de tubos y cables. Tenía una fina sonda de alimentación introducida por una fosa nasal y catéteres en ambos brazos para tener un acceso rápido cuando fuera necesario. Pip y Max estaban sentados a su lado, con las sillas juntas para que ella pudiera apoyarse en su marido, que la tenía rodeada con el brazo. No han alzado la vista. No han visto a Leila, ni las lágrimas que han asomado a sus ojos antes de poder contenerlas.

—¿Ha pasado algo hoy?

Leila alza la vista, confundida. Alrededor de la mesa han llegado los postres de todos.

—En el trabajo —puntualiza Ruby, escrutándole la cara—. ¿Ha pasado algo?

Leila niega con la cabeza, sin atreverse a hablar.

—¿Habéis perdido a alguien?

Leila toma un sorbo de su bebida para aclararse la garganta.

—No —responde—. No hemos perdido a nadie.

Aún.

NUEVE

PIP

Max lleva el coche cuando regresamos a casa. Yo voy sentada con las manos juntas en el regazo, envidiándole la distracción de conducir —la mirada enfocada, los movimientos de manos y pies— que le permite tener algo que hacer. Algo en lo que pensar aparte de Dylan.

El coche de Max se utiliza menos que el mío —pasa el mismo tiempo en aparcamientos de aeropuertos que en la entrada de casa—, de manera que tiene menos vestigios de meriendas en el coche y paseos por caminos embarrados, pero, de todas formas, sé que si me arrodillara y metiera la mano debajo de los asientos, encontraría una pasa, un colín, un paquete vacío de las bolitas ecológicas que pasan por patatas fritas. A mi lado, en el panel de la puerta, hay un CD de canciones infantiles. Detrás de mí, la silla de Dylan espera pacientemente su próximo viaje.

¿Cómo puede mi hijo estar en la antesala de la muerte, cuando estoy rodeada de pruebas de su existencia? ¿Cuando lo «siento» en el corazón, con la misma certeza que cuando lo llevaba en el vientre?

Me vuelvo, apoyo la mejilla en el reposacabezas y veo cómo los edificios dan paso a setos vivos. He hecho este trayecto doscientas cuarenta y dos veces. ¿Cuántas veces más lo haré? ¿Cuántas veces más antes de que salgamos de la UCIP sin decir «hasta mañana»? ¿Sin dar a nuestro hijo un beso de buenas noches?

Pienso en la muerte desde el día que diagnosticaron el tumor cerebral a Dylan. Todas las visitas ambulatorias, todas las evaluaciones de los especialistas. Todos los ciclos de quimio. Y después, cuando contrajo la neumonía e ingresó en la UCIP, primero para unos días y luego durante semanas. Preparándome para recibir una llamada a las tres de la madrugada: «Lo siento... Hemos hecho todo lo posible... Se nos ha apagado». He imaginado al equipo de reanimación, el desfibrilador, pies que corren, un carro de parada. «Prepárate para lo peor, espera lo mejor —me dijo una vez Cheryl—. Así es como aguantas.» Me decía que era realista, imaginando esa llamada del hospital, pero lo cierto era que estaba bailando con el diablo. Retándolo con la mirada; jugando a quién es más valiente. «Si lo pienso, no pasará.»

Pero está pasando.

—No es justo —digo en voz baja.

Me refiero a que no es justo que nos pidan a nosotros, personas normales y corrientes sin conocimientos médicos, que decidamos si alguien vive o muere. Pero, al decirlo, me doy cuenta de que, en realidad, me refiero a que no es justo que nos haya ocurrido, que Dylan estuviera sano y nosotros felices, y entonces alguien arrojara una granada sobre nuestra vida.

¿Qué hemos hecho mal?

—No.

Max tiene la mandíbula tensa, los nudillos blancos al volante. Mira un momento por el espejo retrovisor y me pregunto si está viendo a nuestro hijo en la silla, igual que lo veo yo. Parloteando sin parar con una mezcla apenas inteligible de palabras reales e inventadas. Señalando tractores, caballos, camiones. Dando patadas al respaldo de mi asiento y encontrándolo divertido. De golpe, me veo gritándole que se calle y el recuerdo de ese día es como un puñetazo en las tripas. De haberlo sabido... Imagino los rizos cayéndole sobre los ojos porque yo no soportaba llevarlo ya a cortarse el pelo. Me parecía que era muy de niño mayor: aún no estaba lista para despedirme de mi bebé. Y luego se le cayó todo el pelo, en cuestión de días. «Cuando vuelva a crecerte —le dije—, te llevaré a esa barbería tan elegante del centro. Te sentarás en esa silla tan grande y te lavarán el pelo. Sacarán las tijeras afiladas y tendrán muchísimo cuidado, y a lo mejor te pasarán la maquinilla por la nuca y te harán un poco de cosquillas.»

Cierro los ojos.

—¿Qué vamos a hacer?

Max niega con la cabeza y no sé si esa es su respuesta, si no lo sabe o si no quiere hablar del tema. Así pues, en vez de insistir, miro por la ventanilla e intento no hacer ningún ruido. Pero se me saltan las lágrimas y, poco después, me corren por las mejillas y se me corta la respiración, como si me estuviera asfixiando. Respiro, pero el aire se niega a salir; oigo la preocupación de Max como si estuviera bajo el agua y no puedo respirar, no puedo respirar, no puedo respirar.

—¡Pip! Cálmate. ¡Cálmate!

Pero Max no parece calmado; tiene una mano en mi rodilla y la otra al volante, y yo no puedo respirar, no puedo respirar...

—¡Pip!

De repente, hemos parado y estamos en un apartadero, con el motor apagado y el freno de mano echado. Max tira de su cinturón para envolverme en sus torpes brazos. Los coches que vienen en sentido contrario nos deslumbran, pero enseguida pasan. Y todo lo que siento se refleja en la cara de mi marido.

—No puedo hacerlo, Max.

—Sí puedes. Tienes que hacerlo. Lo haremos los dos.

Está llorando.

Nunca lo había visto llorar. El día de nuestra boda, los ojos le brillaban de la emoción; cuando nació Dylan, le noté la voz ahogada. Pero nunca lo había visto llorar.

Yo abrí la fuente de las lágrimas cuando fui madre y ya no he vuelto a cerrar el grifo. Anuncios, campañas solidarias, películas de Richard Curtis. Holas, adioses, «te quiero». Max se ríe de mis lágrimas, aunque no con crueldad. «Es tierno —dice cuando berreo en "esa" parte de *Cuatro bodas y un funeral*—. Entrañable.» Le despertaba su instinto protector, decidí. Como todo un macho alfa.

Ahora, las lágrimas le rebosan de los párpados cerrados para correrle por las mejillas y está todo mal: está mal que Max llore, cuando siempre ha sido el fuerte. No está pasando, no está pasando. Quiero volver al año pasado, a la época en la que aún todo iba bien, en la que Dylan jugaba en el jardín y nadaba en la piscina del hotel de Gran Canaria. Quiero ir al médico y pedirle que examine a Dylan, y que él me diga que está todo bien, que «todos los niños son torpes a su edad». Quiero irme a casa sintiéndome tonta, que Max diga: «Ya te lo decía yo».

Este no es mi Max. Mi Max es fuerte. Capaz. Dueño de sí mismo. No llora y mantiene la calma, mientras que yo soy de lágrima fácil y emotiva. Este Max está igual de perdido que yo, igual de indefenso.

—No puedo... —empiezo a decir, y Max niega con la cabeza sin parar.

—No. No podemos. No lo haremos. —Las palabras, o quizá el hecho de hablar, de moverse, parecen activarlo y se restriega violentamente la cara con ambas manos, endereza la espalda y se aclara la garganta—. No lo haremos —repite, con más certeza aún, con más vigor.

Me estrecha entre sus brazos y yo cierro los ojos apretando contra esta decisión ineludible, y contra este Max que está igual de perdido que yo, igual de roto. No puedo verlo así. Necesito que Max sea fuerte, porque yo no creo que pueda serlo.

No llevamos ni un minuto en casa cuando Max abre el ordenador portátil. Se sienta a la mesa de la cocina, con el abrigo aún abrochado y las llaves del coche todavía en la mano. Como una autómata, hago como siempre que llego a casa: cierro la puerta con llave, me quito los zapatos y me pongo las zapatillas, enciendo las luces. Leo la nota que mi madre ha dejado junto al hervidor de agua, saco de la nevera el plato de plástico de «chile con carne, ¡muy picante!» y lo meto en el congelador.

No hay ninguna razón para que la casa parezca más vacía que esta mañana, que cualquier otro día que regreso a casa sin mi hijo. Pero hoy lo parece. Hoy parece como si ya lo hubiéramos perdido.

Me quedo inútilmente de pie en medio de la cocina, buscando algo que hacer; luego cojo un trapo del fregadero y lo escurro.

—¿Qué haces?

—Limpiar la cocina.

—¿Por qué?

Rocío las superficies con desinfectante y las froto con rítmicos movimientos circulares que encuentro extrañamente relajantes.

—Pip.

Hay una mancha de salsa —kétchup, probablemente— en una de las asas cromadas. Oigo la voz de Fiona en mi cabeza. «Sé que lleva muchísimo azúcar, pero en casa no se lo dejo comer...» Pienso en el domingo pasado en ese pub tan horrible, con Alison, Fiona, Phoebe, sus escandalosos maridos y sus hijos perfectos y sanos... Froto el kétchup. «Que te den, Fiona. Que os den a ti y a tu hipócrita sermón sobre el azúcar.» Si Dylan vuelve a casa, «cuando» Dylan vuelva a casa, le daré kétchup todos los putos días si le apetece, le daré todo el chocolate, caramelos y patatas fritas que quiera, le daré la luna si me la pide.

Paso a frotar las puertas de los armarios, que seguro que no se han limpiado desde antes de que me quedara embarazada. Instinto de nido, ¿no es así como lo llaman? Estaba de cuarenta semanas, iba a dar a luz en cualquier momento, y me había empecinado en limpiar la casa y pintar los zócalos del pasillo antes de que llegara el bebé. Esa también debió de ser la última vez que vaciamos el armario de la despensa: dentro hay cosas caducadas desde hace tiempo.

Dejo el trapo, me siento en el suelo y empiezo a sacar latas, tarros y paquetes de harina que se desinflan cuando los pongo en el suelo, soltando nubecitas blancas en clara señal de que les desagrada que los muevan.

—¡Pip!

Dylan nació dos semanas después de que yo saliera de cuentas. Era grande como una ballena, un edificio, un país. Yo tenía los tobillos hinchados y la barriga tan baja que entré en el centro de salud andando como un pato para que me separaran las membranas. Max no quiso acompañarme.

—Es... —buscó la palabra—. Asqueroso.

Puse los ojos en blanco.

—No seas ridículo. ¿Y cuando nazca? ¿Eso también te parecerá asqueroso?

La expresión de su cara dio a entender que era lo más probable.

Cuando llegó el momento, no dio la impresión de que el parto le pareciera asqueroso. A mí tampoco me lo pareció. Y sé que estamos genéticamente programados para olvidar las partes horribles y recordar solo la sensación maravillosa e increíble de tener en los brazos a un niño que hemos hecho nosotros, «hecho» de verdad, pero juro por Dios que es lo único que recuerdo. Eso y mirar a Max y verle los ojos brillantes.

—Nuestro hijo —dijo—. Tenemos un hijo.

—¡Pip!

Un grito, esta vez, colándose en mis recuerdos. Miro alrededor, aturdida, me fijo en el montón de alimentos en conserva y paquetes de pasta y arroz.

—Hay que vaciarlo.

—No hace falta.

—¡Y yo te digo que sí! Mira este atún, es de... —Busco una fecha, pero no puedo leerla. Lo sostengo en alto, a pesar de todo—. De hace siglos. Y estas alubias...

—Para.

—No, quiero...

—¡Pip, para!

—Así que tú puedes abrir el ordenador y ponerte a hacer

Dios sabe qué, pero yo no puedo limpiar la cocina cuando está asquerosa y...

—¡Estoy intentando encontrar una cura para nuestro hijo!

Grita las palabras y, de no haber estado ya sentada, podrían haberme tirado al suelo. Así las cosas, me quedo paralizada, con una lata de alubias en la mano. ¿Qué estoy haciendo?

—Tiene que haber algo —dice Max—. Algún tratamiento que se nos haya pasado por alto. Algo que ellos ni tan siquiera conocen.

—Son médicos, Max.

Mi marido me mira de hito en hito.

—¿Y qué? ¿Crees que eso los hace mejores que nosotros?

—No, pero... —Me levanto del suelo, mirando la comida que no recuerdo haber sacado—. Ellos son los expertos.

—Pero no pueden ser expertos en todo, ¿no? ¿En todos los tipos de cáncer, todos los grupos sanguíneos, todos los sistemas nerviosos? —Max sigue hablando, pero sus ojos van y vienen por la pantalla tan rápido como sus dedos se mueven por el teclado—. ¿Te acuerdas de lo que dijo el médico, la primera vez que le llevamos a Dylan?

«Ustedes conocen a su hijo.»

—No acabo de verlo bien —dije, esperando, no, «queriendo» que el médico nos mandara a casa con una sonrisa benévola y pensando en su fuero interno que solo éramos unos padres sobreprotectores. De hecho, llevábamos semanas hablando del tema, desde las vacaciones de Gran Canaria. «¿Es normal que duerma tanto?» «Los gemelos de Alison son mucho menos torpes.» «Está pálido, ¿no te parece que está pálido?»—. No está como siempre —añadí—. Probablemente no será nada.

—Ustedes conocen a su hijo —fue la respuesta del médico mientras rellenaba el volante para derivarlo a un especialista, y nuestro futuro se vislumbró en su expresión grave, aunque yo no me diera cuenta entonces.

—Conocemos a nuestro hijo —dice Max ahora—. Debe de haber un centenar de pacientes en la unidad, y la doctora Jalili está a cargo de ¿cuántos?, ¿treinta? Quizá dedique unos minutos a cada uno, tres veces al día; eso son diez, doce minutos diarios con cada paciente. ¡Doce minutos! —Me mira fugazmente a los ojos—. ¿Cómo es posible que sepa más sobre lo que es lo mejor para un niño que una madre que pasa doce «horas» junto a su cama? ¿Una madre que ha pasado casi tres años a su lado?

Me noto tan mareada que ojalá me hubiera quedado sentada. Intento acordarme de cuándo ha sido la última vez que he comido algo.

—Tenemos que investigar. —Max me mira para asegurarse de que presto atención—. Con el tratamiento adecuado, Dylan podría vivir otros cinco años. Podría curarse del todo; sale en los periódicos continuamente. —Tiene una energía de la que yo carezco; una energía que solo ha encontrado desde que hemos llegado a casa, desde que se ha puesto a buscar en internet—. Piénsalo: ¿cómo pueden los médicos tratar todos los casos a la perfección, investigar a fondo todas las enfermedades que hay? ¿Cómo podrían hacerlo? —Este es el Max centrado en resolver problemas. El Max que analiza, busca, valora. Mira la hora—. Aquí son las ocho, así que... son las dos en Chicago, las tres en Washington DC...

Se levanta y coge el teléfono de su soporte.

—Al menos quítate el abrigo.

Se lo saca con brusquedad y el abrigo resbala del respaldo de la silla al suelo.

—Voy a encender la chimenea.

Hace semanas apagamos el termostato de la calefacción que se habría encendido a las cuatro de la tarde para que la casa estuviera caldeada hasta las diez. ¿Qué sentido tenía, cuando no íbamos a estar? ¿Cuando llegábamos agotados todas las noches solo para irnos derechos a la cama?

Entro en el salón y enciendo la chimenea de gas. Casi espero que Max se quede en la mesa de la cocina, pero entra detrás de mí y se deja caer en el sofá, con el ordenador portátil en el regazo y el teléfono junto a él. Me siento a su lado. Los juguetes de

Dylan están en un rincón del salón, guardados en cestas de color crema. Ordené la casa el día que ingresó en el hospital. Parecía que hubiera juguetes y periódicos por todas partes. Le dejé ver *La patrulla canina* mientras yo trajinaba por la casa, restaurando el orden antes de irnos al hospital, sin pensar en ningún momento que Dylan podía no regresar. Ahora me habría gustado dejarlo todo como estaba; haber dejado sus juguetes sin recoger, como si él solo hubiera dejado de jugar un momento.

—Tendría que llamar a mamá.

Max no dice nada. Ni tan siquiera sé si me ha oído. Descuelgo el teléfono y marco el número de mi infancia; imagino a mi madre mirando a mi padre, diciendo «¿Quién puede ser?», porque nadie llama nunca después de las nueve; la imagino dejando lo que esté tejiendo y cogiendo el...

—Soy yo.

Oigo una brusca inspiración.

—¿Qué ha pasado?

En mi familia apenas hablamos por teléfono. Cuando nos llamamos, es que algo pasa.

Abro la boca pero las palabras se me atragantan y solo me sale un ruidito que insta a Max a despegar los ojos de la pantalla y tenderme la mano.

—Es Dylan —consigo decir, como si pudiera ser otra cosa.

Y entonces un formidable gemido me surge de las entrañas. Me doblo por la cintura y me abrazo el cuerpo, y Max me quita el teléfono porque los sollozos me impiden hablar.

—¿Karen? No, no ha... No está... —Se queda callado, aunque no sé si se debe a que mi madre está hablando o a que necesita serenarse—. Pero me temo que nos han dado una mala noticia.

Dentro de mi burbuja inventada soy vagamente consciente de su voz; de sus cambios de entonación mientras explica a mi madre lo que la doctora Jalili nos ha dicho esta mañana. Está tan sereno como ella, igual de frío. ¿Cómo puede desconectarse de sus emociones de esta manera? ¿No le duele, aquí, en el pecho? ¿En el corazón? ¿No siente el mismo dolor que yo siento ahora mismo, un dolor que me deja sin aire en los pulmones? ¿No lo está matando, como me mata a mí?

—No vamos a rendirnos —oigo que dice mi marido—. No mientras aún haya una posibilidad.

Una posibilidad. Eso es lo único que necesitamos. Una pequeñísima posibilidad de que Dylan viva.

Si hay una posibilidad, la aprovecharemos.

Dos horas después me noto la cabeza embotada por la falta de sueño y los ataques de llanto que sigo teniendo aunque parezca que ya no puedan quedarme más lágrimas. Tomo un sorbo de la taza de café que llevo en la mano y descubro que ya está frío. Me apoyo en el hombro de Max. Los dos estamos mirando su ordenador portátil, leyendo un trabajo de investigación que ha encontrado, pero las palabras bailan ante mis ojos. «En términos generales, la supervivencia fue significativamente peor en la enfermedad recurrente (P = 0,001; Fig. 2A) y significativamente mejor en los pacientes que no habían recibido radiación previa (P = 0,001; Fig. 2B).» Max selecciona una frase, la copia y la pega en un documento de Word abierto en la pantalla. Está repleto de frases similares cuyos significados solo me quedan claros después de leer cada una más de diez de veces.

—¿Quieres otro café?

Max me responde con un ruido que yo interpreto como un sí. Me levanto, entro en la cocina y siento que el suelo se bambolea como si estuviera ebria. Me quedo mirando el hervidor durante un minuto entero después de que el agua haya roto a hervir, incapaz de recordar qué hago aquí; luego echo dos cucharadas de café instantáneo en dos tazas y añado leche al mío.

—¿Crees que la doctora Jalili estará de acuerdo? —pregunto cuando regreso al salón, sin despegar los ojos de las tazas que llevo en la mano—. El oncólogo del Saint Elizabeth dijo que no podían darle radioterapia por su edad.

He llenado demasiado las tazas y el café chapotea contra los bordes. Unas cuantas gotas caen a la alfombra y piso la mancha con el calcetín.

—La terapia con haz de protones es distinta. Utiliza aceleradores de partículas para dirigirlas a las células cancerosas y no dañar el tejido sano circundante. —Max habla con confianza, sin consultar las abundantes anotaciones que ha hecho en el ordenador portátil; de la misma manera que se lee por encima el folleto de una empresa durante el desayuno y hace una presentación sobre refinerías de petróleo antes de comer. Le doy el café y él lo mira un momento, como si no estuviera seguro de lo que es, antes de cogerlo y dejarlo a su lado en la mesa—. El índice de supervivencia a cinco años en pacientes menores de dieciocho años es del «setenta y nueve por ciento».

Recalca la cifra; luego mira la pantalla con el entrecejo fruncido. Los dedos le vuelan por el teclado.

—Aún no tiene tres años —digo en voz baja—. ¿Cuáles son los índices de supervivencia en pacientes menores de tres años?

Max no responde. Sus anotaciones están llenas de porcentajes encontrados en una red virtual que nos da la respuesta que buscamos, sea cual sea. Los números son convincentes. Dylan podría vivir otros dos años, otros tres. Podríamos pasar otra Navidad juntos, más cumpleaños, vacaciones. De forma inconsciente, las imágenes se forman en mi mente: corriendo por la playa, saltando olas, apagando velas. Y entonces me acuerdo.

—Tenemos que hablar de su daño cerebral.

—He guardado este artículo en favoritos. —Max abre un enlace y gira la pantalla para enseñármelo. Una adolescente me dirige una sonrisa torcida—. Le hicieron la misma operación que a Dylan y se quedó muda y paralizada, pero está aprendiendo otra vez a hablar, ¡y acaba de hacer una caminata benéfica de cinco kilómetros!

—¿Y si eso no pasa, Max?

Después de un largo silencio, me mira, con los ojos brillantes pero la mandíbula tensa.

—Pues tendremos un hijo discapacitado. Y, todos los días, estaremos agradecidos de tenerlo.

Me coge la mano y me la aprieta; luego vuelve a concentrarse en el ordenador.

De golpe me entra frío. Subo los pies al sofá y me caliento las manos con la taza. Pienso en las palabras de la doctora Jalili, en un niño que no puede andar ni hablar, que no puede comer, ir al baño ni pedir que lo consuelen. Cojo el móvil y busco el *podcast* de *Educar a B* que me hace compañía en los largos trayectos a casa desde el hospital y clico en «Contactar».

«No me conoces —escribo—, pero necesito tu ayuda.»

DIEZ

MAX

Dylan mira la pelota con cara de concentración. Corre hacia ella y la chuta con todas sus fuerzas, casi cayéndose en su intento de conseguir que el balón alcance su objetivo, situado a un metro y medio de él. Delante de la portería blanca de plástico, tan pequeña que puedo pasar los brazos por los postes y doblarlos por los codos, estoy arrodillado en la hierba todavía húmeda de la noche anterior.

Regalamos la portería a Dylan cuando cumplió dos años y desde entonces mi hijo me saca a rastras de casa todas las mañanas en cuanto amanece para que juguemos juntos. Llevo dos semanas trabajando desde la oficina del Reino Unido, sin ningún viaje programado para la siguiente, y estoy pasando todo el tiempo que puedo con mi hijo. Cambia tanto, incluso en un día, que irme de viaje significa encontrarme con un niño completamente distinto a mi regreso.

La pelota se está frenando. Cortamos la hierba hace solo unos días, pero crece muy deprisa en esta época del año y el balón hinchable de Dylan no tiene nada que hacer contra una mata de margaritas. Me adelanto con disimulo y me lanzo sobre él con un salto a cámara lenta calculado para fallar. Cuando rebaso el balón, le doy un codazo en la dirección correcta, me revuelco en la hierba mojada y me agarro la cabeza fingiendo consternación.

—¡No!

—*¡Go!* —grita Dylan, en la versión abreviada de «gol» que a Pip y a mí nos gusta tanto que se la hemos copiado.

—¿Cómo ha ido? —me pregunta siempre, después del partido de fútbol sala al que me apunto cuando puedo.

—No ha estado mal —respondo yo—. Cero a cero; entonces, Johnno ha marcado un *go* justo antes del final.

Dylan salta sobre mí y yo me quedo tumbado en la hierba, mirando a mi hijo, recortado contra la luz del alba.

—Buen *go* —le digo—. ¡Un *go* estupendo! —Pese al calor del sol, la humedad me cala la ropa y me noto el cuello rígido y molesto—. Bájate, campeón.

Me incorporo y dejo que me resbale del pecho. Y él hace demasiado ruido para un niño que cae sobre la hierba...

Parpadeo con fuerza para arrancar del sueño a mi cuerpo nada dispuesto a despertarse. El portátil está abierto en el suelo a mis pies. La chimenea sigue encendida, pero el sol se cuela entre las cortinas que anoche no nos molestamos en correr. El ambiente del salón está cargado y hace demasiado calor. Pip duerme a mi lado, acurrucada como un gato en el sofá con la cabeza apoyada en las manos. Le toco el hombro y ella murmura pero no se despierta.

—Cariño, son más de las nueve.

Abre los ojos y se incorpora.

—¿Qué? ¡Oh, no!

Se levanta y casi se cae, aturdida por el cansancio y dolorida por haber dormido en el sofá.

—No pasa nada.

—Pero siempre llego a las siete. ¡Siempre!

—No pasa nada.

Se vuelve contra mí.

—Sí que pasa. ¡Deja de decir que no pasa nada! Tenemos una rutina. Llego al hospital a las siete. Todos los días. Todos. Sola.

Se deshace en lágrimas antes de terminar la frase y, aunque me levanto y la abrazo, ella sigue tiesa como un palo.

—Por qué no vas a darte una ducha y yo llamo a la UCIP para decirles...

—No quiero darme una ducha, solo quiero estar con Dylan.

Rechaza mis intentos de consolarla y me arrepiento de haberlo intentado.

Salgo del salón.

—Pues yo sí voy a darme una. Llevo veinticuatro horas con esta ropa y apesto.

Quince minutos después estoy limpio y despejado. Me he puesto un traje, pero no llevo corbata. La armadura, lo llamaba Pip cuando yo hacía la maleta para irme de viaje. Se sentaba en la cama y yo le explicaba con quién iba a reunirme y lo que iba a hacer, y ella me elegía las camisas y me decía que era como ir a la batalla. «Si fueras mujer, también te maquillarías —me dijo en una ocasión—. Por eso lo llamamos "pintura de guerra". Algo para escondernos detrás, para parecer más fuertes de lo que somos en realidad.»

Pip me está esperando en el recibidor. Lleva el abrigo puesto y ha cogido el bolso, pero tiene el pelo enmarañado en un lado de la cabeza y una marca semicircular entre la oreja izquierda y la nariz. La puerta de casa está abierta antes de que yo haya bajado el último escalón, el motor en marcha antes de que haya salido de casa. Tal vez se ha fijado en el traje, o se ha preguntado por qué lo llevo, puesto que hoy no voy a la oficina, pero no dice nada.

Conduce enfadada, agarrando el volante con fuerza e increpando a cualquiera que se atreva a pararse en un cruce o vacilar en una rotonda. Hay mucho tráfico y, a juzgar por la tensión de sus brazos rígidos como palos, también eso es culpa mía. En los semáforos deja el pie en el embrague, aunque sabe que me molesta, y chasquea la lengua cuando los semáforos vuelven a ponerse en rojo antes de que podamos pasar.

No hablamos. Cierro los ojos.

Los badenes de la entrada del hospital me despiertan. Pip me mira.

—No sé cómo puedes dormir...

Deja la frase en puntos suspensivos y baja del coche.

—Estoy acostumbrado, supongo —respondo, pensando en los reparadores sueñecitos que me echo en taxis entre aeropuertos y hoteles, pero, cuando se aleja, veo la rigidez de su espalda y comprendo que se refiere a: «¿Cómo puedes dormir en un momento como este? ¿Cómo puedes dormir cuando nuestro hijo se está muriendo?».

La frustración me revuelve las entrañas. Dormir está mal, ¿no? ¿Darse una ducha, vestirse, peinarse? Funcionar con normalidad está mal porque tenemos a nuestro hijo en el hospital: ¿es eso? ¿Está mal no hundirse?

Enfadados y el uno detrás del otro, nos dirigimos a la UCIP entre los coches aparcados. Pip se ha dejado el abrigo en el suyo y veo que tiene las yemas de los dedos blancas mientras se abraza el cuerpo. Ya cerca de la UCIP veo a un matrimonio que reconozco. Su hijo adolescente va entre ellos. La madre me ve y me saluda con la mano. El chico estaba en la UCIP cuando Dylan ingresó. Un accidente de carretera, creo. Lo trasladaron a los pabellones generales justo después de Navidad. El padre carga con una bolsa y lleva un cojín bajo el brazo. Supongo que se van a casa. «A casa.» Unos celos injustos e incontrolables me anegan el corazón. Miro al frente y finjo no haberlos reconocido.

Pip también los ha visto. Vuelve la cabeza hacia el otro lado y la veo apretar la mandíbula para contener las lágrimas. Se detiene y espera a que la alcance.

—Lo siento.

—Yo también. —Le cojo la mano y se la aprieto.

—No hago más que leer sobre parejas que se separan. —Se da la vuelta para mirarme—. Entrevistas con personas cuyos hijos han sufrido un accidente, han tenido cáncer o han muerto, y siempre dicen lo mismo. Siempre dicen que «nuestra relación se resintió» o que «nuestra relación no era lo bastante sólida para soportar...».

—Nosotros no somos así. —La obligo a mirarme—. Somos la pareja más sólida que conozco. Pase lo que pase, lo superaremos.

Habla en un susurro:

—Me asusta tanto perderlo, Max.

La abrazo y nos quedamos un rato así, hasta que Pip respira más despacio y se separa. Está agotada. Ha ido al hospital todos los días desde que Dylan ingresó. No me extraña que esté derrumbándose.

Le cojo la mano y solo se la suelto cuando llegamos a la UCIP y tengo que llamar al timbre. Una enfermera se inclina por encima del mostrador para mirar hacia la puerta. Le sonrío a través del cristal y nos abre. En silencio, nos detenemos juntos en el estrecho lavabo rectangular del pasillo fuera de la Habitación 1 y nos arremangamos. Nos lavamos como los médicos, frotándonos las manos y los huecos entre los dedos con jabón en espuma; restregándonos las puntas de los dedos contra la palma de la otra mano. Aclarar. Secar. Aplicar desinfectante.

—¿Lista?

Pip asiente. No parece lista.

—Es nuestro hijo —le susurro—. No pueden hacerle nada que nosotros no queramos.

Vuelve a asentir, pero veo incertidumbre en sus ojos y sé que está asustada. A todos nos han educado para creer que los médicos saben más que nadie y cada visita, cada diagnóstico, cada ingreso hospitalario nos va restando autoridad.

«Ustedes conocen a su hijo», dijo el médico.

Nosotros conocemos a Dylan. Sabemos lo que es mejor para él.

—¡Oh!

Cuando entramos en la Habitación 1, Pip se para en seco. La cuna contigua a la de Dylan está vacía.

—Darcy está bien —se apresura a decir Cheryl—. Ha mejorado. La trasladaron a Alta Dependencia anoche.

—Oh, gracias a Dios. No podría soportarlo si...

Pip no acaba la frase, pero no le hace falta. Yo no digo nada.

Darcy ya tiene unos padres que se preocupan por ella. Y también Liam. En esta habitación solo hay un niño que me interesa, y es el precioso niño dormido en la cuna del centro.

—¿Cómo está?

—No tiene dolor. Saturación de oxígeno estable, hidratado y sin fiebre.

—Eso es estupendo.

—Estaba a punto de lavarlo, pero ya que estáis aquí...

Cheryl nos ofrece una toallita.

Pip se arremanga y la coge; yo voy a buscar una jofaina y la lleno de agua tibia.

—¿Has comprobado la temperatura? —me pregunta cuando vuelvo a entrar.

Me enfurezco.

—No, he preferido esperar a ver qué pasa. No es la primera vez que hago esto, ¿sabes?

Miro a Cheryl con las cejas enarcadas, pero ella no me devuelve el gesto. Aparta la mirada.

—Las mujeres no se fían de nosotros, tío. —Connor entra como si trabajara aquí, hablando en voz muy alta y pavoneándose—. Nos tratan como si fuéramos críos, la mitad del tiempo.

Me da una palmada en la espalda y mira por encima de mi hombro, como si estuviéramos en un pub y buscara al camarero.

Me muevo un poco, presa de un imperioso deseo de ocultar a Dylan de su mirada. De la mirada de todos.

—Hola —consigo decir.

Quiero preguntarle cómo está, pero la cara que vi en el banco bajo el roble no es la que veo ahora. Vuelve a ser el gallito que habla demasiado alto; no queda rastro del hombre hundido que lloraba con la cara entre las manos.

—Nik está en casa. —Connor se dirige a la cama de su hijo—. La caldera de la escuela se ha averiado y han mandado a todos los alumnos a casa. Vaya panda de maricas. ¿Es que no saben para qué sirven los abrigos?

—¿Cuántos tenéis? —pregunta Pip volviendo la cabeza.

Ha quitado el pelele a Dylan, con cuidado de no despegar las almohadillas adhesivas que le sujetan los cables al pecho.

Cojo una bola de algodón, la humedezco y le limpio la cara y las orejas por detrás.

—Cuatro. Liam es el pequeño.

Pip escurre la toallita y empieza a pasársela por los brazos con suavidad.

—¿Y cómo está?

—Bien, creo. Aquí no te explican nada, ¿no?

Me pregunto si Cheryl dirá algo, pero o no está prestando atención, o ha decidido no hacer ningún comentario. Pip no responde y yo no quiero hacerlo, así que nos ponemos a hablar con Dylan. «Vamos a limpiarte esta parte de aquí» y «Creo que esto va a hacerte cosquillitas», le decimos.

En casa, Dylan se bañaba todas las noches. Era parte de su rutina antes de acostarse. Cuento, baño, leche, cama. Todas las noches. Debimos de darle, ¿cuántos?, ¿setecientos baños? ¿Ochocientos? ¿Cuántos de ellos le di yo?

Con mi trabajo era difícil. A veces me paso una semana entera de viaje y, cuando estoy en el Reino Unido, siempre vuelvo tarde a casa, para compensar el tiempo que he pasado fuera de la oficina. La mayoría de los días, cuando regresaba a casa, encontraba a Dylan metido en la bañera, y a Pip arrodillada a su lado, con espuma hasta los codos. Los besaba a los dos y regresaba abajo para servirnos una copa; cuando volvían a bajar, estaba listo para sentar al crío en mi regazo y leerle un cuento.

¿Por qué no hice más? ¿Por qué no llegué a casa antes? ¿Por qué no aproveché todas las oportunidades que tuve de estar arrodillado junto a la bañera mientras mi hijo, mi hijo sano y feliz, chapoteaba en el agua? ¿Por qué no me di cuenta de que un día quizá no podría hacerlo? Todas esas veces que deseé que Dylan fuera mayor, que me imaginé llevándolo a pescar, enseñándole a conducir... Centrado en el futuro, cuando el presente estaba ahí mismo. Un presente perfecto.

Cojo una bola de algodón limpia para pasarla por la palma

de la mano izquierda de Dylan. Al tocársela, se tensa y se cierra alrededor de mi dedo como cuando era un bebé. Se me hincha el corazón, rebosante de amor, esperanza y emoción, y dejo de pensar. Dejo de moverme. Me quedo sin hacer nada mientras Pip lava a nuestro hijo, tomándole de la mano y sintiendo cómo él toma la mía.

Todo cambia cuando se es padre. Entonces yo no lo sabía, pero, antes de que llegara Dylan, estaba estancado, viviendo al día, y rara vez pensaba en el futuro, más allá de dónde nos iríamos de vacaciones al año siguiente o de si debía cambiarme el coche antes de que el mantenimiento me costara un dineral.

Por supuesto, había sentido cierta responsabilidad con Pip cuando solo estábamos los dos, pero no se parecía en nada a cómo me sentí cuando la llevé a casa con nuestro hijo recién nacido. Conduje a casi diez kilómetros por debajo del límite de velocidad, con las palmas sudorosas al volante, convencido de que, después de llevar dieciséis años sin tener un accidente serio, ese día me estrenaría. Eché pestes contra un coche que nos cortó el paso —¿no sabía que llevábamos un bebé a bordo?— y después me entró pánico de que mi hijo fuera a ser malhablado por mi culpa. ¿En qué estábamos pensando cuando nos quedamos embarazados? No estaba preparado para ser padre. Me faltaban conocimientos, años, inteligencia.

Entré la silla del coche en casa y regresé para ayudar a Pip, que caminaba como si acabara de desmontar de un caballo. Los acomodé a los dos en el sofá, fui a buscar el cojín de lactancia, una revista, un tentempié, un refresco. Me quedé sin saber qué hacer mientras Pip intentaba amamantarlo, tratando de recordar qué había dicho la comadrona sobre cogerse bien al pecho y haciendo muecas cuando Pip crispaba la cara de dolor. Cuando por fin lo consiguieron y Pip cerró los ojos y Dylan mamó, miré a mi mujer y a mi hijo y pensé, con una mezcla de orgullo viril y pánico, que yo era el encargado de cuidar de ellos.

Fue todo un reto para nosotros. Siempre habíamos compartido las tareas domésticas, siempre habíamos vivido hombro con hombro como los dos adultos que éramos. Ahora Pip se quedaba en casa con el bebé y se ocupaba de las tareas domésticas mientras él dormía, y yo me ganaba el pan, como si fuéramos un matrimonio tradicional. Hasta entonces, jamás me había preocupado perder el trabajo —siempre habría otros empleos, otras oportunidades—, pero ahora trabajaba el doble, el doble de horas, porque ¿qué haríamos sin mi sueldo mensual? Dejé de remolonear los fines de semana y me ocupé de las reparaciones que había que hacer en casa. Saltaba en defensa de Pip, aunque sabía que era más que capaz de cuidarse sola. Me convertí en mi padre.

Y ahora mi familia me necesita más que nunca. Miro a mi hijo, pálido y postrado en la cuna. Miro a mi mujer, que le está cantando nanas en voz baja mientras le limpia con cuidado la saliva que se le ha resecado alrededor de la boca. Me trago mis miedos, que se apelmazan en mi pecho formando un nudo compacto. Pip y Dylan dependen de mí y, una vez más, es como el día que los llevé a casa del hospital, y me siento igual de perdido, igual de asustado.

Lo único que sé es que esta es mi vida y no puedo perderla.

ONCE

PIP

Mi madre me sirve una gran copa de vino. Niego con la cabeza.

—No puedo.

—Es medicinal.

—Pero si pasa algo...

—Entonces tu padre te llevará en coche. —Mi madre me alza la barbilla para que la mire—. Necesitas desconectar, Pip.

Me acaricia la mejilla con ternura y se me saltan las lágrimas. Estoy agotada y el cuerpo me duele como si tuviera gripe. Max está en una cena. Le ha dicho a Chester que trabajaría desde casa durante unos días, pero esta noche no ha podido librarse.

—Pero si se lo explicaras, ¿no crees que...? —he dicho, porque me costaba entender que Max pudiera pensar en nada que no fuera Dylan.

Su respuesta ha sido lacónica:

—Ya lo sabe.

«Esto no es una organización benéfica —dijo Chester en una ocasión, cuando Max le pidió viajar menos mientras Dylan estaba en la UCIP—. Te entiendo —añadió—, de veras que sí, pero todos tenemos hijos, Max. Todos tenemos obligaciones.»

Así es como veía a Dylan. Como una obligación.

De modo que he venido a ver a mis padres, me he quitado los zapatos y me he dejado envolver por el cálido abrazo de mi infancia. Después de cenar, mi padre se ha retirado al salón para quedarse dormido leyendo el periódico, y mi madre y yo hemos recogido la mesa y hablado de si las glicinas florecerían este año y de si el azul cobalto sería demasiado chillón para el cuarto de invitados. He pensado en Max, en su cena de trabajo, y me he preguntado si una parte de él necesitaba la distracción del trabajo, lo mismo que yo me he sentido mejor hablando con mi madre de cosas sin importancia.

—Dime. —Mi madre acerca una silla a la mía—. ¿Qué novedades hay?

—Max ha encontrado un médico en Houston que cree que puede ayudarnos.

Miro las fotografías de Dylan colgadas en la pared de la cocina, y la trona, limpia y aguardando en un rincón. Pienso en la cuna de arriba, para los días que se queda a pasar la noche, y en la caja de mis juguetes que mi madre guarda para él en el desván.

—¡Eso es estupendo!

—El siguiente paso es preguntar a la doctora Jalili si el hospital mandará allí a Dylan para que reciba terapia de protones.

Eludo el tema de la financiación, pero noto una pesada sensación de náusea en el estómago al pensar en el dinero.

—Si tuviéramos un seguro médico —dijo Max—, ni tan siquiera tendríamos que preguntar. Simplemente, llevaríamos a Dylan al mejor médico de Estados Unidos, sin importar dónde estuviera.

No fue lo que dijo, sino lo que no dijo. No dijo que él había tenido un seguro cuando vivía en Estados Unidos. No me recordó que fui yo la que quise que se mudara aquí, la que lo convenció para que pidiera el traslado a la oficina del Reino Unido, la que se burló de los cambios en las condiciones de trabajo porque ¿qué importaba eso cuando se está enamorado? No me recordó que desdeñé sus cavilaciones sobre si debía ampliar su cobertura para incluir a su hijo recién nacido; que le dije que era inviable en la práctica.

—Significaría viajar a Estados Unidos si se pusiera enfermo —dije—. Y, además, el Reino Unido tiene el mejor sistema de salud del mundo, todos lo saben.

Y, de algún modo, se había convertido en una conversación chistosa, como hablar de por qué los británicos no saben hacer sándwiches como Dios manda o por qué los estadounidenses no utilizan hervidores eléctricos. Porque, además, ¿quién piensa que alguna vez va a necesitar un seguro médico?

La cara de mi madre está cargada de preguntas.

—¿Y ese médico cree que puede extirpar el tumor por completo? ¿Hay efectos secundarios? ¿Vendría él o tendríais que llevar a Dylan a Estados Unidos?

—Estados Unidos —digo, porque esa pregunta puedo responderla—. Pasaríamos diez semanas allí.

—Diez semanas... Dios mío. —Mi madre se recobra—. Da igual. Lo que haga falta, ¿no? Conseguir que mejore, eso es lo único que importa.

Me muerdo el labio por dentro. Miro la expresión resoluta de mi madre, el amor en sus ojos. No solo amor por su nieto, sino también por Max y por mí.

—¿Mamá?

Ella espera.

—¿Qué me gustaba hacer cuando tenía la edad de Dylan?

Vacila, reacia a complacerme porque sabe por dónde voy, por qué se lo pregunto. Suspira.

—Te gustaba dar de comer a los patos. Íbamos todos los días después de tu siesta, y tenía que agarrarte por el chubasquero para que no saltaras al agua con ellos. —Sonríe al recordarlo.

—¿Qué más?

—Los libros. Te sentabas en mi regazo y pasabas las páginas más rápido de lo que yo podía leerte el cuento. —La voz se le quiebra al decir la última palabra.

—¿Qué más? —digo con vehemencia, aunque nos hace daño a las dos.

—Bailar —responde en voz baja, con lágrimas en los ojos—. Te encantaba bailar.

Trago saliva. Me imagino con tres años, haciendo piruetas con mis bailarinas rosas, arrojando pan con mi chubasquero amarillo, pasando las páginas de un libro tras otro, señalando las ilustraciones, riéndome de las voces que a mi madre se le daban tan bien. Imagino a Dylan como era antes, como es ahora, como podría ser... si vive.

Mi madre me conoce demasiado bien.

—Es una clase de vida distinta —susurra, y luego me abraza—. Pero aún es vida, Pip. Su vida.

Y yo sollozo en sus brazos, deseando seguir siendo aquella niña de tres años que hacía piruetas, y que mi madre siguiera agarrándome por el chubasquero para impedir que me cayese.

El verdadero nombre de B es Bridget. Su madre, la mujer responsable de tantas horas de *Educar a B*, es Eileen Pearce, y ambas viven en una casita adosada a las afueras de Bath. Eileen respondió a mi correo electrónico con su número de teléfono y, cuando la llamé, su voz me resultó tan afectuosa, y tan familiar, que fue como hablar con una amiga.

—Si te es más fácil hablar mientras nos tomamos un café —dijo—, vivimos a las afueras de Bath, no lejos de... —Se interrumpió—. Aunque a lo mejor no puedes dejar el hospital, lo entiendo.

He ido al hospital todos los días sin falta. He llevado a Dylan a todas sus visitas médicas, a todos sus análisis de sangre, sesiones de quimioterapia y controles. Cuando lo trasladaron a la UCIP, después de que dejáramos el piso para padres y nos desplazáramos en coche todos los días, entré en una nueva rutina. De pie a las cinco y media; en el coche a las seis menos diez; con Dylan desde las siete de la mañana hasta las diez de la noche. Max iba conmigo, si trabajaba desde casa, o pasaba por el hospital después del trabajo, si estaba en la oficina del Reino Unido. Regresábamos cada uno en su coche y Max insistía en que yo fuera delante, como si pudiera protegerme por el mero hecho de no perderme de vista. En el semáforo del centro comercial, yo miraba por el espejo retrovisor y él estaba ahí, mandándome un beso o poniendo caras para hacerme reír.

—Me encantaría conocerte —le dije a Eileen.

Max me ha prometido que estaría en el hospital a las siete en punto y mi madre me ha dicho que se quedaría por la tarde, para que Max pudiera dejarse ver por la oficina. Después he conducido dos horas hasta la tranquila calle en la que Eileen y su familia viven en una casa adosada con un jardín empedrado en la parte delantera, resistiendo el impulso de dar media vuelta y regresar con mi hijo.

De manera objetiva, me fijo en la rampa de hormigón que sustituye los escalones de la entrada y en la furgoneta gris plata con la pegatina detrás: «¡Deje sitio para mi silla de ruedas, por favor!». Me digo lo que le he dicho a Max: que estoy en misión de reconocimiento.

—He pensado que nos vendría bien tener una idea del equipamiento que necesitaremos cuando Dylan vuelva a casa.

—Buena idea. A lo mejor puede darte información de proveedores, esa clase de cosas.

Es la primera vez que miento a Max.

—Debes de ser Pip. —Eileen es alta y fuerte, y tiene el pelo entrecano recogido en una larga trenza que le cae sobre la espalda. Lleva vaqueros y una camiseta de rugby arremangada—. Phil se ha ido a trabajar y las gemelas están en la escuela, pero Bridget está en casa. Pasa.

La casa está desordenada, con un montón de zapatos junto a la entrada y chándales de gimnasia prendidos en colgadores que sobresalen de la pared. Sigo a Eileen y veo una puerta abierta que conduce a lo que debe de ser la habitación de B.

Eileen se detiene.

—Antes era el salón. Ahora es la habitación de Bridget, y su baño es la antigua cocina, y nuestra cocina es el comedor, y nuestro salón está arriba. —Ríe—. Era más barato que mudarnos, pero, Dios mío, ¡vaya año!

La habitación está dominada por una cama de hospital y una grúa. Hay una bombona de oxígeno y un botiquín metálico en la pared.

—Cerrado con llave —dice Eileen, siguiendo mi mirada—. Con otras dos niñas en casa, fundamental.

Hay alegres cortinas en las ventanas y sonrío al ver los CD sobre la cama y los arcoíris que dibujan en las paredes.

—Fue un episodio precioso —digo, señalando el móvil.

—Las gemelas harían lo que fuera por ella. —Eileen sonríe—. Por desgracia, a Bridget le falla la vista desde hace tiempo, así que no sé durante cuánto tiempo más podrá verlo. Vamos, pondré agua a hervir y te la presento.

Bridget tiene catorce años. Sus extremidades son tan delgadas que yo podría abarcarlas con los dedos índice y pulgar, y están sujetas a la silla con recias correas negras. Un reposacabezas de espuma le ciñe la cabeza.

—Parece una salvajada —se apresura a decir Eileen—, pero Bridget se encuentra mucho más cómoda si está en la postura correcta. Estás de suerte: hoy tiene un buen día, ¿verdad, Bridget?

Besa a su hija en la cabeza.

Busco una reacción en Bridget, un gesto, un atisbo de reconocimiento en su cara, pero no veo nada.

—Hola, Bridget, soy Pip. —Sonrío a la chica. Es extraño conocer a una persona de la que sé tanto. Pienso en las anécdotas divertidas que Eileen cuenta en su *podcast*, en los lugares a los que su marido y ella han llevado a B con el paso de los años—. ¿Hoy no hay escuela?

Sé que Bridget es sorda y no sabe leer los labios, pero sería grosero hablar con Eileen como si ella no estuviera.

—Ah —dice Eileen, poniendo los ojos en blanco—. Ahora te cuento. —Me ofrece una taza de té—. Perdona, ni tan siquiera te he preguntado si querías leche. ¿Está bien así?

—Perfecto, gracias.

—La escuela de Bridget cerró la semana pasada. Recibimos una carta el lunes y cerraron el viernes.

Eileen se sienta a la mesa de la cocina, que está llena de libros, bolígrafos y los restos del desayuno. Yo también me siento.

—¿Pueden hacer eso?

—Al parecer, sí. Nos han ofrecido plaza en una escuela que está a dos horas de aquí, o internarla en un centro de Sussex. Gracias, pero no, gracias.

—¿Qué vas a hacer?

Por primera vez desde que he llegado, el tono pragmático de Eileen vacila. Se encoge de hombros.

—Para serte sincera, no lo sé. Trabajo a jornada parcial en horario escolar. Sin eso no nos llega para pagar los gastos. Y, aunque Bridget tiene cuidadores, no pueden estar en casa sin uno de nosotros. —Sonríe—. Nos apañaremos. Siempre lo hacemos.

Cuando nos acabamos el té, Eileen va a acostar a Bridget para que descanse y yo insisto en lavar los platos. Luego respiro hondo y le hago la pregunta que sé que ha estado esperando:

—¿Ya sabíais que Bridget tenía una discapacidad?

—Sabíamos por la ecografía de las veinte semanas que tenía espina bífida. —Eileen sonríe con ironía—. Lo demás fue una sorpresa.

—Y...

Eileen me dijo que podía preguntarle lo que fuera. Pero no puedo. No puedo.

—¿Aun así la tuvimos?

Asiento, avergonzada de lo que insinúa mi pregunta.

—No digo que yo...

—Tranquila. Es importante hablar de esto. —Se inclina hacia delante, junta las manos en la mesa y se mira los dedos pulgares—. No nos planteamos interrumpir el embarazo en ningún momento. Fue un golpe durísimo, pero le habíamos puesto nombre, estábamos entusiasmados con ella. Ya la queríamos. Movería cielo y tierra por esa chica, y algunos días parece que lo haga.

—Entonces ¿nunca te has arrepentido?

Eileen alza la vista.

—Yo no he dicho eso. —Mira hacia la habitación de Bridget por la puerta abierta y baja la voz, como si nunca hubiera dicho las palabras en voz alta—. La gente dice que somos abnegados, anteponiendo las necesidades de Bridget a las nuestras; dándole una vida, aunque a veces eso dificulta que los demás la tengan. Pero es al revés. Tuve a mi hija porque quería ser madre.

Se queda callada y yo contengo la respiración, alentándola mentalmente a continuar; necesito entender mejor lo que piensa.

—Bridget ha enriquecido mi vida, y la vida de todos los que la conocen, de un millón de maneras distintas —continúa—. Pero, de haber sabido lo difícil que sería su vida, de haber sabido que los momentos placenteros serían tan pocos y tan breves, entre la medicación, las convulsiones y las operaciones... —Eileen pone la espalda recta y vuelve a enfocar la mirada en la cocina—. Bueno —añade en voz aún más baja—, no sé si habría sido tan egoísta.

DOCE

LEILA

Han pasado cinco días desde que Leila les pidió a Max y a Pip Adams que tomaran una decisión a la que ningún padre debería tener que enfrentarse jamás. Los ha visto todos los días, ha respondido sus preguntas y se ha puesto a su disposición siempre que lo han necesitado. No les ha presionado para que se decidan, pero sabe que llegará el momento, y será pronto, en el que tendrán que hacerlo, de manera que se siente aliviada cuando Max Adams le pide que se reúnan.

—Hemos tomado una decisión.

Lleva traje y la formalidad está reñida con el deformado jersey de su mujer, cuyas mangas estiradas tiene agarradas entre los inquietos dedos de las manos cerradas en puños.

Leila sabe cuál es sin preguntar —la ve en la determinación que refleja la mandíbula de Max y en su mirada resuelta—, pero espera a que Max la diga en voz alta.

—No estamos preparados para rendirnos con nuestro hijo. —Tiene a su mujer cogida de la mano y le acaricia los nudillos con el dedo pulgar como si ella necesitara ese gesto para sentirse reconfortada con su presencia—. Hemos investigado la enfermedad de Dylan y sabemos que tendrá discapacidades que le limitarán la vida, pero creemos que, si existe una posibilidad de alargársela, debemos optar por esa alternativa.

Leila rara vez ha oído a un padre hablar con tanta confianza y soltura en una situación tan trágica. Max Adams no habla como lo haría un padre, piensa. Su discurso es impecable. Parece ensayado. Es, comprende, el discurso de un vendedor. Porque ese es, supone, el mundo que Max Adams conoce. No significa que no esté derrumbándose por dentro. Y, de hecho, cuando se fija un poco mejor, ve que su corbata no está del todo recta y lleva la camisa un poco arrugada. Un músculo le late en el lado de la mandíbula. Y tras sus ojos rebosantes de seguridad hay puro miedo.

—Entiendo.

Leila no es madre, pero ha tenido a muchos bebés en brazos. Ha traído niños al mundo, con y sin vida. Ha perdido a niños; ha visto el dolor en los ojos de sus padres cuando una parte de ellos también muere. Leila tampoco se rendiría con su hijo.

—Queremos que Dylan reciba terapia de protones.

Leila no esperaba que entraran en tanto detalle, pero no se sorprende. Imaginaba que los Adams propondrían otro ciclo de quimioterapia, pero no son los primeros padres en proponer la terapia de protones.

—El Sistema Nacional de Salud tiene acuerdos con centros de Estados Unidos —dice Max.

Su tono podría parecerle áspero a un mero observador. Incluso condescendiente.

—Eso tengo entendido. —Leila no es una mera observadora. Leila sabe que Max Adams está casi al límite, como muchos padres con hijos en la UCIP. Se esfuerza por controlar una situación sobre la que no tiene ningún control y Leila va a permitírselo—. Hay centros de tratamiento previstos para Londres y Manchester, pero de momento no es una opción que podamos ofrecer aquí.

Se da cuenta de que Pip ha soltado la mano de Max y se ha abrazado el cuerpo. Está dejando que su marido lleve la iniciativa, y Leila se pregunta si eso también contribuye al dolor que Max lleva grabado en la cara.

—Pero pueden mandar pacientes a Estados Unidos.

—Tendré que preguntar al equipo de Oncología si el caso de Dylan es apropiado para la terapia de protones.

—Lo es.

Max es testarudo y Leila reacciona irguiendo la espalda. «Su hijo se está muriendo», se recuerda. Con el paso de los años, Leila ha perdonado muchas transgresiones a muchos padres. Insultos escupidos a la cara, furibundos ataques verbales. Incluso, en una ocasión, un fuerte empujón en el hombro de una madre a la que acababa de partir el corazón. «Lo siento mucho: hemos hecho todo lo posible.»

—Ahora que sé que quieren explorar más opciones de tratamiento...

—Queremos explorar la terapia de protones.

—... podemos estudiar la manera más apropiada de proceder. —Leila mira a Pip, que sigue abrazándose el cuerpo. Tendrá que poner esta conversación por escrito y le gustaría reflejar el punto de vista de los dos—. Señora Adams, ¿tiene algo que añadir?

Pip Adams mira a su marido. Dice una sola palabra, pero en voz tan baja que Leila tiene que inclinarse sobre la mesa para oírla:

—No.

—De acuerdo —dice Leila, pero percibe algo en la expresión acongojada de Pip que le induce a interrumpirse, a poner en duda lo que ha oído—. ¿Quiere decir —añade en voz baja, sin apartar los ojos de Pip— «no, no tengo nada que añadir?».

Una sola lágrima rueda por la mejilla de Pip Adams. Dirige otra mirada nerviosa a su marido y traga saliva.

—Quiero decir que no. Quiero decir que he cambiado de opinión. No quiero someter a Dylan a más tratamiento.

Max Adams la mira boquiabierto.

—¿Qué?

—No puedo hacerlo.

Pip se pone a llorar y a Leila se le encoge el corazón.

—¿No puedes qué? —dice Max en voz demasiado alta para esta sala, para las personas que la ocupan. Está blanco como el papel y, aunque sigue sentado, tiene todos los músculos del cuerpo tensos, como si estuviera esperando el pistoletazo de salida. Mira a su mujer y la voz se le quiebra cuando vuelve a hablar, en voz más baja esta vez—: ¿No puedes salvarle la vida a Dylan?

El dolor embarga los ojos de Pip y el corazón de Leila late a doble tiempo en un pecho que, de repente, parece demasiado pequeño para contenerlo.

—No puedo —empieza a decir Pip, respirando con esfuerzo cada pocas palabras—. No puedo hacerle vivir una vida que yo no querría vivir. —Alza la vista para mirar a Leila, con la mandíbula igual de tensa, igual de resuelta que la de su marido—. Quiero dejarlo marchar.

TRECE

MAX

La primera vez que me quedé a dormir en su casa, Pip me pidió que rescatara una araña de la bañera. «Cuidado con las patas —dijo cuando la llevé a la planta baja en las manos ahuecadas y la solté en el jardín—. No le hagas daño.»

La miro con incredulidad. Pip llora con los anuncios de refugios de perros, dona dinero cuando ocurre una catástrofe, aparta los caracoles de la acera cuando llueve para que no los pisen. No soporta ver sufrir a un ser vivo. ¿Qué está diciendo?

—Pero hemos decidido...

—No. Lo has decidido tú. —Se vuelve para mirarme—. Ha sufrido mucho, Max; no soporto verlo sufrir más.

—La terapia de protones podría eliminar por completo el cáncer. ¡Podría salvarle la vida!

—¿Qué vida? —Pip está llorando y me siento partido en dos: quiero consolarla, pero me horroriza lo que estoy oyendo—. Alimentación por sonda, catéteres, cánulas, aspiración orofaríngea... Eso no es vivir, Max, eso es existir.

La doctora Jalili se aclara la garganta.

—Quizá sería mejor que se tomaran un poco más de tiempo para hablarlo...

—No hay nada que hablar —digo—. No pienso rendirme con mi hijo.

—Tómense todo el tiempo que necesiten.

La doctora se marcha y yo me levanto y me acerco a la ventana, donde me quedo de espaldas a Pip.

—No me puedo creer que estés haciendo esto.

—Me está partiendo el corazón.

—Entonces...

Giro sobre mis talones y mis brazos en cruz lo dicen todo. Pero ella niega con la cabeza.

—Si fuera un animal, un caballo que no pudiera andar, que no pudiera comer, no tendrías dudas. Dirías que es lo más humano. Un último acto de compasión.

—¡Nuestro hijo no es un animal!

Escupo las palabras, horrorizado por la comparación, pero Pip no se amilana.

—Por favor, Max. No dejes que siga sufriendo. No se trata de nosotros, no se trata de cómo nos sentiremos si lo perdemos. Se trata de Dylan y de aceptar que hemos llegado al final del camino.

—No. —Cruzo la habitación. Ya no estoy partido en dos. Ya no tengo el impulso de enjugarle las lágrimas—. Jamás me rendiré con mi hijo.

Por mucho tiempo que pasemos con una persona, por muy bien que creamos conocerla, puede seguir siendo una desconocida para nosotros.

Me quedo un momento junto a Dylan, tomándole de la mano y prometiendo en mi fuero interno que haré todo lo posible para protegerlo. Resisto el impulso de cogerlo en brazos y llevármelo; de meterlo en el coche, ir al aeropuerto y montarme en el primer avión a casa.

«Casa.» Estados Unidos no es mi casa desde hace más de una década, pero de repente me embarga la nostalgia. «Pronto estaremos allí —le prometo a Dylan—. Te verán los mejores médicos y te darán el mejor tratamiento. Y luego volverás a casa. Te lo aseguro.»

Dejo las llaves del coche junto a la cuna de Dylan y me dirijo a la parada de taxis de la entrada principal del hospital.

—¿Kenilworth? Le costará entre setenta y ochenta libras, lo sabe, ¿verdad?

Me contengo para no responderle que es taxista, no mi asesor financiero, y murmuro un «No pasa nada». Tras un tibio intento de entablar conversación, se da por vencido y hacemos el trayecto en silencio.

No estoy acostumbrado a estar solo en casa. Desde octubre apenas he puesto los pies en ella. Mi tiempo se reparte entre hoteles, aviones y coches, y los asépticos pasillos y pabellones del hospital. Si vengo, es para dormir, o para ducharme a toda prisa y cambiarme de ropa después de un vuelo largo.

En la primera planta, la puerta del cuarto de Dylan está abierta y la cierro sin mirar, sin fijarme. Sé que Pip entra a veces. Se sienta en el sillón de lactancia y pone en marcha el móvil de Dylan, mira la cuna vacía y la imagina llena.

De vez en cuando me pide que coja alguna cosa de su cuarto. Un pelele limpio, un juguete, uno de sus libros favoritos. Tengo que armarme de valor para entrar y, cuando lo hago, voy derecho a la cómoda, la caja de los juguetes, la librería. No miro alrededor. No puedo.

Hay otras dos habitaciones en la planta del cuarto de Dylan: el despacho, para los días que trabajo desde casa, y el cuarto de invitados, para mi madre cuando viene de visita. Pip y yo tenemos nuestro dormitorio en la última planta. Hay un vestidor aparte, con armarios empotrados, y un baño con dos lavabos y unas puertas correderas de poca altura en el ángulo entre el techo y el tejado inclinado. Corro una y saco una maleta del entretecho.

La coloco sobre la cama y empiezo a llenarla. Pantalones cortos, jerséis, pantalones largos, trajes. No me permito pensar en lo que estoy haciendo; en si hago la maleta para una noche, para un mes, para siempre. No me permito pensar en nada. Solo sé que ahora mismo no puedo estar aquí.

CATORCE

PIP

A veces solo tenemos la certeza de haber tomado la decisión correcta una vez que la hemos tomado. O encaja en su sitio como si siempre hubiera tenido que estar ahí o se queda, pinchuda y deforme, en algún lugar recóndito de la mente. «Esto no está bien: has tomado la decisión equivocada.»

Así me he sentido cuando Max le ha dicho a la doctora Jalili que queríamos seguir tratando a Dylan.

«Esto no está bien.»

Mientras Max hablaba, he pensado en Bridget y en su madre. He pensado en qué hace que la vida sea vida. En lo mucho que quiero a Dylan y en que no dudaría en sufrir por él si pudiera.

Y me he dado cuenta de que puedo. Puedo hacer esa única cosa por él.

Si Dylan muere, yo sufriré lo que me queda de vida. Pero para él se habrá acabado. No habrá más dolor, medicamentos ni veneno corriéndole por su frágil cuerpo. Ninguna de las indignidades de depender de los demás para todas sus necesidades, todos sus movimientos.

Sabía que Max se iría de la UCIP. Puedo contar las discusiones que hemos tenido con los dedos de las manos, pero, en todas, Max acaba marchándose y no regresa hasta que se ha calmado y ha podido reflexionar.

—Es exasperante —le dije en una ocasión—. Siempre tienes que ser tú el que diga la última palabra.

Max se quedó desconcertado.

—No es eso en absoluto; es porque tengo miedo de decir algo de lo que luego me arrepienta, algo que no te mereces.

Así pues, no me sorprende ver las llaves del coche junto a la cuna de Dylan y, en este día tan horroroso, saber que a Max le importo lo suficiente para no dejarme sin coche me consuela un poco. En la sala de descanso me ha mirado como si me odiara. Necesita espacio, eso es todo.

De forma automática, pongo *Educar a B* durante el trayecto a casa, pero no puedo escuchar la voz de Eileen sin ver su cara cuando me habló de una vida alternativa, una vida en la que no habría seguido adelante con el embarazo, de modo que apago la radio.

Cuando llego a la casa, la entrada está vacía. Max se ha llevado mi coche. La semilla de la duda arraiga en la boca de mi estómago y crece con tanta rapidez y vigor que, cuando entro en casa, no digo su nombre ni miro en la cocina. Corro a nuestra habitación y veo que en su mesita faltan su libro, sus gafas de lectura y el despertador gris plata que nunca se lleva de viaje. Perchas vacías repiquetean en su lado del armario.

Le llamo al móvil. Está apagado. Le mando un mensaje de texto y mis dedos vacilan sobre las teclas mientras decido qué poner. Lo que quiero decir es: «¿Me has dejado?», pero la pregunta está de más. Me decido por: Llámame, por favor.

Max no me llama. Me manda un mensaje de texto, una hora después, cuando estoy en la cocina, viendo cómo el microondas calienta un plato de sopa que sé que debería tomarme.

Me he registrado en un hotel.

¿Vas a volver?, le pregunto.

Miro los puntitos que indican que está escribiendo y me doy cuenta de que lo que va a decir, sea lo que sea, es más largo que un «sí». Me fijo en las manualidades pegadas a la nevera. Pétalos pintados con las yemas de los dedos en un campo de girasoles; una calabaza de Halloween hecha con hojas secas pegadas sobre un plato de papel; un muñeco de nieve de algodón con una bufanda de papel de seda. Todos traídos reverentemente a casa de la guardería por un niño henchido de orgullo. «¡Mira, mamá!», «¡Cuadro Dylan!», «¡Dibujo Dylan!». El dolor me atraviesa el pecho cuando el móvil tintinea con la respuesta de Max.

Solo si has cambiado de opinión.

¿Cómo ha ocurrido esto? Hace un año éramos una familia feliz. Hace justo una semana, Max y yo estábamos unidos, celebrando que Dylan volvía a respirar solo, esperanzados con el futuro. Y ahora... ¿De verdad voy a tener que elegir entre mi marido y mi hijo?

Hay cinco manualidades en la nevera. Solo cinco. Otro puñado que mandamos a la madre de Max, y otras tantas que tienen mis padres. Un archivador lleno de ellas en el despacho de Max, un cuadro que se quedó en el maletero de mi coche. ¿Cuarenta? ¿Cincuenta? Y el resto, tiradas sin pensar al cubo de reciclaje al final de la semana.

—Además, no es un Van Gogh precisamente —le dije a Max, aplacando mi culpa con una sonrisa y un vaso de Pinot Noir.

Le enseñé la obra maestra de ese día: salpicaduras de colores soplados con una pajita.

—Tienes razón. —Max miró la pintura con ojo experto—. Es más del estilo de Jackson Pollock.

La tiré a la basura y la tapé con un periódico para que Dylan no la viera.

—No podemos quedarnos con todo.

Contengo un gemido. Algo crece dentro de mí, lento y pertinaz al principio, más rápido e intenso después. Culpa, ira, vergüenza y tristeza. ¿Por qué no lo guardé todo? Todas las pinturas de Dylan. Todas las plumas que recogió en todos sus paseos, todas las conchas, todas las piedras que acarició con el dedo y examinó con ojos de asombro, mirando cosas que yo ni tan siquiera veía ya. ¿Por qué no los guardé?

Escribo otro mensaje a Max.

Solo quiero lo mejor para Dylan.

La respuesta es inmediata:

Yo también.

Duermo a trompicones, acosada por sueños de Dylan en una barca, con una tempestad que lo adentra cada vez más en el mar. Me despierto llorando, alargando la mano hacia el hueco que Max ha dejado en la cama. En el hospital, busco mi Zafira azul en el aparcamiento y no sé si no verlo me alivia o me decepciona. Paso más tiempo del habitual lavándome las manos, sin estar completamente segura de que Max no haya venido, preguntándome si los enfermeros han estado hablando de nosotros.

—¡Buenos días! —Cheryl está igual de jovial que siempre. Apenas soy capaz de contenerme para no preguntarle si ha visto a Max—. Le he puesto una cánula nasal: la saturación de oxígeno se le ha descontrolado durante la noche, así que solo es para ayudarlo un poco.

Un estrecho tubito de plástico transparente se enrosca alrededor de la cabeza de Dylan y dos minúsculas aberturas le suministran un ligero flujo de oxígeno por ambas fosas nasales.

—Pareces cansada —dice Nikki—. ¿Una mala noche?

Hago un gesto afirmativo con la cabeza y me siento junto a la cuna de Dylan. Quiero correr las cortinas, pero me parece grosero. No sé por qué me importa, pero es así.

—¿Max vuelve a estar de viaje?

—Sí.

Saco mi labor de la bolsa que guardo debajo de la silla, aunque lleve una semana sin tocarla y no quiera hacerlo ahora.

—Debe de ser estupendo viajar tanto. —No queda rastro de la mujer nerviosa que entró ese día con Liam. Ahora está acostumbrada a la UCIP, deja la comida en la nevera de la sala de padres y escribe sugerencias en el cuaderno para otros padres—. Eso sí, dicen que lo único que ves son habitaciones de hotel y aeropuertos, ¿no? ¿Adónde ha ido esta vez?

—Boston —lo digo sin pensar y el pulso se me acelera cuando imagino qué pasará si Max aparece ahora. «Qué boba», tendré que decir. «He debido de equivocarme de semana...»

El hilo de mis pensamientos se interrumpe de golpe cuando Liam hace un ruido. Es un ruidito que no llega a ser un gemido, pero, sin duda, es más que una mera respiración.

—¿Lo has oído?

La voz de Nikki está preñada de esperanza. Se levanta y las patas de la silla chirrían contra el suelo. Cheryl ya ha cruzado la habitación a rápidas zancadas y está inclinada sobre Liam. Le quitaron el respirador anteayer y su cuerpo está poco a poco eliminando los fármacos que lo mantenían sedado. «Hay que dejar pasar el tiempo», me dijo Nikki, intentando ser valiente, y yo le apreté el brazo y le respondí: «Qué me vas a contar».

Liam vuelve a gemir, el inconfundible ruido de un niño que se está despertando, y Nikki sofoca un grito.

—Estoy aquí, pequeñín, mamá está aquí.

Me levanto, corro la cortina entre la cama de Liam y la cuna de Dylan y murmuro: «Os daré un poco de intimidad», pero nadie me oye porque a ese lado de la cortina no paran de decir: «¡Se está despertando, se está despertando!». Liam tose y Cheryl le pide a Yin que le dé un poco de agua, «a sorbitos, no demasiado rápido». Y aquí, a este lado de la cortina, mi hijo está callado, quieto y pálido, y yo no puedo, sencillamente, no puedo más.

Fuera del hospital, me apoyo en la pared y me duele cada vez que respiro de forma entrecortada, como si hubiera estado corriendo. No he cogido el abrigo, pero aun así echo a andar porque necesito aclararme las ideas antes de volver a entrar. Me dirijo a la calle de tiendas que está a dos manzanas del hospital y deambulo por el pequeño supermercado, llenando la cesta de tentempiés para la sala de padres. La cola para pagar ocupa todo un pasillo de productos en conserva, de manera que me dirijo a las cajas de autoservicio.

—¡Está aquí! —mascullo, y paso una botella de agua por el escáner por tercera vez, por cuarta—. ¡La tienes delante!

La mujer de la caja contigua suelta una risita.

—Me alegra no ser la única que habla con estas cosas. —Sonrío y sigo escaneando mis compras y dejándolas en la bolsa de la derecha.

«Por favor, meta el artículo en la bolsa», dice la máquina un momento después de que yo haya metido un paquete de galletas.

—Ya está en la bolsa.

Oigo otra risita solidaria de la mujer que está a mi lado, que casi ha terminado de comprar y está introduciendo su PIN.

«Por favor, meta el artículo en la bolsa.»

Pienso en Liam y me pregunto si se ha incorporado, si ya está tan despabilado que puede hablar. Saco las galletas y vuelvo a meterlas.

«Por favor, meta el artículo en la bolsa.»

Me pregunto si Dylan se ha dado cuenta de que me he ido, si está confundido, si me echa de menos. Me atenaza la culpa.

—¡Ya está en la bolsa, coño!

Meto las galletas con tanta fuerza que oigo cómo se rompen. Esta vez, la mujer de mi lado no se ríe.

«Por favor, meta el artículo en la bolsa.»

La frente empieza a sudarme y lloro lágrimas de frustración que me irritan los ojos y me hacen moquear. Cojo las galletas con el puño cerrado, levanto mucho el brazo y las estampo contra la bolsa una y otra vez, gritando las palabras cada vez más alto: «Ya. Está. En. La. Puta. Bolsa». Soy vagamente consciente de un corrillo de gente a mi alrededor, de las interferencias de una radio, de un «¿se encuentra bien, cariño?» y de una mano firme en mi brazo.

Me la quito de encima y doy un paso atrás. Los murmullos y las miradas electrizan el ambiente y la cola de la caja está deshecha porque los clientes se han salido para mirar. La mujer, que ya no se ríe, aparta los ojos cuando la sorprendo mirándome.

El dueño de la mano es un hombre vestido de negro que lleva una chaqueta reflectante y una radio enganchada al cinturón. Parece inseguro y pienso que debe de estar más acostumbrado a tratar con ladrones y aspirantes menores de edad que con mujeres de treinta y cinco años que sufren crisis nerviosas en las cajas automáticas. Me agarro a la correa del bolso con ambas manos, levanto la barbilla y me marcho. Hasta que no llego al hospital no me doy cuenta de que sigo llevando las galletas en la mano.

—¿Viene su marido hoy?

La doctora Jalili no puede saber que mi marido ha pasado la noche en un hotel, pero su tono de voz es tan amable como si lo supiera. Ya ha pasado la hora de comer y no he tenido noticias de Max. Tras la exaltación inicial, Liam vuelve a estar inmóvil y Nikki no se separa de su lado. Esperando, esperando.

—No... no estoy segura. —Vacilo—. ¿Qué pasará si él... si no podemos ponernos de acuerdo?

—No son los primeros padres que tienen opiniones distintas sobre un tratamiento —responde la doctora Jalili—. Podemos ofrecer mediación: una persona independiente que puede ayudarles a tomar una decisión que los satisfaga a los dos, y después...

—Eso no va a pasar. —No pretendo ser brusca con ella, pero no conoce a Max, no sabe cuánto ha investigado esto, lo convencido que está—. ¿Así que cuáles son los siguientes pasos? —Hablo con más autoridad de la que siento.

La doctora Jalili vacila. Se le forman dos fugaces arrugas en el puente de su nariz, antes de componer las facciones en una expresión más neutra.

—En el caso improbable de que no podamos llegar a un acuerdo, le correspondería al hospital hacer una recomendación y, si se diera el caso, solicitar autorización a los tribunales para seguir adelante con esa vía de tratamiento.

Miro a esta médica que conoce a mi hijo desde hace cinco meses, pero que nunca lo ha visto correr ni le ha oído hablar. Sabe mucho más que yo sobre la operación de Dylan, los fármacos que le están administrando, el daño cerebral que para el ojo inexperto es un oscuro remolino en un escáner. La vi poner la espalda un poco más recta en la silla cuando Max habló de la terapia de protones; vi el atisbo de respeto en sus ojos. La impresionó: Max impresiona a todo el mundo. Yo soy tan firme en mis convicciones como Max, pero no tengo su capacidad de persuasión. No puedo respaldar mi decisión con datos y cifras, solo con el corazón, el instinto y la dolorosa y absoluta certeza de que esto es lo más compasivo que puedo hacer por mi hijo.

¿Puedo confiar en que esta médica tomará la decisión correcta?

Y si lo hace, ¿qué será de Max y de mí?

QUINCE

LEILA

—No sabe lo agradecidos que estamos, doctora Jalili.

Leila sonríe a Darcy, que balbucea alegremente y extiende los rollizos brazos para coger las gafas de Alistair. Luce un pelele con el eslogan «Dos papás son mejores que uno». Han pasado dos días desde que estuve en la sala de descanso con los padres de Dylan, dos días en los que el ambiente del pabellón ha estado cargado de tensión. La buena noticia de hoy es muy de agradecer.

—Nos encantaría agradecérselo —dice Tom—. Tenemos una casa en Antigua...

—Aire acondicionado —interviene Alistair—, piscina infinita, con vistas al océano...

—... y nos encantaría que la utilizara. Llévese a un amigo, ¿o a su encantadora madre, quizá?

Leila piensa en cambiar el gris y lluvioso Birmingham por dos semanas al sol del Caribe; piensa en Habibeh, tiritando con su recio forro polar.

—Son muy generosos, gracias. Pero no puedo.

—Claro que...

—Son las normas del hospital —dice Leila con suavidad—. Para asegurar que damos el mismo trato a todo el mundo. —Ellos parecen desanimados y Leila siente que les está haciendo un feo—. Hay una organización benéfica que se llama Amigos de la UCIP —añade—. Estoy segura de que se pondrían locos de contentos con unas vacaciones para su próxima rifa, si ustedes...

Antes de que haya siquiera terminado de hablar, los dos hombres asienten con entusiasmo.

—Nos encantaría.

Leila sonríe.

—Muchas gracias. Están recaudando dinero para un desfibrilador nuevo. El hospital no tiene presupuesto para reemplazarlo hasta el nuevo ejercicio.

—Eso es terrible.

—Hay uno en la sala de operaciones y otro en la Unidad de Alta Dependencia, pero no es lo ideal, desde luego. Ayudar económicamente a los Amigos sería la mejor manera posible de darnos las gracias.

Leila acompaña a los Bradford hasta el final del pasillo. Les da un espontáneo abrazo de despedida a los dos. Cuando regresa al pabellón, ve que Pip los estaba observando desde la Habitación 1. Duele, Leila lo sabe, ver cómo el hijo de otros llega y se va, mientras el propio está postrado en la cama, mudo y enfermo. Max Adams ha llegado, pero ha ocurrido algo, un cambio en su relación, que crea malestar en todo el pabellón.

Pip —o Max— ha movido las dos sillas colocadas junto a la cuna de Dylan y ahora, en vez de sentarse uno al lado del otro, están separados por ella, lo que los obliga a tener todas sus conversaciones a través de barrotes.

—De todas maneras, casi no se hablan —le ha dicho Cheryl por la mañana—. Esta mañana, él ha dicho: «Después tengo que ir a la casa». —Cuando Leila no ha reaccionado, Cheryl ha enarcado las cejas—. «A la casa.» No a casa, «a la casa». Creo que se han separado.

Leila está triste. Ojalá pudiera decirles a los Adams que todo irá bien, que esto es lo más tremendo, lo más espantoso que les sucederá en la vida, pero que un día podrán volver a reír. Que la montaña que se ha alzado entre ellos y parece tan infranqueable puede no disminuir, pero ellos aprenderán a ascenderla. Volverán a encontrarse, en la cima, y al volver la vista atrás verán lo que han ascendido y les parecerá imposible, pero, de algún modo, ahí estarán.

No puede decirles eso. No le corresponde. Tiene un cometido que cumplir y hoy debe hacer lo más difícil que ha hecho desde que es médica. Mira la pared del fondo del puesto de enfermeras, donde hay un gran corcho lleno de fotografías y cartas de agradecimiento. Fotografías de escuelas, vacaciones, ceremonias de graduación. Fotografías de estudio: toda la familia tumbada boca abajo en una luminosa sala blanca, riéndose. Niños que esquían, juegan al fútbol, montan a caballo. Niños que juegan al baloncesto en sillas de ruedas; que corren con piernas artificiales. Niños que han vencido los obstáculos, cuyas vidas pendían de un hilo en este mismo hospital, cuyos padres estuvieron sentados en esta misma sala y escucharon cómo un médico les decía que sus hijos quizá no vivirían. Y, no obstante, lo han hecho.

Hoy, Leila debe decirles a Pip y a Max Adams que el hospital ha hecho una recomendación oficial con respecto al tratamiento de su hijo. Debe darles la oportunidad de aceptar la recomendación y después, si uno de los dos está disconforme, debe informarles de que el hospital emprenderá acciones legales.

Tiene un insólito momento libre antes de reunirse con ellos, veinte minutos en los que solo le daría tiempo de ir al comedor y regresar sin poder comprarse nada. Va, en cambio, al despacho de Nick, donde se bebe a tragos el té preparado con el hervidor que él esconde en un armario.

—A lo mejor se ponen de acuerdo —dice Nick.

—No lo harán.

—Entonces tienes el respaldo del hospital. —La mira—. No estás sola en esto.

Pero a Leila se lo parece. Entre los numerosos alimentos que Habibeh le ha preparado con optimismo, hay un paquete plano envuelto en papel de aluminio. Leila sonríe. *Tahdig*. El arroz a la persa deja un crujiente disco en el fondo de la cazuela, un manjar que a Leila le recordaba que debía compartir con los invitados cuando era pequeña. Parte el *tahdig* en dos y da una mitad a Nick.

—Tienes que esconderle el pasaporte a tu madre; esto está increíble.

—Está muy rico, sí.

Leila se siente fortalecida por el amor de su madre y las palabras tranquilizadoras de Nick. Llama a Ruby cuando regresa al pabellón.

—Gracias por una noche tan bonita. Siento haber llegado tarde. Y haber estado gruñona.

Ruby no es rencorosa.

—Parecías estresada; me preocupaste.

—Yo siempre estoy estresada. —Leila intenta bromear.

—No tanto. ¿Qué pasa?

Leila le explica a Ruby parte de lo que ocurre y su amiga la escucha en silencio. Luego dice: «Jesús, eso es horrible», y «Yo estaría hecha polvo», y «No sé cómo lo haces». Leila llega entonces a la entrada de la UCIP y...

—Tengo que dejarte.

—Si me necesitas, aquí estoy, ¿vale?

Hay muchas personas para cogerla si se cae. Ayuda saberlo, un poco, pero cuando asoma la cabeza por la puerta de la Habitación 1 y les dice «cuando ustedes quieran» a Max y a Pip, y cuando recorre el largo pasillo unos pasos por delante de ellos para sentarse, una vez más, en la sala de descanso, jamás se había sentido tan sola.

—No. —Max Adams tiembla tanto que parece que esté moviéndose, aunque sigue sentado—. No se lo permitiré.

—Sé que esta es la peor noticia posible para ustedes —dice Leila—. Hemos revisado el caso de Dylan a fondo y, aunque aceptamos que la terapia de protones puede reducir el tumor, no creemos que lo elimine del todo.

—¿Así que dejarán que crezca? —pregunta Max—. ¡Hasta que lo mate!

—Pondríamos en marcha un plan de cuidados paliativos para controlar el estado y el dolor de Dylan y...

—Esto es culpa tuya. —Max se vuelve contra Pip, que ha escuchado en silencio el resumen de Leila de la reunión que ha tenido por la mañana con el director médico—. La decisión era nuestra. ¡Nuestra! Y entonces cambiaste de opinión y ahora... —Se interrumpe, restregándose la cara con ambas manos.

— El CAFCASS, el Servicio de Asesoramiento Jurídico para los Menores y la Familia, asignará a Dylan un tutor independiente —explica Leila—. Designará un abogado para él. —Mira a Max y después a Pip—. Ustedes dos serán partes del proceso judicial y tendrán derecho a preparar su defensa.

—¿Tendremos que ir a juicio? —pregunta Pip, acongojada—. ¿Uno contra el otro?

Leila elige sus palabras con cuidado.

—El hospital ha solicitado una orden judicial para impedir que Dylan se marche del Saint Elizabeth y reciba otro tratamiento que no sean cuidados paliativos. En cualquier momento, la solicitud puede retirarse...

—Entonces... —Max intenta hablar, pero Leila insiste.

—... si los dos dan su consentimiento a este plan de tratamiento —concluye.

El silencio se cierne sobre la sala mientras los tres piensan en lo que esto significa para Dylan. Para ellos.

—Entonces las veré en el juzgado. —Max lanza una mirada a su mujer y Leila se pregunta si Pip ve el dolor de sus ojos o si está camuflado por la ira de su voz—. A las dos.

A Leila está a punto de estallarle la cabeza. Ha quedado con Jim a las ocho y media y se plantea anularlo, pero ya son las ocho y no tiene valor para dejarlo plantado.

Se ven en el King's Arms.

—Marchando una lima con tónica.

Jim le hace una reverencia teatral y se dirige a la barra.

Leila ve la mesa a la que se sentó con Nick, la noche de la fiesta de Ruby, y se ruboriza al recordar la delicadeza con la que él eludió su propuesta de pasar la tarde juntos.

Jim reaparece con una cerveza y el refresco de Leila.

—Venga, Jalili, cuéntame lo más destacado de tu día. Lo mejor, lo peor. Dispara.

Habla como si estuviera actuando para un público —con vigor y para hacer reír— y Leila se pregunta si, con el tiempo, acabaría cansándole. Si alguna vez desconecta. Aun así, no puede evitar sonreír.

—¿La mejor parte? —Leila alza su vaso—. Tomar algo después del trabajo.

—¿Esa es la mejor parte? Vaya, debes de haber tenido un día de mierda. —Jim sonríe, pero dulcifica la voz cuando capta la expresión de Leila—. Oh. Has tenido un día de mierda, ¿verdad?

Leila asiente.

—¿Quieres hablar de ello?

—No es nada del otro mundo, es decir... —Leila se esfuerza por encontrar las palabras adecuadas y lo mira fijamente—. Los pacientes se mueren, ¿no? Perdemos a gente. Continuamente. Pero —se encoge de hombros sin mucha convicción— así es este trabajo.

—Eso no impide que sea duro.

Toman un sorbo de su bebida. Leila se pregunta qué será de Pip y Max.

—Tenemos unos padres que discrepan sobre el tratamiento de su hijo.

Jim asiente con aire pensativo.

—Pasa. Más a menudo de lo que la gente cree.

Está pensando en las riñas que tiene que presenciar a todas horas. «No va a ir al hospital...» «¡Sí va a ir!» «Lo acompaño yo.» «¡No, iré yo!» «No lo toque.» «¡Haga algo!» Leila se cuestiona su suposición de que las discusiones en las que Jim se ve inmerso sean menos graves porque se desarrollan en la calle, en un pub, en el salón de alguien. Él vive situaciones de vida o muerte todos los días, quizá más a menudo que ella. Si alguien entiende a qué se enfrenta Leila, es él.

—El paciente está terminal. —No hay nadie en las mesas contiguas, pero, de todas formas, Leila habla en voz baja. Jim mira su cerveza con el entrecejo fruncido mientras la escucha—. Nosotros recomendamos cuidados paliativos. La madre está de acuerdo. El padre no.

Jim alza la vista.

—¿Y qué pasa ahora?

—Vamos a juicio —responde Leila con un profesionalismo que no siente—. Y dejamos que el juez decida.

Se quedan en silencio. Luego Jim se recuesta en la descolorida tela del banco.

—Tuve una orden de no reanimación la semana pasada. Un hombre mayor. Parada cardíaca. Invadido de cáncer, cada dos por tres en el hospital, y supongo que ya estaba harto. Había dejado claro, la última vez que ingresó, que no quería que lo reanimaran si volvía a ocurrir y su mujer estaba al corriente de todo. —Toma un sorbo de cerveza y vuelve a dejar el vaso en la mesa, con cuidado—. Pero, a la hora de la verdad, su mujer quiso que le salváramos la vida.

—¿Qué hicisteis?

—Le quitamos el dolor y le dejamos morir. —Jim se queda callado un momento—. Su mujer me llamó asesino y, aunque yo estaba mirando una orden de no reanimación firmada por el hombre al que le estaba cogiendo la mano, hubo una parte de mí que se sintió así.

—Lo siento mucho.

Se encoge de hombros.

—Como tú has dicho, es parte del trabajo, ¿no?

Pasan a temas más fáciles: dónde se criaron y qué los trajo a Birmingham. Jim tiene talento para la mímica y Leila se ríe tanto de sus imitaciones de sus mutuos compañeros que le entra flato. Se toman otra bebida, y luego otra, y, cuando Leila mira la hora, le sorprende descubrir que ha pasado toda una tarde.

—Deberíamos repetir —le dice Jim cuando salen del pub.

Para Leila ha sido una buena tarde. Ha pasado tres horas riéndose, hablando y pensando en la vida fuera de la UCIP, fuera de su mundo. Sin embargo, cuando regresa a casa en bicicleta, todo vuelve a pesarle. Piensa en Pip y en Max, y en Dylan, y vuelve a sentir una opresión en el pecho.

Como la mayoría de los iraníes, Leila tiene dos juegos de cortinas en las ventanas del salón. Unas recias estampadas, para correrlas en las noches frías y oscuras, y otras muy finas, con ribetes de hilo de oro, para tener intimidad. Las dos están corridas, pero cuando Leila apoya la bicicleta en la barandilla y enfunda el asiento con el gorro de ducha, oye los compases del canal de teletienda y la vocecilla de una presentadora deshaciéndose en elogios hacia algo con accesorios. ¿Una aspiradora? ¿Un robot de cocina? Entra en casa.

—¡Leila *joon*! He preparado *torshi*.

A Leila no le hace falta mirar para saber que sus armarios estarán repletos de tarros llenos de verduras —coliflor, zanahorias, apio— conservadas en vinagre ácido especiado.

—¿Ha pasado Wilma? Me ha dicho que nunca te encuentra en casa.

Por supuesto, Leila sabe que Wilma no puede no encontrarla en casa, porque Habibeh aún no ha salido a la calle.

Su madre aparta la mirada, absorta, según parece, en lo que Leila ve que es un aparato para tonificarse la piel de la cara. «Y eso es solo durante cuatro minutos, para tener la piel firme, mucho más elástica y visiblemente más joven. ¿Dónde tengo que firmar?» La presentadora suelta una risa cantarina. Una súbita exasperación posee a Leila. Hacia su madre, por ignorar los intentos de Wilma de hacerse amigas. Hacia el canal de teletienda, por sus tentaciones superficiales.

—A lo mejor lo ha hecho. Me ha parecido oír el timbre, pero

tenía el pañuelo arriba, y cuando he bajado... —Habibeh levanta ambas manos y se encoge de hombros.

—*Maman!* —Leila coge el mando a distancia y apaga el televisor.

Habibeh chasquea la lengua.

—Estoy segura de que es una señora encantadora, pero ¿habla farsi? No. ¿Hablo yo inglés? No. Te lo he dicho, Leila, estoy bien en casa. Cocinando, viendo mi canal. —Se queda callada. Se dulcifica. Porque, al fin y al cabo, es madre—. ¿Qué pasa, Leila *joon*?

Leila le habla de Dylan Adams. Del juicio que destrozará la vida de sus padres incluso más de lo que ya ha hecho la enfermedad de su hijo.

Habibeh le coge la cara entre las manos y le masajea las sienes con los pulgares.

—Eres buena persona, Leila, y buena médica. Solo puedes hacer lo que consideras que es lo correcto.

Y Leila deja que su madre la abrace, como si volviera a ser una niña.

DIECISÉIS

MAX

Hay ordenadas hileras de tumbonas grises dispuestas a ambos lados de la piscina del hotel, con una toalla enrollada en el asiento de rejilla. En un rincón, un jacuzzi arroja vapor al aire. En las dos últimas semanas he sido el primero en llegar a la piscina todos los días a las seis de la mañana, aliviado de no tener que seguir fingiendo que duermo y de llenar estas horas inútiles antes de que el resto del mundo despierte. Nado, y corro, y trabajo lo suficiente para que Chester me deje en paz; lleno el tiempo hasta que puedo centrarme en lo único que importa: Dylan.

Me coloco al borde de la piscina y me agarro a él con los dedos de los pies. Los azulejos del fondo son negros y el agua oscura parece un espejo. Me inclino hacia delante y, por un instante, me angustia la sensación de desequilibrio, saber que no hay vuelta atrás. Ahora no podría cambiar de opinión, aunque quisiera. Me tiro al agua de cabeza en la parte que no cubre y apuro tanto que rozo el fondo con el abdomen.

No puedo visitar a Dylan hasta las tres, una restricción que me enfurece cada vez que la recuerdo.

—Tengo que pensar en los otros pacientes —dijo la doctora Jalili.

No nos peleamos. Solo tuvimos una conversación acalorada cuando Pip se atrevió a decir que yo estaba «arrastrando a Dylan a un juicio» y yo le recordé que era ella la que había empezado todo, la que se había retractado de lo que habíamos decidido y había obligado al hospital a tomar partido. Los dos nos miramos fijamente, preguntándonos quiénes éramos, cómo habíamos llegado a ese punto.

—Por favor, señor Adams.

La doctora Jalili se ofreció a llevarnos a la sala de descanso, pero yo no me moví. Clavé los ojos en el pasillo, donde un ingeniero estaba colgando un desfibrilador nuevo de la pared, y contuve las lágrimas que no iba a permitirme derramar delante de ella. Odio la sala de descanso. Odio los folletos de orientación esparcidos por la mesita, y la caja de pañuelos de papel, colocada en el sitio justo para acompañar en el dolor. Odio el hecho de que alguien decidiera deliberadamente que los cojines de colores vivos podían, de algún modo, aliviar la pena de los padres. Odio el recio cristal translúcido de la puerta, que difumina la frontera entre las buenas y las malas noticias. Lo odio todo.

—Si usted y la señora Adams visitaran a Dylan por separado, quizá sería más fácil para el personal —dijo. Abrí la boca para protestar, pero ella no había terminado—. Y para Dylan.

Acepté la restricción, ¿cómo no iba a hacerlo?, y desde las tres de la tarde hasta medianoche el tiempo que paso con Dylan solo se ve interrumpido por la necesidad de devolver una llamada o responder un correo electrónico mientras preparo su defensa para mantenerlo con vida.

Las gafas de nadar que me ha prestado la bostezante recepcionista están viejas y rayadas. Sigo la borrosa línea de los azulejos del fondo y, cuando el impulso de la zambullida se acaba, doy una brazada, seguida de otra. No respiro.

A los diez años podía bucear cincuenta metros sin respirar. El equipo de natación entrenaba todos los sábados y, cuando terminábamos, podíamos divertirnos un rato. Aguantar la respiración se puso de moda durante un tiempo. Solo dos de nosotros podíamos bucear los cincuenta metros completos; yo y una niña llamada Blair, que era mi vecina en esa época y quedó primera en mariposa en el campeonato nacional juvenil.

Ahora noto que los pulmones se me contraen incluso antes de tener las puntas de los dedos cerca de la pared. No he contado las brazadas, pero esta piscina no puede tener más de veinticinco metros de largo. Pego la barbilla al pecho para girar bajo el agua y me doy impulso con los pies. El movimiento debería ser fluido y natural, pero el pecho me arde y me falta precisión: me impulso con un solo pie y me salgo del carril imaginario. Estoy desconcertado y sin aliento. Salgo a la superficie y me pongo de pie al mismo tiempo, respirando el aire a bocanadas y tosiendo.

—¿Se encuentra bien?

Es la recepcionista. Está en la entrada de los vestuarios con un montón de toallas.

—Sí.

Avergonzado de haber tenido público, me pongo de nuevo a nadar, cortando la calma superficie del agua con precisión, volviendo el cuerpo hacia un lado cada tres brazadas para respirar. Los pulmones aún me arden. Supongo que ha llovido mucho desde que tenía diez años.

Llevé a Dylan a nadar a los tres meses. Pip pensaba que era demasiado pequeño, pero a él le encantó. Estuvo como pez en el agua. Tenemos una fotografía suya buceando, con los ojos muy abiertos y los brazos extendidos hacia mí. Lo llevo los sábados por la mañana y después nos sentamos en la cafetería del polideportivo y mojamos cruasanes en chocolate deshecho. «Lo llevaba.» Siento una opresión en el pecho que no tiene nada que ver con mi respiración y, después, un dolor insoportable que por un momento me hace pensar que puede estar dándome un ataque al corazón. Veo borroso, pero no son las gafas rayadas, sino las lágrimas que las llenan. «Dylan.» Escondido bajo el agua, permito que el aire que me queda en los pulmones salga en forma de fuertes sollozos y, como la opresión disminuye un poco, dejo que continúen.

Nado otros veinte largos así, llorando a lágrima viva en el agua. Me quito las gafas cuando siento que hay más agua dentro que fuera y nado más fuerte y rápido, con el cloro escociéndome en los ojos. Un largo más de veinte brazadas. Dieciocho. Quince.

Cuando termino, me agarro al borde y me quedo un momento colgando de mis brazos doloridos, notando cómo se me estiran los músculos. Luego salgo y me visto. Tengo que coger un tren.

Mi abogada, Laura King, tiene un bufete en Londres y cobra doscientas diez libras por hora. En el dedo anular lleva un anillo con un diamante cuadrado y me pregunto cuántas horas de trabajo representa. ¿Un día? ¿Dos? Su despacho es grande, con un escritorio curvo de madera de nogal y dos sofás, colocados uno enfrente del otro, donde estamos sentados ahora. Un hombre con un moño *hipster* nos sirve café y deja una bandeja de cruasanes minis en la mesa.

—No estaba segura de que hubiera desayunado —dice Laura. Lleva un traje pantalón negro con una camisa blanca muy bien planchada. Cuando se recuesta, la chaqueta se le abre y el forro rojo me hace pensar en el traje de Drácula que Pip llevó una vez en una fiesta de disfraces—. Bien, empecemos, ¿le parece?

Agradezco su tono serio, la falta de compasión que me ha mostrado a mi llegada. Me permite hablar de Dylan sin atropellarme, sin derrumbarme. Tengo que enfocar esto como un estudio de casos: solo así aguantaré hasta el final.

—El hospital ha solicitado que se declare que el tratamiento de soporte vital ya no es lo mejor para el niño. —Laura lee del expediente que descansa en su regazo—. Concretamente, quiere que se declare que a) el niño carece de capacidad para aceptar o rechazar un tratamiento, en virtud de su minoría de edad, y b) que lo mejor para él es no recibir más tratamiento de soporte vital y, en cambio, recibir cuidados paliativos a discreción de los médicos que lo tratan. ¿Bien hasta ahora?

Me mira y yo asiento, aunque disto mucho de estar bien. Mi cabeza quiere volverse para mirar a Pip, mi mano quiere buscar la suya. Esto es algo que deberíamos afrontar juntos, y estar aquí sin ella me parece mal en todos los sentidos.

—¿Cómo puede ser lo mejor para él negarle un tratamiento que podría salvarle la vida?

—Eso es precisamente lo que tendremos que demostrar al juez. —Laura numera los puntos con sus finos dedos—. Uno, que la terapia de protones que ha identificado tiene muchas posibilidades de éxito; dos, que los posibles beneficios para Dylan pesan más que los aspectos negativos.

—¿Qué aspectos negativos?

—Cómo puede afectarle un vuelo transatlántico, cambiar de hospital, más radioterapia... —Se encoge ligeramente de hombros, como si diera a entender que los riesgos son interminables, y el gesto me enfurece.

Cojo un cruasán, utilizo una servilleta como plato y lo parto por la mitad, para no tener que mirarla a los ojos. Sí, hay riesgos. Sí, llevar a mi hijo al otro lado del mundo será duro para él, incluso antes de que la terapia de protones le genere efectos secundarios.

Pero la alternativa... La alternativa es peor.

—El hospital arguye que la calidad de vida que se espera para su hijo después de la terapia de protones es considerablemente inferior a lo que se consideraría razonable.

—¿Se consideraría razonable por parte de quién?

—Excelente argumento. El término es subjetivo: buscaremos ilustrar las diversas maneras en las que Dylan podría disfrutar de la vida a pesar de sus discapacidades.

—¿Qué tengo que hacer? —Imito conscientemente el tono enérgico que mi abogada ha utilizado a lo largo de nuestra conversación.

—Ayudarme a preparar la defensa. El doctor... —mira el apellido en sus notas— Sanders podrá prestar declaración por videoconferencia, pero tendrá que haber examinado antes a Dylan para presentar sus conclusiones y sustentar su caso.

He perdido la cuenta de los médicos con los que he hablado en las dos últimas semanas, de los correos electrónicos que he mandado con el asunto «Niño menor de tres años con meduloblastoma». ¿Quién iba a imaginar que había tantos centros de terapia de protones en Estados Unidos? Encontré al doctor Gregory Sanders, de Houston, Texas, cuando dejé de buscar «oncólogo terapia haz de protones» y busqué, en cambio, «terapia de protones juicio».

> Los señores Howes dieron efusivamente las gracias al doctor Gregory Sanders, cuya «convincente» declaración ha influido sin duda en el fallo de esta mañana.

Había encontrado a nuestro médico.

Para mí puede ser la primera vez, pero él ya ha pasado por esto. Y ha ganado.

—También propongo hablar con fisioterapeutas y terapeutas lúdicos independientes —dice Laura—, con cualquiera que pueda opinar sobre el estado de Dylan sin estar influido por el hospital.

—¿Y si sus conclusiones son las mismas que las de la doctora Jalili?

—Pues no los llamaremos a declarar. —Laura hojea el expediente antes de volver a mirarme—. Según tengo entendido, la terapia de protones puede alargarle la vida a su hijo, pero tiene pocas posibilidades de eliminar por completo el tumor. Podría pasar por todo esto por un período de tiempo adicional para Dylan muy corto. ¿Está dispuesto a eso?

—Dylan tiene casi tres años. Un mes representa casi el tres por ciento de su vida. El tres por ciento. Aunque la terapia de protones solo nos dé nueve meses más, está aumentando su esperanza de vida en un veinticinco por ciento. Es el equivalente a que usted o yo vivamos otros diez años. —La miro—. ¿No lo aprovecharía?

Laura elude la pregunta.

—Entiendo —dice, en cambio.

—¿Qué me impide sacar a Dylan del hospital?

Si mi sugerencia la asusta, no lo demuestra.

—¿Ahora mismo? Nada. Pero la ley puede actuar deprisa cuando es necesario, señor Adams. La policía podría pedir una orden de alejamiento con carácter urgente o Dylan podría quedar bajo custodia judicial o sujeto a una orden judicial que prohíba sacarlo del país que conlleve una orden de arresto para usted si lo intenta. —Laura se queda callada—. Y lo que es más importante: sin la medicación correcta, el equipo adecuado, el bienestar de su hijo podría verse afectado.

Guardo silencio y ella me sostiene la mirada.

—Señor Adams, ¿está seguro al cien por cien de que quiere llevar esto a juicio? Sea cual sea el resultado, va a afectarles para siempre a usted y a su familia.

Veo un atisbo de compasión en sus ojos y respondo antes de que la queda voz de la duda tenga ocasión de colarse en mi cerebro.

—Estoy seguro, señora King. Quiero darle a mi hijo la posibilidad de vivir.

Hay un silencio antes de que me responda.

—Pues eso es lo que haremos.

Miro la hora cuando salgo del bufete y sumo doscientas veinte libras a la cuenta que llevo en la cabeza. Tenemos ahorros, gracias a Dios, pero sus honorarios se los comerán enseguida, y eso es antes de que empiece el tratamiento. El doctor Sanders ha convenido en no cobrarme nada por un tratamiento que podría costar hasta cien mil dólares. Altruismo, dijo, y estoy seguro de que en parte es eso. Publicidad para la clínica, esa es la razón principal. Otro juicio ganado, otro renglón en su currículo. El motivo no importa, solo importa que quiera hacerlo. Pero los vuelos, esos no los pagará. Los gastos de las semanas que pasemos en Houston, el hotel en el que me alojo ahora. Siento un hondo resentimiento por haberme mudado a este maldito país con sus leyes arcaicas, por cómo Pip desdeñó la necesidad de contratar un seguro de salud, incluso por haberla conocido...

Salvo que, naturalmente, si no hubiera conocido a Pip, no tendría a Dylan.

No puedo pagar los gastos de Dylan yo solo, ni tampoco puedo pedir prestada esa suma. Pienso en la cantidad de veces que he abierto un enlace compartido en Facebook o enviado por un compañero de trabajo. «¿Puedes ayudarnos con unas libras?» ¿Con qué frecuencia he hecho justo eso? Quizá no siempre, pero sí a menudo. Quizá no un donativo importante, pero, aun así, un donativo. Y si ese acto se repite una y otra vez...

En el tren a Birmingham busco GoFundMe y abro una cuenta. Creo una página, explico el caso de Dylan, subo algunas imágenes. Paso las fotografías del álbum que Pip creó para Dylan y me detengo en una de los tres juntos. Es un selfi; estamos apretujados para caber en el encuadre, con las mejillas pegadas y sonriendo de oreja a oreja. La fotografía es un primer plano, sin nada de fondo. Me oprime el pecho mirarla. Así me sentía yo, estando con Pip y Dylan. Cuando llegaba a casa los viernes, el trabajo desaparecía, el mundo se empequeñecía y solo estábamos Pip, Dylan y yo.

¿Qué ocurrirá después del juicio?

¿Vendrá Pip a Houston? Sé la respuesta antes de hacerme siquiera la pregunta. Claro que vendrá. Dylan la necesitará. Parpadeo con fuerza, sin despegar los ojos de los campos yermos que veo por la ventanilla, hasta que estoy seguro de que no voy a llorar. Yo la necesitaré. Resulta que es posible odiar lo que hace una persona, pero seguir queriéndola tanto que duele.

Envío el enlace de la plataforma para recaudar fondos a toda mi libreta de direcciones; a continuación, abro Twitter y pego el enlace de GoFundMe en un tuit. Adjunto dos fotografías de Dylan. En una está corriendo por las dunas de Woolacombe, riéndose con la cara vuelta hacia el sol. En la otra está en la UCIP, con los ojos cerrados y la piel translúcida.

«No me dejan llevarme a mi hijo para que reciba un tratamiento que le salvará la vida. ¿Dónde están mis derechos como padre? Por favor, ayuda a recaudar dinero para la batalla judicial de #DylanAdams y para pagar los gastos de vivir en Estados Unidos mientras recibe tratamiento.»

Añado algunos *hashtags* —#derechoalavida, #provida, #padre—, publico el tuit y comparto el mensaje con todos los famosos que se me ocurren. ¿Podría hacerme el favor de retuitear esto para sus seguidores? Me paso el resto del viaje retuiteando, abriendo tuits y buscando famosos.

¡Qué pena! —ha escrito una mujer llamada Alexa Papadakis, cuya biografía le atribuye tres *reality shows* e incluye el enlace de su representante—. Vamos, tuiteros, ¡haced lo que se os da bien! El emoticono de una cara triste completa la publicación, que ya se ha compartido cuarenta y ocho veces. Los fans de Alexa siguen su ejemplo y mi cronología pronto se convierte en una sucesión de *hashtags* y emoticonos que lloran. Abro el enlace de GoFundMe y veo que el gran cero se ha convertido en treinta libras. Estamos en camino.

Son más de las cuatro cuando llego a la UCIP. Mi cronología de Twitter es un aluvión de mensajes de apoyo, pero responderlos todos me ha dejado agotado en vez de estimularme, y es un alivio apagar el móvil y correr la cortina alrededor de la cuna de Dylan para aislarnos del resto de la habitación.

Me abstraigo del ruido que hacen los Slater y de la conversación susurrada entre Cheryl y Aaron. Bajo las barandillas de la cuna y cojo a Dylan con cuidado. Tiene los ojos abiertos, pero pesa como un niño dormido.

—El mundo entero está de tu parte, campeón —susurro.

Cuando Dylan nació, la comadrona animó a Pip a colocárselo sobre el pecho desnudo, con una manta envolviéndolos a los dos. «Recomendamos el mayor contacto piel con piel posible cuando son pequeñines —le dijo a Pip—. Estabilizará las frecuencias cardíaca y respiratoria de este hombrecito, le regulará la temperatura, incluso le aumentará la cantidad de oxígeno en sangre.»

Me siento a Dylan en el regazo. Me cuesta manejarlo: tiene el cuello demasiado débil para el peso de la cabeza y la espalda rígida. Con una mano, le desabrocho los corchetes del pelele y después me desabotono la camisa. Coloco a Dylan de manera que las piernas le cuelguen por fuera de las mías, le apoyo la cabeza en el hueco de mi cuello y pego su pecho desnudo al mío. Cojo la manta de lana de la cuna y se la echo sobre la espalda. La emoción se desboca dentro de mí y me contengo porque este no es el momento. No es así como quiero que mi hijo me vea.

Siento los latidos de su corazón dentro de su flaca caja torácica. Me fijo en los valores que marca el monitor, veo que la saturación de oxígeno le aumenta de noventa y tres por ciento a noventa y cinco, noventa y seis. Veo que el pulso se le vuelve más lento. Y después cierro los ojos y no hago caso de las máquinas. En cambio, presto atención a lo que Dylan me está diciendo. Escucho el calor de su cuerpo pegado al mío, el rítmico bum bum de su corazón. Escucho su respiración, húmeda en mi cuello. Estoy atento a oír vida... y la oigo.

DIECISIETE

PIP

Apago el despertador antes de que suene y me quedo acostada en la oscuridad. Max se marchó hace tres semanas y desde entonces no he dormido más de unas pocas horas seguidas, antes de volver a despertarme con una opresión en el pecho, como si alguien me estuviera apretando contra la cama. Esta mañana el peso es aún mayor y tengo los ojos legañosos por la angustia de ayer. Pasé la tarde revisando la situación médica de Dylan con mi abogado y su equipo. El precio de aguantar el tipo durante tres horas ha sido pasarme la noche en blanco, con frases de los informes médicos arremolinándose a mi alrededor en la oscuridad. «Ninguna posibilidad de tener cierta calidad de vida... Convulsiones preocupantes... Dependencia permanente de la analgesia.»

Todas las partes del proceso judicial deben presentar pruebas independientes para sustentar su caso y los informes de los médicos, me dijeron, son fundamentales en ese sentido.

«El juez esperará una segunda opinión.» Mi abogado, Robin Shane, es jovencísimo, con una barba que parece que le ha prestado alguien mayor. Arruga afablemente los ojos cuando habla, gracias a lo cual nuestras conversaciones son un poco menos agobiantes. Lo ha contratado mi padre, que ayer me acompañó a nuestra primera reunión y dio su tarjeta de visita a Robin con una orden: «Mándeme la factura a mí». No me permite protestar.

—Ya tienes suficientes preocupaciones para además tener que agobiarte por el dinero —me dijo.

Observé su cara, buscando confirmación de que estaba haciendo lo correcto, pero su expresión era igual de indescifrable que siempre.

—Nadie más puede decidir esto por ti, Pip —fue todo lo que dijo—. Ni nosotros ni Max.

—¿Pagarías los honorarios del abogado si pensaras que estoy equivocada?

—Sí —respondió sencillamente—. Porque no se trata de hacer lo mejor para nuestro nieto; se trata de hacer lo mejor para nuestra hija.

El requisito de aportar una «segunda opinión» significa que a Dylan lo han examinado cuatro médicos distintos, incluido uno contratado por su equipo jurídico financiado con fondos públicos. Los informes se distribuyen en cuanto llegan y todos los equipos comparten su información entre sí antes del juicio, para el que ya queda muy poco.

«No pensaba que todo sería tan rápido», le dije al abogado un momento antes de darme cuenta de que claro que tiene que serlo. Nuestra defensa se basa precisamente en el argumento de que es cruel seguir manteniendo a Dylan con vida.

Enciendo la luz. Hoy iré temprano al hospital. No me queda mucho tiempo con Dylan y hay una cosa que quiero hacer con él. Una cosa que quiero que vea, aunque solo sea una vez en su corta vida.

Los vaqueros me huelen a sucio y tienen una mancha de tierra en el dobladillo de una pernera. Intento recordar la última vez que me he lavado el pelo, que me he dado una ducha. He ido del hospital a casa, de las reuniones con el abogado al hospital, como si llevara puesto el piloto automático; mi higiene personal no estaba entre mis prioridades. Al fin y al cabo, a Dylan no le importa. ¿Por qué iba a importarme a mí?

Me acuerdo de la época en la que me sentaba en la cama y ayudaba a hacer la maleta a Max, en la que elegía corbatas y escogía una camisa que enviaba el mensaje de «lo tengo todo controlado, confíe en mí, contráteme». Pintura de guerra. La armadura. No puedo cambiar lo que está ocurriendo ni lo que hace Max, pero puedo cambiar mi manera de afrontarlo.

Veinte minutos después, me miro en el espejo del rellano y respiro hondo. Mejor. Me siento más fuerte. Me he maquillado —con polvos, rímel, carmín— y, aunque sigo llevando vaqueros, al menos están limpios. Ponerme unas botas de tacón en vez de las botas de piel de oveja que no me quito desde hace semanas no solo me hace más alta físicamente, sino también mentalmente. Voy más erguida.

Abajo, tomo zumo de naranja porque es más rápido que esperar a que el té se haga y se enfríe. Siento la familiar urgencia de estar junto a mi hijo y dejo el vaso a medias para irme al hospital. Aún hay hielo en las carreteras y atempero a regañadientes mis ganas de estar con Dylan para no correr riesgos innecesarios. Ensayo lo que voy a decirles a los enfermeros. Me dejarán hacerlo, estoy segura.

—Lo siento, Pip, pero es imposible.

—Cheryl, por favor. Lleva seis meses en esta habitación. ¡Seis meses sin ver el cielo! —Las ventanas de la Habitación 1 son pequeñas y están muy arriba. Además, dan a la pared gris de ladrillo del edificio contiguo. Como una cárcel. Peor que una cárcel—. Si el juez falla a nuestro favor, es posible que solo nos queden unas pocas semanas con él. Quiero que vuelva a sentir el aire en la cara, que oiga cantar a los pájaros.

Cheryl aparta la mirada. Se muerde el labio y la veo tragar saliva. Contengo la respiración, pero, cuando vuelve a mirarme, sigue negando con la cabeza.

—Es demasiado arriesgado. Tendríamos que llevarnos el monitor y...

—Es como ir a la sala familiar, solo que un poco más lejos.

Solíamos ir a la sala familiar cuando había poco trabajo en el pabellón y suficiente personal desocupado para ayudar a mover todo lo que Dylan necesitaba. Poníamos dibujos animados en la televisión y lo recostábamos en cojines para que pudiera mirar. Yo decidía no verle los ojos vidriosos y en cambio le explicaba lo que iba ocurriendo con la esperanza de que oyera mi voz y significara algo para él.

—Cheryl, por favor. Te lo suplico. Solo unos minutos.

Si el juez falla en nuestro favor, la única medicación que Dylan recibirá será para el dolor. Si el corazón se le para, no lo reanimarán.

—Hace demasiado frío.

—Lo abrigaremos bien.

—Lo siento.

Me agarro a los barrotes de la cuna de Dylan. Estaba convencida de que Cheryl accedería.

—¿Podrías al menos preguntar a la doctora Jalili?

Cheryl suspira.

—Dame un momento.

La doctora Jalili tiene el aspecto ligeramente desaliñado de una persona que está llegando al final de un largo turno de noche. Lleva la bata manchada y arrugada, y varios mechones fuera de la cola de caballo. Coloca la mano en la frente de Dylan y me mira.

—Diez minutos. Y con nosotros presentes.

El pecho se me hincha de alivio y gratitud.

—¡Gracias! —Miro el reloj—. Tenemos que...

—Iremos ahora.

Me ayuda a envolver a Dylan en mantas para cubrirlo tan pronto salgamos del caldeado pabellón. Paul, el celador, nos trae una silla de ruedas y Cheryl prepara el gotero de pie con ruedas y una mascarilla con reservorio.

—Solo por si acaso —dice enérgicamente.

—¿En marcha?

Asiento, pero la doctora Jalili se dirige a sus compañeros, no a mí:

—Lo enfocaremos como cualquier otro traslado a cuidados críticos, ¿de acuerdo?

Paul coge la silla de ruedas. Es demasiado grande para mi hijo, con demasiada poca estructura, y Dylan va inclinado hacia un lado, apoyado en las almohadas que hemos colocado a su alrededor. «Más fácil que una camilla», ha dicho la doctora Jalili. También llama menos la atención, imagino.

—Bien, ¿adónde, señora? —pregunta Paul.

—El banco que hay cerca del bloque de Enfermería —respondo de inmediato—. Debajo del roble grande.

Y nos ponemos en marcha, una insólita procesión formada por una médica, una enfermera, un celador y yo. Y Dylan, un rey llevado en su silla de manos, un príncipe indio a lomos de su elefante. Cheryl empuja el monitor con ruedas, yo llevo el gotero de pie y la doctora Jalili encabeza la comitiva, andando a buen paso. Damos un rodeo por el interior del hospital para evitar el cambio de temperatura durante el mayor tiempo posible. Yo no despego los ojos de Dylan; Cheryl no los despega del monitor. Su saturación de oxígeno oscila, pero no cae en picado. Su frecuencia cardíaca se vuelve más lenta, pero se estabiliza.

Y lo conseguimos.

Me siento en el banco, donde la humedad me cala los vaqueros, y la doctora Jalili coge a mi niño ligero como una pluma y me lo pone en los brazos como si yo acabara de alumbrarlo y ella fuera la doctora que lo ha traído al mundo.

—Diez minutos —me recuerda en tono suave pero firme, y todos se alejan.

Aún no ha clareado, pero la negrura que me ha acompañado en el trayecto en coche ha dado paso a una oscuridad opaca. Detrás de nosotros, los edificios del hospital están alumbrados por luces amarillas y los faros de los coches que llegan; sin embargo, ante nosotros, una explanada de césped desciende hacia la ciudad.

—Ya falta poco —le susurro a Dylan, porque el cielo gris ya está volviéndose azul y hay un ribete dorado en el horizonte—.

Quiero... —me interrumpo, pero es importante que oiga esto. Es importante que yo lo diga—. Quiero que sepas que te quiero desde el momento que supe que existías, desde el momento que hubo siquiera una posibilidad de que existieras. —Le toco la marca de nacimiento beis con la yema del dedo, oigo la risa de Max («Al menos sé que es mío») y cierro los ojos con fuerza para impedir que el dolor empañe un día que fue tan perfecto—. Cuando naciste, te prometí que te protegería y nunca permitiría que nadie te hiciera daño. Y... —Exhalo despacio, decidida a terminar sin llorar, para demostrar a Dylan que también puedo ser valiente—. Y siento muchísimo no haber podido protegerte de la enfermedad, pero ahora voy a protegerte, mi niño. Voy a quitarte todo lo que te hace daño, y todos los cables y tubos, y toda la medicación. Y cuando termine el juicio y te permitan dormirte, todo se acabará.

Lloro en silencio, con lágrimas rodándome por la cara, ahogando los sollozos que podrían indicar a Dylan que estoy afligida. Y mientras mi hijo yace envuelto en el calor de mis brazos y la fría brisa nos besa las caras, tonalidades rosas y doradas tiñen el horizonte de tejados recortados contra el cielo y mi hijo ve salir el sol.

DIECIOCHO

LEILA

Se crea una clase especial de energía en la UCIP cuando el estado de un niño pasa de grave a crítico, de estable a una situación de urgencia vital. Cuando suena el timbre de alarma, todo aquel que lo oye acude corriendo; sin embargo, pese a los recursos adicionales que aparecen de repente en el pabellón, todos tendrán la sensación de que harían falta más para atrapar esta vida que se les escapa de las manos.

De forma inesperada, la evolución de Liam pasa a ser crítica; sus constantes caen en picado y su piel adquiere un matiz azulado que se le va extendiendo desde los labios. Junto a su cama, las máquinas están tocando a dúo; un tono áspero y continuo salpicado de insistentes pitidos que se van alargando conforme su frecuencia cardíaca cae.

Un interno está preparando las sondas de respiración y aspiración. Una tarea que ha realizado mil veces, pero las revisa y vuelve a revisarlas como si fuera la primera. Leila se asegura de que Liam no tiene las vías respiratorias obstruidas. Coge la mascarilla con reservorio que Cheryl le da, se la coloca sobre la boca y Cheryl empieza a apretar la bolsa lenta y rítmicamente para insuflar oxígeno en los pulmones vacíos de Liam.

—Tiene cuarenta de frecuencia respiratoria. Le está bajando la saturación.

Leila no despega los ojos de la pantalla, donde aparecen los niveles de oxígeno de Liam. El tratamiento con BiPAP los ha mantenido en el noventa y seis, pero ahora están cayendo en picado, tan rápido que no da tiempo a decirlos en voz alta: 88 %, 80 %, 75 %, 69 %...

—Vamos a tener que intubar.

—¿Qué pasa? ¿Se está muriendo? ¿Qué pueden hacer? —Con cada pregunta, la voz de la señora Slater se vuelve varias notas más aguda.

—Por favor.

Leila le señala un costado de la habitación, la puerta, un espacio alejado de donde ella está intentando trabajar. Cuando un paciente se pone crítico en televisión, vemos la camilla surcando pasillos a toda velocidad, los médicos gritando «equipo de parada», parientes preocupados que se quedan atrás sin poder hacer nada. En el quirófano, los cirujanos trabajan en intimidad. Aquí, todo está a la vista.

—Nosotros no nos vamos a ninguna puta parte. —La voz de Connor Slater es ronca e iracunda, con el miedo apenas velado.

Leila no discute. No hay tiempo. No hay tiempo para nada que no sea salvar la vida a Liam. El interno está listo con el tubo endotraqueal, pero los valores siguen bajando y los pitidos son cada vez más largos, están cada vez más juntos, hasta que casi no hay intervalo entre ellos y...

—Está entrando en parada —dice Leila, con toda la calma de que es capaz y en la voz más baja posible.

Inicia el masaje cardíaco.

—¡Nos dice alguien qué coño está pasando! —Connor Slater no pone el signo de interrogación. Quiere intimidar a Leila con la mirada, pero no puede despegar los ojos de la pantalla, donde los números lo dicen todo, de modo que opta por gritarle—. No respira, joder. ¡Haga algo! Joder... —La última palabrota la dirige al techo desde el pie de la cama de Liam, con los puños apretados y los ojos cerrados para no llorar.

—¡Desfibrilador! —grita Leila, pero ya se lo han puesto en las manos. En marcha. Cargando. Listo. Leila mira a Cheryl y asiente. Colocan las palas en el flaco pecho de Liam, vuelven a revisarlo todo en un segundo que se hace eterno y después Leila grita—: ¡Apártense! —Necesita tanto salvarle la vida a este niño que está perdiendo de vista por quién lo hace. Una última comprobación, seguida de una sola descarga, antes de reanudar el masaje cardíaco, una, dos y...—. ¡Tres!

Hay medio segundo de silencio cuando el desfibrilador suministra la descarga, solo interrumpido por el llanto de Nikki y la respiración gutural de Connor. La habitación está llena de personas, hace calor y falta el aire. Leila va a repetir el procedimiento cuando siente un temblor imperceptible del niño bajo las manos. El propio pulso le palpita en los oídos.

—Hay latido —dice cuando reaparece un brevísimo silencio entre los pitidos. Poco a poco los silencios se prolongan, los pitidos se estabilizan y...—, hay latido —repite Leila, porque decirlo en voz alta ayuda a restablecer la normalidad.

Mira a los Slater y les dirige una sonrisa que no engaña a nadie.

—Este trasto nos ha dado un buen susto a todos. Apuesto a que los tiene siempre en vilo.

—¡Oh, sí, sí! —El alivio da vértigo a Nikki—. Siempre ha sido un trasto.

—Vamos a tener que ponerle el respirador —le explica Leila—. Estará sedado, no sentirá nada, pero es duro de ver para los padres, y nos vendría bien tener espacio de maniobra...

—Esperaremos fuera, ¿verdad, Connor?

El padre de Liam está paralizado, mirando a su hijo con la cara blanca como el papel. Sin decir una palabra.

No habla hasta después, cuando Liam ya se encuentra estable y el pabellón ha recobrado la normalidad. Leila ya no puede con su alma cuando regresa del comedor, donde ha comprado una rosquilla que se ha comido en la cola y un café solo que se ha bebido por el camino. Connor está en el pasillo, mirando el desfibrilador. No, no el desfibrilador, sino el trozo de cartulina plastificada que uno de los enfermeros ha pegado al lado en la pared, mientras intentan convencer al Departamento de Finanzas de que se merece algo más permanente.

«Donado generosamente por los Amigos de la UCIP, gracias a Tom y Alistair Bradford y su hija, Darcy.»

Leila sigue mirando al frente para respetar la intimidad de Connor, pero, cuando pasa por su lado, la llama.

—¿Doctora Jalili?

La pronunciación es perfecta.

Leila se detiene. Se da la vuelta. Connor Slater está librando una batalla consigo mismo. Cierra y abre los puños a los costados, un movimiento que le abulta los bíceps y le tensa los tendones a ambos lados del cuello. Tiene la vista desenfocada y parpadea con fuerza, pero esta vez le es imposible contener las lágrimas, que le caen sobre la barriga. No hace ademán de enjugárselas, pero frunce el entrecejo con rabia, como si fuera otra persona la que le moja las mejillas, la que llora sin disimulo en el pasillo de un hospital.

Leila espera a que diga lo que tanto le cuesta expresar en palabras.

Al final, las que elige son sencillas. Y las únicas necesarias:

—Gracias, doctora.

Ambos se sostienen la mirada y los ojos de Connor transmiten a Leila todo lo demás que quiere decirle pero no puede. Quizá encuentre las palabras en otro momento, o quizá no. No importa. Leila duda que haya más exabruptos prejuiciosos. Duda que haya más problemas para entender su acento.

—Para eso estamos, señor Slater.

Leila está a punto de marcharse a casa cuando le llama el director médico.

—A mi despacho. Ya.

Leila suspira. Ha sido otra noche de mucho trabajo y está deseando meterse en la cama, tomarse un té y comerse una de las galletas de Madar que Habibeh ha traído de Irán. Nota punzadas de malestar en la columna. ¿Se ha enterado Emmett de la excursión de ayer para ver amanecer?

Leila permitió que Pip y Dylan se quedaran el mayor tiempo posible, hasta que las llamas anaranjadas del cielo desaparecieron sin dejar rastro de que hubieran siquiera existido. Después, impaciente por retornar a Dylan a la UCIP antes de que alguien los viera, tocó a Pip en el hombro con suavidad.

Dylan está bien, se recuerda ahora. Si Emmett discrepa de su decisión nada ortodoxa, no será por haber puesto en peligro a un paciente. Dylan no ha sufrido ningún efecto adverso por salir al aire libre; de hecho, lleva estable veinticuatro horas, sin convulsiones ni taquicardia.

Cruza el aparcamiento hacia el edificio central que alberga los departamentos de administración y dirección del hospital. No da importancia al primer fotógrafo que ve; no es infrecuente ver periodistas alrededor del hospital infantil, a menudo a petición de padres que hacen campaña para recaudar fondos o dar a conocer la labor que realiza el equipo médico.

No obstante, de vez en cuando, la prensa acude por una sospecha, fundada o no, de negligencia o mala praxis. Por ese motivo, cuando Leila ve al segundo fotógrafo, apoyado en una pared y charlando distraídamente con un compañero abrigado con un anorak, cambia de rumbo y pasa por el otro lado de la plaza adoquinada para esquivarlos. Su inquietud aumenta y es entonces cuando relaciona a los dos fotógrafos con la llamada del director médico para que acuda a su despacho.

—Está por todo Twitter.

Emmett vuelve la pantalla para que Leila vea los millares de tuits que han convertido el *hashtag* #DylanAdams en una tendencia nacional. Va seguido de otros *hashtags* que pronuncian el veredicto popular en unas pocas manidas palabras. #LuchaPorDylan, #JusticiaparaDylanAdams, #DerechoAMorir. Mientras Leila mira la pantalla, Twitter va actualizándose. «Veintisiete nuevos tuits.» «Cincuenta y nueve nuevos tuits.» «Setenta y dos nuevos tuits.» Tantas opiniones; tan pocos datos.

—Los periodistas han empezado a aparecer hace una hora. Hay otro grupo apostado en la casa de los Adams.

—¿Están bien?

—La señora Adams está disgustadísima.

Leila recuerda el final de su turno de ayer por la mañana, la paz que transmitía Pip. Le cogió las manos y le dijo: «Gracias, muchísimas gracias». Luego se sentó junto a la cuna de Dylan y lo miró, su expresión era más serena de lo que Leila había visto en mucho tiempo. Imagina a Pip abordada por periodistas gritándole que declare ante la prensa, ofreciéndole una exclusiva.

—Pobre mujer.

—Su marido, en cambio, parece haber aprovechado la oportunidad. Ya ha hecho una declaración. —Emmett se quita las gafas y se restriega la cara—. Supongo que no tengo que preguntarte si has hablado con los medios de comunicación.

—No... claro que no.

—La noticia se habría acabado filtrando, pero esto nos pone en desventaja. Cualquier comunicado de prensa que ahora hagamos parecerá defensivo, aunque sea lo que teníamos previsto decir. —Guarda silencio—. Tienen información detallada, Leila. No solo sobre la orden judicial, sino sobre el conflicto entre los Adams. Una información que solo pueden haberles dado los propios Adams, lo que ambos niegan rotundamente, o —se calla un instante— alguien del hospital.

Leila se nota acalorada.

—Yo no he hablado con ningún periodista. Jamás lo haría.

Pero al momento recuerda la conversación telefónica con Ruby; cómo se ha escudado en la tragedia de los Adams para justificar su grosería. Ruby no haría nada semejante. Imposible. No a propósito. Pero ¿se lo podría haber comentado a otra persona creyendo que no importaba?

Emmett ha entornado los ojos y Leila siente que las mejillas se le sonrojan todavía más.

—¿Qué puedo hacer para mejorar la situación?

—Informa al personal de sus obligaciones en lo que respecta a la protección de datos y dales a todos el memorándum sobre cómo tratar con la prensa. —¿Son imaginaciones de Leila o el tono de Emmett es más calmado?—. Y traslada al paciente a una habitación individual, donde es menos probable que alguien oiga algo que no debe.

Leila repasa mentalmente el espacio de la UCIP. En vez de cambiar a Dylan, trasladará a Liam al pabellón principal y dejará a los Adams solos en la Habitación 1. No es lo ideal: dos camas suponen una pérdida importante en una unidad como la UCIP, pero son circunstancias excepcionales.

—Siento que haya pasado esto —le dice a Pip cuando se han llevado la cama y la cuna y han bajado la persiana de la ventana que da al pasillo.

La Habitación 1 parece enorme y las palabras de Leila resuenan de forma inquietante. Cuando ha regresado al pabellón después de la conversación con Emmett, se ha encontrado con una parada cardíaca y un médico de baja por enfermedad, de manera que lleva ocho horas de este segundo turno no programado. El cansancio se ha convertido en un concepto abstracto, una noción alejada de la realidad presente. Sabe que está cansada, pero eso da igual. Tiene un trabajo que hacer.

—Han averiguado mi número de móvil, no sé cómo. —Pip está temblando—. No dejan de llamar, constantemente.

—Voy a enseñarle otro camino para entrar y salir del edificio. —Leila descuelga la gráfica de Dylan del pie de la cuna y la coloca en un lado, donde no puede verse cuando la puerta está abierta—. Es un poco más largo, pero así podrá evitar a los fotógrafos que pueda haber en la entrada principal.

Pip mira el reloj y se levanta.

—¿Me lo puede enseñar ahora, por favor?

Leila también mira la hora. Queda un cuarto de hora antes de que llegue Max.

Leila tarda un momento en hablar.

—Las cosas deben de ser... complicadas.

—Es como si tuviera que elegir entre mi hijo y mi matrimonio. —Pip habla de forma entrecortada. Intenta no llorar—. No quiero perderlos a ninguno de los dos, pero...

Las lágrimas le ganan la batalla y le ruedan por las mejillas.

«Pero ahora parece que podría perderlos a los dos», piensa Leila. Quiere consolar a Pip, abrazarla, pero no le compete, no es su trabajo. Por tanto, pide a Paul, el celador, que enseñe a Pip la salida del personal y vuelve a disculparse con Max cuando él llega al cabo de diez minutos con expresión pétrea.

—Todos están de parte de Dylan —dice Max—. Todos los periodistas, los fotógrafos. Ellos también quieren que viva.

«Lo que quieren es un reportaje» piensa Leila, pero tiene la prudencia de no decirlo. Tampoco le compete. Y se siente aliviada cuando por fin termina de trabajar. Aliviada, por una vez, mientras pedalea hacia casa, de que su madre no lea los periódicos, no vea las noticias. Cuando llegue y deje la bicicleta, Habibeh estará viendo la QVC. Leila se sentará a su lado y se pondrán a hablar de las ventajas de la vaporeta frente a limpiar a base de frotar.

Hay una caja en el recibidor cuyo contenido es frágil, tal como especifica la cinta de embalar. Leila se está preguntando cuál es la última adquisición de su madre cuando oye una voz que reconoce. En la cocina, sentada al lado de Habibeh, está la vecina de Leila, Wilma. Ante ellas hay dos vasos de té y un iPad, en cuya pantalla aparecen los dos recuadros blancos del traductor de Google.

—¡Hola, Leila! —Habibeh saluda a su hija en inglés.

—Tu madre me estaba explicando cómo hacer *kofte.* —Wilma sonríe.

Al oírle mencionar las albóndigas, Habibeh alza la mano.

—*Yek lahzeh lotfan.* —«Un momento.» Señala el iPad.

—Claro, adelante. —Wilma mira a Leila—. Lo he traído de casa: he pensado que podría ayudarnos a conocernos.

Habibeh está escribiendo en la pantalla. Se detiene y lee la traducción, hablando despacio pero perfectamente, y sonríe con aire triunfal cuando termina.

—Te daré menta.

Abre un armario y le da a su vecina una de las bolsas de menta seca que ha traído de Teherán.

—*Merci*, Habibeh.

—De nada.

Las dos mujeres se sonríen satisfechas y Leila se alegra de tener una vecina con un corazón tan grande, cuando el suyo ya está demasiado lleno.

DIECINUEVE

MAX

El profesor Adams Greenwood tiene un fino mechón de pelo blanco cuidadosamente peinado sobre la cabeza rala. Está sentado con los codos apoyados en los brazos forrados de piel de su silla y junta las palmas de las manos. Cuando habla, se las mira con aire pensativo.

—La mayoría de nuestros alumnos tienen parálisis cerebral, aunque atendemos a niños y jóvenes con diversas necesidades médicas complejas. Muchos no hablan y muchos tienen enfermedades degenerativas o limitantes.

Miro el folleto satinado que tengo en la mano y los precios exorbitantes del papelito discretamente metido entre las páginas. En la portada, una chica en silla de ruedas pinta con los dedos, con la cabeza echada hacia atrás y una alegre sonrisa en su boca abierta.

—Nuestro objetivo —dice el profesor Greenwood— es ayudar a cada alumno a alcanzar todo su potencial. Nuestro equipo terapéutico es multidisciplinar: tenemos logopedas y fisioterapeutas, así como una excelente relación con centros para tratar problemas con la alimentación, traumatólogos, ortopedas... —Recita una lista de organismos de los que solo reconozco la mitad. Asiento, digo «ajá» y miro las caras felices y radiantes del folleto. Imagino a Dylan en una silla especial, pintando, tocando música, aprendiendo a hacer las cosas que la doctora Jalili dice que no hará nunca.

—Los médicos del Saint Elizabeth creen que las necesidades de mi hijo serán profundas.

El profesor Greenwood parece irritado por la interrupción. Se le escapa un chasquido de lengua, disfrazado de respiración. Separa las palmas de las manos y coge el informe que le he mandado por correo electrónico antes de reunirnos; es un resumen del estado de Dylan, tanto actual como futuro.

—Por supuesto, ese es el peor de los casos —añado—. Un asesor independiente va a examinar a Dylan y espero que sus conclusiones sean mucho más positivas.

—Desde luego.

El profesor Greenwood deja el informe en la mesa.

—En su opinión, ¿podría mi hijo tener una vida plena y placentera?

—Términos ambos que son subjetivos...

—¿Podría hacer las cosas que hacen aquí? —pregunto blandiendo el folleto.

—... y relativos. Lo que sería una existencia tediosa y sin sentido para una persona es gratificante y estimulante para otra. Nuestra filosofía es que todas las vidas merecen vivirse, todos los logros merecen celebrarse. —Se levanta—. ¿Le gustaría ver nuestra sala sensorial?

Por fuera, la escuela Oakview parece un hotel rural; por dentro, es una curiosa mezcla de escuela y hospital. Los pasillos son anchos, con rampas en vez de escaleras, y tienen el mismo olor aséptico de la UCIP.

—Muchos de nuestros alumnos están inmunodeprimidos —explica el profesor Greenwood—, así que la higiene es primordial.

Los pasillos están decorados con cuadros de niños y fotografías como las del folleto. Pasamos por delante de despachos identificados por acrónimos que desconozco y un aula donde hay una media docena de niños aporreando tambores. Al otro lado de un patio interior hay una biblioteca diáfana con una niña tumbada en una silla de ruedas abatida. Una mujer con la chapa de identificación prendida de la camisa está sentada a su lado.

—Genie tiene parálisis cerebral, epilepsia, escoliosis y graves problemas de aprendizaje —explica el profesor Greenwood—. No puede andar, estar sentada ni hablar.

Me fijo en la pantalla de ordenador colocada junto a la silla de ruedas.

—¿Qué hacen?

—Genie está escribiendo un correo electrónico a sus padres para explicarles qué ha estado haciendo en la escuela. —Su tono, casi brusco cuando va dirigido a mí, se dulcifica cuando mira a su alumna—. No pueden cuidarla en casa y viven bastante lejos, así que... esa pantalla es un sistema de comunicación a través de los ojos. Predice el punto de mira del usuario dentro de seis milímetros o menos. Con su ayuda y un poco de orientación nuestra, Genie puede manejar la silla de ruedas, poner música, ver vídeos, generar palabras, mandar correos, hasta escribir un libro.

—Increíble.

—Ella lo es.

¿Es este el futuro de Dylan? Si lo es, esta es una vida por la que merece la pena luchar, ¿no? Imagino a la madre de Genie abriendo sus correos y enseñándoselos a su marido, imprimiendo la carta de Genie para poder añadirla a las otras que celebran los progresos de su hija. Estarán orgullosos de sus logros, orgullosos de ella.

Pero Genie aún no vive en casa. No puede vivir en casa. ¿Porque sus necesidades son demasiado grandes? ¿Porque sus padres no darían abasto? Por consiguiente, Genie vive aquí, en este lugar caro y bien equipado que no es ni hospital ni escuela, pero, de algún modo, consigue ser ambas cosas.

Sigo pensando en Genie cuando llegamos a la sala sensorial, un espacio tranquilo y poco iluminado con el suelo y las paredes acolchadas y luces que parpadean en el techo azul marino. En un rincón, una columna de vidrio con agua impulsa ráfagas de burbujas hacia arriba y sus luces alternan entre el verde, el rojo y el morado. En el centro, una bola de espejos proyecta danzantes puntitos de luz en las paredes. Solo hay un alumno en la sala sensorial, tumbado en el suelo en posición fetal, con los ojos abiertos pero la cara vacía de expresión. Hay un trabajador sentado cerca en silencio.

—David sufrió una lesión cerebral durante un partido de rugby cuando tenía catorce años —explica el profesor Greenwood—. Tiene un deterioro cognitivo importante y la movilidad limitada.

El joven echado en la colchoneta debe de ser tan alto como yo, con las extremidades delgadas pero largas.

—¿Cuántos años tiene ahora?

—Diecinueve. Debería habernos dejado hace un año, pero es una transición complicada. David tiene muchas necesidades.

—¿Adónde irá? —Intento imaginarme a Dylan de adulto—. ¿Adónde suelen ir?

El profesor Greenwood echa de nuevo a andar y me doy cuenta de que hemos trazado un círculo y casi estamos en la recepción por la que he entrado.

—Por lo general, ayudamos a los padres a encontrar plaza en residencias, pero, como puede imaginar, hay pocas. Hay muchos menos recursos para adultos que para niños.

—¿Cuántos alumnos tienen?

—Ahora mismo, cuarenta y tres.

Empiezo a intentar extrapolar las cifras, pero el profesor Greenwood me interrumpe con delicadeza:

—Por supuesto, no todos llegarán a adultos.

Sigue andando y yo me quedo un momento atrás, parado en el pasillo, lleno de incertidumbre.

Me voy con la tarjeta del profesor Greenwood y su compromiso de aportar pruebas, si el tribunal lo exige, sobre la calidad de vida que Dylan podría tener, si la terapia de protones diera resultado. El tiempo y la experiencia de Greenwood me costarán tres mil libras y pienso en todas las veces que he cobrado el triple a mis clientes sin ningún remordimiento.

Tengo fondos, pero apenas cubrirán los honorarios iniciales de Laura King. Habrá gastos generados por testigos e investigaciones adicionales, y por traer al doctor Sanders para que examine a Dylan, ya que el tribunal no aceptará su testimonio sin ese paso previo. Y, si ganamos, necesitaré encontrar un lugar para vivir en Houston y alguna manera de pagarlo. Mi trabajo pende de un hilo; solo es cuestión de tiempo que Chester pierda la paciencia. Pienso en lo que dijo el periodista que me entrevistó. «Cientos de miles...»

En el hotel, me pongo al día en Twitter, aunque ahora tengo varios miles de seguidores y ya no puedo responder a tiempo los centenares de mensajes que recibo todos los días.

@MaxAdams el mundo está luchando por tu pequeño: ¡aguanta! X

@MaxAdams es una inspiración. Su pequeño merece justicia #DylanAdams #LuchaporlaVida

Todos estamos con vosotros @MaxAdams #DylanAdams #provida #padresalpoder

Abro el *hashtag* del nombre de mi hijo y saco fuerzas de los tuits que inundan mi pantalla. Muchas de las cuentas tienen un matiz amarillo en su avatar; un filtro especial añadido para mostrar su apoyo. «A mi hijo.» Me invade una súbita confianza, un espíritu reivindicativo.

Descuelgo el teléfono del hotel y marco un número que aún me sé de memoria. Mientras espero a que mi madre responda, escribo el nombre de usuario de Pip en el campo de búsqueda de Twitter. Se cansó de la plataforma unos meses después de abrirse una cuenta y su cronología está vacía, aparte de algunos tuits de sus meses de embarazo. «¡Estoy deseando volver a dormir boca abajo!», tuiteó. Dos personas pusieron un «me gusta».

—Soy yo.

—Oh, cariño...

—Estoy bien, mamá.

—¿Cómo está él?

—Sin cambios. —Oigo un suspiro. La imagino en la casa de ladrillo rojo donde crecí, hablando aún desde la cocina, aunque el teléfono que la obligaba a quedarse ahí se sustituyó por uno inalámbrico hace ya tiempo—. Pero eso es bueno, mamá. Cuanto más tiempo respire por sí solo, más les costará argumentar contra nosotros.

Digo «nosotros» por Laura King, por testigos como el doctor Sanders y el profesor Greenwood. Lo digo por los seguidores de Twitter, tan firmes en su apoyo. Lo digo porque hace que me sienta menos solo.

—¿Y cómo está Pip?

Entre los pocos tuits de la cronología de Pip, la página de búsqueda ha encontrado mensajes de otras personas. Se me corta la respiración cuando los leo.

¡Alguien tendría que desenchufar a @PippiLongStock y ver si le gusta!

@PippiLongStock no eres digna de llamarte madre.

—¿Max?

—No lo sé. —Siento náuseas. Espero que Pip no haya visto estos mensajes, que no se le ocurra mirar Twitter—. No nos hablamos.

El silencio al teléfono me dice cuál es la opinión de mi madre sobre esa novedad. Cierro la aplicación.

—No quiero meterme...

—Pues no lo hagas. Por favor.

—... pero recuerda que la pobre está sufriendo tanto como tú. Tanto como todos nosotros. —Se le quiebra la voz y sé que, si se pone a llorar, también lo haré yo.

—Tengo que dejarte, mamá.

—Voy para allá —dice—. Mañana compraré el billete.

—Mamá, por favor, ven a vernos a Houston. Entonces te necesitaremos. Te necesitaré.

Ella accede con un suspiro y yo cierro los ojos, deseando que no viviera a ocho horas de distancia. Deseando estar en casa con Pip, que Dylan se encontrara bien, que nada de esto estuviera ocurriendo.

Solo voy al médico para que Chester me deje en paz, pero mi doctora escucha mis múltiples síntomas —náuseas, dolores de cabeza, retortijones— y concluye que estoy estresado. «No me diga», pienso.

—¿Está pasando algo ahora mismo que le preocupa?

La doctora es joven y candorosa. La noticia de Dylan sale en todos los periódicos, todos los días, y me pregunto si realmente no ha atado cabos o si solo lo finge por respeto a la protección de datos. En teoría, es «mi» doctora de cabecera, aunque esta es la primera vez que la veo. De hecho, nunca he puesto los pies en la consulta. Fue Pip quien trajo a vacunar a Dylan, la que consiguió una visita de urgencia cuando nuestro hijo tuvo un sarpullido.

«Te preocupas demasiado —le dije una vez. El recuerdo me trae un sabor amargo a la garganta—. Dylan está bien. No le pasa nada. Todos los niños son torpes a su edad.»

«Prefiero ver a un niño sano mil veces que no ver a uno enfermo una sola vez», le dijo la médica cuando Pip por fin dejó de hacerme caso y pidió hora con ella, solo para que le dijera que había hecho bien: Dylan estaba enfermo.

Pip tenía razón y yo me equivocaba.

«¿Y si me equivoco ahora?» Se cuela en mis pensamientos por sorpresa; un gusano de duda, socavando mi certidumbre.

—Mi hijo está en cuidados intensivos en el Saint Elizabeth —digo—. La semana que viene, un juez del Tribunal Superior decidirá si los médicos pueden desenchufarlo o si yo puedo llevármelo a Texas para que reciba tratamiento.

Su boca forma una «O» perfecta.

—La terapia cognitivo-conductual puede dar muy buenos resultados —dice, pasando de nuevo a la acción—, pero ahora mismo las listas de espera son de entre seis y ocho semanas, así que... —Ve mi ceja enarcada y gira la silla hacia la pantalla de su ordenador—, voy a darle algo que le ayude a dormir y betabloqueantes para la ansiedad. —La impresora se pone en marcha—. No obstante, esta es una solución a muy corto plazo: más adelante, me gustaría mandarlo a terapia cognitivo-conductual.

—Claro, como quiera.

Dentro de seis a ocho semanas, Dylan y yo estaremos en Texas. Puedo dormir en Texas. Comer en Texas. Solo necesito algo que no sea whisky y tabaco (porque, después de dieciocho años sin fumar, de repente vuelvo a encontrarme con cigarrillos en el bolsillo) para ayudarme a pasar la semana próxima.

—Aquí tiene. —Me da la receta, un folleto sobre psicoterapia y un parte de baja por enfermedad para mi jefe. Vacila, mordiéndose el labio. Me fijo en la fotografía de su mesa; un sonriente niño de unos dos años con chorretones de helado en la barbilla—. Buena suerte —dice por fin—. Espero que... Espero...

—Gracias.

Mando el parte de baja a Chester, activo la respuesta automática «fuera de la oficina» en mi correo electrónico y apago el teléfono del trabajo. La habitación de hotel se me cae encima y el papel pintado empieza a dar vueltas como preludio de una migraña. Me tomo dos de los betabloqueantes que me ha recetado la doctora y me voy a nadar. Dejo la ropa en la taquilla y me dirijo a la piscina por el camino embaldosado. Voces resuenan en los azulejos y aflojo el paso. Una familia. Una madre, enseñando a nadar a una niña con manguitos; un padre, tirando palos de buceo a dos niños. Las risas se mofan de mí desde el agua. Pienso en mis sábados por la mañana en la piscina con Dylan, me veo en el agua con los brazos extendidos hacia él para que salte del bordillo. «¡Vamos, Dylan, tú puedes!»

Mi pulso no hace caso de los betabloqueantes y me late en los oídos a un ritmo que mi respiración no puede seguir. Cada vez más rápido. «Estrés», ha dicho la doctora. Regreso al vestuario y me visto. Vacilo un momento en el vestíbulo del hotel: ¿adónde voy?, ¿qué hago? A desgana, empiezo a correr por el asfalto mojado. Corro como si me persiguieran, como si estuviera en una pesadilla con monstruos que me echan el aliento en el cuello, como si siempre corrieran más rápido que yo, por mucho que me esfuerce. Corro y corro, y entonces me doy cuenta de que mis pies me han traído aquí. Al hospital.

No es «mi» hora. Aún no es hora de comer y Pip se queda con Dylan hasta las tres. Pero me duele el pecho —Dios mío, me duele muchísimo— y solo quiero ver a mi hijo cinco minutos. Cinco minutos. Después regresaré al hotel, me ducharé, me cambiaré de ropa y me sentiré mejor.

Hoy no hay tanta gente reunida fuera del hospital infantil. Está el grupo de incondicionales que viene todos los días y verlos me ayuda a no sentirme tan solo. Por las tardes acude más gente. A menudo, cuando salgo de la UCIP, en torno a las diez u once de la noche, el grupo ha aumentado a unas cincuenta personas, todas de pie, formando un semicírculo alrededor de las velas que deletrean el nombre de Dylan en el suelo. La prensa ha venido todos los días, y Emma y Jamie no han dejado que el interés decaiga. Pancartas nuevas, manifestantes nuevos, acciones nuevas. Para que todos lo lleven en el pensamiento, en el corazón. Porque, si está en el corazón de todos, ¿cómo puede un tribunal dictaminar que le dejen morir?

—¿Estás bien, Max?

Jamie y su mujer Emma se turnan para estar en la vigilia. A veces vienen los dos, con su hijita en el cochecito. «Estamos hartos del sistema», me dijo Jamie la primera vez que hablamos. «Están intentando quitarnos nuestros derechos como padres.»

—Sí, estoy bien.

—En el grupo de Facebook hemos estado hablando de qué se puede hacer durante el juicio. —Jamie lleva la cabeza rapada y la fecha de nacimiento de su hija tatuada en el cuello. Emma y él han creado el grupo de Facebook «Luchar por Dylan», que ya tiene ciento cuarenta mil seguidores—. Nosotros venderemos las camisetas y hay gente que está haciendo pancartas nuevas, pero si hay algo pacífico, infórmame, ¿vale?

—Te informaré. —Le doy una palmada en el hombro—. Os agradezco mucho que hagáis todo esto. Significa mucho para mí.

Gracias en gran parte a Jamie y Emma, la cuenta de GoFundMe para Dylan asciende a casi un cuarto de millón de libras. Han movilizado seguidores en todo el mundo, compartiendo el vínculo y haciendo que Dylan sea noticia todos los días. Y si es un poco raro ver la cara de mi hijo en la camiseta de un desconocido, bueno, es poco sacrificio a cambio del dinero que nos llevará a Texas.

Saludo con la cabeza al personal de seguridad cuando entro en el hospital. Hablar con Jamie me ha tranquilizado, pero, cuando entro en el pasillo que conduce a la UCIP, el pulso se me acelera y echo a correr, porque estar tan cerca de Dylan pero no poder tocarlo me resulta casi más duro que estar separados.

Si Cheryl se sorprende de verme a esta hora, su cara no lo expresa. Me abre la puerta y me lavo las manos sin que diga nada. De hecho, no es una ley o tan siquiera una imposición del hospital; solo es una sugerencia en la que todos convinimos: que Pip viniera durante el día y yo lo hiciera por la tarde. Pero quiero ver a Dylan ahora. Y de repente me doy cuenta de que también quiero ver a Pip.

Le está leyendo un cuento. Está sentada enfrente de él, con el libro apoyado en la cuna, y lee en voz baja.

—«¡*Mousse* de chocolate!», dice la oca golosa. «No te la quedes toda», dice el conejo enfadado. —Qué bien imitaba siempre las voces: el indignado chillido del conejo, el bostezo de la oveja, el murmullo de la polilla con un trapo de cocina en la boca.

¿Cuántas veces hemos leído ese libro a Dylan? ¿Cuántas veces trotó a la librería de su cuarto y nos lo trajo arrastrándolo por el suelo? ¿Cuántas veces dijimos: «Ese otra vez no»? Pero Dylan se ponía a dar brincos y decía: «¡Este, este!».

—... pero la oveja perezosa dice: «No, vámonos a... DORMIR».

Aquí es donde Dylan dice: «¡Otra vez, otra vez!». Aquí es donde se abraza al cuello de Pip, la besa en la boca, se ríe y exclama: «¡Dormir no!». Y donde Pip lo aparta y le dice: «Es hora de dormir, hombrecito. Mañana te esperan grandes aventuras».

Pero la escena que se desarrolla ante mí no seguirá el guion y el corazón me duele tanto que creo que podría darse por vencido. No creo que diga nada, pero quizá lo haga, porque Pip alza la vista y sé que está viendo la misma película mental que yo.

—Perdona... Sé que no debería estar aquí.

—Tranquilo.

Cruzo la habitación y beso a Dylan. Tiene la frente caliente y húmeda, los mechones de pelo pegados a la cabeza. Me siento al lado de Pip. Me sorprende lo delgada que está, lo cansada que parece. No queda rastro de la mujer desafiante vestida con traje chaqueta que vi en las noticias.

—¿Qué va a pasarnos, Max? —Le tiembla la voz.

No me mira, sino que sigue con los ojos clavados en Dylan, cuyo pecho sube y baja tapado por la manta blanca. Pienso en los cuadrados amarillos de punto con los que Pip pensaba tejer una colcha para su cuarto y me pregunto qué ha sido de ellos.

Me esfuerzo por mantener la calma.

—Supongo que lo averiguaremos en el juicio.

—A Dylan no. —Me mira—. A nosotros. ¿Qué nos está pasando a nosotros, Max?

Quiero abrazarla, besarla, decirle cuánto la sigo queriendo, pese a todo. Que perderla a ella me asusta casi tanto como perder a Dylan.

Pero la he dejado. Estoy enfrentado a ella. Soy la última persona que quiere que la abrace. Así que no digo nada. Y Pip acaba apartando la mirada.

VEINTE

LEILA

Leila percibe la tensión en el ambiente. Emmett ha decretado que tres enfermeros se queden más horas y otros dos lleguen antes, pero este aumento de la plantilla ha creado un nerviosismo en el pabellón que no ayuda. Los limpiadores han recibido instrucciones de ser más minuciosos y les ofende, con razón, la insinuación de que no lo son. Yin y Cheryl han quitado los papeles enroscados que recuerdan a las visitas que deben lavarse las manos y han colocado carteles plastificados en su lugar. El pabellón entero está en sus puestos, y todo por un solo hombre.

El doctor Gregory Clark Sanders hijo tiene unos diez años más que en la fotografía de su sitio web, donde aparece como un médico joven y dinámico, sentado con las piernas abiertas en un despacho de madera de caoba. Leila ha mirado la fotografía varias veces —ha leído la impresionante lista de titulaciones que ostenta el especialista de Houston— y ella se ha ido sintiendo cada vez menos competente, un poco menos preparada.

Ahora, mientras recorre el pasillo hacia la puerta acristalada de la UCIP, recobra la confianza. Gregory Sanders es un hombre menudo y de constitución delgada, con el pelo rubio oscuro y una cara agradable que no muestra esa suficiencia que refleja su sitio web. Alarga la mano cuando ella se acerca.

—Doctor Sanders, encantada de conocerlo.

—Llámame Greg.

A Leila no se le dan bien los acentos. Esperaba que Greg lo tuviera más marcado —el acento de Texas que recuerda de las reposiciones de *Dallas* que le encantaba ver a Ruby—, pero no le parece que Greg Sanders hable de manera muy distinta a Max.

—Y esta es mi abogada, Laura King.

Max pone una mano en el hombro de una mujer cuarentona con caros reflejos caramelo en el pelo cortado en una media melena. Lleva un blazer azul marino con un pantalón blanco hecho a medida y da la impresión de que tendría que estar paseando por Montecarlo, no en la entrada de la Unidad de Cuidados Intensivos Pediátricos del Hospital Infantil Saint Elizabeth de Birmingham.

—Bienvenidos a la UCIP.

Leila los acompaña al lavabo y espera mientras se lavan las manos. Yin pasa por su lado, intentando no mirar, pero pensando seguramente lo mismo que el resto de la plantilla sobre este especialista estadounidense que afirma que puede tener éxito donde ellos han fracasado. Su visita lleva implícita una crítica que los pone a todos a la defensiva y, a la vez, les despierta la curiosidad. Leila también tiene curiosidad, pero, aunque pasa la hora siguiente con Greg, él pregunta más que informa y ella se entera de poco aparte de lo que ya sabe.

—Houston ProTherapy tiene los mayores índices de éxito del mundo —dice Greg cuando llegan a la Habitación 1—. Tenemos equipamiento de última generación y nuestro personal es excelente.

De inmediato, a Leila se le despierta el instinto protector hacia su propio equipo, que es excelente. Se pregunta cómo haría frente el personal de Greg a los recortes presupuestarios del Sistema Nacional de Salud y a la falta de recursos, si Houston ProTherapy tuviese que depender alguna vez de unos padres agradecidos que comprasen desfibriladores que salvan vidas.

—La principal ventaja de la terapia de protones es poder dirigir el haz para que no se disemine al tejido sano. —Greg está respondiendo una pregunta de Laura King, pero los va mirando a los ojos uno a uno mientras habla, lo que hace que Leila se sienta como si volviera a estar en clase—. Con el meduloblastoma, tratamos la vía del líquido cefalorraquídeo, todo el cerebro y toda la columna vertebral, pero sin que haya dispersión de radiación como ocurre con el tratamiento convencional.

Está al lado de Dylan, moviendo las manos para indicar dónde y cómo se administrará el tratamiento, pero aún no le ha saludado. No le ha tocado el brazo ni se ha presentado, no le ha dicho que le gustaría echar un vistazo a su gráfica ni que ha venido para ayudarle. Leila sabe que Dylan tiene poca o ninguna conciencia de quién está junto a su cuna, pero aun así tiene que morderse el labio. Dylan Adams es un niño, no un caso práctico. Le acaricia la frente y le susurra: «Va todo bien, solo estamos hablando un montón».

Leila ha leído el informe que Laura King les ha mandado junto con otros documentos, el cual rebate la solicitud de la orden judicial. Lo ha leído y discrepa. Es muy posible que la terapia de protones reduzca el tumor situado en la base del cráneo de Dylan, pero ¿a qué precio? Otras doce semanas de tratamiento —de viajes, escáneres, radiación— con la esperanza de que Dylan disponga de unos cuantos meses más, unos cuantos años quizá, para vivir dentro de las limitaciones con las que se ha quedado. Poco o ningún control de las extremidades. Poca o ninguna capacidad verbal. Ninguna coordinación. Epilepsia, pérdida auditiva, deterioro cognitivo...

—Doctor Sanders. —Laura tiene una lista de preguntas y las va señalando con el bolígrafo—. El paciente ha desarrollado el síndrome de fosa posterior a consecuencia de la cirugía cerebral, que tengo entendido afectará a la función ejecutiva, al habla, al movimiento, etc. ¿Tendrá la terapia de protones un impacto similar?

—Al contrario, el haz de protones genera muchos menos efectos secundarios que la cirugía. —La respuesta es demasiado rápida, demasiado elocuente, y Leila sabe que están siguiendo un guion; que las preguntas de Laura King están pensadas para Leila, no para Greg.

—Si a Dylan no le hubieran realizado una resección quirúrgica —dice Leila con más brusquedad de la que debiera—, habría muerto.

Max la mira.

—Pero eso es lo que quiere ahora, ¿no?

Leila nota un nudo de rabia en la garganta.

—No, eso no es lo que quiero. Ninguno de nosotros quiere eso. Todos queremos lo mejor para Dylan y, en mi opinión profesional, eso no consiste en llevarlo en avión a la otra punta del mundo y someterlo a más tratamiento, cuando...

—Esto lo dejaremos para los tribunales, ¿le parece? —Laura King da un paso adelante, su voz es clara y autoritaria.

Las dos mujeres se miran fijamente, antes de que Leila aparte los ojos. Reservará sus energías, y sus pruebas, para cuando sean necesarias.

Los manifestantes llevan dos semanas acudiendo al hospital todos los días. Emmett ha contratado guardias de seguridad, que están apostados en la entrada de la UCIP con corbatas negras, chaquetas reflectantes y brazaletes con el distintivo alrededor del brazo izquierdo. Los manifestantes han consentido en quedarse dentro de una zona señalizada entre los contenedores de basura y el borde del aparcamiento. Todos los días hay caras nuevas, pero también conocidas, y Leila se pregunta cómo pueden venir al hospital, día tras día. ¿No tienen trabajo? ¿Familia? ¿Vida? ¿Qué los induce a preocuparse tanto por un niño que no es suyo?

Está lloviendo y solo hay un puñado de personas en la zona señalizada entre los contenedores y el aparcamiento. Los incondicionales, piensa Leila, a los que no disuade el mal tiempo. Pasa por delante de ellos, con la cabeza gacha y la capucha puesta, pero, cuando oye su nombre, el instinto le insta a volverse. Una mujer con un gorro rojo empieza a gritar, una sarta de palabras ininteligibles, y la jauría se une a ella, pidiendo sangre.

Al día siguiente, los periódicos publican una fotografía de Leila, tomada por uno de los reporteros gráficos que están al acecho junto a la zona de fumadores del aparcamiento, esperando a que ocurra algo. Ella ve el artículo en el quiosco camino del trabajo y la bicicleta se le tambalea cuando le echa otro vistazo.

«Doctora Muerte», reza el titular. En la imagen que lo acompaña, Leila tiene el entrecejo fruncido y mira a la cámara con expresión adusta.

La cantidad de gente apostada en la entrada del hospital ha aumentado de la noche a la mañana. Hay velas, música, banderas colgadas entre los árboles del aparcamiento. Sería más un festival que una protesta si no fuera por las palabras entonadas al son de un pequeño tambor. «Derecho a la vida, derecho a la vida.» Leila rodea el aparcamiento y esta vez accede a la UCIP por una ruta menos directa. A mediodía, el director médico la llama a su despacho.

—¿Por qué no te tomas las dos próximas semanas libres? ¿Solo hasta la vista?

Emmett tiene los papeles dispuestos delante de él.

—No puedo... Ya nos falta personal tal como estamos y...

—Nos las apañaremos. —Emmett se muestra firme—. A cada hora que pasa aparecen más manifestantes; vienen en autobuses, por el amor de Dios. Hemos tenido que poner seguridad en la puerta después de que uno de ellos crease un grupo de Facebook llamado «Que ardan en el infierno».

—No se atreverían a...

—Esperemos que no —dice Emmett con el semblante grave. Se suaviza un poco—. No es por ti, Leila. Tómate un par de semanas libres. Deja que todo pase.

Leila no tiene más remedio que acceder.

El primer día de su permiso forzoso, Leila se despierta temprano. Oye el chirrido de la cama de Habibeh en la habitación contigua a la suya cuando su madre se levanta para empezar sus rezos.

Hoy es *Norooz*, el primer día del año persa. Un día que tendría que simbolizar un nuevo comienzo, esperanzas renovadas. En cambio, Leila se despierta con miedo de lo que está por venir.

Piensa en Pip y en Max, como hace tan a menudo, y eleva una oración silenciosa para que hallen la paz una vez que se despidan de su hijo. Porque Leila está segura de que el tribunal fallará a favor del hospital, pese a los caros abogados que Max ha contratado, pese al apoyo popular que se ha granjeado, pese a los intentos de los manifestantes de desacreditar el testimonio de Leila. El tribunal fallará a su favor porque es lo correcto.

Cree.

Otras imágenes se cuelan en sus recuerdos y relegan la lógica a un segundo plano: Dylan abriendo los ojos al oír la voz de su madre; su frecuencia cardíaca calmándose cuando su padre se lo arrima al pecho. Se sienta en la cama y enciende la lamparita de noche. Baja las piernas y se levanta. Ciencia, no emoción, se recuerda. Hechos, no conjeturas. Médica, no madre.

En la planta baja, bien arrebujada en la bata para protegerse del frío matutino, pone agua a hervir y saca dos vasos. Echa en la tetera varias cucharadas del té que trajo de Irán en una cajita metálica y ve cómo las oscuras hojas se arremolinan cuando añade agua hirviendo. El ritual es relajante; su familiaridad, reconfortante. Oye pasos en la escalera mientras prepara el té preferido de su madre. Para Habibeh, no el sabroso té turbio que hace que Leila se sienta como en casa, sino el mejor té Earl Grey de Marks & Spencer, en bolsitas con un cordelito del que pende la etiqueta. Es el primero de la lista siempre que Leila le pregunta qué querría que le llevara a Irán, aparte de chocolate y queso Cheddar envasado al vacío. Leila añade leche hasta que adquiere el insulso color beis que más le gusta a Habibeh. Prepara *sheer berenj*, un arroz con leche que solo se hace la mañana de *Norooz*, y cuando su madre baja se obliga a sonreír.

Habibeh la besa.

—*Sad Saal be in Saal-ha, Leila joon.* —Otros cien Años Nuevos felices. Leila se conformaría con uno.

—Hoy no trabajo, *Maman*.

A Habibeh se le ilumina la cara. Le costaba entender que Leila no pudiera tomarse el día libre en *Norooz*, que la unidad esté tan falta de personal y desbordada de trabajo que los especialistas lleven meses sin pedir un solo día de permiso.

—Ni lo haré durante un tiempo. Me he tomado unas vacaciones.

Una mentirijilla piadosa que se interpone entre ellas. Habibeh está encantada; Leila, avergonzada por partida doble. En honor a la ocasión, Habibeh prescinde de la QVC en favor de la cuenta atrás para el año nuevo persa que retransmite la BBC, con su despliegue de estrellas pop, bailes y monólogos de cómicos. Leila se obliga a sonreír y escucha los planes de Habibeh para el tiempo que pasarán juntas (los platos que cocinarán, las películas que verán), mientras, por dentro, la preocupación le remueve las entrañas hasta que se siente mareada.

Pican nueces y dátiles mientras preparan la comida de *Norooz*. *Kofte*, *samanu*, un cremoso plato de *must*, con pasas y pétalos de rosa, limón y aceite de oliva. Ponen la mesa con el mantel especial que Leila compró en el bazar de Shiraz, un jarrón de jacintos, la vajilla y cubertería de plata. En la pantalla del televisor, Sami Beigi canta uno de sus grandes éxitos.

—*Asheghetam, Leila joon.*

—Yo también te quiero, *Maman.*

Llaman al timbre. Quizá sea Wilma, la vecina. Leila va a abrir mientras Habibeh se cubre la cabeza con su *shall.* Pero no es Wilma.

—¿Hola?

Es Nick. A Leila le resulta extraño verlo ahí, en su jardín delantero, y nota que se le acelera el corazón. Cierra un poco la puerta: no quiere que Habibeh le oiga hablar del caso de Dylan ni de los periódicos que su madre jamás verá.

—Quería saber cómo estabas.

—Estoy bien.

Un silencio.

—¿Puedo pasar?

—No es un buen momento.

Habibeh acude a la puerta. Espera a que Leila la presente, pero, antes de que ella pueda decidir qué decir, Nick tose.

—Esto... *haletun chetorah* —dice, algo cohibido—. *Esm e man, Nick ask.*

Leila está tan sorprendida como Habibeh. Mira las manos de Nick, que están llenas de tinta azul.

—¿Qué más llevas ahí?

Él se mira la otra mano.

—Pues... *dashtshuee kojast*?

Hay un breve silencio. Habibeh y Leila se miran.

—Arriba, a la izquierda. La cadena se engancha un poco —responde Leila—. Si eso es lo que querías preguntar realmente.

Nick parece avergonzado.

—Me he equivocado de mano, perdón. Eso lo he escrito por si tenía una urgencia.

—Pero ¿por qué ibas a necesitar nada de eso? —Leila está confundida.

—No sabía si estarías y no quería preocupar a tu madre presentándome sin poder decir quién era. He invitado a un café al celador iraní: ¿te acuerdas del hombre que siempre canta? Me ha escrito unas cuantas frases.

—Será mejor que entres.

Leila se alegra de que el recibidor sea demasiado estrecho para que quepan todos; de tener una excusa para volverse y esconder la cara, que se le ha sonrojado de la emoción. Prepara té en vasos altos y estrechos que encajan en fundas de plata y ve cómo Nick asiente con interés mientras Habibeh recita los nombres de todos los platos de su mesa de *Norooz.*

—Lo de ayer es agua pasada —dice Nick en voz baja, cuando Habibeh ha ido a la cocina a buscar más comida.

Leila tarda un momento en saber a qué se refiere.

—Me llaman Doctora Muerte. Piensan que soy un monstruo.

—Es un juego, Leila.

—Un juego cruel.

Se le saltan las lágrimas. Se pone un terrón de azúcar en la lengua, toma un sorbo de té y deja que el sabor dulce le impregne la boca. Nick vacila; luego le coge la mano y se la aprieta, solo un instante, antes de volver a soltársela.

—Todo pasará después del juicio. —Se aparta cuando Habibeh regresa al salón y Leila nota demasiado calor y demasiado frío, todo a la vez—. ¿Te has enterado? —dice, intentando cambiar de tema—. Hoy han echado del hospital a uno de nuestros técnicos de ambulancia.

—¿Qué? ¿Por qué?

—Por filtrar información a la prensa. ¿Te acuerdas del artículo del *Mirror* sobre que operábamos en los pasillos?

Leila asiente, aunque lo cierto es que no. Hay tantas difamaciones...

—Pues resulta que fue él. Unas semanas después, fue al *Mail* con los datos de un paciente mayor, cuya mujer no estaba de acuerdo con su orden de no reanimación y el periódico publicó una doble página sobre si era mejor o peor que la eutanasia.

«Tuve una orden de no reanimación. —Leila oye la voz de Jim en su cabeza—. Su mujer me llamó asesino... Hubo una parte de mí que se sintió así.»

—La familia presentó una queja formal al hospital y, cuando Emmett fue al periódico, el gacetillero cantó y reveló su fuente.

—Nick... —Leila se había sentido muy mal por Jim. Pensaba que él entendería lo que ella estaba pasando con el caso de los Adams y que la escucharía sin juzgarla. Había confiado en él. Habibeh, que ha perdido el hilo de la conversación, se excusa para traer más comida que no se comerán—. Nick, le hablé de Dylan Adams.

Tiene una sensación de náusea en la boca del estómago.

Una sola ceja, enarcada de forma casi imperceptible, le indica que Nick la ha oído. Leila espera a que diga algo, pero él toma un sorbo de té y su deliberado silencio significa que es Leila quien tiene que hablar.

—Me caí de la bicicleta. Él me examinó, Jim Laithwaite, se llama Jim Laithwaite, y me llevó al trabajo en su coche. Le invité a una copa para agradecérselo.

«Deberíamos repetir.» Le arden las mejillas al recordar lo tonta que ha sido. No es ninguna sorpresa que no le haya llamado. Ya tenía lo que quería. Leila lo imagina cogiendo el móvil incluso antes de perderla de vista.

«Tío, tengo un bombazo para ti...»

—¿Te diste cuenta de que andaba a la caza de información?

Leila cierra los ojos con fuerza.

—No le hizo falta sonsacarme. Se la di voluntariamente.

No le dice a Nick que ese día había llorado por dentro; que ver cómo el mundo de Pip y de Max Adams se desmoronaba casi la había roto.

Nick observa a Leila, pensativo; luego se encoge levemente de hombros.

—Estamos todos en el mismo bando, Leila. Deberíamos poder fiarnos unos de otros. Cuando esa confianza se quebranta, duele. Pero no es culpa tuya. —Se recuesta en la silla, con expresión desconcertada—. ¿Por qué te lo estás tomando tan a pecho?

—Es un caso delicado. Los padres de Dylan jamás deberían haber sido noticia hasta que estuvieran preparados, hasta que fuera inevitable.

—Era inevitable desde el principio. Tú lo sabes. ¿Qué es lo que no me cuentas?

Leila nota calor en el cuello y después en la cara.

—Me gustaba —dice por fin.

Hay un largo silencio. Leila no necesita mirar a Nick para saber que está incómodo, que está pensando en cómo puede cambiar de tema. Pero ha preguntado, y Leila va a responder.

Clava los ojos en la mesa.

—Tengo treinta y cuatro años y estoy soltera, como mi madre siempre me recuerda. Y entonces conocí a Jim y me gustó. Y creí que yo le gustaba a él... Bueno, en fin. Es por eso.

Otro largo silencio.

—Hay muchos peces en el mar.

Leila dirige una media sonrisa a la mesa.

—Creo que mi red tiene un agujero.

Habibeh regresa en ese momento y Nick se levanta para ayudarle con los platos. Le hace preguntas sobre *Norooz* e Irán y Habibeh se abre como una flor ávida de sol. Es mucho después, cuando ya están a punto de reventar de tanto comer y los platos vacíos apilados en el fregadero, cuando Nick se inclina hacia Leila.

—¿Ese técnico de ambulancia? —Levanta ligeramente las comisuras de la boca—. No te merecía.

VEINTIUNO

PIP

Max está sentado en un sofá rojo. Lleva un pantalón gris de vestir, pero, en vez de chaqueta, se ha puesto una camiseta encima de la camisa de manga larga. La camiseta tiene una fotografía de Dylan y parece que se la hayan dado cuando se dirigía al plató y le hayan dicho: «Rápido, póngasela: quedará fabuloso en la tele». No queda fabuloso. Queda... queda un poco patético, como los hombres cincuentones con gorras de béisbol o las madres que se ponen las zapatillas deportivas de sus hijas adolescentes. Es evidente que Max está incómodo. Tiene la espalda encorvada y parece mayor, deshecho. En cambio, la mujer sentada a su lado, la abogada de Max, Laura King, lleva un traje tipo esmoquin y unos zapatos negros cuyas suelas rojas se le ven cuando cruza las piernas, lo que hace a menudo. De vez en cuando toca a Max en el brazo y me sorprendo hablando al televisor:

—Déjalo en paz, por el amor de Dios.

Los presentadores, un hombre y una mujer con demasiada química para ser marido y mujer, están resumiendo lo que ha ocurrido hasta la fecha, antes del juicio de mañana. Mientras hablan, en la esquina superior derecha de la pantalla van apareciendo fotografías de Dylan. Son las de mi álbum de fotos diarias, todo lo que me queda de su vida antes del Saint Elizabeth, y me enfada que Max no me haya consultado antes de compartirlas.

—Esto debe de ser una pesadilla para usted. —La presentadora ladea la cabeza. Tiene lágrimas reales en los ojos.

—No —responde Max—. Es Dylan el que está atrapado en una pesadilla. El que está luchando por su vida. Lo que yo estoy pasando no es nada comparado con lo que él ha pasado en los últimos meses.

El presentador se inclina hacia delante. Me fijo en que no tiene lágrimas en los ojos.

—Por desgracia, esta no es la primera vez que hablamos con un padre que se enfrenta al equipo médico que está a cargo de su hijo, pero en su caso hay una gran diferencia, ¿no es así?

Laura King vuelve a poner la mano en el brazo de Max.

—Él no te paga para que le pongas la zarpa encima —mascullo.

—Cada caso es distinto —responde Laura con soltura—. Nuestra esperanza es que esta semana se haga justicia y Max pueda ejercer su derecho como padre para proporcionar a Dylan la atención médica que necesita con tanta urgencia.

—Pero hay una razón para que la madre de Dylan no esté aquí con usted hoy, ¿no? —insiste el presentador, como un terrier a la caza de algo más escabroso.

«¿Por qué no me sorprende», pienso. Quiero apagar el televisor, pero la añoranza de Max se ha convertido en un dolor físico, como la nostalgia, y verlo me duele y a la vez me cura.

—Tanto mi mujer como yo queremos lo mejor para Dylan. —Max hace una pausa—. El problema es que discrepamos en qué significa eso.

—Tengo entendido que actualmente vive en un hotel a cierta distancia de su casa. —Otra vez el terrier. Ñac, ñac, ñac.

—Quería estar más cerca del hospital. De mi hijo.

—¿Su mujer también se aloja en el hotel?

Max vacila. Lanza una mirada a Laura King, pero ella no la ve, no reacciona.

—Dicen que ha dejado a su mujer... No podemos ni imaginarnos la tensión que algo como esto debe de crear para su...

Max cierra los puños a los costados.

—Mi mujer y yo no nos hemos separado, y dónde vivo no

tiene nada que ver con mi lucha para que Dylan reciba el tratamiento que merece.

Parece que tiene algo más que decir, pero la cámara enfoca a los presentadores y, sea lo que sea, no se oye.

«Pero me has dejado», digo para mis adentros.

Los últimos días antes del juicio se me han hecho interminables y, a la vez, se me han pasado enseguida. He dedicado todo el tiempo que puedo a estar con Dylan, como si toda una vida de recuerdos pudiera comprimirse en minutos y horas. He llevado al hospital todos los libros de su cuarto y se los he leído una vez tras otra, mientras él yacía inmóvil en la cuna, alternando entre la vigilia y el sueño. Le he cantado, lo he bañado, le he cepillado el poco pelo que le queda. Le he explicado cuentos llenos de sol y finales felices y he sentido que le mentía porque la vida no tiene finales felices, ¿verdad?

La vista del «Hospital público Saint Elizabeth contra Adams» se celebrará en el tribunal de familia del Palacio de Justicia, un enorme edificio gótico con torreones en los tejados y centenares de ventanas que parecen mirarnos cuando bajo del taxi que ha pedido mi abogado.

No hay tribuna para el público en la sala del tribunal de familia y la multitud se aglomera en la acera de enfrente del edificio, detrás de vallas metálicas vigiladas por policías con chalecos reflectantes. Llevan camisetas con la fotografía de Dylan y enarbolan pancartas que suplican al tribunal «¡Dejen vivir a nuestro niño!».

«¿Nuestro niño?» ¿Cuándo se ha convertido en «su niño»?

Me entran ganas de llevarme a Dylan a casa y encerrarme dentro. Me entran ganas de borrar todas las fotografías suyas que he subido a Facebook, para impedir que esta gente las copie, las retoque con Photoshop, las utilice como imagen de su perfil. Esta demostración de lo que sé que pretende ser solidaridad, lejos de darme fuerzas, solo sirve para hurgar aún más en la llaga.

Me increpan cuando subo los escalones con Robin Shane y sus dos ayudantes.

—¡Asesina!

—No te vuelvas —dice Robin—. Sigue andando.

Dentro, mis zapatos resuenan en el suelo embaldosado cuando nos dirigimos a la sala de justicia, donde un brusco «¡todos en pie!» pone fin a los murmullos de los asistentes.

El juez, el magistrado Merritt, lleva una toga negra con ribetes de terciopelo, cuya única nota de color son las dos cortas cintas rojas del cuello. No lleva peluca y tiene el pelo cano muy bien cortado. Parece un abuelo. Me lo imagino haciendo saltar a un niño sobre las rodillas, poniéndose a cuatro patas para que sus nietos jueguen al caballito.

Delante del estrado del juez hay un banco ocupado —según el plano que Robin me ha dibujado en el asiento trasero del taxi negro— por los secretarios. También delante, mirando al juez, hay varios bancos más. Nosotros estamos sentados a la izquierda, detrás del equipo jurídico del hospital, al lado del tutor y del abogado de Dylan. El equipo de Max está a la derecha.

—¿Quiénes son todas esas personas que están con él? —susurro.

Robin enarca una ceja.

—Han venido para que su abogada imponga más. Habrán puesto trajes a los becarios y habrán cobrado a tu marido por el privilegio.

Max ha estado utilizando el dinero que teníamos ahorrado para cuando llegaran tiempos peores: he visto los pagos. No queda nada y me pregunto cómo va a pagar las costas o si está tan convencido de que va a ganar que no piensa en lo que costará el juicio. Este mes le han pagado el sueldo igual que siempre, pero no sé si sigue trabajando, si puede dejar de pagar la hipoteca de la casa en cualquier momento. Nunca ha sido un problema que yo ganara mucho menos que él, pero ahora...

—Señoría —empieza a decir el abogado del hospital—, el caso que nos ocupa concierne a Dylan Adams, ingresado actualmente en la Unidad de Cuidados Intensivos Pediátricos del Hospital Infantil Saint Elizabeth de Birmingham. El difícil cometido de este tribunal reside en determinar si continuar con el tratamiento de soporte vital es lo mejor para Dylan. La interrupción de dicho tratamiento, en virtud de las pruebas presentadas ante este tribunal, conduce lamentablemente a la muerte del niño, pero esta es la triste petición en la que se sustenta nuestro caso: mis clientes solicitan la autorización del tribunal para poner fin al sufrimiento de Dylan.

Sofoco un grito. Me han dicho que el juicio puede durar varios días, que puedo marcharme cuando quiera, que puede ser demasiado duro.

Es duro. Más duro de lo que jamás habría imaginado.

Pero no me voy. Escucho a los médicos decir, con voz calmada y baja, todo lo que la doctora Jalili nos explicó en la sala de descanso, hace menos de tres meses. Escucho al juez preguntar: «¿Qué supone eso exactamente para Dylan?» y «¿Podría explicar eso en lenguaje llano, por favor?», e intento interpretar las expresiones de una cara que no revela nada.

El segundo día escuchamos la declaración del especialista en oncología, quien habla con elocuencia sobre el tumor de Dylan y el subsiguiente tratamiento, y espera en el estrado de los testigos a que la abogada de Max le haga más preguntas.

—Señor Singh. —Laura King tiene el entrecejo fruncido, como si estuviera confundida—. ¿Cuántos niños ha mandado al extranjero el Sistema Nacional de Salud para que reciban terapia de protones?

—En los últimos diez años, unos trescientos más o menos. Hablo a escala nacional, por supuesto. En el Saint Elizabeth, hemos mandado ochenta y siete casos.

—¿Y con cuántos de esos pacientes tuvo éxito el tratamiento?

—Alrededor del noventa por ciento mejoraron considerablemente después de la terapia.

Se oye un murmullo en la sala cuando Laura King se sienta y vuelve la cabeza para susurrarle algo a Max al oído.

Robin se pone en pie de inmediato.

—¿Mandan al extranjero a todos los pacientes con cáncer para que reciban terapia de protones, señor Singh?

—No. —El especialista parece un poco molesto por la pregunta—. Mandamos a los pacientes con los que creemos que dicha terapia tiene probabilidades de dar buenos resultados. Si mandáramos a todos los pacientes con cáncer, el porcentaje de éxitos sería mucho menor.

—Gracias.

La doctora Jalili tiembla un poco cuando se dirige al estrado de los testigos y se agarra a la barandilla de madera con ambas manos. Cuando le toca a Laura King interrogarla, tensa un poco la mandíbula.

—En las actas de su reunión del diez de febrero (señoría, debería haber una copia en su legajo) consta que usted afirmó que, en el caso de Dylan Adams, la terapia de protones no sería «un uso apropiado de los recursos». ¿Es correcto?

—Eso dije, sí.

Miro a Max y veo que los ojos se le ensombrecen.

—Pero si se me permite hacer una aclaración... —La doctora Jalili mira al juez, quien asiente—. Esto no es un problema de presupuesto. No creo que Dylan Adams deba recibir terapia de protones, punto final.

El juez se inclina hacia delante.

—¿Podría explicar por qué, doctora Jalili? ¿No cree que la terapia de protones sería eficaz en este caso?

—Eso depende de lo que se entienda por «eficaz». La terapia de protones no curará el cáncer de Dylan, pero podría darle algo más de tiempo.

Laura King interviene y suaviza su interrupción con un respetuoso asentimiento:

—Que es justo lo que pide mi cliente, señoría. Tiempo con su hijo, por poco que sea.

A una señal del juez, la doctora Jalili continúa como si la otra mujer no hubiera hablado.

—Alargarle la vida a Dylan no es la única cuestión y, en mi opinión, no es la más importante. —Respira hondo—. El daño cerebral de Dylan es irreparable. Si vive, no andará ni hablará. No podrá comunicar sus necesidades, ni tan siquiera sus sentimientos. Esas son funciones humanas básicas, y mi opinión, como médica y también como ser humano, es que hay poca vida sin esas funciones.

Quiero que la doctora Jalili me mire, quiero demostrarle cómo le agradezco que defienda nuestra postura con tanta pasión. Pero ella se niega resueltamente a mirarme, a mirar a nadie, y, cuando el juez le da las gracias y ella pasa por mi lado para regresar a su sitio, veo que está temblando otra vez.

Y ahora también tiemblo yo.

Porque me toca declarar a mí.

VEINTIDÓS

MAX

Pip lleva una camisa blanca con finas rayas amarillas. La tiene metida por dentro de una ajustada falda azul marino y, cuando se dirige al estrado, de golpe la imagino trabajando, andando por el pasillo del avión. Pienso en la primera vez que la vi, en sus pestañas increíblemente largas; pienso en esa noche, unas horas después, en un animado bar. «Quiero casarme con esa mujer», pensé, antes de que ella siquiera hubiera relacionado al hombre a quien había servido en el avión con ese idiota que le sonreía con cara de bobo desde el otro extremo del bar. Lo supe. Se sabe.

Lleva la cremallera trasera de la falda torcida y la cinturilla le queda más ancha que hace un año. Pienso que, en otra vida, me acercaría a ella y se la pondría recta, sin que ninguno de los dos lo comentara, porque eso es lo que hacen dos personas que llevan juntas tanto tiempo como nosotros. Me embarga un dolor parecido a la nostalgia, pero no es mi país lo que echo de menos. Es a Pip. Es lo nuestro.

Me he marchado del hotel próximo al hospital y me he registrado en uno más barato situado a unas manzanas del Palacio de Justicia. Pip viene desde casa todos los días —la he oído hablar con su abogado cuando han llegado—, pero yo necesito estar cerca de los tribunales para centrarme. Anoche me lo leí todo de cabo a rabo y llamé a Laura media docena de veces para comentarle ideas que se me iban ocurriendo. «Todo está bajo control —dijo al fin—. Duerme un poco.» Pero no he podido dormir y, por su aspecto, Pip tampoco. Su maquillaje es impecable y lleva el pelo muy bien recogido, pero tiene ojeras y las mejillas chupadas.

Cuando Dylan tenía unos dieciocho meses, pasó por una etapa en la que pegaba a otros niños cuando tenían algo que él quería. ¿Ese camión que sujetas en la mano? ¡Zas! ¿Tu galleta? ¡Zas!

—Mira que eres malo —le dije una vez.

Pip negó con la cabeza.

—Hay que separar al niño del acto. —Por cómo lo dijo, supe que lo había leído en algún sitio web para padres—. De lo contrario, estás reforzando una imagen negativa de sí mismo. —Se agachó mucho para mirar a Dylan a los ojos—. Dylan, te quiero mucho, pero no me gusta lo que acabas de hacer. No quiero verte pegar a nadie, ¿de acuerdo?

Dylan le dio una bofetada.

—¡Ay!

—No me estoy riendo —dije, riéndome.

Miro a Pip. Repaso todo lo que ha dicho y hecho en los últimos tres meses y sé que aún la quiero. Siempre la querré. Y una vez que estemos en Texas y Dylan empiece a mejorar, hablaremos. Recuperaremos lo que teníamos.

—Señora Adams. —El abogado de Pip se pone en pie—. Sé que esto es durísimo para usted. ¿Podría decirnos, en sus propias palabras, por qué apoya la recomendación del hospital de que el tratamiento de Dylan debería ser solo paliativo?

Pip mueve la cabeza, un gesto brusco y minúsculo que parece un temblor más que un asentimiento. Los labios le tiemblan al abrir la boca y, cuando habla, lo hace en voz tan baja que se oye un rumor colectivo en la sala cuando todos se inclinan hacia delante para escucharla mejor.

—Quiero a mi hijo. Lo que todos dicen en los periódicos, en la televisión, no es cierto. No soy un monstruo. Daría lo que fuera por que desapareciera esta pesadilla y tener a Dylan de nuevo en casa, donde debe estar.

No dice nada más durante un buen rato; ha cerrado los ojos y tiene la cara crispada por el esfuerzo de no llorar. Me siento como me sentí en la sala de descanso cuando Pip se puso a llorar: como si aquí hubiera dos Max, no uno. Uno que está enfrentado a Pip y al hospital, y otro que quiere abrazarla y decirle: «Lo estás haciendo muy bien».

—Pero eso no es posible. —Ahora habla más alto y tiene los nudillos blancos en la barandilla del estrado—. He estado todos los días junto a mi hijo desde que ingresó en el hospital el otoño pasado. He estado presente cuando ha sufrido convulsiones tan fuertes que han tenido que sedarlo, cuando le han dado morfina para el dolor. He aprendido a aspirarle la saliva, a darle masajes en la espalda para desprender las secreciones, a manipularle los brazos y las piernas para que no se le atrofien. Es continuo, agotador, y, si Dylan volviera a casa, me consumiría la vida, nos la consumiría a los dos. —Me embarga la ira, pero Pip no ha terminado—. Y yo haría todo eso y más si creyera que, entre los fármacos, las visitas, la fisioterapia y la aspiración, Dylan pudiera tener una vida que mereciera la pena. —El silencio se cierne sobre la sala de justicia. Pip mira al juez—. Pero no creo que pudiera tenerla.

Me restriego la nuca. Bajo la cabeza y arrugo la cara como si con ello fuera a acallar el ruido de mi cabeza, las imágenes que Pip ha puesto en ella. Yo también estaba presente, ¿no? También he visto esas cosas, he ayudado con la fisioterapia y... «Cuando no estás trabajando», dice una vocecilla interior. Pip y yo hemos tomado nuestras decisiones basándonos en experiencias distintas, en realidades distintas. Darme cuenta de ello me desconcierta.

—Señora Adams, ¿entiende que, si se concede esta orden judicial, su hijo morirá?

Una sola palabra, ahogada y dolorosa.

—Sí.

El abogado se dispone a sentarse, pero Pip vuelve a hablar:

—Quiero dejar muy claro que no quiero que Dylan muera. Pero tampoco quiero que siga viviendo con la calidad de vida que tendrá si sobrevive. Hay... —Vacila y sus últimas palabras apenas se oyen, como si de golpe estuviera agotada—. Hay una diferencia.

Pienso en mi discurso, preparado y listo para esta tarde, cuando Laura me dé la entrada preguntándome: «Por favor, explique al tribunal por qué se opone a la solicitud». Pienso en la gran cantidad de pruebas que hemos reunido, todas centradas en mantener a Dylan con vida. Pienso en las imágenes que Pip ha evocado ante el tribunal. Y vacilo.

—Todas las declaraciones han sido en apoyo del solicitante —dice Laura cuando el tribunal hace un breve receso. Toma un sorbo del café comprado en el comedor y hace una mueca—. Es normal que te cuestiones; de eso se trata. Te sentirás mejor cuando nuestros testigos hayan prestado declaración.

Así es. Nuestro primer testigo, el doctor Hans Schulz, con el pelo castaño oscuro y grandes gafas redondas, va tan erguido que cuando vino al hospital casi esperé que juntara los talones. Fue el segundo médico independiente que encontró Laura. «Lo siento —dijo el primero, un pediatra francés con un traje de Paul Smith—. No puedo declarar en su favor.» Su informe fue breve, tan parecido al de la doctora Jalili que podrían haberlos escrito a la vez. «No hay ninguna posibilidad realista de una vida plena» fue su escalofriante conclusión.

—Pasé bastante tiempo con el paciente —dice ahora el doctor Schulz, en un inglés impecable—. Observé que sus pupilas eran reactivas a la luz y que, cuando le hablaba, volvía la cabeza hacia mí.

El abogado del hospital está tomando notas, inclinándose para susurrarle algo a su ayudante. La sala dispone de aire acondicionado, pero yo estoy ardiendo; me aflojo la corbata y me desabrocho el primer botón. Estoy aquí, pero en realidad no lo estoy; escuchando a todas estas personas hablar de una pesadilla que no puede ser nuestra vida, ¿verdad? No despego los ojos de Pip, pero ella se está mirando las manos, que tiene juntas en el regazo como si rezara.

El doctor Schulz presta declaración durante dos horas. Responde preguntas del juez, del abogado del hospital, de Laura, del abogado de Dylan. Lo ha hecho bien, creo, y la declaración que el doctor Gregory Sanders prestará esta tarde por videoconferencia no puede sino hacer mella en la seguridad manifestada por el Saint Elizabeth.

Laura está contenta. Cree que el juez se dejará influir por el doctor Schulz, por un niño que reacciona a la luz y a la voz.

—El público sacará partido de esto en concreto: ya verás. —Estamos sentados en Pret a Manger y se limpia la mayonesa de la comisura de la boca con una servilleta de papel—. A los periódicos les encantará.

Compro los periódicos a diario. Todos los que hay. Los despliego en la cama del hotel y recorto las páginas que luchan por la vida de mi hijo. Resalto las citas de partidarios, celebridades, políticos que nos han prestado su apoyo, y las guardo en una carpeta.

«Dylan sufre, pero su padre también sufre —reza el mensaje de un prominente obispo, publicado hasta la saciedad, citado en todos los periódicos, en todas las páginas de noticias—. Rezo para que le permitan ejercer su derecho como padre y tratar el sufrimiento de Dylan en su país de origen.»

Cuando Dylan tenga edad suficiente, le daré el montón de recortes que demuestran que el mundo entero quería que viviera.

Por la tarde hay problemas con la videoconferencia. El doctor Gregory Sanders se desconecta dos veces, una imagen congelada que parece una gárgola con las fauces abiertas. Hay frustración por parte del juez y estoy seguro de que el abogado del hospital pone los ojos en blanco a propósito mientras suspira de forma audible y mira su reloj, pero al final el sistema funciona.

El doctor Sanders lo hace bien: es obvio que no se trata de su primera vez. Demasiado obvio, quizá. Su confianza raya en la arrogancia y tiende a empezar a hablar un momento antes de que los abogados hayan acabado, lo que insta al juez Merritt a decirle: «Por favor, preste atención a la pregunta». Pero su declaración está bien fundamentada.

—La terapia de protones reducirá el tumor y alargará la vida de Dylan —concluye.

Ningún juez en la Tierra podría fallar contra eso.

—Un buen resultado —dice Laura.

Hemos salido del Palacio de Justicia. Lleva tacones de varios centímetros, pero anda más rápido que yo, como si tuviera prisa, aunque ya hemos terminado por hoy. Nos detenemos delante de mi hotel. Pertenece a una cadena bastante económica, con colores vivos y mochileros por doquier. Laura se aloja en el Four Seasons y me pasa la factura a mí.

—Tengo que trabajar en otro caso —añade enérgicamente—, pero podría salir a cenar tarde si tú no tienes nada que hacer. O —hay un sutil cambio en su tono— ¿quizá pasar directamente a la última copa?

No se echa el pelo hacia atrás, no me hace ojitos, solo enarca una ceja mientras propone sin rodeos una noche de sexo sin ataduras. Me mira, sin pestañear, esperando.

—Creo que me iré temprano a la cama —consigo decir.

Esboza una sonrisa ante mi insinuación involuntaria y se encoge de hombros.

—Lo que tú digas. Nos vemos en el juicio.

La veo alejarse, cimbreándose como Marilyn Monroe con sus zapatos de tacón. Pienso en Pip andando por el pasillo de un avión, subiendo al estrado para explicar a un juez por qué quiere que su hijo muera. Recuerdo cómo quería consolarla con todo mi cuerpo, pese a tener la cabeza bulléndome de ira por sus palabras. Pienso en que es la única persona de mi vida con la que siempre he podido hablar.

Cuando esto termine, me digo, volveremos a ser una familia. Pip, Dylan y yo. Igual que antes.

VEINTITRÉS

LEILA

Leila está delante del Palacio de Justicia. Pronto tendrá que entrar y ocupar su sitio en la vieja y silenciosa sala de vistas, donde escucharán la decisión del juez y sabrán con seguridad qué será de Dylan Adams a sus casi tres años.

Están todos fuera. Max Adams y su equipo jurídico; Pip, con su abogado. Juntos, pero separados, murmurando y asintiendo en corrillos a cada lado de las verjas del palacio. Leila debería juntarse con el equipo del hospital —después de todo, está de su parte—, pero no quiere hablar del caso. Le ha costado escuchar las declaraciones de hoy. Para su sorpresa, se ha visto influida por la convicción de los médicos de Max y la declaración del profesor Greenwood y su impresionante centro. Se atiene a su recomendación, sabe que están haciendo lo correcto para Dylan, pero no puede evitar preguntarse: «¿Y si...?».

De modo que se queda entre los dos grupos, junto a los recios bolardos que separan la acera de la calzada. Ojalá Nick estuviera con ella, piensa, y después, para castigarse, lo imagina con su familia, con sus hijos mayores y la esposa que Leila sabe que es investigadora.

Max Adams está fumando. Ha aceptado un cigarrillo que le ha ofrecido uno de sus abogados y está con los ojos cerrados, aspirando la nicotina como si fuera oxígeno. Es la primera vez que Leila lo ve fumar. Se pregunta cómo le han afectado los últimos meses. Si ha adelgazado, si duerme, si tiene pesadillas, como ella.

Llevan cuatro días aquí. Todos los días, los periódicos han inaugurado la jornada con la noticia de Dylan Adams y su lucha por vivir, sus padres enfrentados, los médicos que declaran en su favor. Todos los días, los fotógrafos han seguido a Leila, a Pip, a Max y a los equipos jurídicos del coche al palacio, y del palacio al coche. Y todas las mañanas, Leila ha visto las fotografías del día anterior publicadas por la prensa amarilla con sus correspondientes pies.

«Esforzándose por disimular la emoción, Max Adams llega para el segundo día del juicio.»

«Philippa, la madre, llevaba un ajustado traje pantalón y se dejó el pelo suelto para la vista.»

«La doctora Leila Jalili es iraní.»

Han escuchado las declaraciones escritas de diecisiete médicos, han analizado uno a uno todos los argumentos presentados por todos los equipos jurídicos, y Leila sigue sin tener la menor idea de qué decidirá el juez Merritt.

Está a punto de volver a entrar cuando ve una figura conocida que se acerca a toda prisa por la acera. Entorna los ojos: no puede ser. Pero la vista no la engaña. Echa a andar hacia la figura.

—¡Sorpresa! —Habibeh le sonríe de oreja a oreja.

Lleva su abrigo bueno y el pañuelo que Leila sabe que reserva para las ocasiones especiales. Es morado y verde, entretejido con hilo de oro. Va del brazo de Wilma.

—No te preocupes, cariño, no hemos venido a molestarte. Tu madre quería hacer turismo y hemos pensado pasarnos para darte un poco de apoyo moral.

—Y traerte la comida —añade Habibeh. Le da a Leila una complicada estructura formada por varios recipientes cuadrados enganchados unos con otros por un asa metálica—. Fiambrera Tiffin —dice con orgullo—. Apta para el lavavajillas y el congelador, y con aislamiento para comida fría o caliente.

—Oh, *Maman*, esto es justo lo que necesitaba. Gracias. —No la comida (Leila sabe que no puede probar bocado), sino a su madre; con su inglés de la QVC, su envolvente abrazo y su fe absoluta en que todo lo que su hija haga estará bien.

—Primero iremos a Covent Garden —dice Wilma—, después a Habibeh le apetece montarse en la Rueda del Milenio.

Leila se pregunta si su madre se replanteará marcharse de Irán para ir a vivir con ella, ahora que ve que aquí podría tener una vida, tener amigos.

Habibeh está buscando a alguien. Inspecciona la acera detrás de Leila.

—¿Doctor Nick? —Parece decepcionada.

—Está en el hospital, *Maman*, él no presta declaración.

—Buen hombre —le dice a Wilma—. Médico amigo. Lástima que... —Busca la palabra, juntando las yemas de los dedos como si pudiera arrancársela al aire. Resopla, molesta por su falta de vocabulario, y saca el móvil.

—*Be farsi che mishaved, Maman?*

Pero Habibeh se niega a tomar el camino fácil.

—Inglés —insiste, y escribe la palabra que busca en el traductor de Google.

Leila intenta leerla al revés. Es una pena que Nick esté... ¿qué? «Casado», piensa, y vuelve a ruborizarse al pensar que su madre ha podido leerle el pensamiento con tanto tino.

—¡Divorcio! —exclama Habibeh con aire triunfal, su desaprobación atemperada por lo satisfecha que está de sus hazañas lingüísticas.

—Ah. —Wilma se muestra tolerante—. Aunque, a veces, es lo mejor. El matrimonio de mi hija se rompió y fue terrible durante un tiempo, pero ahora es más feliz que nunca.

Leila no está escuchando la historia de la hija de Wilma. ¿Divorciado?

—*Doroste?* —pregunta—. «¿Estás segura?»

—*Aw talaq gurefth.* —«Se está divorciando», confirma Habibeh. «Lo dijo en *Norooz*, mientras tú preparabas el té. Es una lástima.»

Como muchas iraníes de su generación, Habibeh es contraria al divorcio. Y, no obstante, su manera de mirar a Leila, el mero hecho de que haya mencionado a Nick, hace que su hija se pregunte si su instinto era acertado; en efecto, su madre le había leído el pensamiento.

No puede pararse a pensar en eso. Es hora de despedirse. Besa a su madre, da las gracias a Wilma por cuidarla y las ve poner rumbo a Covent Garden, la Rueda del Milenio y una tarde entera de atracciones turísticas. Después vuelve a entrar en el Palacio de Justicia.

—Hoy es la última vista de una solicitud presentada por el Hospital Infantil Saint Elizabeth de parte del Hospital público Saint Elizabeth de conformidad con la competencia propia del Tribunal Superior en relación con Dylan Adams, que nació el 5 de mayo del 2010 y ahora tiene casi tres años.

Leila mira al juez. Intenta interpretar su expresión, hallar alguna advertencia de lo que va a ocurrir, pero tiene muy bien ensayada su cara de póquer.

—Cuando, como en este caso grave y complejo, surge un desacuerdo entre los padres y los médicos sobre el tratamiento adecuado para un niño enfermo de gravedad, puede requerirse la intervención del tribunal. —Hace una pausa y recorre la sala con la mirada—. En su solicitud con fecha de 7 de marzo del 2013, los solicitantes piden al tribunal que emita las siguientes órdenes. Una, que Dylan, en virtud de su minoría de edad, carece de capacidad para tomar decisiones relativas a su tratamiento médico. Dos, que es legítimo y lo mejor para Dylan que los médicos que lo tratan solo le administren cuidados paliativos. Y tres, que es legítimo y lo mejor para Dylan no someterlo a la terapia de protones.

Leila recorre la sala de justicia con la mirada. Solo el puñado de periodistas con autorización para asistir está moviéndose, esbozando rápidos trazos en taquigrafía con sus bolígrafos, dejando constancia de cada palabra que dice el juez. El resto de los asistentes están muy quietos, observando, esperando, y Leila tiene la extraña sensación de estar congelada en el tiempo, de que todos podrían despertarse, dentro de un año, y seguirían sentados en esta sala de justicia, esperando el fallo que va a cambiar tantas vidas.

—Se ha especulado mucho sobre este caso —continúa el juez— y pediría que los que no han oído, como hemos hecho nosotros, las declaraciones médicas concernientes a Dylan Adams no juzguen las decisiones tomadas en esta sala.

Hay un largo silencio antes de que vuelva a hablar, y, cuando lo hace, mira directamente a Pip y a Max.

—Muchas personas piensan que los tribunales no deberían desempeñar ningún papel en este proceso, que los padres deberían poder decidir lo que más conviene a sus hijos. No obstante, cuando no se puede llegar a un acuerdo, sea entre el hospital y los padres o, de hecho, entre los propios padres, el tribunal debe intervenir.

Leila traga saliva. Si es tan duro para ella, ¿cuánto más insufrible debe de ser para Pip y Max escuchar las palabras del juez? ¿Saber que en unos momentos conocerán la suerte de su hijo?

Antes del descanso, Max y Pip Adams estaban sentados cada uno en un extremo del largo banco situado detrás de sus respectivos equipos jurídicos. Siguen sentados en el banco, pero la distancia entre ellos se ha acortado y ahora están tan cerca que pueden tocarse.

De hecho, mientras Leila los observa, y conforme el juez va acercándose al momento de dictar sentencia, ella ve movimiento. No sabría decir si Max se ha movido primero o si lo ha hecho Pip. Ni tan siquiera está segura de que sepan que lo están haciendo. Pero, bajo su atenta mirada, dos manos se aventuran despacio por la tierra de nadie que los separa y se encuentran.

Los padres de Dylan se cogen de la mano.

El juez habla.

Y una sala de justicia contiene la respiración.

Doble senda en el bosque áureo se abría
y, al ser solo un viajero, con tristeza
de no poder viajar por doble vía,
miré una mucho hasta que se perdía.

Robert Frost

VEINTICUATRO

PIP

El juez se pone las gafas de lectura y coge sus notas.

—Es con gran pesar, pero con total convencimiento de que es lo mejor para Dylan, que accedo a la solicitud presentada por el Hospital Infantil Saint Elizabeth y fallo que pueden retirarle legalmente todo el tratamiento, aparte del paliativo, y permitirle morir con dignidad.

De inmediato, Max me suelta la mano. Me vuelvo hacia él, pero está mirando al frente, meneando la cabeza con movimientos breves y fluidos.

La voz del juez es neutra y tiene la mirada fija en los bancos de la sala, entre la abogada de Max y el letrado del hospital. Sigue hablando, pero no asimilo lo que dice porque lo único que oigo es la sentencia, una vez tras otra.

«Pueden retirarle legalmente todo el tratamiento... y permitirle morir con dignidad.»

Max se mete las manos en los bolsillos con brusquedad, fuera de mi alcance. Le toco el brazo y se aparta como si se hubiera quemado. Sigue mirando al juez, negando con la cabeza como si no diera crédito a sus oídos. Siento un alivio inmenso de que todo haya terminado, de que Dylan no tenga que sufrir más, pero me dura poco. No puedo alegrarme de una sentencia que significa que Dylan morirá, por acertada que sea la decisión.

Cuando Dylan aún no tenía un año y gateaba tan deprisa que yo no paraba de correr tras él, se puso enfermo durante uno o dos días. No había forma de acostarlo y pasamos las horas acurrucados en el sofá, viendo películas de Disney. «Es una ricura cuando está pachucho.» Era un pensamiento prohibido, que no debía llegar nunca al conocimiento de personas que me juzgarían. «No es que quiera que esté enfermo —me justificaba—. Es solo que se pone muy cariñoso cuando lo está.»

—Max —intento susurrar, pero tengo un nudo en la garganta y me cuesta decir la palabra, que me sale demasiado alta, demasiado brusca.

Nadie se vuelve para mirarnos porque ya lo están haciendo todos, como si fuéramos animales en un zoológico, especímenes en un laboratorio.

Max baja la cabeza. Tiene los ojos cerrados. A lo mejor está llorando, o quizá no se ve capaz de mirarme. Quiero, no, necesito que me abrace, pero todos los músculos de su cuerpo están tensos, alejándose de mí. Empieza a hablar, demasiado bajo para que pueda oírlo; tiene los ojos clavados en el suelo y ni tan siquiera estoy segura de que me hable a mí. Me inclino hacia él, desesperada por oír su voz.

Dice las palabras despacio, con un silencio entre cada una para articular la siguiente, y quiero creer que lo he oído mal, pero incluso un susurro puede ser revelador.

—Esto ha pasado por tu culpa.

—¿Qué? —Una patada en las tripas, cuando ya me han tumbado—. ¡No! El hospital...

—Ellos han llevado esto a juicio, pero tú has estado de acuerdo. Tu declaración ha hecho decidirse al juez.

—Max, para...

—Has firmado la sentencia de muerte de tu propio hijo.

Se me corta la respiración. Un dolor agudo me atraviesa el pecho y me agarro con ambas manos al respaldo del banco que tengo delante. Me aferro a él como si fuera a caerme.

—Todos en pie.

Nos levantamos. Hay movimiento en el banco de la prensa y tres, cuatro, cinco periodistas interpretan la frase como su señal para irse. Uno de ellos inclina la cabeza ante el juez con aire cohibido cuando sale andando de lado, con el cuaderno contra el pecho. La sentencia estará en internet antes de que salgamos del edificio, saldrá en los periódicos esta noche. El jurado popular diseccionará el juicio que solo conoce de oídas como si estuviera en mi piel y dictaminará que sus conclusiones son irrefutables. Un veredicto sobre un veredicto.

De golpe parece que falte aire en la sala. El juez se levanta y sale por la puerta situada a un lado del estrado, y de repente alguien sube el volumen.

—... comunicado de prensa en unos minutos.

—Siempre lo he valorado como juez.

—¿Una copa rápida?

Todas las voces salvo la de Max, cuyo iracundo bufido se repite pese a todo en mi cabeza. «Una sentencia de muerte.» Una mano me toca la manga. Es Robin.

—Has estado increíble; sé lo duro que debe de haber sido para ti.

—Gracias por toda su ayuda —digo, programada para ser educada, aunque la «ayuda» es trabajo por el cual mandará en breve la factura a mi padre.

«Has firmado la sentencia de muerte de tu propio hijo.»

Me vuelvo hacia Max, pero se ha ido, y el hueco que ha dejado ya se ha llenado con el corrillo de gente que me rodea, su conversación, un quedo murmullo, como chismosos en un entierro. Alcanzo a ver la chaqueta de mi marido, su nuca, y después la puerta se cierra tras él.

—Disculpe.

Me abro camino hacia la salida. Uno de los periodistas que quedan da un paso adelante, pero se lo piensa mejor. Echo a correr. Alguien me abre la puerta.

—¡Max! ¡Max!

En el vestíbulo hay gente sentada en filas de sillas de plástico, esperando a que la llamen. Dos mujeres con peluca y toga pasan a toda prisa. Me detengo un momento para buscar a Max y dos periodistas me flanquean de inmediato, con las grabadoras ya encendidas.

—¿Qué opina de la sentencia, señora Adams?

Max está al principio de la escalera, con una mano en la barandilla. Hay un periodista parado dos peldaños más abajo, sin cerrarle el paso, pero casi.

—¡Max, espera!

Se vuelve y esta vez me mira, solo que, cuando lo hace, soy yo la que no puede soportarlo. Me enamoré de esos ojos y vi amor reflejado en ellos. Los miré el día de nuestra boda, cuando nos prometimos amarnos y honrarnos. «Hasta que la muerte nos separe.» He tenido centenares de conversaciones mudas con esos ojos, por encima de la mesa mientras cenábamos y de un lado a otro de habitaciones llenas de amigos. «¡Qué aburrimiento! Una copa más y nos vamos. Te quiero.» «Yo también te quiero.» Esos ojos me dieron fuerzas cuando Dylan casi había nacido y yo estaba agotada y dolorida... «Puedes hacerlo. Un empujón más. Te quiero.»

Me obligo a sostenerle la mirada, pero me desgarra por dentro, me oprime tanto el pecho que me fallan las piernas, porque es como mirar a un desconocido. Los ojos de mi marido están vacíos. ¿Qué he hecho?

Un momento después se marcha, pasando por el lado del periodista, que no tiene más remedio que apartarse.

Mis periodistas siguen flanqueándome. Hay una nota de exasperación en sus voces:

—¿Señora Adams?

—¿Quiere hacer alguna declaración?

Una lucecita roja me hace guiños, el micrófono a centímetros de mi cara. Se me nubla la vista y parpadeo con fuerza, trago saliva. Todo lo que hago es un esfuerzo, como si estuviera recordando cómo se hace. Hablar me parece imposible. Lo único que quiero es regresar al hospital; regresar con Dylan. ¿Es ahí adonde también ha ido Max?

—¿Pip? —La doctora Jalili habla en voz baja. No la he visto

salir de la sala de justicia, pero está junto a la puerta, a unos metros de mí—. ¿Ha venido en tren? ¿Quiere que la lleve al hospital en coche?

La miro fijamente. Uno de los periodistas cambia el peso en la otra pierna. La luz roja sigue parpadeando. Me parece imposible que alguna vez vuelva a hablar, pero, si lo hago, no será a este micrófono. La doctora Jalili espera pacientemente, con la cara llena de la compasión que no ha flaqueado ni una sola vez en los meses que la conozco. Y de repente caigo en la cuenta de que esto no concierne a unas pocas palabras dichas por un juez, sino a Dylan. La doctora Jalili regresará al Saint Elizabeth y actualizará el historial de Dylan y la próxima vez que mi hijo se ponga crítico lo dejarán morir.

«Dylan va a morir.»

Me arrolla una ola de terror. Miro a la doctora Jalili, y el horror de todo lo que ha ocurrido se concentra en esta única mujer, en ese día en que nos llevó a una sala tranquila y acabó con nuestras vidas.

—Esto es culpa tuya —digo entre dientes. Me alejo tan deprisa como puedo sin echar a correr, con las palabras de Max resonándome aún en los oídos. No puedo estar aquí. No puedo estar cerca de esta mujer responsable no solo de que pierda a mi hijo, sino también a mi marido.

Yo puedo haber firmado la sentencia de muerte de Dylan.

Pero Leila Jalili la ha escrito.

VEINTICINCO

MAX

El juez se pone las gafas de lectura y coge sus notas.

—Es con gran pesar, pero con total convencimiento de que es lo mejor para Dylan, que fallo que se permita a Max Adam llevarse a su hijo a Estados Unidos para que reciba un tratamiento que puede alargarle la vida.

De inmediato, Pip me suelta la mano. Emite un sonido que no es ni una palabra ni un grito. Una sola respiración. Después se levanta, pasa por mi lado y sale corriendo de la sala. Yo también me levanto y estoy a punto de ir tras ella, pero no sé si quiere que lo haga, si tan siquiera me dirigirá la palabra. La dejé cuando más me necesitaba y sé que le hará falta tiempo para comprender que todo lo que he hecho ha sido por nuestro hijo. Por nuestra familia.

Se está apiñando gente a mi alrededor, mientras mi equipo jurídico murmura respetuosos elogios y el pecho se me hincha de alivio, de amor y de algo muy parecido al orgullo.

«Fallo que se permita a Max Adam llevarse a su hijo a Estados Unidos para que reciba un tratamiento que puede alargarle la vida.»

He luchado por mi hijo y hemos ganado. No soy el único que piensa que la vida de Dylan merece salvarse. El tribunal está de acuerdo. Conmigo, con el doctor Schulz, con el doctor Sanders, con Laura King. El hospital no puede dejar de tratar a Dylan, tiene que atenerse a la orden judicial. Tiene que permitir que nos llevemos a Dylan a Estados Unidos para que lo traten con terapia de protones.

«Nos llevemos.»

Mi piel aún conserva el recuerdo de la mano de Pip en la mía, el calor de sus dedos. El consuelo brindado por la presencia de la única persona que me conoce mejor que yo mismo. En esos pocos minutos, antes de que el juez dictara sentencia, Pip me necesitaba y yo la necesitaba a ella. Durante ese breve período de tiempo no hemos estado enfrentados, sino unidos, de nuevo. Cogidos de la mano.

Laura me estrecha la mano y tarda un segundo más de lo necesario en soltármela.

—Esperarán una declaración: ¿te sientes cómodo haciéndola tú o prefieres que la lea yo?

—No, no. Debería ser yo.

«Nosotros.» Deberíamos ser «nosotros».

Ya no me siento partido en dos, ya no soy dos hombres distintos que lidian con reacciones distintas. Pip ha hecho lo que consideraba correcto, igual que yo. Las semanas que ha pasado junto a la cuna de Dylan la han ido desgastando, hasta que solo ha podido ver el esfuerzo de cuidarlo, no el amor. Pero yo ayudaré más. Estaré más presente. Pip temía oponerse a las recomendaciones de médicos en los que habíamos llegado a confiar. Pero ahora puede confiar en un nuevo equipo de médicos. Un equipo que está convencido de poder salvar a nuestro hijo.

—Haré una declaración. Pero después tengo que encontrar a mi mujer.

La acera del Palacio de Justicia está atestada de gente. Prorrumpen en aplausos cuando Laura y yo salimos y veo que alguien agita una bandera con la fotografía de Dylan. Una mujer que no he visto nunca está llorando. Me ve mirándola y sonríe sin dejar de llorar, con una mano en el pecho. Mi hijo ha conmovido a todo un país. ¡A todo un mundo!

Se hace el silencio cuando aliso el papel en el que he redactado mi declaración a toda prisa.

—Hace unos momentos, el juez Merritt se ha negado a conceder una orden judicial que habría acarreado la muerte de un niño inocente. —Alzo la vista—. Se ha hecho justicia. —Hay más aplausos. Miro los márgenes de la multitud, pero no veo a Pip. Emma y Jamie me saludan entre el gentío, con las estacas de las pancartas encajadas en el cochecito de su hija—. Sabemos bien que el camino no será fácil, y sabemos que llevar a Dylan a Estados Unidos para que reciba tratamiento no es garantía de éxito, pero intentarlo es un deber que tenemos con él.

«Nosotros.» Pip estaba desgarrada —eso ha dicho cuando ha prestado declaración—, pero, ahora que han tomado la decisión por ella, lo único que tiene que hacer es concentrarse en que Dylan mejore.

—Estamos agradecidos por la atención médica que Dylan ha recibido en el Hospital Infantil Saint Elizabeth y seguiremos colaborando con ellos en las próximas semanas, mientras nos preparamos para trasladar a Dylan a Houston ProTherapy. También estamos agradecidos por el apoyo que nos han brindado personas de todo el mundo y por los donativos realizados a la cuenta de GoFundMe para Dylan. El doctor Sanders ha tenido la generosidad de renunciar al cobro de sus honorarios por la terapia de protones de Dylan, pero los gastos asociados son extremadamente elevados y no podremos ir a Estados Unidos sin vuestra ayuda.

Tengo la boca seca; el corazón me golpea en el pecho. Quiero encontrar a Pip. Quiero ver a Dylan. No quiero estar aquí, fuera del Palacio de Justicia, delante de una mujer que llora por un niño que no conoce. Miro las caras de la multitud que me rodea, a Emma y a Jamie, a la mujer del gorro rojo, a los desconocidos con la cara de Dylan en la camiseta. Los miro a todos y, pese a sus aplausos, sus gritos, su llanto, no veo a nadie que conozca. Nadie con quien me sienta seguro.

«Pip. Necesito a Pip.»

—Por último —me obligo a hablar más despacio—, estas últimas semanas han sido increíblemente estresantes para nuestra familia y ahora os pido que nos deis el tiempo y el espacio que necesitamos para seguir adelante.

«¿Dónde está Pip?» Mañana los periódicos harán tantas conjeturas sobre nuestro matrimonio como sobre el tratamiento de Dylan.

Miro a Laura, asiento y nos alejamos rápidamente del Palacio de Justicia. A lo largo de unos metros nos siguen periodistas que quieren más, algo en exclusiva, pero nos mantenemos firmes en nuestros «no tenemos nada más que añadir de momento» y se acaban cansando.

En la calle siguiente nos separamos.

—No sé cómo agradecerte todo lo que has hecho.

Vuelvo a estrecharle la mano. Ella me dirige una sonrisa perfecta.

—Podría haber ganado cualquiera, para serte totalmente sincera. Me alegra haber conseguido los resultados que querías.

«Los resultados que querías.»

Mide sus palabras, nada que ver con la convicción de ayer, y, cuando me alejo, me pregunto qué piensa en realidad. ¿Habría defendido al hospital con la misma facilidad? «¿Está seguro al cien por cien de que quiere llevar esto a juicio? —me preguntó la primera vez que nos reunimos—. Sea cual sea el resultado, va a afectarles para siempre a usted y a su familia.»

No importa lo que ella piense. No se trata de mí. Se trata de Dylan. Se trata de que mejore, de volver a reunir a mi familia. Por primera vez desde hace meses siento que un rayo de esperanza se abre paso hacia el cielo.

DESPUÉS

VEINTISÉIS

PIP

2013

Dylan murió diecinueve días antes de cumplir tres años.

—Pero íbamos a comprar globos —dije como una tonta.

Cheryl lloró mientras me ayudaba a vaciar el armario junto a la cuna vacía de Dylan. Se lo llevaron después de que nos despidiéramos de él —«Tomaos todo el tiempo que necesitéis»— y yo no soportaba pensar que pasaría su cumpleaños en la morgue del hospital.

—Quiero que el funeral sea antes del cinco de mayo —le dije a Max.

Él asintió en silencio y juntos hicimos preparativos que ningún padre debería hacer nunca.

El servicio dura treinta y cinco minutos. Uno por cada mes de la vida de Dylan.

Nos sentamos en sillas aún tibias por las personas que acaban de dejarlas y, cuando salimos en fila treinta y cinco minutos después, la recepción ya es un hervidero de gente esperando a entrar. Oigo: «Qué grande estás» y «Esta no puede ser Alice», y bien podría ser una boda por los abrazos, apretones de manos y risas compartidas, las corbatas alegres y los zapatos de tacón elegantes. Una persona mayor, pienso, incluso antes de ver «Abuelo» rodeado de claveles. Una persona que ha vivido los años suficientes para que la tristeza se troque en alivio; para que el funeral se convierta en una celebración de su vida.

Esto no es lo que yo quería. Quería colores vivos y canciones entonadas con lágrimas pero también con entusiasmo por toda la gente que conocemos. Quería amigos y familiares, compañeros de trabajo y vecinos. Espacio para que los rezagados se quedaran de pie, tanta asistencia que habría un programa para cada tres personas, globos elevándose hacia un cielo despejado.

—Recomendaría llevarlo con discreción —dijo el agente de policía cuando hubo rellenado el papeleo—. Habrá menos posibilidades de que se sepa la ubicación.

En la mesa que nos separa hay una bolsa de papel marrón con mi abrigo.

—Se lo devolveremos después del juicio —me dijo su compañera. Había escrito «Max Mara» todo junto para identificar la prueba—. A lo mejor se lo pueden limpiar.

Yo no quería que me lo devolvieran. Ningún producto químico iba a eliminar la mancha ni el olor metálico que aún notaba en las fosas nasales.

Sangre de cerdo, eso le dijo a la policía. La mujer del gorro rojo que lo hizo. Seguía en la entrada de la UCIP cuando la detuvieron, con el compacto grupo de defensores de la vida que se habían desplazado del Palacio de Justicia al hospital y parecían no irse nunca a casa. Se la veía impasible ante el circuito cerrado de televisión, las esposas, los cargos de delito de daños y agresión común.

—Son cosas que pasan —comentó el agente de policía en mi cocina—. Aunque esta vez se enfrenta a una condena de prisión —añadió en tono alegre, como si eso fuera lo que yo quería.

Como si fuera lo importante. Nada de aquello importaba. Ni la policía, ni el abrigo para tirar a la basura, ni el «¡tienes sangre en las manos!» que la mujer me gritó a la cara. Me daba igual.

Pero luego pasaron a la caca de perro en el buzón, y los hondos surcos por todo mi coche como rayas de carreras, y las cartas, montones de cartas, de personas que sabían mucho más que yo sobre lo que era mejor para mi hijo. El hombre que escupió a mis padres en la calle; los periodistas que querían «cubrir el suceso», como si la muerte de Dylan fuera una feria de pueblo.

Por eso el funeral fue íntimo. El crematorio, en vez de la iglesia de mi infancia. Voces demasiado escasas para que se oyeran. Mis padres, tan apesadumbrados por mí como por su nieto. Todos con lágrimas en los ojos, todos afligidos. Y sé que es injusto, y sé que no soy la única con derecho a sentirse como si le hubieran arrancado el corazón, pero aun así... Dylan era «nuestro hijo». ¿Qué derecho tiene nadie a estar más triste que nosotros? ¿A llorar, cuando nosotros tenemos los ojos secos?, ¿cuando estamos esforzándonos tanto por seguir poniendo un pie delante del otro?

—Veníos con nosotros. —Mi madre tiene el rímel corrido. Pone una mano en el brazo de Max—. Los dos. Quedaos con nosotros. El tiempo que queráis. —Mira brevemente a Max—. Ya debes de estar cansado de ir de un lado para otro.

—Karen. —Una advertencia de mi padre—. Deja que lo resuelvan ellos. —Lo dice como si fuera una riña de adolescentes.

Me dirige una sonrisa que no lo es realmente, con los labios apretados y el entrecejo fruncido, en tácito reconocimiento del dolor que asumiría en mi lugar sin dudarlo.

—Iré el fin de semana —digo—. Creo que... creo que necesito estar sola por un tiempo.

Los vemos marcharse. La madre de Max, Heather, se acerca a nosotros. No disimula su dolor ni lo resentida que está con Max por no haberle pedido que viniera mientras Dylan se encontraba en la UCIP.

—¿Estás bien? —le pregunto, porque eso es lo que parece que lleve todo el día haciendo: consolar a otras personas, tranquilizarlas. «Será más fácil, ahora descansa en paz, sé que es duro.» «Sí, casi tres años.» «Sí, muy duro. Lo sé.» «Lo sé. Lo siento.» Dirigiéndoles las palabras que yo necesito oír e intentando ignorar el enfado que me corroe por dentro, porque ¿qué derecho tiene nadie a estar más triste que Max y yo? ¿Qué derecho tiene nadie a llorar, cuando yo me estoy obligando a no derramar una sola lágrima?

—Esperaré en el coche —le dice Heather a Max.

No le ha perdonado. No sé si alguna vez lo hará. «Ven cuando esté mejor —le dijo Max—. Cuando esté en casa.» Tal era su convicción de que el tribunal fallaría a su favor. Pero no lo hizo, y aunque podríamos haber tenido tiempo, meses, con Dylan, no ha sido así. Tuvimos tres semanas. Tres semanas que pasé sentada en una sala sin hablar con mi callado hijo y mi marido igual de callado. No nos dirigíamos la palabra, pero tampoco nos peleábamos. El furibundo rencor que había poseído a Max durante las semanas previas a la vista se evaporó tan deprisa como había llegado, pues ninguno de los dos quería que nada enturbiara el tiempo que nos quedaba con nuestro hijo.

Tres semanas que pasé eludiendo a los manifestantes, diciendo «sin comentarios», saliendo del hospital con Max, porque eso daba menos pábulo a la prensa; después, cada uno subía a su coche y yo regresaba a casa sola, donde encontraba el contestador automático parpadeando con propuestas de entrevistas.

Y entonces, de forma inesperada, la llamada de la UCIP a las dos de la madrugada. «Tiene que venir. Tiene que venir ahora.»

Max ya estaba en la sala cuando llegué, con un abrigo puesto encima del pijama y sin recordar los kilómetros que había conducido. Le miré los ojos, enrojecidos e hinchados, y por un momento pensé: «He llegado demasiado tarde, he llegado demasiado tarde», pero él me cogió la mano y me condujo hasta la cuna, donde nuestro niño estaba inmóvil pero vivo. Y nos quedamos los tres así, hasta el final.

Heather estaba sobrevolando el Atlántico cuando su nieto murió. Se enteró de la noticia en la sala de llegadas, rodeada de jubilosos reencuentros y lágrimas de felicidad, y se derrumbó sobre Max como si hubiera envejecido una década de golpe. «Una vez más —dijo—. Solo quería abrazarlo una vez más.»

Empiezan a cantar dentro del edificio que tenemos detrás: cincuenta voces que entonan con ímpetu «Cuán grande es Él». Me pican los ojos de las ganas que tengo de llorar. Quiero irme, pero mis pies se niegan a dar un paso, y quizá Max sienta lo mismo, porque tampoco se marcha. Nos quedamos donde estamos, sin hablar, y yo miro las lápidas expuestas junto a la entrada e intento imaginarme acudiendo aquí, a esta cinta transportadora de dolor, para recordar a mi hijo. Me meto las manos en los bolsillos.

—Podríamos tener un banco en vez de eso —dice Max.

Me vuelvo para mirarlo.

—De una lápida —aclara Max—. En el parque, quizá, o en la reserva natural. Un sitio donde podamos sentarnos para estar con él.

La cuarta vez que salí con Max, yo terminaba sus frases; la quinta, él terminaba las mías. Cuando nos comprometimos, podíamos tener conversaciones enteras sin necesidad de hablar. Recuerdo que pensé: «Ya está. He encontrado a mi media naranja».

—Podríamos... —Se me atragantan las palabras cuando me imagino esparciendo las cenizas de Dylan en algún lugar bonito, en vez de enterrarlas aquí.

Max asiente.

—Sí. Han dicho que podemos recogerlas la semana que viene.

No podemos llorar una pérdida sin antes haber amado, y mi corazón ahora rebosa de ambas emociones. Por mi hijo, por mi marido, por mi matrimonio. Max se vuelve para mirarme, con patas de gallo que no tenía hace un mes. Arruga la nariz y pestañea para combatir las lágrimas que le han puesto los ojos brillantes.

—Lo siento mucho, Pip.

Me pongo a llorar.

—Entiendo que me odies. Yo... —Mira el cielo. Respira hondo, muy despacio. Cuando vuelve a mirarme, lo hace con férrea determinación—. No podía, Pip. No podía rendirme. Tenía que luchar, tenía que hacerlo. Aunque sabía lo que nos haría.

—Te he echado de menos —susurro.

Una caravana de coches entra en las instalaciones y se dirige al aparcamiento. Dentro del crematorio están cantando el último himno. Pronto saldrán, enjugándose las lágrimas y dándose indicaciones para ir al velatorio, comentando lo bonito que ha sido el servicio, cuánto le habría gustado al abuelo. Saco las manos de los bolsillos, justo cuando Max se dispone a cogérmelas.

—Nuestro hijo —dice—. Nuestro precioso hijo.

Oír cómo se le quiebra la voz me parte el corazón. Me abrazo a él, con la cabeza encajada bajo su barbilla, en el hueco que parece hecho expresamente para ello, y siento sus lágrimas humedeciéndome el pelo.

—Ven a casa —digo, antes de poder contenerme.

Se aparta, sin soltarme las manos. Escrutándome la cara.

—¿Lo dices en serio?

—Eres la única persona del mundo que sabe exactamente cómo me siento ahora mismo. No puedo hacerlo sin ti. —Vuelvo a apoyarme en su pecho y siento cómo le palpita el corazón, porque esto es lo que más he echado de menos, esta prueba tangible de que está vivo y me ama—. Por favor, Max, ven a casa.

VEINTISIETE

MAX

2016

Nos casamos en esta iglesia. Pip fue bautizada aquí. Pasaba por el cementerio todos los días camino de la escuela, iba a misa con sus padres todos los domingos, tiraba palitos al arroyo que corre junto a la entrada del cementerio. Y ahora estamos aquí, despidiéndonos de nuestro hijo.

El acto de hoy no es un funeral. Una «celebración de la vida», lo llamamos nosotros. «Celebra con nosotros la vida de Dylan Adams —rezaban las invitaciones—; 5 de mayo de 2010 - 1 de septiembre de 2016.» Delante de los asistentes, en la pantalla comprada para proyectar las letras de los himnos y películas, una presentación de diapositivas convierte a Dylan en el foco de atención y su sonrisa de más de medio metro ilumina la iglesia. Algunas diapositivas son de Dylan antes de que cayera enfermo, chutando un balón, pero la mayoría son más recientes. Miro la pantalla justo cuando la presentación cambia de Dylan en su aula de música a Dylan en la cama elástica. Compramos una por recomendación de su fisioterapeuta y la colocamos a ras de suelo para que fuera más fácil trasladarlo desde la silla. Lo acostábamos en la cama elástica y la hacíamos rebotar con suavidad, y Dylan se reía porque para él debía de ser como volar.

Esa risa me alegraba el corazón. No era la risa de un niño de cinco años corriente, y quien no conociera a Dylan quizá ni tan siquiera la reconociera como tal; sin duda, la gente nos miraba en los centros comerciales cuando mi hijo se atrevía a ser feliz en público. Pero era una risa. El *Diccionario Webster* define la risa como «una muestra de emoción con un sonido vocal explosivo», y no se me ocurre mejor manera de describir la risa de Dylan. No siempre era previsible —él encontraba alegría en lugares en los que a mí jamás se me había ocurrido mirar— y tenía un volumen desproporcionado en relación con su cuerpecito. Era como si toda la energía que antes impulsaba sus extremidades ahora inmóviles se hubiera canalizado en la producción de ese único sonido.

—¿En qué piensas?

Pip lleva un vestido azul, con una chaqueta amarilla de punto que se ha comprado para hoy.

—Pensaba en la risa de Dylan. —Esboza una sonrisa forzada—. Tapones para los oídos siempre a punto.

Le sostengo la mirada. «¿Estás bien?» Ella asiente. «Nada de lágrimas», hemos acordado. «Una celebración, no un velatorio.» Con vacilación, le cojo la mano y se la aprieto. Ella me devuelve el apretón, pero un momento después me suelta la mano y empieza a toquetearse el collar.

En otra época, yo nunca le cogía la mano porque ella siempre se adelantaba. Acomodábamos nuestros pasos y sus dedos se entrelazaban con los míos, y yo no me habría sentido completo sin ellos. Ahora veo a otras parejas que van de la mano y me siento no celoso, sino triste. Triste de que hayamos perdido esa intimidad. Entonces pienso en todo lo que hemos pasado y sé que es un milagro que sigamos siquiera juntos.

Una mujer que no reconozco atraviesa el cementerio con aire indeciso y un pañuelo amarillo en la mano.

—La prima Ruth —susurra Pip—. Vino a nuestra boda.

Estamos en la entrada de la iglesia, saludando a los invitados y repartiendo los programas. En la portada hay una fotografía de Dylan; en el dorso, un dibujo que hizo en la escuela por ordenador, con ayuda de su programa de seguimiento de los ojos. Es un derroche de color, pero, si se mira con atención, se distinguen tres siluetas, distintas pero interconectadas. Se titula «Mi familia», y el original está colgado en el pasillo de casa.

—¡Ruth! Me alegro de que hayas venido.

—Os acompaño en el sentimiento. —Nos enseña el pañuelo, insegura de este detalle tan poco convencional—. ¿Es esto...?

—Es perfecto —dice Pip—. Gracias.

Recobrada la confianza, Ruth se lo anuda al cuello y pasa por nuestro lado para entrar en la iglesia.

«Nada de negro —dijo Pip cuando planeamos el día de hoy—. No es apropiado. Para un niño, para Dylan.» Por consiguiente, los oscuros bancos están salpicados de alegres corbatas, bufandas, sombreros y vestidos amarillos. Hay incluso una chaqueta mostaza de pana que Frank, el tío de Pip, ha desenterrado de su armario. Darcy, que ya tiene tres años, luce una camiseta de Little Miss Sunshine y sus padres llevan pañuelos amarillos en el bolsillo de la chaqueta.

Ha venido muchísima gente. Parientes que no veíamos desde hacía años; amigos que nos han acompañado en los momentos más duros y otros que lo han hecho solo a veces. Alison y Rupert, Phoebe y Craig, Fiona y Will. Incluso Emma y Jamie, el joven matrimonio cuya campaña recaudó tanto dinero para el viaje de Dylan a Estados Unidos.

También hay amigos nuevos. Padres de los amigos que Dylan hizo en la escuela, profesores suyos, su terapeuta ocupacional, su logopeda, su fisioterapeuta. Hay sillas de ruedas, patinetes eléctricos, cochecitos. Y nosotros, contemplando todo esto y dándonos cuenta de lo mucho que querían a Dylan.

Mi idea era quedarme en Estados Unidos —por eso de volver a empezar—, pero esa posibilidad jamás estuvo sobre el tapete. «No podría vivir tan lejos de mis padres», dijo Pip cuando le apunté la idea de mudarnos a Chicago. Podría haberle recordado que yo llevaba haciendo precisamente eso desde hacía diez años, que mi madre me veía tres veces al año, como mucho.

No lo hice. Por todo lo que no nos dijimos cuando nos montamos en el avión a Houston y seguimos sin decirnos desde entonces. Pip no solo quería decir que Chicago estaba demasiado lejos de sus padres; quería decir: «Tú te saliste con la tuya en el juicio: no te toca decidir qué pasa luego». Me dio igual. Continuábamos siendo una familia, eso era lo único que importaba.

—Creo que estamos listos para empezar, si lo estáis vosotros —dijo el vicario, un hombre joven. En vez de la sobrepelliz, lleva vaqueros y una camisa amarilla, con el alzacuello visible asomando por debajo.

—Estamos listos —decimos juntos.

Hay gente que llora, por supuesto —hemos sido optimistas pensando que nadie lo haría—, pero lo que más abunda es una tristeza dulce de que la vida de nuestro precioso y valiente hijo haya llegado a su fin.

—Hemos sido afortunados de pasar cinco años y medio con Dylan. —Hablo despacio, sin despegar los ojos de una columna del fondo de la iglesia, por temor a que, de lo contrario, se posen en alguien cuyo dolor pueda avivar el mío—. En muchos sentidos, hemos tenido más suerte que otros padres. Sabíamos que nuestro tiempo con Dylan era limitado. Lo sabíamos desde que tenía dos años y medio, cuando nos hablaron por primera vez del cáncer que ha acabado llevándoselo. Fue devastador. Pero, cuando sabes que la vida de alguien es limitada, haces que cada día cuente.

Pip no ha querido hablar. Dijo que no se veía capaz. Cuando la miro, veo que tiene la cabeza gacha y me pregunto si, pese a carecer de fe, está rezando.

—Estamos agradecidos por los años de regalo con Dylan. Por los amigos que hicimos en Houston, quienes se mostraron fuertes por nosotros cuando tuvimos problemas, a pesar de las enfermedades con las que batallaban sus propios hijos. Algunos de los niños que conocimos en Texas no tuvieron tanta suerte como Dylan, pero otros muchos se están recuperando y llevan vidas plenas y activas. Y eso es lo que deberíamos hacer todos: sacarle todo el jugo a la vida. Viajar, visitar a la familia, hacer amigos, comer, beber, reír. Había muchas cosas que Dylan no podía hacer, pero también otras, montones, que sí podía.

Tengo más cosas anotadas, pero de repente descubro que no me sale la voz y me tiemblan las piernas. El vicario, que debe de estar acostumbrado a cambios bruscos de ritmo como este, hace un gesto con la cabeza al organista y este se pone a tocar «Amazing Grace» mientras regreso a mi asiento dando traspiés. Pip me rodea con el brazo y, cuando todos se ponen de pie para cantar a nuestro alrededor, nos agarramos el uno al otro como si nos estuviéramos ahogando.

Después, todos cogen un puñado de pétalos amarillos de la cesta que sostiene la madre de Pip. Enfilamos el camino empedrado, cruzamos la puerta del cementerio y, cuando llegamos al arroyo y seguimos su sinuoso recorrido hacia el lugar donde tenemos aparcados los coches, arrojamos los pétalos al agua y el sol fluye río abajo.

En casa sigue habiendo demasiado silencio. Dylan murió hace un mes, aquí, en casa, en la habitación que antes era el comedor. Hemos devuelto la cama eléctrica de alquiler —pasaron a recogerla dos respetuosos empleados que llevaban polos con el logo de la empresa—, junto con la grúa, la camilla de bipedestación y la estructura que mantenía a Dylan erguido para que pudiera mirar por la ventana. En una esquina hay un montón de material al que tendremos que buscar casa. Un inodoro portátil y una cuña. Paquetes de empapadores. Baberos. Soportes para las piernas. Arneses. Sábanas deslizantes. Cuñas terapéuticas para que Dylan estuviera cómodo en el suelo. Miles de libras en equipamiento especializado.

El sofá cama próximo a la ventana sigue desplegado. Cuando Dylan vino a casa del hospital, enseguida nos quedó claro que no lo oiríamos desde nuestra habitación de la primera planta. Intentamos utilizar un intercomunicador para bebés, pero los segundos que tardábamos en despertarnos y bajar eran demasiado angustiosos para Dylan cuando se despertaba en plena noche con miedo y malestar. Colocamos el sofá cama en su habitación y Pip empezó a dormir con él entre semana. Los viernes la relevaba yo y ella regresaba al dormitorio.

Llega un momento en el que la falta de sueño se convierte en nuestra nueva rutina. En el que la sensación de que nos pesan las piernas y estamos con la cabeza en las nubes se convierte en nuestro estilo de vida, y ya no recordamos la época en la que saltábamos de la cama con más energía que la noche anterior. En cambio, nos levantamos con esfuerzo, demasiado cansados para bostezar siquiera, y bebemos café y comemos tostadas con mantequilla de cacahuete hasta que volvemos a ser personas.

—Hay una organización benéfica en Birmingham que se quedará con todo —dice Pip, mirando el montón de material.

Se sienta en el sofá cama.

—Estupendo.

Hace un mes que Dylan murió y Pip sigue durmiendo aquí.

«Me consuela», explicó. Así pues, aunque nadie interrumpe ya nuestras noches, Pip se queda abajo y yo duermo arriba, en una cama que lleva mucho tiempo estando medio vacía.

—Me pregunto —digo ahora, pensando en voz alta— si deberíamos vender la casa.

Me imagino un nuevo comienzo, otra ciudad, incluso. No sé si Pip se opondrá, si querrá aferrarse a los recuerdos que ha engendrado esta casa, y veo que tiene los ojos brillantes. Pero me parece percibir lucidez en su cara, o resignación, cuando asiente.

—Sí.

Pienso en un piso. Algo completamente distinto, un moderno loft acristalado. Una gran ciudad, quizá. No demasiado lejos, para que los padres de Pip nos visiten.

—Volver a empezar —digo.

—Sí.

—Una lágrima se le acumula despacio en las pestañas inferiores. La veo rebosar por el borde y rodarle por la mejilla.

—Una casa nueva.

Hay un silencio. Después dice:

—Dos casas nuevas.

Me cuesta un rato entenderla. ¿Dos casas? ¿Para qué necesitamos...?

—Hemos terminado, Max.

VEINTIOCHO

PIP

2013

Max volvió a casa hace tres meses. Dos meses, tres semanas y cinco días, para ser exactos. Después del funeral se marchó del hotel, dejó las bolsas en el recibidor y se quedó un momento ahí, como si no supiera qué decir, qué hacer. Cómo «ser».

—¿Café? —dije.

Porque todo lo que deberíamos habernos dicho en realidad era demasiado duro.

—Claro.

Y eso fue todo. Max había vuelto a casa, como si nada hubiera sucedido, como si todo fuera exactamente igual que un mes atrás, antes de que Dylan muriera.

—No tenemos que hacerlo ahora. —Max me escruta la cara por si tengo dudas. Estamos en el rellano, yo con la mano en el picaporte de la habitación de Dylan—. Ni tan siquiera tenemos que hacerlo.

—¿Te refieres a dejarla tal como está? ¿Como una especie de santuario?

Hay veces que me despierto y ya es miércoles; otras que miro el reloj y no me puedo creer que solo hayan pasado unos minutos.

—La gente lo hace.

¿Ah, sí? ¿Vaciar la habitación de Dylan significa que lo quiero menos?

—No, deberíamos hacerlo ahora.

Pero sigo sin moverme: la resolución de mi voz no me llega a los dedos.

Max asiente.

—De acuerdo.

Pone la mano sobre la mía y abrimos la puerta juntos.

Es posible mirar sin ver. Actuar sin sentir. Solo hay que cerrar el corazón durante un rato. Me arrodillo en el suelo y empiezo a separar la ropa de Dylan en montones; cojo jerséis y los doblo sin permitirme pensar en lo que hago.

—La Cruz Roja se llevará todos estos —digo en tono enérgico—. O se los puedo pasar a Alison para los gemelos: son pequeños para su edad, pero podría guardarlos hasta que les vayan bien.

—No quiero que nadie lleve su ropa. —Las palabras son secas; el tono de Max, áspero. Ha cogido un xilófono y, cuando lo mete en la caja de los juguetes, las teclas emiten un sordo tintineo—. Los juguetes sí. Su ropa no.

—No podemos tirarla. —Imagino a los gemelos de Alison, idénticos pero ya tan distintos, con las camisetas de Dylan, las alegres excavadoras y dinosaurios que le encantaban—. Creo que le gustaría tener algo de Dylan.

—No.

Max se acerca a la ventana. El verano ha llegado sin que me diera cuenta y el jardín está descuidado y cubierto de malas hierbas. El césped ha crecido alrededor de la portería de fútbol de Dylan, tan querida durante tan pocas semanas. Quizá deberíamos convertirlo en un huerto. Poner mesas de cultivo. Pavimentarlo. Lo que sea para que yo no mire por la ventana y oiga a mi hijo de dos años y medio gritar «*¡Go!*». Me fijo en la espalda de Max, tensa y rígida, mientras mira el jardín. Me sobresalto al darme cuenta de que no sé lo que piensa y, aún peor, de que no se lo quiero preguntar. En cambio, continúo organizando la ropa, separando de forma metódica lo que puede aprovecharse de lo que ya está demasiado gastado.

—La llevaré a otra ciudad —dice Max, aún de espaldas a

mí—. O a una organización benéfica que la mandará al extranjero. Pero si viera a otro niño con la ropa de Dylan...

—Hacen millones de camisetas idénticas...

—... me hundiría.

Despliego la camiseta que he cogido. Es blanca con rayas rojas y un tiburón de tela que salta de unas olas cosidas con hilo azul. Me traslado mentalmente a la casa de Alison, imagino a Isaac corriendo a la puerta vestido de rojo y blanco y luciendo un tiburón. Me resulta agradable. Me resulta reconfortante imaginar este retazo de algodón tan lleno otra vez de vida.

—De acuerdo —digo, porque así es como son las cosas, ahora.

Si Max no quiere que otro niño lleve la ropa de Dylan, nadie la llevará. Dejar que se salga con la suya es poca compensación por todo lo que siente que ha perdido.

Trabajamos en silencio, metiendo los libros en cajas para Oxfam, doblando los peleles y la ropa de cama para la subasta benéfica del National Childbirth Trust. Max encuentra una llave Allen para desenroscar los tornillos de la cuna y yo se la sujeto mientras la desmonta, igual que hice hace tres años, con tanta barriga que tuve que colocarme de lado.

Me derrumbo con un calcetín.

Un minúsculo calcetín blanco, separado de su pareja y caído entre el pie de la cuna y la pared. La planta está sucia, la tela aún conserva la forma de un pie, y cuando lo cojo casi espero notarlo caliente, como si Dylan se lo acabara de quitar en este preciso momento. Me lo acerco a la cara y respiro el olor de mi hijo: una agresión física a mis sentidos que me obliga a apoyarme en la pared para no caerme.

—Oh, cariño.

Max se acerca para abrazarme, pero yo niego con la cabeza.

—Estoy bien.

Si lloro ahora, aunque solo sea un momento, estoy perdida. Me lo ha enseñado la experiencia de estos últimos tres meses. Llorar no es tan simple como derramar una lágrima, coger un pañuelo de papel y seguir con lo que estaba haciendo. Llorar es pasarme una hora o más hipando agazapada en un rincón, con un doloroso nudo en la garganta y la nariz tan tapada que cada palabra que digo se transforma en una serie de vocales. Llorar es pasarme el primer día, y también el segundo, con los ojos hinchados y la sensación de que todo me pesa y me cuesta un gran esfuerzo, como si me despertara después de haberme tomado un Valium. Llorar ya no es algo que pueda tomarme a la ligera.

—¿Seguro?

—Sí. —Me meto el calcetín en el bolsillo—. Pero paremos. Un rato.

Un rato es una semana, y después dos, y luego cuatro. Paso unos días con mis padres en otoño y a mi regreso Max me coge las manos y me dice que ha vaciado la habitación de Dylan.

—He subido la cuna al desván —añade.

Siempre habíamos hablado de ser familia numerosa. Los dos somos hijos únicos. Los dos suspiramos por tener hermanos cuando éramos pequeños y aún los deseamos más cuando nos hicimos adultos, con los padres mayores y con preocupaciones serias demasiado íntimas para contárselas a los amigos. Entonces Dylan cayó enfermo y ahora... ahora parece que esté mal. No es como comprar un coche para sustituir el viejo. Los brazos vacíos siguen vacíos, aunque vuelvan a llenarse.

—Solo por si acaso —dice Max, y aparta la mirada.

Me enseña los libros que ha conservado y el elefante con una sola oreja que Dylan utilizaba como almohada. Luego me lleva a la primera planta de la mano y yo vacilo, porque no sé si soy capaz de ver la habitación vacía.

Solo que no está vacía.

Max ha sustituido la persiana por cortinas de gasa que arrastran por el suelo y ha pintado las paredes de color gris claro.

—¿Lo has hecho tú?

Max asiente.

—¡Pero si tú odias pintar!

—Esta vez ha sido distinto —dice—. Catártico, casi.

Hay un escritorio apoyado contra una pared, con fotografías nuestras y casilleros que ya están llenos de tarjetitas y sobres. El tazón con la huella de la mano de Dylan cuando tenía un año contiene un puñado de bolígrafos. La esquina opuesta está ocupada por un sillón, orientado hacia la ventana. Junto a él hay un flexo encendido y un montón de libros por leer. Mi bolsa de labores está en el suelo, llena de cuadrados de punto que no he tocado desde que nos marchamos del hospital.

—He pensado que podría ser tuyo —dice Max mientras giro sobre mí misma despacio, asimilando todos los cambios—. Un sitio para coser, o leer, o solo para...

—Solo para estar —termino—. Para pensar. —Y decido que no lloraré en esta habitación, que no se convertirá en un lugar triste, en otra sala de descanso. Me abrazo al cuello de Max y lo siento respirar, aliviado de no haberse equivocado—. Gracias. Es perfecta.

No coso en mi cuarto. Pero sí leo. Leo como no había leído desde que estaba embarazada y devoraba libros enteros de una sentada. Cuando Max está de viaje, paso las tardes aquí y, cuando alzo la vista, me doy cuenta de que fuera ya es noche cerrada y estoy agarrotada de no moverme.

—¿Cuántos esta semana? —pregunta Max cuando llega a casa. Mete la ropa sucia en la lavadora, pero deja la maleta en el recibidor—. Washington DC el lunes —dice.

—Seis. —Descorcho una botella de vino—. Ahora estoy con P. D. James.

Comemos en nuestras bandejas delante del televisor, viendo a medias un culebrón que ninguno de los dos se ha molestado en quitar. La cámara enfoca a un niño en un hospital, con una maraña de cables por encima de la manta. Alargo la mano para coger el mando a distancia, pero Max se me adelanta. Pulsa un botón, uno cualquiera, y terminamos de comer con un documental sobre la cría de ovejas como telón de fondo.

—¿*Meet me in Mississippi*? —digo cuando hemos terminado

de comer y estoy zapeando—. Sale Bill Strachan. Muy buenas críticas.

Max hace una mueca.

—La he visto en el avión. Lo siento. Pero no me importa volver a verla, es muy buena.

Decidimos ver una comedia que deja de ser graciosa al cabo de veinte minutos y, cuando lo miro, Max se ha quedado dormido, con la cabeza echada hacia atrás y la boca un poco abierta. Me escurro de debajo de su brazo y no se despierta. Arriba me espera mi libro, la página marcada con mi tarjeta de la biblioteca. Me envuelvo en una manta y leo hasta que también me quedo dormida.

No hubo Navidad: no me puedo imaginar que alguna vez vuelva a haberla. Deseé poder pasarla durmiendo. Apenas me consoló pensar que debía de haber otras como yo —otras madres que ya no lo eran—, acostadas en la cama con los ojos cerrados, pensando: «Que pase ya»; otras que, como yo, hacían la compra a medianoche en supermercados de veinticuatro horas casi vacíos, donde no había niños excitados tirando de la falda de sus madres y preguntando: «¿Cuándo vendrá?, ¿cuándo vendrá Papá Noel?».

No obstante, me quedé levantada para presenciar el cambio de año y sentí despertar mi optimismo con el inicio del 2014. Me he apuntado a un club de lectura online y paso incluso más tiempo en mi cuarto de lectura inmersa en mis mundos ficticios, que solo dejo a regañadientes para ocuparme de la casa y servir la cena en la mesa.

Estoy limpiando la casa cuando me llaman al móvil. Es un hecho insólito en estos tiempos y, cuando corro abajo, ha dejado de sonar y veo «Alison - Isaac & Toby» en mi registro de llamadas. Casi todas las mujeres que conocí cuando Dylan era bebé van seguidas del nombre de sus hijos en mis contactos. Cuando llamo a Alison, me pregunto si mi nombre aparece como «Pip - Dylan» y si se sobresalta al verlo.

—¡Hola!

—Perdona que no haya llegado. Estaba limpiando el baño.

—Creía que teníais asistenta.

—La teníamos. Pero me pareció una tontería seguir con ella cuando me paso el día en casa, y así tengo algo que hacer.

Hay un breve silencio, lo bastante largo para darme cuenta de lo patética que sueno.

—¿Cómo te va?

La oigo escribir al teclado y sé que me llama desde la agencia de viajes en la que trabaja. La imagino con el móvil sujeto entre el hombro y la oreja mientras rellena la reserva de algún cliente.

—Estupendamente. —Alison tendrá una lista de cosas que hacer sobre la mesa. «Mejorar la oferta de los señores Runcliffe, descargar el paquete de aprendizaje electrónico, ver cómo está Pip»—. ¡Una menos!

—¿Perdona?

—Nada. ¿Cómo estás?

—Un poco alicaída, la verdad. Cenamos en casa de Phoebe y Craig y ya sabes cómo beben. Fiona estaba enfadada antes de los entrantes y... —Se interrumpe.

Han seguido sin nosotros. Como si no hubiéramos existido.

—Fue una cosa de última hora —se excusa Alison—. Pensamos que no...

—Está bien. Estoy bien.

Me despido de forma brusca y cuelgo. Pongo el móvil en silencio y veo cómo «Alison - Isaac & Toby» aparece una docena de veces antes de parar. Era un club, me digo, cuyos carnets de socio se expedían junto con los bebés. Y ahora han borrado nuestros nombres de la lista. Tres años de socios anulados por ocho meses sin mi hijo.

Miro mi impecable cocina, el montón de libros que tengo que devolver a la biblioteca. Pienso en todas mis ocupaciones —limpiar, cocinar, los diez mil pasos que puedo dar antes de la hora de comer— y en qué vacía sigue pareciéndome la semana. En cómo mato simplemente el tiempo hasta que Max llega a casa. Y comprendo que es hora de volver a trabajar.

VEINTINUEVE

MAX

2016

—No puedes dejarme. —«No me dejes, por favor»—. Después de todo lo que hemos pasado.

—Tú me dejaste.

Pip sigue llorando, pero su tono es duro. «Nunca me ha perdonado.»

—Eso fue distinto. Dylan estaba... Era transitorio.

Las semanas que pasé en un hotel son un vago recuerdo para mí, como una película que vi hace demasiado tiempo para acordarme de ella. Lo único que sé es que nunca pensé que mi matrimonio se hubiera acabado; solo que no podía dormir en la misma cama que una persona a cuya decisión estaba enfrentándome por la vía judicial. Nunca dejé de querer a Pip, ni tan siquiera cuando la odiaba. Nunca pensé que ella hubiera dejado de quererme.

—¿Habrías vuelto conmigo si el juez nos hubiera concedido la orden judicial?

¿Si Dylan hubiera muerto? Pienso en el hombre que era hace cuatro años, en la precaria situación de mi matrimonio en esa época.

—No lo sé —respondo con sinceridad.

Me es imposible imaginarme la vida de otra manera.

—Seguimos juntos por Dylan.

Noto un nudo en el estómago. Habla en serio. Me deja de verdad.

—Pero Dylan ya no está. Nos hemos despedido de él y ahora es hora de pasar página.

Pip tiene el entrecejo fruncido, como si tuviera dolor, y pienso: «Si esto te duele físicamente, ¿por qué lo haces?».

Me acerco a ella, me arrodillo y me abrazo a sus piernas, pero Pip me aparta, se levanta y me deja en el suelo.

—Pip, por favor. Te quiero, y sé que tú me quieres.

Mira por la ventana, de espaldas a mí, y, aunque no le veo la cara, sé lo que va a decir.

—Fue un error.

Después de la sentencia, Pip fue al hospital. La encontré fuera, sentada en el banco bajo el roble. Empezó a hablar antes de que yo pudiera sentarme a su lado, deprisa y en voz muy alta, como si quisiera quitarse las palabras de en medio.

—No estoy de acuerdo, nunca lo estaré, pero, si te llevas a Dylan a Estados Unidos, yo también voy, y no quiero volver a hablar nunca del juicio, ni de quién tenía razón y quién no; no quiero perder más tiempo sin estar con Dylan.

Viajamos a Houston a la semana siguiente, en una ambulancia aérea de ocho plazas que habría parecido un vehículo de lujo de no haber sido por el equipo médico, la cama de cuidados intensivos y las bombonas de oxígeno necesarias para mantener a Dylan con vida. El equipo del doctor Sanders nos recibió en el aeropuerto con una ambulancia; veinte minutos después, Dylan estaba al cuidado de Houston ProTherapy. Y Pip fue fiel a su palabra. No me hizo recriminaciones —ni tan siquiera cuando Dylan volvió a necesitar respiración asistida por culpa de otra neumonía—, no se lamentó por lo distinto que podría haber sido todo. Pip y yo estuvimos unidos los seis meses que pasamos en Houston y también durante los años posteriores.

Hasta ahora.

«Fue un error.»

Me levanto del suelo con esfuerzo.

—¿Cómo puedes decir eso? —No pretendo alzar la voz,

pero no consigo dominarla—. Hemos pasado tres años con él que no habríamos tenido nunca. ¡Ha vivido otros tres años!

—En su cumpleaños —dice Pip en voz tan baja que apenas la oigo—, tú y yo comimos tarta y bebimos champán. Dylan recibió leche sintética por una sonda de alimentación.

Las manos, que me cuelgan a los costados, empiezan a temblarme. Las cierro en puños y el temblor me pasa a los codos.

—Cuando otros niños tienen resfriados, les dan paracetamol en jarabe. Dylan necesitaba aspiración, catéteres, nebulizadores, inhaladores y antibióticos, y tuvo convulsiones. —Pip levanta la voz—. Morfina cuando tenía dolor.

—Casi nunca...

—¡Demasiado a menudo! —Pip se vuelve rápidamente para mirarme—. Le daban diecisiete tipos distintos de medicación. Todos. Los. Días.

—Lo mantenían con vida...

—¡Eso no era vida! —grita como si la estuvieran agrediendo, como si no hubiera nadie en kilómetros a la redonda, como si necesitara que el mundo entero la escuchara.

Y después se va.

Parte de mí llevaba tres años esperando este día. En todas nuestras discusiones —cargadas de miradas acusadoras—, me engañaba diciéndome que Pip se había quedado porque, en el fondo, teníamos algo por lo que valía la pena luchar. Solo que no se trataba de nosotros, ¿verdad? Se quedó por Dylan.

Abro una botella de whisky.

Pasan seis días hasta que vuelvo a estar sobrio. Me despierto al oír el timbre de la puerta, desconcertado por el sol que entra a raudales entre las cortinas descorridas del dormitorio, cuando el reloj de la mesita marca las dos. ¿Son las dos de la tarde? ¿Dónde se ha ido el día? ¿A qué hora me fui a la cama? ¿Por qué me duele todo?

Abro la puerta, parpadeando por la luz.

—Jesús.

Tom Bradford me mira de arriba abajo. Arruga la nariz y me

doy cuenta de que el olor acre que he notado cuando me he levantado de la cama con esfuerzo me ha seguido por la escalera.

Hay un largo silencio, seguido de:

—Es costumbre preguntar a los invitados si quieren pasar.

—Perdona.

Doy un paso atrás y termino de abrir la puerta. Tom lleva un pantalón de algodón y una camisa blanca de lino arrugada con mucho estilo. Le sigo cuando entra y dejo la puerta entreabierta porque de repente soy consciente de que huele a cerrado. ¿Cuánto hace que no abro una ventana?

—Alistair me ha dicho que haga como que pasaba por aquí. Así que... —se encoge de hombros—, pasaba por aquí y se me ha ocurrido hacerte una visita para ver cómo... —se queda callado cuando ve el estado de la cocina. Tazones con cereales resecos llenan la encimera, evitan el fregadero y no logran llegar al lavavajillas. Botellas vacías rodean el cubo de reciclaje lleno. Sobre la mesa, dos moscas se pelean por una mancha de leche cuajada—. Veo que te lo has tomado bien...

Ignoro el sarcasmo.

—¿Has hablado con ella? ¿Está bien? —Me pregunto si Pip está sufriendo alguna clase de crisis nerviosa.

Él me mira con ojo crítico.

—Mejor que tú. —Suspira y mira su reloj—. Bueno, ve a darte una ducha, deshaz la cama y baja la ropa sucia. —Saca el teléfono y, cuando estoy a mitad de la escalera, le oigo decir—: Cariño, ¿puedes ir tú a la guardería? Es incluso peor de lo que pensábamos.

Me miro en el espejo del baño. Tengo el pelo pegado al cuero cabelludo y la barbilla pelada en las partes donde me rasco. Me lavo los dientes; me cepillo la lengua y hago gárgaras con un colutorio hasta quitarme el sabor fétido de la boca; a continuación, me meto en la ducha y utilizo todos los productos que hay. Salgo quince minutos después, no como un hombre totalmente nuevo, pero oliendo menos a uno viejo.

—Gracias a Dios —dice Tom cuando bajo.

Ha abierto la puerta de la cocina de par en par y ya no huele a leche agria, sino a cítrico.

—Perdona. Y gracias. No tenías que hacer todo esto.

—Me apetecía tomarme una taza de té sin contraer botulismo, así que... —Tom abre la nevera, pero se lo piensa mejor—. Prefiero tomármelo solo.

Pip está en casa de sus padres. No quiere verme.

Es el shock, concluyo. Las secuelas de perder a Dylan y de la ceremonia conmemorativa...

—Solo necesita tiempo para asimilarlo todo.

—Max, no creo que vaya a cambiar de opinión.

—No te desenamoras de alguien de esa manera. Con todo lo que hemos pasado juntos, seguro que podemos resolver esto, ¿no...?

Tom me mira.

—Deja que se vaya, Max. —Me habla con dulzura, las palabras cargadas de tristeza—. Puedes luchar y luchar por lo que desearías que pasara, pero, a veces, simplemente llega la hora. A veces tienes que saber cuándo parar.

Solo después, cuando Tom se ha ido a casa y estoy sacando la ropa limpia de la lavadora y tendiéndola, caigo en la cuenta de que no solo hablaba de mi matrimonio.

TREINTA

PIP

2015

—¿Desea algo más, señor?

—¿Una cerveza y su número de teléfono?

El hombre del asiento 3F tiene los ojos ambarinos y una sonrisa optimista.

—Solo una cerveza, entonces.

—Tenía que intentarlo.

Sonríe con picardía y yo niego con la cabeza mientras le sirvo la cerveza. Al poco llega la hora de atenuar las luces y repartir mantas y almohadas de más. Este es mi momento preferido, cuando todo está tranquilo, fuera no hay nada aparte del cielo oscuro y dentro solo se oye el suave rumor de pasajeros cambiando de postura. El único asiento que sigue en posición vertical es el 4B, donde una mujer con el pelo ensortijado mueve los dedos a toda velocidad por un teclado silencioso, con la cara iluminada por la pantalla de su ordenador portátil. Pienso en Max, que trabaja más que duerme, e intento recordar su horario. Ha sido extraño, adaptarnos a trabajar otra vez los dos, a estar en diferentes zonas horarias, pero yo volví a trabajar hace un año como si nunca hubiera dejado de hacerlo.

—¿Té? —Jada ya ha sacado dos tazas.

—Sí, venga.

Con su más de metro ochenta, Jada lleva el uniforme como si fuera una segunda piel. Yo no he recuperado el peso que perdí cuando Dylan estuvo enfermo y, en mi figura espigada, la chaqueta y la falda de pitillo rojas tienen un aire corporativo; en Jada son innegablemente sexis. Lleva el pelo africano alisado y, como el mío, recogido en un apretado moño.

—Ethan ha pensado en el Ice Bar para las copas y luego el Dusk Till Dawn. ¿Te apuntas?

El Ice Bar. Es el destino preferido del personal de la aerolínea en Hong Kong, aunque básicamente sea un congelador con una carta de cócteles.

—Intenta impedírmelo.

—¡Nos vamos de fiesta!

Agita las manos en el aire y se contonea, y yo disimulo una sonrisa. Jada tiene veintidós años, comparados con mis treinta y cinco, y, hasta ahora, su vida ha sido tal montaña rusa de diversión que supone que todos los demás vamos montados en ella.

Pasamos por una zona de turbulencias una hora antes de aterrizar y vigilo al corpulento ejecutivo del 1A, que se ha bebido una botella entera de vino tinto y cuya cara rubicunda ha adquirido un matiz verdoso. Estoy tan aliviada como él de aterrizar sin contratiempos y Jada y yo nos apostamos en la salida para despedir a nuestros pasajeros.

—Gracias, que tenga un buen día. —La sonrisa de Jada no varía cuando añade, dirigiéndose a mí—: Vaqueros ceñidos, camiseta sin tirantes, taconazos. ¿Tú?

Intento recordar qué he metido en la maleta.

—Vestido negro cruzado, zapatos con los que pueda bailar. Gracias, disfrute de su estancia.

El hombre de los ojos ambarinos se despide guiñándome el ojo y, pese a no querer hacerlo, me ruborizo cuando se aleja.

—Lo tienes en el bote —dice Jada—. De nada, adiós, señor.

—No me va.

—Es un bombón.

—Me refiero a engañar. No lo haría nunca. Adiós, buen viaje de vuelta.

—¿Tu Max es un buen partido? De nada, que tenga un buen día.

Sonrío.

—Eso creo.

Ya han salido todos, y estoy a punto de decir a Jada lo generoso y atento que es Max, lo mucho que siempre me hace reír, cuando me doy cuenta de que estoy siguiendo un viejo guion. Max y yo no nos reímos juntos desde hace muchísimo tiempo.

El Ice Bar está concurrido y Jada y yo nos abrimos paso entre la multitud hasta el lugar donde los otros auxiliares de vuelo ya tienen su segunda ronda de chupitos colocados en fila. Ethan y Zoe cuentan hasta tres antes de beberse los suyos; Marilyn, una mujer de casi cincuenta años con el mismo aguante pero mucho más decoro, se bebe el suyo a sorbitos. Como Jada y yo, todos llevan los enormes abrigos de pieles que reparten en recepción y parece que acaben de descubrir Narnia.

Me sorprende ver a nuestro piloto, Lars. He volado con él varias veces desde que entré en la aerolínea hace un año, pero esta es la primera vez que lo veo alternar con la tripulación.

—¿Ya habías estado aquí? —me pregunta cuando consigo embutirme en el hueco entre él y los demás.

—Hace años, cuando trabajaba con British Airways. No ha cambiado.

Junto a nosotros hay una cavidad cuadrada tallada en el hielo que sirve de barra. Una glamurosa pareja pide vodka y brinda en un idioma que podría ser ruso.

—No sabía que venías de las filas enemigas. —El tono de Lars es guasón—. ¿Por qué el cambio?

Me encojo de hombros.

—Me pasé a la corta distancia por un tiempo, pero... —Retengo un sorbo de vodka en la boca y dejo que me caliente la garganta. Evitando responder—. Echaba de menos los viajes largos. Y la clase preferente.

En realidad fue por evitar la clase turista más que por echar de menos la clase preferente.

Así se lo dije a mi jefa de personal:

—Hay muchas familias, sencillamente no creo que pueda...

—Lo entiendo.

Yo sabía que también había perdido a un hijo: cuando fue a hacerse su segunda ecografía, no se oyeron latidos sino solo silencio. Me lo contó después de que Dylan muriera, no pretendía comparar ambas tragedias, sino recalcar su postura de que debería tomarme todo el tiempo que necesitara. E incluso cuando le pagué el favor presentando mi renuncia, siempre estuvo de mi parte.

—Un nuevo comienzo —dijo, y a mí me pareció una orden, de manera que, en vez de volver con British Airways, me lancé a trabajar con Virgin Atlantic y su particular estilo de servicio al cliente, en clase turista durante un año antes de que mi currículo y la suerte del momento me colocaran en lo que ellos llaman sin ningún pudor «clase preferente». Aquí hay menos familias, menos niños pequeños. Es más fácil.

Lars me mira con aire pensativo y creo que va a seguir haciéndome preguntas. Sin embargo, sonríe.

—Hay un tipo distinto de sinvergüenza en clase preferente.

Es alto, incluso más alto que Jada, con abundante pelo rubio, la mandíbula cuadrada y las cejas tan rubias que casi son invisibles. Su inglés es perfecto, pero su apellido, Van der Werf, me lo pone fácil.

—¿Eres holandés?

—Me has pillado.

Alrededor de nosotros hay movimiento y Jada grita para hacerse oír.

—Aquí hace un frío que pela, ¿os venís?

—Deberían subir la calefacción —dice Lars en serio.

—¡Vaya que sí! —Jada se arrebuja en el abrigo de pieles y yo sonrío a Lars cuando salimos del Ice Bar detrás del resto.

Hay un grupo tocando en el Dusk Till Dawn y a las tres de la madrugada, cuando nos retiramos, me duelen los pies y tengo la voz ronca de tanto cantar. Cogemos taxis para regresar al hotel

Park Lane y salimos a toda prisa de los ascensores en nuestras respectivas plantas. Jada me abraza cuando se despide de mí.

—Te quiero un montón, PipiPip. Mierda, he perdido mi tarjeta llave.

—En la mano. Yo también te quiero. Bebe agua.

Se aleja por el pasillo dando tumbos y yo sostengo la puerta del ascensor hasta que la veo llegar a su habitación.

—Niños, ¿no? —dice Lars, poniendo los ojos en blanco de forma exagerada. Me río y aprieto el botón de la planta dieciocho—. ¿Tú tienes hijos?

—¿Perdona?

Clavo los ojos en los botones del ascensor y veo cómo se iluminan en cada planta que pasamos. «Catorce, quince.»

—¿Tienes hijos?

«Dieciséis.»

Solo uno. Un niño. Que corre por el parque, juega al fútbol con su padre, se sube a una silla para ayudarme a lavar los platos en el fregadero. Es un loco de las excavadoras: su primera palabra fue «camión». Manitas regordetas y calientes alrededor de mi cuello por la noche. Que duermas bien, Dylan, dulces sueños.

«Diecisiete.»

El silencio pasa a ser grosero. Debería darme la vuelta, mirarlo al menos; en cambio, miro los botones y...

«Dieciocho.» Se oye un tintineo, hay una sacudida imperceptible y las puertas se abren.

—No —digo al salir—. No tengo hijos.

TREINTA Y UNO

MAX

2016

Solo llevé a Pip a casa de mi madre en una ocasión, tras comprometernos. Después de esa vez, mi madre viajaba al Reino Unido, o bien nos veíamos en el centro de Chicago, y ahora me alegro de no haber llenado el número 912 de North Wolcott Avenue de recuerdos que no puedo olvidar. En cambio, me veo a los diez años, a los dieciséis. Veo bicicletas tiradas en la acera, chicles Hubba Bubba y zumos Capri Sun. Veo cervezas prohibidas de las que mis padres estaban enterados pero ignoraban.

Subo los escalones con mi pesada maleta y la puerta se abre como si mi madre hubiera estado esperando en la ventana desde que ha aterrizado mi vuelo. Lo mismo que la calle, ella está igual, pero distinta. Mayor. Y, aun así, sigue siendo mamá.

—Oh, mi pobre hijo.

Abre los brazos y huelo a almizcle, a pan y al indefinible aroma de mi hogar. El viento arrastra al interior de la casa un puñado de hojas naranja oscuro.

No viajó a Inglaterra para asistir al funeral. Nos visitó poco antes de que Dylan nos dejara y disimuló su sorpresa por lo mucho que se había deteriorado desde su última visita y por la atención permanente que siempre había necesitado, pero que para entonces requería una enfermera, además de Pip y de mí.

—Nos despedimos —me dijo cuando me ofrecí a comprarle el billete—. No me hace falta un funeral para recordar a mi precioso nieto; lo llevo aquí, en el corazón, todos los días.

—Pip y yo iremos a verte pronto —le prometí. «Iremos», no «iré».

Estamos sentados en el salón, en el sofá azul fuerte que compró después de que falleciera mi padre (porque «necesito volver a poner color en mi vida»).

—Nunca me pareció suficiente para ti —dice mi madre.

—¡Mamá! —Su comentario es tan inaudito que se me escapa una carcajada—. Pip y yo hemos estado juntos trece años y nunca me habías dicho nada parecido.

—Pues lo pensaba. —Frunce los labios y deja la taza haciendo ruido. Contengo un bostezo, súbitamente agotado por la combinación del calor con el *jet lag*—. Te he preparado tu habitación de antes. ¿Por qué no vas a echarte un rato mientras yo hago la cena?

La cama individual en la que dormí hasta los diecinueve años ha sido sustituida por una de matrimonio, apoyada contra la pared para que quepa y cubierta por un edredón rosa que abriga demasiado para esta época del año. No me hace falta mirar debajo de la cama para recordar la quemadura en la moqueta que me tuvo castigado sin salir durante un mes. Las paredes, que antes eran de color crema roto, se repintaron hace mucho tiempo, pero, si me fijo bien, veo las manchas que dejó el adhesivo que sujetaba mis pósteres a las paredes.

Estoy agotado pero nervioso, con miles de voces en la cabeza, y miles de recuerdos. Pip, cuando Dylan nació, con el pelo pegado a la cara por el sudor y más guapa de lo que había estado nunca. Dylan jugando al fútbol, manteniendo el equilibrio con los brazos para no caerse al chutar el balón. Pip haciendo punto junto a la cuna de Dylan en el hospital, leyéndole un cuento. Dylan en Houston. Otra resonancia, otro ciclo de radioterapia. «Dylan, Dylan, Dylan...» Me pongo de lado y me hago un ovillo, con la cabeza enterrada bajo la almohada para no oír la voz de Pip. «¡Eso no era vida!»

Dylan vivió. ¡Vivió!

Lágrimas calientes me rebosan de los párpados cerrados.

Recuerdo cómo se le iluminaba la cara cuando alguien que reconocía entraba en la habitación, oigo el ruido agudo y desbocado que era su risa. ¡Dylan vivió! Quizá no fuera la vida que nosotros queríamos para él, pero fue vida. Fue «su» vida.

Más tarde —tal vez una hora después o quizá tres— oigo que abren la puerta y sé que es mi madre, intentando decidir si despertarme o no. De repente, la perspectiva de darle conversación, de levantarme de esta cama, me apabulla. Me siento protegido, en esta habitación que fue mía, así que me quedo.

Me quedo el resto del día y durante toda la noche. Oigo entrar a mi madre, antes de acostarse, y percibo su indecisión en la puerta. ¿Debería despertarme? ¿Darme las buenas noches? Al final, entra sin hacer ruido, corre las cortinas y noto hundirse la cama cuando se sienta a mi lado. Suspira, y a mi culpa por fingir que duermo se suma la culpa de que mi madre siga teniendo que preocuparse por mí, cuarenta años después de que empezara a hacerlo.

Pasadas las seis de la mañana, me levanto para ir al baño. Una faja me ciñe el pecho y noto un aleteo donde antes estaban mis latidos. Me bebo un vaso de agua, pero la faja me aprieta aún más. Es como una indigestión, pero no he comido nada; como un flato, pero no he corrido. Vuelvo a la cama y solo cuando he vuelto a ovillarme y me he tapado la cabeza con el edredón rosa, la faja se afloja lo suficiente para permitirme respirar.

Me despierta el timbre de un teléfono. Busco el móvil a tientas y lo meto en la oscuridad de la cueva formada por mi edredón. Veo aparecer el nombre de mi jefe, una vez tras otra. Pongo el dedo pulgar en el altavoz para amortiguar los pitidos que penetran mi confusión y me dan dolor de cabeza, y espero a que cesen.

Vuelve a llamar al cabo de una hora. Y una hora después. Pongo el teléfono en silencio y cuento las llamadas sin motivo aparente. Siete. Ocho. Nueve. Mi madre me trae un caldo de pollo.

—No tienes buen aspecto. ¿Tienes fiebre?

—Creo que puedo estar incubando algo.

Además de la opresión en el pecho, ahora también tengo sudores fríos, y un retortijón que me obliga a correr al baño.

—¿Llamo al médico?

—No, se me pasará.

No se me pasa. Cuando me ducho, mi madre entra a toda prisa en mi habitación para vaciar la papelera llena de pañuelos de papel y llevarse vasos de agua a medio beber. De vez en cuando abre la ventana, solo para que yo vuelva a cerrarla. Me trae sopa, sándwiches, trozos de pollo al horno. Gelatina y helado, como si tuviera nueve años. Y en todo momento la faja del pecho me aprieta cada vez más y las voces de mi cabeza aumentan de volumen.

La voz de Pip: «Eso no era vida».

Y la mía, más alta:

«Eres un fracasado».

Doy otra vuelta en la cama, cierro los ojos con fuerza, me tapo la cabeza con el edredón.

«Cuarenta años y estás en la misma habitación en la que dormías de niño. Tu matrimonio ha fracasado. Tu hijo ha muerto.»

«Eso no era vida.»

La faja del pecho, cada vez más ceñida. Sudores. Retortijones.

«No tienes amigos.»

No oigo esa voz desde que tenía trece años. Desde una pelea tonta con Danny Steinway que me llevó a esconderme en el sótano después de la escuela, convencido de que él les diría a todos los niños del barrio que no me dirigieran la palabra. Al día siguiente, Danny pasó a buscarme para ir juntos a la escuela, igual que hacía siempre.

Salvo que ahora la voz está en lo cierto. No tengo amigos. Tengo compañeros de trabajo, vecinos, personas con las que paso el día. Me mudé a Inglaterra para estar con Pip. Dejé a mis amigos para tener una familia. Pip y Dylan eran mis amigos, mi familia, mi mundo. Si salíamos, era Pip quien lo organizaba; Pip quien conocía a un matrimonio que creía que me caería bien, quien proponía salir de copas, a cenar, al cine. En la UCIP sabía los nombres de todos, adónde iban de vacaciones los enfermeros, qué curso hacían los otros niños.

«Eres un fracasado.»

¿Por qué no hacía yo esas cosas? Las tripas se me retuercen cuando contengo otra arcada. Me duele todo el cuerpo como si tuviera la gripe. ¿Es eso lo que me ocurre? ¿Tengo la gripe?

No sé si es el mismo día, o el siguiente, cuando recibo el correo electrónico.

«Como no me coges el teléfono, supongo que voy a tener que hacer esto por correo...»

Chester.

«Sé que no está siendo nada fácil... he intentado ser comprensivo... todo tiene un límite...

»Tengo que prescindir de ti.»

Apenas asimilo la información. Un punto más que añadir a la lista.

«Has perdido a tu mujer. A tu hijo. Tu trabajo.»

«Fracasado.»

TREINTA Y DOS

PIP

2015

Max me besa en el cuello después de retirarme el pelo para encontrar el punto detrás de la oreja que hace que me fallen las rodillas si estoy de pie. Estamos en la cama, uno frente al otro, bajo las mantas aunque la tarde es cálida.

—Te he echado de menos.

Las palabras me hacen cosquillas en la oreja.

—Llevas tres días seguidos viéndome.

Max trabajó desde casa el viernes, lo que le ha permitido tener un fin de semana largo que coincide con tres de mis cuatro días libres. Llegué de Dubái el viernes por la mañana y fuimos al café de la esquina para tomarnos un desayuno calórico que venció mi *jet lag* a golpes.

—Echaba de menos esto.

Muevo la cabeza y lo beso con vehemencia, porque es cierto que ya no hacemos esto tanto como antes, y porque besar es más fácil que hablar. Max se coloca encima de mí y me coge la cara entre las manos, y yo le recorro la tersa espalda con las mías. Max está en mejor forma que nunca y soy consciente de mi vientre blando y mis pechos caídos. Baja la cabeza y me los besa, y yo pienso que debería estar haciendo algún ruido, de manera que cierro los ojos y gimo en voz baja mientras él va bajando por mi cuerpo.

Cuando vuelve a hablar, está dentro de mí, moviéndose despacio, con todo su cuerpo apretado contra el mío y sus labios rozándome las mejillas, la nariz, las pestañas. Me pierdo en el calor que se extiende por mi cuerpo, con la espalda arqueada y los ojos aún cerrados. Max me susurra al oído:

—Tengamos un hijo.

La gota que colma el vaso es la palabra «un». Como si no hubiéramos tenido ninguno. Como si fuéramos dos recién casados que dan sus primeros pasos vacilantes para ser padres.

—«Otro» hijo.

Max se detiene. Se apoya en los codos y me mira.

—Sí —dice despacio—, otro hijo.

Lo aparto y me doy la vuelta.

—Es demasiado pronto.

—Han pasado dos años.

Voy al baño y cierro la puerta. Dos años. ¿Hay un límite de tiempo para el duelo? ¿Debería estar ya lista? Sé que parezco estar funcionando con normalidad. Trabajo, tengo vida social. No me deshago en lágrimas en momentos inoportunos y nadie —ni una sola persona— me lleva ya aparte para preguntarme: «¿Cómo lo llevas, Pip?».

Y sin embargo...

Cuando salgo del baño, Max se ha puesto el pantalón de chándal y la camiseta que utiliza como pijama y está sentado al borde de la cama.

—¿Podemos hablar de esto?

Hago un gesto afirmativo con la cabeza, aunque no sé si puedo, y me siento a su lado. Tiene los ojos clavados en la cómoda mientras habla y yo me alegro, porque, aunque no sé explicar por qué, es más fácil tener esta conversación sin mirarnos.

—No intento sustituir a Dylan.

Respiro hondo.

—Quiero tener otro hijo porque quiero ser padre.

—Ya eres padre —le digo, pero la respuesta es hueca y me recuerda a mis propias palabras dirigidas a Lars mientras se cerraba la puerta del ascensor. «No, no tengo hijos.»

Max y yo no somos padres. No somos nada. Somos un matrimonio sin hijos no porque lo hayamos decidido ni por problemas genéticos. Teníamos todo lo que queríamos y nos lo arrebataron, y ahora solo somos personas, sentadas al borde de una cama, intentando vivir como dos seres en vez de tres.

—Quiero chutar un balón con mi hijo, quiero enseñar a mi hija a jugar al golf. —Max habla deprisa y sube la voz con cada afirmación—. Quiero ir a ver funciones escolares y celebrar Acción de Gracias, y hablar con otros padres de la pesadilla que es la adolescencia. Quiero dar consejos a mis hijos y que ellos los ignoren; verlos crecer, equivocarse, salir adelante. —Noto que me mira—. Quiero volver a ser padre, Pip.

Hay una tácita acusación —«Tú me has quitado eso»— y de nuevo oigo el veneno de su voz el día del fallo. «Has firmado la sentencia de muerte de tu propio hijo.» No vuelvo la cabeza.

—Por favor.

Su súplica es el preludio de lágrimas y mi angustia crece, lista para embargarme. Si Max llora, lloro yo. Y no quiero hacerlo. Estoy saliendo adelante, sintiéndome tan normal como me es posible sentirme, y él lo está estropeando todo ante mis propios ojos.

—No puedo —consigo decir, con la mirada clavada en el tocador.

Cuento los objetos. Planchas para el pelo, joyero, cestita de maquillaje. Un platillo con monedas y anillos. Un vaso de agua vacío, translúcido por el lavavajillas.

—¿Por qué no? —Esta vez me obliga a mirarlo agarrándome por el hombro y volviéndome el cuerpo hasta que estamos cara a cara—. Eras muy buena madre.

«Era.»

Ahora está llorando sin disimulo, y por mucha saliva que trague, por muchas veces que parpadee o cuente hasta diez, no puedo impedir que suceda. Estoy volviendo a romperle el corazón y le debo más que un mero «no puedo».

Encuentro las palabras:

—No puedo volver a querer a un niño para después perderlo.

—Eso no pasará.

—¡No lo sabes!

Ahora soy yo la que llora, fuertes sollozos que me desgarran el pecho y me sacuden el cuerpo.

—No puedo hacerlo, Max. No puedo y no lo haré.

Y, por segunda vez en nuestro matrimonio, no logramos ponernos de acuerdo.

Max no vuelve a mencionar el tema, pero sé que le ronda por la cabeza. Lo veo en su cara cuando sonríe a los niños por la calle y lo percibo en el ambiente, pendiendo entre nosotros, cuando el locutor Chris Evans habla con niños emocionados en su programa de radio matinal.

—¿Qué harás por primera vez hoy, Zak?

—Tocaré la trompeta en el concierto de la escuela.

«No puedo. Sencillamente, no puedo.»

A veces sueño que estoy embarazada, o interpreto los borboteos de mi estómago vacío como un primer signo de embarazo, y el corazón se me para por una fracción de segundo hasta que la lógica vuelve a tomar las riendas. A veces veo a un niño en silla de ruedas o en un cochecito adaptado, o leo un artículo en el periódico sobre éxitos «a pesar de las dificultades», y me abruman el temor y la culpa de que nos equivocáramos. De que yo me equivocara.

Sé que tengo un problema. Sé que no es lógico cruzar la calle para eludir un cochecito que se acerca o dar pretextos en el trabajo para no hablar con familias. Sé que el dolor y la culpa se han transformado en una conducta que dista mucho de ser normal, pero saberlo no la modera.

Es en mayo cuando todo se precipita, durante uno de esos vuelos en los que todo sale mal. La niebla nos retrasa y, cuando por fin salimos, incluso los pasajeros de clase alta, aplacados con champán antes de despegar, están gruñones e impacientes. Hay siete horas a Dubái y, al cabo de tres, ya reina el caos. Después de esperar una hora en la pista de despegue, los pasajeros están inquietos y levantados, estorbando en los pasillos y entorpeciendo el servicio de bebidas. Cada vez hay más ruido y la cola de los aseos rebasa la cortina que separa la clase turista de la clase preferente

—Pip, ¿puedes echarme una mano en turista? —Derek, imperturbable y con las cejas tan arregladas que da envidia, es hoy el encargado de a bordo—. Todo se ha salido un poco de madre.

Se oye un zumbido cuando la puerta de la cabina de mando se abre y Lars sale para tomarse un descanso; oye las últimas palabras y mira a Derek con expresión interrogante.

—Nada grave —responde Derek—, pero han volcado una bebida y dos han vomitado, y hay unos recién casados en la fila 23 que se están montando una fiesta privada.

—Pon la señal de abrocharse el cinturón durante veinte minutos —propone Lars.

Con los pasillos vacíos y sin nadie que haga cola para ir al baño, podemos organizarnos en la cocina. A las personas que han vomitado les proveemos de cubitos de hielo para chupar, limpiamos el refresco volcado y Derek da una manta a los recién casados. Echo un último vistazo cuando regreso a clase alta.

—Perdone, ¿se apagará pronto la señal de llevar el cinturón? —La mujer del asiento 13E es más o menos de mi edad. Tiene el largo pelo oscuro recogido en una trenza pasada por encima del hombro y un flequillo que le llega a las pestañas. Sentado a su lado, en el 13D, va un niño de unos ocho o nueve años—. Necesita ir al baño y no aguantará si hay mucha gente esperando; me gustaría ser los primeros, si es posible.

El niño es discapacitado. Tiene la cabeza apoyada en el asiento, pero inclinada hacia un lado en una postura que no parece cómoda. El brazo que está suelto le tiembla de forma involuntaria. Le sonrío y él me devuelve una sonrisa radiante.

—Pueden ir ahora.

—¡Oh, gracias! —Desabrocha los cinturones y ayuda a su hijo a levantarse. El niño puede moverse, pero lo hace con torpeza y da cada paso como un niño que está aprendiendo a andar mientras avanza por el pasillo delante de su madre—. Es su primer viaje en avión y estaba preocupadísima por cómo lo llevaría. —Baja la voz—. Los médicos decían que nunca andaría. ¿Se lo puede creer?

De golpe me entra frío, aunque la cabina de pasajeros está caldeada; me obligo a sonreír, digo: «Increíble, es un niño adorable, debe de estar muy orgullosa», regreso a clase preferente y me dirijo a la cocina, donde Jada está recogiendo las bandejas de la comida y Lars está apoyado en la encimera, bebiendo café y estorbando. Pienso en el fallo del juez y en las declaraciones que oímos esa semana; en el convencimiento del doctor Gregory Sanders de que la terapia de protones eliminaría el tumor de Dylan. Pienso en el profesor y su escuela especial para niños discapacitados. Imagino a Dylan, aprendiendo a pronunciar sonidos, a utilizar un ordenador. En un avión, de vacaciones, en el mar. Me zumba el oído y me apoyo en la encimera, demasiado mareada para mantenerme erguida.

—¿Estás bien, cariño? —pregunta Jada.

En un avión no hay adónde ir. No hay manera de retirarse al baño de señoras o salir disimuladamente para dar la vuelta a la manzana. Es imposible esconderse de la gente, de los compañeros, de una misma.

—Estoy bien —digo sonriendo alegremente, y como Jada jamás ha tenido que esconderse detrás de una sonrisa, eso es todo lo que necesita para quedarse tranquila.

Es Lars quien no está convencido y no me quita ojo cuando me sirvo un vaso de agua y me lo bebo entero. Es Lars quien espera hasta que Jada está atendiendo a un pasajero para decir:

—¿Qué ha pasado?

Y quizá, si me hubiera preguntado, como ha hecho Jada, si estoy bien, o hubiera dicho: «¿Estás segura?» o «¿Necesitas algo?», yo me habría retraído. «Estoy bien.» «Sí, estoy segura.» «No, gracias.» Pero hizo la pregunta correcta. Preguntó: «¿Qué ha pasado?».

Miro las nubes por la ventanilla.

—Mi hijo murió. El tribunal dictaminó que había que dejarle morir, aunque mi marido no estaba de acuerdo.

—Eras tú —lo dice en voz baja, casi para sus adentros.

—Era yo. —Lo miro y me noto la cara crispada, al borde de las lágrimas—. Y creo que me equivoqué.

TREINTA Y TRES

MAX

2016

—Vamos, vístete.

Mi madre está en la puerta del baño, con ropa que ha sacado de la maleta que yo apenas he tocado en los dos meses que llevo aquí. Unos vaqueros, una camiseta, calcetines... Todo muy bien doblado, como si me estuviera mandando a un campamento de verano. Supongo que debería sentir algo —vergüenza, quizá— por el hecho de que mi madre me elija la ropa, pero no siento nada. Estoy embotado.

—Luego. Voy a echarme un rato, aún no me encuentro bien.

Me arrebujo en el albornoz, pero ella empuja la ropa contra mí y retira las manos para obligarme a cogerla o dejarla caer. Estoy cansado, necesito dormir. Mi reloj biológico se ha vuelto loco y, aunque sé que ya no se debe al *jet lag*, la sensación es la misma. Por la noche me quedo despierto mientras la angustia me impregna el cuerpo como un veneno, viendo cómo el reloj marca cada hora del sueño que no cataré. Por el día, mi cuerpo solo quiere descansar y se mueve a regañadientes de la cama al sofá y viceversa, buscando el peso del edredón rosa que abriga demasiado. Tengo los ojos hundidos, estoy en baja forma y llevo las uñas largas y la barba descuidada de un vagabundo. Me miro en el espejo y veo a un hombre que no conozco.

Paso por delante de mi madre para regresar a mi habitación, pero me paro en seco. Me vuelvo y la fulmino con la mirada. El edredón rosa ha desaparecido, la cama no tiene sábanas, el colchón está al descubierto.

—Día de colada —dice en tono alegre, como si no supiera cómo me afecta esto.

—¡Hostia, mamá, estoy enfermo! —Dejo caer la ropa al suelo y doy un puñetazo en el marco de la puerta. Ella se estremece, pero se mantiene firme, y me odio por pagarlo con ella—. No consigo vencer este virus, yo...

«Eres un fracasado.»

Me llevo las manos a la cara, con los dedos muy abiertos y las uñas hincadas en el cuero cabelludo. Oigo un ruido ahogado y me doy cuenta de que soy yo. Mi madre me pone una mano en el brazo.

—No estás bien, Max.

—¡Hace semanas que te lo digo!

La aparto, pero ella da un paso adelante y me abraza, estrujándome como lleva años sin hacer porque siempre soy yo quien la estruja a ella. Se está haciendo mayor, debería tomarse las cosas con calma, no estar lavándome las sábanas, eligiéndome la ropa y abrazándome para evitar que me derrumbe.

«Eres un fracasado.»

Las lágrimas me brotan de muy adentro. Lágrimas calientes, avergonzadas y patéticas que me dejan enfadado y agotado. Mi madre me abraza hasta que termino. Luego se separa con suavidad y veo que también llora.

—Dime cómo puedo ayudarte, Max. No soporto verte así.

Sin embargo, el nudo de la garganta me impide hablar y, aunque pudiera hacerlo, no tengo nada que decir. No hay nada que ella pueda hacer. Nada que nadie pueda hacer. Entro en mi habitación tambaleándome como un borracho y me dejo caer en la cama, hecho un ovillo. Oigo llorar a mi madre y quiero taparme la cabeza con el edredón, pero se lo ha llevado y no sé si es a ella a quien odio o es a mí.

—Oh, Max... —Mi madre sigue llorando, entre palabra y palabra—. Yo también he perdido a mi nietecito, ¿sabes?

Quiero que vuelva a abrazarme, quiero llorar en sus brazos y decirle cuánto echo de menos a Dylan y a Pip, pero no puedo porque soy un fracasado. Un inepto. Un cero a la izquierda.

Una semana después de Acción de Gracias, mi madre vuelve a intentarlo:

—El grifo gotea, ¿puedes echarle un vistazo?

Estoy en el sofá, viendo *El precio justo* y, en vez del pijama, llevo un pantalón de chándal y una camiseta gris casi idénticos.

—Llama a un fontanero.

«¡Sonia Barking, acércate!» Drew Carey sonríe en la pantalla como si dijera: «¡Mira qué feliz soy comparado contigo! ¡Cómo he triunfado!».

—No encuentro a nadie. Solo es la arandela. Por favor, Max, no tardarás ni un minuto.

Tardo treinta.

—Me voy a la cama.

—Ya que has sacado la caja de herramientas, ¿podrías arreglar la moqueta que se ha levantado al final de la escalera?

—Sé lo que intentas hacer, mamá.

Enfadado, paso por su lado y subo la escalera. Ella me sigue y la culpa me atenaza cuando me doy cuenta de que carga con la caja de herramientas.

—Esta mañana casi me tropiezo. Me he dado un buen susto al pensar que podría haber rodado hasta abajo.

Arreglo la moqueta. Después aprieto los tornillos del pasamano flojo y cambio una teja suelta del tejado del porche. Bajo una cómoda vieja al sótano y lleno el baúl de mi madre de ropa que quiere dar a beneficencia. Estoy limpiando el jardín cuando oigo voces.

—Está detrás, en el jardín.

Me limpio las manos en el pantalón de chándal. Mi madre aparece en los escalones traseros acompañada de una mujer que no conozco. Es más o menos de mi edad, con una mata de oscuros tirabuzones que le rebotan a la altura de los hombros cuando mueve la cabeza.

—Hola.

—Te acuerdas de Blair, ¿verdad?

—Pues...

Las miro sin comprender. Llevo más horas despierto y activo que cualquier otro día desde que llegué a Chicago, estoy deseando meterme en la cama y no tengo ni idea de quién es esta mujer.

Blair se ríe.

—Fue hace mucho tiempo. Para serte sincera, no creo que te reconociera si me cruzara contigo por la calle. La última vez que te vi probablemente ibas montado en tu bicicleta con una camiseta del Increíble Hulk o estabas aguantando la respiración en la piscina del centro juvenil.

Hace uno de esos noviembres locos en los que las temperaturas bajan pero el sol no termina de rendirse y la miro con los ojos entornados. ¿Quién es esta mujer que puede llevarme al año 1986 con una sola frase? Los tirabuzones me resultan familiares, pero las últimas semanas me han embotado el cerebro y me lo han llenado de algodón.

—Blair es la hija de Bob y Linda, cariño. ¿Los vecinos?

Y lo recuerdo todo de golpe. Blair Arnold a los diez años, con su pantalón corto de chico y las rodillas rasguñadas, queriendo jugar siempre con Danny y conmigo. Quitándose el gorro después de entrenar en la piscina y liberando una oscura mata de rizos. Me levanto.

—Os mudasteis.

—Mi padre encontró trabajo en Pittsburg. No salió bien, pero, cuando volvimos, compraron una casa en Lincoln Park, así que me quedé en esa parte de la ciudad.

—Preparo café, ¿sí? —dice mi madre—. Te quedarás a tomar un café, ¿verdad, Blair? Qué detalle que te hayas pasado.

Veo un atisbo de sorpresa en la cara de Blair, pero enseguida desaparece y me sonríe de oreja a oreja.

—Debe de hacer, ¿qué?, ¿treinta años?

Me encojo de hombros.

—Fácilmente.

Mi madre me pone una mano en el hombro.

—Cariño, Blair tuvo una...

—¿Preparo yo el café? ¿Quieres que lo prepare yo? ¿O puedo echarte una mano aquí, si quieres, Max?

Después de pasar tanto tiempo a solas en mi habitación, el inesperado parloteo de Blair me apabulla. Doy un paso atrás y ella se interrumpe y lanza una mirada a mi madre.

—¿Qué? —Bufo.

Se hace un incómodo silencio y mi madre se retira a la cocina.

—Iré a preparar café —dice—. Vosotros dos quedaos charlando.

«Charlando.» He perdido la capacidad de charlar. No, he perdido las ganas de charlar. Hay cosas más importantes en la vida.

—¿Así que Heather te ha puesto a trabajar para ganarte el pan? —dice Blair al cabo de un rato, señalando con la cabeza el montón de hierbajos que tengo a mis pies—. Me fui a vivir con mis padres durante un tiempo después de mi divorcio y ellos hicieron lo mismo. Tardé bastante poco en buscarme un piso. —Sonríe—. Supongo que esa era la idea.

Por cómo recalca «"mi" divorcio», deduzco que sabe por qué estoy aquí. Me pregunto cuánto le ha contado mi madre. ¿Le ha hablado solo de Pip o también de Dylan? ¿Le ha dicho que estoy fatal? ¿Que soy un fracasado? Miro a esta mujer, con su pelo lustroso y su dentadura perfecta, su amplia sonrisa y su ropa limpia y planchada. La veo paseando por Disney World con dos hijos perfectos; notas perfectas, modales perfectos, salud perfecta...

—¿Tienes hijos?

Si le parezco brusco, no lo demuestra.

—Dos. La parejita.

Claro. Tan previsible. Tan perfecto.

—Mi madre te ha pedido que pasaras, ¿verdad?

Tiene la delicadeza de sonrojarse.

—Me la encontré en un acto benéfico en el Happy Village, aún tengo amigos en el barrio, y me comentó que habías vuelto. Me dijo que lo habías pasado mal.

Ladea la cabeza, con los labios torcidos hacia abajo en un gesto compasivo, y sé que no es la primera vez que representa este papel. Blair Arnold prepara pasteles a sus amigos cuando tienen hijos, deja tartas en los porches de los vecinos que han sufrido una pérdida. Se muestra compasiva, empática, ladea la cabeza y esboza esa sonrisa triste; y después regresa a casa para disfrutar de sus hijos perfectos y la sensación de bienestar del buen samaritano experto.

—Perdona. —Paso por su lado—. Tendría que ir «a ganarme el pan».

En la cocina, mi madre ha preparado una bandeja con café y seis galletas cuidadosamente dispuestas en un plato.

—Me voy a la cama.

—¡Max!

—Tranquila. —Oigo que Blair entra en la cocina justo cuando salgo yo—. Deja que se vaya.

Desde mi habitación oigo sus voces por el hueco de la escalera, interrumpidas por el tintineo de la vajilla.

—Ella lo ha dejado tirado, después de todo lo que han pasado.

—Supongo que también lo está pasando mal.

—¡Pues tendría que entenderlo más que nadie!

—Eso no quiere decir que pueda ayudarle.

Me siento en la cama, con ganas de meterme debajo del edredón, pero con necesidad de escuchar lo que dicen de mí. De Pip.

—Es como cuando dos personas tienen la gripe —dice Blair—. Saben cómo se siente la otra, pero están demasiado enfermas para cuidarse la una a la otra. Tienen que ponerse mejor antes.

Me tumbo encima del edredón y cierro los ojos. Es imposible ponerse mejor. Esto es todo: esto es lo que siento ahora, lo que sentiré siempre. Y por primera vez en la vida entiendo por qué algunas personas deciden que la vida no tiene sentido. A veces no lo tiene.

TREINTA Y CUATRO

PIP

2015

—Gracias por venir . No... no estaba segura de que lo hicieras.

—¿Por qué no iba a hacerlo?

Han pasado más de dos años desde que vi a la doctora Jalili fuera de la sala de justicia. Tardó un tiempo en volver a trabajar y, cuando Dylan murió, fue Cheryl la que nos dio la cajita de sus cosas, con el libro de poemas recopilados por los Amigos de la UCIP y el folleto «Cómo afrontar la pérdida de un hijo pequeño».

—Lo que te dije al día siguiente de la sentencia —empiezo, y me obligo a mirarla a los ojos— fue... —«Todo esto es culpa suya...» Me arden las mejillas cuando recuerdo cómo bufé las palabras, su manera de retroceder como si le hubiera escupido en la cara—. Fue imperdonable.

Ella niega con la cabeza.

—Todos estábamos muy nerviosos. —Se toquetea el cordón que lleva alrededor del cuello—. No puedo imaginarme cómo debió de ser para ti.

Pensaba que hoy se reuniría conmigo en el hospital. Me había preparado para ver los mismos pasillos, oler la misma extraña mezcla de limpiador industrial y comida de cafetería. Pero la doctora Jalili, Leila, como me pide que la llame, ha propuesto vernos aquí, en un café que está a la vuelta de la esquina del hospital.

—He pensado que te sería más fácil vernos en un sitio que no fuera el hospital —dice.

—Lo es. Gracias.

—Además, para serte sincera... —Se interrumpe y un leve rubor le tiñe las mejillas—. Así no es como se hace.

—¿No puedes hablar conmigo?

La conversación queda en suspenso mientras pedimos dos cafés y nos recitan una lista de pasteles que ninguna de las dos quiere.

—No es que no pueda —responde Leila cuando la camarera se ha marchado—. Hay protocolos. —Por cómo se esfuerza en no poner los ojos en blanco, sé exactamente qué opina de los protocolos—. Impresos que rellenar, un procedimiento para que los pacientes y las familias de los pacientes soliciten un informe o presenten una queja...

—No me estoy quejando.

—Aun así. Protocolos.

—¿Y los estás incumpliendo?

Me pregunto qué impacto ha tenido la suspensión de la doctora Jalili en su carrera; si, una vez más, está corriendo un riesgo por nosotros.

Leila se encoge de hombros.

—¿Por qué?

—¿Porque estoy cansada? ¿Desilusionada? ¿Porque no veo cómo pueden ayudar esos protocolos? Porque tu marido y tú pasasteis un infierno hace dos años, y si hablar contigo en un café un día después de que pidas verme significa que no tienes que esperar seis meses a que un administrativo inicie el procedimiento correcto, me parece que es lo que hay que hacer. —Se calla de golpe, como si se hubiera quedado sin fuelle.

Por primera vez caigo en la cuenta de que, cuando un paciente muere, los médicos también pierden a alguien y, aunque no puede ser igual que perder a un hijo, a una hermana o a un padre, sigue siendo una pérdida. Debe de doler.

Nos traen los cafés y las dos nos quedamos calladas; yo pongo leche al mío y ella añade azúcar al suyo y lo remueve más de lo necesario.

—Pensaba que podríamos pasar más tiempo con él —digo por fin. Clavo los ojos en mi café—. Tú nos dijiste que era posible que solo fueran unas pocas semanas, pero creí... Ya llevábamos mucho tiempo en la UCIP, y él no había mejorado, pero tampoco había empeorado, así que creí... —La miro—. Me pareció un castigo.

—¿Un castigo?

—Por no mandarlo a Estados Unidos. Por ir contra Max. Por tomar el camino fácil.

—¿Fácil? Lo que hiciste no tuvo nada de fácil, Pip.

Nos quedamos un rato calladas.

—Creo que, por mucho que Dylan hubiera vivido, tú siempre habrías querido que fuera más —dice Leila al cabo de un rato.

—No... no dejo de preguntarme si hicimos lo correcto.

Le hablo del vuelo a Dubái y del niño que andaba con tanta dificultad pero, aun así, ponía un pie delante del otro. El niño que los médicos decían que no andaría nunca. Le hablo de los artículos que leo sobre niños con daño cerebral que evolucionan favorablemente contra todo pronóstico. Intento expresar en palabras lo que quiero decir, sin ser grosera, sin acusarla...

—¿Y si estabas equivocada? —No hay otra manera de expresarlo.

Leila asiente despacio. Sopla en su café y toma un sorbo; vuelve a dejar la taza en el platillo y la acuna entre las manos.

—Podría haberme equivocado.

El aire que inspiro me empuja contra el respaldo de la silla. Todos los ruidos se agudizan: el tintineo de los cuchillos en los platos, el silbido de la cafetera, el roce del bolígrafo de la camarera en su libreta. Imagino al niño del avión, solo que ahora es Dylan —la oscura mata de pelo sustituida por los rizos castaños de mi hijo—, y no está alejándose por el pasillo, sino andando hacia mí, hacia Max...

—Pero podría haber tenido razón.

Las palabras me devuelven a la realidad. A esta cafetería próxima al hospital, donde estoy con la doctora que pensaba que no querría volver a ver nunca más.

Leila suspira y se inclina hacia delante, con los antebrazos apoyados a los lados de su café y las manos juntas.

—Estamos acostumbrados a que la ciencia nos proporcione respuestas. Curas, avances y descubrimientos. Pero sigue habiendo más preguntas que respuestas. —Cierra los ojos un instante más de lo que se tarda en parpadear y, por un momento, veo a la mujer, no a la médica—. Ninguno de nosotros tiene una bola de cristal —continúa—. Ninguno de nosotros, ni tú, ni yo ni el tribunal, podía decir con certeza cómo sería el futuro de Dylan. Lo único que podíamos hacer era tomar la mejor decisión posible, basada en la información de la que disponíamos.

La mujer ya no está; vuelve a hablar como médica. La frustración me insta a insistir:

—Pero ¿crees que fue la decisión correcta?

—Todas las pruebas apuntaban a...

—¡No! —La pareja de la mesa contigua alza la vista—. ¿Qué crees tú? ¿Tenía razón Max? ¿Deberíamos haberle dado a Dylan la posibilidad de seguir viviendo? —Leila está mirando su café y, de repente, me enfurece la falta de contacto visual, la falta de compasión. Levanto la voz sin que me importe que los otros clientes estén escuchando—. Puede que Dylan sí hubiera andado. Puede que hubiera sabido quiénes éramos. Que hubiera disfrutado de la música, los cuentos o... —Me interrumpo; el corazón va a estallarme de amor, culpa y pena, y estoy pensando en Max y en que casi lo pierdo también, todo porque hizo lo que consideraba correcto—. ¿Tenía razón Max? —concluyo en voz baja.

Leila alza la vista y me horroriza ver que está llorando. Le ruedan lágrimas por las mejillas y se las enjuga con gesto airado.

—No lo sé. Sencillamente, no lo sé. —No lo dice la médica, sino una mujer atormentada por una decisión que no tuvo más remedio que tomar—. Y Pip, te lo prometo, no paso un día sin pensar en tu hijo.

Nos quedamos en el café mucho después de tener las tazas vacías, hablando de la vida después de Dylan. Leila me habla de su madre, que vive en Teherán y se niega a considerar la posibilidad de mudarse al Reino Unido para vivir con ella, aunque su salud ha empeorado, y yo le hablo de que me da demasiado miedo tener otro hijo. En vez de intentar resolver nuestros respectivos problemas, nos escuchamos, nos comprendemos y nos decimos: «Será lo que tenga que ser». Porque el futuro no siempre está en nuestras manos.

—Será mejor que me vaya —dice Leila cuando el teléfono móvil le vibra por tercera vez en unos pocos minutos.

—¿Trabajo?

Imagino la ajetreada UCIP, un niño en estado crítico, padres preocupados.

—Un amigo. —Vacila—. Novio, supongo. —Se ruboriza y, de repente, le entra la timidez—. De hecho, curiosamente, estamos juntos por Dylan. —Niega con la cabeza al ver mi confusión y sonríe—. Es largo de contar.

Nos levantamos y por un momento no sabemos qué hacer; entonces nos movemos las dos a la vez para darnos una especie de abrazo que lo dice todo y no dice nada.

—Si alguna vez quieres volver a hablar de esto —dice—, tienes mi teléfono.

—Y tú el mío. Gracias.

Nos despedimos fuera y cuando me dirijo al coche la veo cruzar la calle para ir al encuentro de un hombre mayor apoyado en una farola. A él se le ilumina la cara cuando la ve. Se abrazan y se alejan, cogidos del brazo. Esta noche ella le explicará que ha quedado conmigo y le hablará de lo que nos hemos dicho. Le contará que he llorado, que lo hemos hecho las dos, y quizá vuelva a llorar. Y él la abrazará y le dirá todo lo que ella me ha dicho a mí. Que no hay respuestas correctas, ni bolas de cristal. Solo instinto, y esperanza, y hacer lo que creemos correcto.

Envidio su intimidad, la perfección con la que se acoplan, como nos acoplábamos Max y yo: ¿de qué manera pudo Dylan contribuir a reunirlos? Pienso en cómo Max no tendría que haber ido en el vuelo en el que yo trabajaba, el día que nos conocimos, en cómo coincidimos en el mismo bar horas después. Casualidad, lo llamó Max. Destino, lo llamé yo. Hay cosas que, sencillamente, están predestinadas.

—Alistair y Tom nos han invitado a comer el domingo.

Enseño el mensaje de texto a Max. Por encima de él, en una sucesión de mensajes que continuaron mucho después de que Alison, Phoebe o Fiona dejaran de intentarlo, hay dos años de invitaciones rechazadas. ¿Cena el próximo fin de semana? Trabajamos, lo siento. ¿Un paseo por el río? Lo siento, estamos ocupados. A veces, en momentos especialmente duros, no hay respuesta por mi parte, pero Tom sigue insistiendo con delicadeza: ¿Un café?, ¿Comemos?, y mostrándonos su apoyo: Hola. Pienso en vosotros. Espero que todo vaya bien.

—¿Quieres ir?

Max me mira para que yo decida. Él no ha eludido las invitaciones como he hecho yo, aunque, por otra parte, la agenda social recayó automáticamente en mí una vez que los cócteles y las cenas dieron paso a ludotecas y picnics. Me doy cuenta de que no sé cómo se siente cuando ve familias con hijos, si cambia de canal para protegerse él o protegerme a mí. Sin saber cómo, en los últimos dos años hemos dejado de hablar: hemos eludido los temas importantes con la única persona que los comprende.

—Creo que deberíamos ir. No hemos salido con nadie desde entonces.

La frase está completa: nuestra forma abreviada de referirnos a la vida después de Dylan.

Max me sonríe con ironía.

—Tampoco hemos salido los dos solos.

Aparto la mirada. No está bien que quedar con Tom y Alistair parezca más fácil que salir a cenar con el hombre al que amo. No está bien que comamos en bandejas delante del televisor todas las noches que estamos juntos, ni que hablemos más a través de mensajes, separados por varias zonas horarias, que cuando estamos cara a cara. Max y yo éramos una pareja mucho antes de ser padres; podemos recuperar eso ahora que no lo somos, ¿no?

—Dijiste que comprarías rábano picante.

—Dije que necesitamos rábano picante.

—¡Dijiste que lo comprarías!

—¡No es verdad!

Miro a Max y nos reímos.

—Me alegra ver que no somos solo nosotros —dice Max.

Tom y Alistair dejan de discutir y sonríen con cordialidad. Alistair pone los ojos en blanco.

—Si fuera por Tom, los armarios estarían vacíos y esta —besa los rizos de Darcy— se moriría de hambre.

—Si fuera por Alistair, pediríamos comida para llevar todas las noches y esta parecería Buda. —Tom mira a Alistair con las cejas enarcadas, pero es incapaz de seguir serio y los dos desisten, riéndose—. ¡Bien, a comer! —Tom se sienta al final de la mesa y mueve la mano con gesto expansivo—. Ternera, patatas, chirivías, guisantes, zanahorias y un mejunje con sabor a queso que he comprado en Marks & Spencer y quiero haceros creer que he preparado yo.

—Tiene una pinta espectacular.

—¿Tienes hambre, angelito? —Alistair acerca la trona de Darcy a la mesa y ella se pone a golpear su bandeja con una cuchara de plástico mientras su padre le llena el plato y le corta la comida en trocitos—. ¿Crees que ya tendrían que haberle salido las muelas? No debe de ser fácil masticar carne de ternera con las encías.

—Tal como tú la cocinas no, desde luego. —Tom le manda un beso desde su extremo de la mesa y Alistair finge no haberlo oído.

—A Dylan tardaron en salirle —dice Max.

Me sobresalto, no porque yo no hable de él, sino porque los demás no lo hacen. Decir su nombre en voz alta suscita incomodidad y silencio; sonrojos azorados y cambios de tema. La gente se retrae como si perder a un hijo fuera contagioso, como si hablar del tema quebrantara una regla no escrita.

—Eso me consuela. ¿Lo oyes, angelito?

Algo me roza la pierna. El pie de Max acariciando el mío. Cuando alzo la vista, lo veo mirándome. «¿Bien?», me pregunta en silencio. «Bien», respondo. Me doy cuenta de que aún puedo leerle el pensamiento y de que él aún puede leérmelo a mí. Es solo que no nos hemos estado escuchando.

Con casi tres años, Darcy Bradford tiene a sus padres en la palma de su manita perfecta. Tardó en andar y parece que ha adoptado una actitud parecida con el habla.

—Le han hecho un montón de pruebas —dice Tom— y, desde un punto de vista neurológico, no le pasa nada. No quiere hablar, eso es todo.

—Seguramente le cuesta meter baza. —Alistair se inclina sobre la mesa y vuelve a servirme vino.

—Todos lo hacen a su propio ritmo —intervengo—. Dylan dijo su primera palabra muy pronto, pero pasaron siglos antes de que dijera nada más. —Miro a Max—. ¿Te acuerdas? Entonces dijo «papá».

Max sonríe.

—A todos los hombres que veíamos, desde el cartero hasta el cajero del supermercado. Me acomplejó bastante, os lo aseguro.

Todos nos reímos y noto la pierna de Max pegada a la mía. Le sostengo la mirada y siento que me relajo por dentro, como si hubiera estado conteniendo la respiración. Llevamos dos años sin Dylan, pero tuvimos más tiempo con él. Tuvimos vacaciones, fiestas de cumpleaños y abrazos, muchos abrazos. Hemos sido afortunados, más afortunados que muchos matrimonios.

—Esto es muy agradable. —Miro a Tom y luego a Alistair—. Gracias por invitarnos.

—Estábamos a punto de mandar un pelotón de búsqueda y leeros la cartilla.

Me ruborizo.

—Ha sido duro.

Alistair pone una mano sobre la mía. Cuando habla, el tono guasón ha desaparecido:

—Sencillamente, no nos lo podemos imaginar.

Los dos miran a Darcy, que se está untando la cara del queso de los puerros con rotundo placer.

—Podríamos haber sido nosotros con la misma facilidad —dice Tom, y en otra época yo podría haber pensado: «¿Por qué no fue así? ¿Por qué fuimos nosotros y no ellos?». Pero no lo pienso. Podrían haber sido ellos. Podrían haber sido los Slater en la cama contigua a la de Dylan. Podría haber sido —«lo son»— muchas familias de todo el mundo. En este preciso momento, otros padres están sentados en una sala de descanso, cogidos de la mano y escuchando las palabras que pondrán fin a su mundo.

Sostengo la mirada a Max y alzo mi copa.

—Por los niños.

—¡Por los niños! —repiten los demás.

—¿Creéis que tendréis más?

Alistair lanza una mirada a Tom.

—¡Tom!

Niego con la cabeza.

—No puedo pasar otra vez por eso.

Veo que Max endurece las facciones.

—Es totalmente comprensible —dice Tom—. Nosotros no tendremos más. Aunque hay una pelirroja nueva en el trabajo que tiene un pelo precioso. Imaginaos ese pelo, con mis pómulos y... —Se interrumpe cuando Alistair le lanza una servilleta por encima de la mesa que cae en su plato.

—Thomas Bradford, no tienes remedio.

Tom baja la cabeza.

—Y eso, Alistair Bradford, es precisamente por lo que te casaste conmigo.

Muevo el pie para tocar el de Max, pero lo ha retirado y, cuando lo miro para continuar nuestra conversación muda, me rehúye la mirada.

TREINTA Y CINCO

MAX

2016

Le digo a mi madre que no quiero celebrar esta Navidad. En cambio, ella se va a casa de su hermana, donde puede jugar con los niños de la prima Addison, que están sanos y vivos, y yo me quedo en la cama pensando en Dylan. Calculo que no regresará hasta las cuatro, lo que significa que tengo seis horas para llorar.

Antes Pip decía que llorar le iba bien.

«Probablemente solo necesito una buena llorera», dijo en una ocasión, al final de una semana de mucho trabajo en la que estaba baja de ánimos y un poco irritable. Fue antes de que tuviéramos algo importante por lo que llorar: se puso *Titanic*, lloró por Kate y Leo y me tiró un cojín por burlarme de ella.

«Una buena llorera.» La mayor contradicción. No hay nada bueno en llorar, en que yo llore. Las lágrimas parecen surgirme de muy adentro, desagradables sollozos que me sacuden el cuerpo entero y me impiden respirar. Cuanto más lloro, más lloro, hasta que me duele físicamente. Y la voz de mi cabeza nunca cesa: «Eres un fracasado. Los hombres de verdad no lloran. Mírate: llorando a moco tendido en casa de tu madre como un adolescente con mal de amores. Rehazte. No me extraña que Pip te haya dejado».

La Navidad pasada Dylan tenía cuatro años y medio y sus necesidades eran tantas que solo podía estar en su habitación o en el centro residencial que visitaba tres fines de semana al año. Los padres de Pip vinieron a pasar tres días, con el coche cargado de comida y regalos que habían sido objeto de varias llamadas telefónicas llenas de tirantez. «No hace falta que le regaléis nada», repetía Pip, pero no había manera de disuadir a Karen. El año anterior, ella y el padre de Pip habían ayudado a Dylan a desenvolver juguetes con los que no iba a poder jugar y vi que a Karen se le descomponía la cara al darse cuenta de su error. Se decidieron por unas manoplas —debido a su mala circulación, Dylan siempre tenía las extremidades heladas— y una lámpara con burbujitas de aire dentro. Recuerdo vivamente su cara cuando la encendimos, el fuerte grito de alegría, y me ovillo todavía más, sin poder dejar de llorar.

Supongo que Pip estará con sus padres hoy. Me pregunto qué hacen, si están pensando en el año pasado, como yo. Cierro la mano alrededor del móvil —«Te echo tanto de menos»—, toco su número y miro la pantalla mientras mi teléfono intenta establecer conexión. Entonces pienso en lo que Pip me dijo —«Eso no era vida»— y anulo la llamada. Probablemente, ella no lo echa nada de menos. A lo mejor se siente aliviada. Incluso feliz. Ha recuperado su vida.

Arrojo el teléfono a la cama junto a mí, pero empieza a sonar, como si el golpe lo hubiera activado. «Llamada entrante de Pip.» Mierda, mierda, mierda, mierda. Veo su nombre en la pantalla y, como si no me perteneciera, mi mano sale de debajo del edredón y acepta la llamada.

Por un momento creo que Pip ha colgado y no hay nadie al teléfono. Pero entonces oigo un sollozo ahogado y comprendo que, a más de seis mil kilómetros de distancia, Pip también está llorando. Tumbado en la cama, con el teléfono pegado a la oreja, oigo cómo Pip intenta recobrar el aliento. Cuando habla, lo hace en un susurro:

—Lo echo tanto de menos que me duele.

Lloramos juntos, el mismo niño en corazones separados por un océano. Las dos únicas personas del mundo que sabemos cómo nos sentimos. Cuando terminamos y el móvil está de nuevo mudo a mi lado, me duermo. Y, cuando me despierto, tengo los ojos hinchados, la nariz tapada y aún me duele el corazón. Pero me siento un poco mejor.

Mi madre se va de compras para aprovechar las rebajas de enero. Ha quedado con Blair y su madre en el centro comercial de Old Orchard.

—Deberías acompañarnos; podría venirte bien salir.

—¿Por qué iba a querer irme de compras con una mujer con la que ni siquiera quería jugar cuando tenía diez años?

Mi madre parece a punto de replicarme, pero respira hondo y dice:

—De todas maneras, es posible que haya vuelto antes de comer. Linda se puede poner muy insoportable cuando está Blair: tienen una relación difícil.

—Después de todo, no es tan perfecta —digo casi para mis adentros.

Mi madre me mira con tristeza.

—¿Cuándo te has vuelto tan desagradable, Max Adams?

—Oh, no sé —replico—. ¿Cuando perdí a mi hijo y a mi mujer en el mismo mes, quizá?

Noto un nudo en el estómago. Odio a este hombre en cuyo interior estoy atrapado, pero no sé comportarme de otra manera. He perdido la cuenta de las veces que mi madre ha intentado que vaya al médico, a un psicoterapeuta, pero ¿de qué serviría? Ellos no pueden cambiar lo que ha sucedido. No pueden cambiar quién soy.

—¿Necesitas que te compre algo? —dice mi madre al salir—. ¿Pantalones? ¿Camisas?

Tengo cuarenta años, llevo ocho meses sin trabajar y mi madre se está ofreciendo a comprarme la ropa. ¿Qué coño le ha pasado a mi vida?

Cuando se marcha, me doy una ducha, me envuelvo una toalla alrededor de la cintura y lleno el lavabo de agua tibia. Me enjabono la cara, pero me quedo con la navaja a pocos centímetros de la mejilla. ¿Quiero ver esa cara? No puedo volver a ser esa persona: ¿por qué recordármelo cada vez que me mire en el espejo? Me quito el jabón. Me arreglo la barba, pero me la dejo completa. Llevo cuatro meses sin cortarme el pelo y tengo unos rizos que no veía desde que era pequeño.

En vez del pantalón de chándal que no me quito desde septiembre, me visto como es debido. Vaqueros, camisa, calcetines y zapatos. Me siento extraño e incómodo y me pregunto cómo podía llevar traje y corbata todos los días. Abro el ordenador portátil.

Empecé a trabajar para Kucher Consulting como analista empresarial, recién salido de la universidad. Lo propio hubiera sido que cursara un máster en Administración de Empresas, pero a Chester le gusté tanto que me ascendió directamente y fue dándome cada vez más clientes. Yo estaba eufórico —no tenía ni dinero ni ganas de volver a estudiar otros dos años— y cuando conocí a Pip ya era un asociado.

¿En qué posición estoy ahora? Con experiencia pero poco formado, en un sector plagado de competidores que tienen la juventud de su parte y titulaciones prestigiosas.

Empiezo por Chester.

—Estoy mejor. —El silencio que sigue no es prometedor—. Me gustaría volver.

—El caso es, Max, que tuvimos que reorganizarnos...

—Pues volved a reorganizaros. Soy bueno, Chester, y tú lo sabes. He vuelto a Chicago, puedo verme con los clientes aquí...

—Nos dejaste tirados, Max. Perdimos a PWK. Shulman se echó atrás.

—Mi hijo murió.

—Lo sé. —Chester suspira—. Hostia, lo sé. Lo siento. Pero... lo siento.

Busco en Google. Pruebo con tres consultorías demasiado pequeñas para haber dado alguna vez problemas a Kucher. Dos no necesitan personal; la tercera se queda con mis datos.

—¿Con quién trabaja actualmente?

—Trabajé para Kucher Consulting hasta el otoño pasado, luego me tomé un descanso para trasladarme a Chicago desde el Reino Unido. —Parezco más seguro de como me siento.

—Le llamaremos.

No lo hacen. Ni tampoco lo hace nadie más.

—La depresión podría ser un problema —dice un asesor profesional con mucha labia y una llamativa corbata.

—Estrés —le corrijo, aunque no sé qué suena peor—. Pero no fue por el trabajo. Mi hijo murió.

—De acuerdo. —Escribe al teclado—. Eso podría ser mejor, supongo. Aun así, seis meses sin trabajar es sospechoso para un posible empleador, sobre todo cuando usted no dejó su último empleo por decisión propia.

Le pregunté a Chester si podía hacer que pareciera que yo había renunciado, pero era demasiado tarde. «Teníamos que demostrar a Shulman que íbamos en serio, que habíamos adoptado medidas después de que dejaras la cuenta colgada.» Me sacrificaron para conservar un cliente.

Tengo varias entrevistas, pero ninguna da fruto. Cuando llega la primavera, vuelvo a sacar mis pantalones de chándal. Recibo un correo electrónico de Pip y me da un vuelco el corazón, pero solo me escribe para decirme que por fin nos han hecho una oferta por la casa: son quince mil libras menos del precio que pedimos, pero ¿deberíamos aceptar «para que los dos podamos pasar página»? Me río con amargura. Alguno de nosotros está muy lejos de pasar página. Pero no puedo seguir pagando la hipoteca de una casa en la que no vivo.

En abril asisto con mi madre a un acto benéfico en el Happy Village, donde me presenta a nuevos amigos y dice «te acuerdas de esto y lo otro» de gente de la que no conservo ningún recuerdo. El bar no ha cambiado en todos los años que llevamos viniendo: el suelo de baldosas blancas y negras, los taburetes y la barra poco iluminada, donde la gente charla mientras se toma una cerveza Old Style. Nos sentamos fuera, en el jardín entoldado, en sillas blancas de plástico alrededor de mesas blancas de plástico.

Mi madre ha invitado a Blair, que está sentada a mi lado sin abrir la boca, deseando, sin duda, que yo no hubiera venido. Ha traído a sus hijos, Brianna y Logan, y los vigila mientras ellos cuentan los peces de colores, agachados junto al estanque del otro lado del jardín. Tienen once y nueve años, respectivamente, son educados y van bien vestidos. Tan perfectos como su madre. De golpe me noto irritado.

—¿Cómo estás? —pregunta Blair de repente, como si pudiera leerme el pensamiento.

Me encojo de hombros.

—Bien. Solo he venido por mi madre; este no es mi ambiente, la verdad.

Miro el jardín. Me encantaba cuando era niño. Barbacoas, música, mendigar a mis padres otra bolsa de patatas fritas. Por supuesto, se me subieron los humos bastante rápido y quise ir a Wicker Park en busca de más emociones, más acción, pero, cuando tenía la edad de Logan, el Happy Village era lo más.

—No me refería a ahora. Ni a aquí. Me refería a después de lo de tu hijo. ¿Cómo estás?

Algunas personas preguntan como si no quisieran saber la respuesta. Se sienten aliviadas cuando les responden «bien, bien, sí», «no me va mal, gracias». Pregunta hecha, misión cumplida. Pero Blair me sostiene la mirada y descubro que no puedo apartar los ojos. No puedo ignorar sus palabras.

—Bastante mal. —Pienso si mi sinceridad la sorprende tanto como a mí—. A veces me despierto y se me ha olvidado. —Ella asiente, con expresión seria, a la espera de que siga hablando. Al cabo de un rato lo hago—: Veo el cielo por la ventana y todo parece normal. Como si solo estuviese de viaje por trabajo y luego haré una videollamada a Pip y Dylan pegará la cara a la cámara como si pudiera meterse dentro del móvil de Pip. Entonces me acuerdo. —La mesa tiene un mantel de papel y toqueteo el borde, llenando el suelo de confeti en forma de media luna—. Y es un palo doble. Como si volviera a perderlo, solo que con el agravante de la culpa, porque se me había olvidado. Porque su muerte no ha sido lo primero en lo que he pensado al despertarme. Y luego me derrumbo.

Se acercan personas con bolsas de basura que recogen nuestros platos de papel y nos preguntan «¿ya han terminado?». Blair espera a que se vayan para responder:

—Creo que está bien derrumbarse.

Pienso en cómo me decían que «fuera un hombre» en la cancha, en cómo nos reíamos de Corey Chambers en cuarto curso porque «lloraba como una niña». Pienso en cuando Dylan se puso enfermo, en las personas que me daban una palmada en la espalda y me decían: «Cuida de tu pobre mujer». ¿Cómo puede estar bien derrumbarse?

—De hecho, creo que sería extrañísimo que no lo hicieras. —Blair también está arrancando trocitos de mantel. Hay un circulito de confeti alrededor de nuestros pies. Desde el otro extremo del jardín, mi madre me hace señas para que vaya a saludar a otro vecino al que no recuerdo—. Te has pasado años siendo fuerte para otras personas. Para tu mujer, para Dylan. —Blair dice su nombre sin vacilar, sin compadecerse, y, en vez de dolerme, me hace bien oírlo en este bar ruidoso y concurrido, lleno de música y conversaciones—. Fuiste fuerte todo ese tiempo y, de repente, ya no necesitaste seguir siéndolo. —Me mira—. ¿Te has resfriado alguna vez nada más irte de vacaciones? Pasa eso. Aguantas y aguantas y aguantas, y entonces, ¡bum!, te pones enfermo. Nuestros cuerpos tienen una capacidad increíble para funcionar cuando no les queda más remedio, pero necesitan darse un respiro. —Se lleva un dedo a la sien—. Y esta también. —Sonríe de forma inesperada—. Date un respiro, no vas tan mal.

—¡Max! —Mi madre deja de hacerme señas y en cambio me grita—: ¿Te acuerdas de los Nowacki?

Blair contiene una risa.

—Creo que más nos vale ir a saludar a los Nowacki.

—Gracias.

—No me des las gracias: Walt Nowacki escupe al hablar.

—No, me refería a...

—Lo sé. De nada. Vamos. Y llévate una servilleta.

Mi madre no puede quedarse quieta. Ha limpiado la casa dos veces y está de pie en la ventana del salón, donde entreabre las cortinas cada vez que pasa un coche.

—No hace falta que estés, mamá. —Estoy tan inquieto como ella, andando de un lado para otro, buscando cosas que no necesitan repararse, porque ya las he reparado todas—. Solo voy a firmar la venta de la casa. Será un momento.

Me ofrecí a quedar con Pip en el aeropuerto o en su hotel. Ha vuelto a trabajar, esta vez con Virgin Atlantic. «Llevo poco, pero es agradable volver a volar», decía su correo electrónico.

—No te preocupes, iré a la casa. Me gustaría ver a Heather.

Veo que mi madre aprieta los labios, y pienso que quizá lamente su decisión.

A las seis en punto, un taxi para delante de casa. Abro la puerta y salgo al porche porque quiero saludarla antes de que lo haga mi madre. Se me acelera el pulso. No veo a Pip desde hace ocho meses, no oigo su voz desde Navidad. Ya ni siquiera sé qué siento por ella. La echo de menos, eso lo sé, pero ¿la amo? ¿Me ama ella? ¿Aún hay esperanza para nosotros?

En cuanto la veo, sé que la amo. En cuanto ella me ve, sé que no hay esperanza para nosotros. El rencor que vi en sus ojos cuando me dejó ya no está, pero su sonrisa es triste. No habrá reencuentro emocional. Esto es una despedida.

—Hola.

—Hola, Max.

Cuando nos abrazamos, nuestros cuerpos se acoplan como siempre han hecho y el corazón se me encoge al pensar que quizá no volvamos a hacer esto nunca más, que, después de todo lo que hemos pasado, vamos a vivir cada uno por su lado. Recuerdo lo que oí decir a Blair ese día, sobre dos personas con la gripe, y me sabe mal no haberme quedado a oír el resto. ¿Qué ocurre cuando las dos personas ya no están enfermas? ¿Pueden cuidar una de otra entonces? ¿O siempre es demasiado tarde?

—Me gusta la barba. —Pip alarga la mano y al momento la retira, como si fuera a tocarme la cara, antes de recordar que ya no estamos juntos—. Te favorece.

—¿Qué tal el vuelo? —El tono de mi madre es seco pero educado.

Pip también la abraza y mi madre se relaja un poco.

—Lo siento mucho —dice Pip, mirando a mi madre a los ojos.

Espero a que mi madre le lea la cartilla, comparta con ella algunas de las cosas que ha dicho sobre su nuera en los últimos meses. Sin embargo, aunque tiene los ojos entornados y su desaprobación es palpable, la disculpa de Pip le impide ser grosera.

—Yo también.

Hay un silencio; luego Pip abre el bolso. Lleva una falda y una chaqueta de color rojo fuerte, con una camisa blanca muy bien planchada. Me alegra que haya cambiado de compañía aérea, que no lleve el azul de British Airways que vestía cuando nos conocimos. Casi podría ser otra persona. Y entonces comprendo que lo es. Que los dos lo somos.

—Tienes que firmar aquí y... aquí.

El papeleo para la venta de la casa por fin ha acabado y nuestros compradores están listos para instalarse. En cuanto firme el contrato, ya no habrá marcha atrás y, dos semanas después, el último vínculo tangible entre Pip y yo desaparecerá. Solo queda el divorcio. Aún no lo ha mencionado, pero sé que lo hará.

Encuentro un bolígrafo. Mi madre está mirando por la ventana. Vuelve a estar nerviosa y, cuando oímos un coche en la calle, me mira con una expresión que no sé interpretar. Me siento en el sofá y encuentro una revista para apoyarme en ella. Pip también se sienta, pero mi madre está abriendo la puerta, y yo preguntándome quién será, cuando...

—Pip, te presento a Blair, una vieja amiga de Max de hace tiempo.

Mi madre no me mira. «¿Una vieja amiga?» Blair era una vecina con la que yo solo jugaba porque me obligaban, una chica que nadaba en el club juvenil y era capaz de aguantar la respiración tanto como yo. Nunca fuimos amigos...

Tras un breve silencio, Pip se levanta.

—Encantada de conocerte.

Se estrechan la mano y yo busco la página en la que tengo que firmar para poder acabar con esto cuanto antes.

—Disculpadnos —dice mi madre con una sonrisa—. Blair ha venido para ayudarme a decidir qué me pongo para el cumpleaños de Bob, que cumple setenta.

Las dos mujeres suben. Pip enarca una ceja.

—Parece agradable.

Me encojo de hombros.

—Casi no la conozco.

Se le crispan las comisuras de la boca y me enfurezco con ella, por no creerme, y con mi madre, por este juego que se trae entre manos. ¿Está intentando poner celosa a Pip? ¿Es eso? ¿Está Blair al tanto? Juro que, aunque viva cien años, jamás entenderé a las mujeres.

—Pone que tengo que firmar ante testigos.

—Se lo pediremos a tu madre.

Pip se acerca al pie de la escalera. Vacila antes de llamarla.

—¡Heather!

Firmo las páginas señaladas con notas adhesivas amarillas mientras mi madre baja.

—Perdona que te moleste: ¿te importaría refrendar la firma de Max?

Mi madre asiente con frialdad y se sienta a mi lado, y yo vuelvo las páginas hasta el principio.

—Oh, mierda. —Pip está leyendo las notas que acompañan al contrato. Alza una mano justo cuando mi madre me coge el bolígrafo—. No puede ser un familiar. —Alza la vista con aire de disculpa—. Lo siento. Tendría que habérmelo leído a fondo. ¿Creéis que... —Mira arriba, hacia la escalera.

—Seguro que sí —responde mi madre con diplomacia—. ¡Blair, cariño! ¿Puedes bajar?

Blair tarda una eternidad en firmar con su nombre y escribir su dirección con buena letra mayúscula. Nos pasamos un buen rato hablando de si el bolígrafo azul está bien o si debería haber sido negro, y «¿os parece esto una "M" o una "N"?», pero por fin terminamos. Mi madre y Blair regresan arriba —«Me ha gustado mucho conocerte, Blair.» «Igualmente, ¡buen viaje!»— y yo salgo otra vez al porche con Pip. Ha pedido al taxista que no pare el motor: no había ningún peligro de que quisiera quedarse más tiempo. Volvemos a abrazarnos y esta sí podría ser la última vez que lo hacemos. Quiero tenerla en mis brazos para siempre, pero los dos nos separamos porque, a partir de ahora, todo va a ser distinto. Ya no tenemos casa, ni hijo.

Ya no estamos juntos.

TREINTA Y SEIS

PIP

2015

Estoy sentada en el váter, mirando el indicador de la prueba de embarazo que tengo en la mano, donde mi futuro está escrito con irrefutables letras mayúsculas.

EMBARAZADA.

Me apoyo en la pared del cubículo y respiro hondo. No tiene sentido que me haga otra prueba. La camisa del uniforme me tira en el pecho y tengo un cansancio que no solo se debe al trabajo y al *jet lag*. Lo supe hace una semana, pero no quise creerlo. Me dije que eran imaginaciones mías, que mi cuerpo estaba transformando la ansiedad en síntomas imaginarios.

«Embarazada.»

—Mierda, mierda, mierda, mierda, mierda... —gimoteo en voz baja, con el corazón desbocado.

¿Qué voy a hacer? No puedo tenerlo: no puedo arriesgarme a volver a querer a un niño de una forma tan completa, no puedo arriesgarme a volver a perderlo. Pero ¿cuál es la alternativa? ¿Cómo puedo poner fin a otra vida, después de todo lo que hemos pasado?

Nos quedamos embarazados de Dylan el primer mes. Max fingió que se había llevado una decepción —«Pensaba que al menos podría disfrutar practicando»—, pero su entusiasmo estaba reforzado por ese sentimiento innato de orgullo que tienen los hombres cuando consiguen desempeñar la función biológica para la que están programados. Es curioso lo importante que es para ellos; cómo imaginan que tienen algún control sobre sus espermatozoides y que, cuando uno de sus pequeñines impregna un óvulo con éxito, todo se debe a su virilidad.

También me hice esa prueba sola, segura ya de que estaba embarazada. Pechos sensibles, náuseas, un dolor sordo en el abdomen. Hasta notaba el legendario sabor metálico en la boca, como una moneda de dos peniques colocada debajo de la lengua. Envolví la prueba en una servilleta de lino y puse la mesa para una cena íntima. Cursi, lo sé. Pero, por la expresión de su cara, mereció la pena.

«Embarazada.»

Hay tanto que necesito hacer. Tengo que decírselo a Max, por supuesto. Estará encantado. Lo verá como un nuevo comienzo, un nuevo capítulo. Tengo que llamar a mi madre, que tanto lamenta mi maternidad perdida. Nada podrá nunca compensar haber perdido a Dylan, pero otro nieto... Mis padres lo interpretarán como una señal de que todo va a ir bien. Tengo que comunicarlo en el trabajo. La normativa de la aerolínea establece que las azafatas deben dejar de volar en cuanto saben que están embarazadas, para reducir el riesgo de que haya complicaciones.

Miro la prueba de embarazo. Pienso en la servilleta de lino, la mesa puesta para dos, la profunda alegría de Max cuando comprendió qué había desenvuelto.

Luego abro el cubo para echar las compresas y tiro la prueba dentro.

Salgo del cubículo, me lavo las manos y me uno al resto de la tripulación para coger el autobús que nos lleva al aparcamiento.

—¿Te encuentras bien? Estás un poco paliducha —dice Jada mientras andamos a grandes pasos por la Terminal 1 con nuestras maletas de ruedas.

Me muero por llegar a casa, por quitarme el uniforme y también la sonrisa y, a la vez, la idea me aterra.

—Creo que las gambas de anoche estaban un poco pasadas.

—Te lo dije.

Anoche cenamos en una marisquería de Las Vegas y ni Jada ni Ethan tocaron las gambas; Jada se había autoconvencido de que tenían un aspecto «raro». El caso es que estaban perfectas —deliciosas, de hecho—, pero, si mi actual palidez puede atribuirse a marisco en mal estado, por mí estupendo.

Me paso el trayecto de autobús mirando por la ventanilla, indispuesta por unas súbitas náuseas que empeoran con el traqueteo, y echo a correr hacia mi coche escudándome en que quiero evitar la hora punta.

—¡Te mando un mensaje luego! —le grito a Jada.

Aun así, hay embotellamientos y el trayecto de ochenta minutos se alarga a dos horas. Me alegro del retraso, de tener tiempo para pensar, pero el silencio no tarda en agobiarme y enciendo la radio. De repente me acuerdo de mis viajes nocturnos a casa desde la UCIP y de mi casi obsesión con *Educar a B*. Siento una culpa irracional por haber dejado de escuchar el *podcast*, por haber abandonado a B y a su familia y por no tener la menor idea de cómo están, de qué han hecho en los últimos tres años. Conforme avanzo a paso de tortuga, encuentro el último episodio y conecto el Bluetooth del coche.

Durante los primeros diez minutos estoy hecha un lío. ¿Dónde está el padre de B? ¿Desde cuándo tienen perro? ¿Quiénes son estas personas? Son desconocidas pero familiares, como los actores nuevos de una telenovela apasionante que se ha dejado de ver durante un tiempo. Oigo la voz dulce de la madre de B y poco a poco engarzo los acontecimientos que me he perdido. Ella y el padre de B se han separado. Me he perdido el trauma, la conmoción, los motivos. He entrado en el tercer acto, en una nueva coyuntura que es demasiado normal para ser interesante, y me pregunto cuánta sangre se ha derramado para llegar a ese punto. Me pregunto cómo será mi propia normalidad dentro de tres años.

«B ha elegido una tarta con la figura de Dixie —se oye por mis altavoces—. Por eso estoy, a las once de la noche, intentando recortar una esponja con forma de Dachshund y preguntándome por qué no le di alternativas más sencillas.»

Debe de estar cansada, esta madre, esta madre soltera; no obstante, tiene la voz risueña. La imagino en la cocina, con harina en el pelo y el fregadero lleno de platos. Agotada, agobiada. Pero se irá a la cama satisfecha de su tarta con forma de Dachshund, sabiendo que mañana B gritará de alegría cuando celebre su cumpleaños.

Yo podría volver a tener eso. Podría preparar tartas y quedarme levantada hasta muy tarde pensando en sorpresas de cumpleaños. Lo tuve una vez, podría volver a tenerlo. Me pongo la mano en la barriga. Embarazada.

Max abre la puerta cuando estoy aparcando delante de casa. Se queda en el umbral, perfilado por la luz del recibidor, con una copa de vino en la mano.

—¿Mucho tráfico? —pregunta cuando bajo del coche.

—Muchísimo. ¿Qué tal el trabajo? —Entro detrás de él.

—¡Genial! Mi cliente se ha roto la pierna.

Enarco una ceja y él sonríe.

—Ha tenido que posponer nuestra primera visita, lo que significa que la semana que viene me quedaré en la oficina en vez de pasar tres días en Berlín. Ten, cógela. —Me da su copa de vino—. No solo eso, sino que, de momento, Schulman está encantado con el proyecto, tanto que Chester está soltando indirectas bastante directas sobre bonificarme.

—Eso es estupendo, cariño.

No bebí cuando estuve embarazada de Dylan y, aunque ahora me llevo la copa a los labios, no tengo valor de tomar un sorbo.

—Pareces cansada.

De repente noto un escozor de lágrimas en los ojos y Max pone cara de preocupación.

—¿Estás bien? ¿Ha pasado algo?

«Anda. Díselo.»

Pero no lo hago.

No se lo digo al día siguiente, ni al otro, y, con el paso de las semanas, cada vez me cuesta más hacerlo. Porque ¿por qué razón no se lo he dicho antes? Finjo que no está pasando. Entierro la idea de un hijo muy dentro de mí e ignoro las náuseas que me obligan a correr al lavabo y el cansancio que me obliga a acostarme a las nueve.

En el trabajo, me desabrocho el primer botón de la falda y lucho contra el mareo por primera vez en la vida. En casa, estoy ausente y aparto a Max con delicadeza por la noche para que no note cómo me han crecido los pechos, cómo se me ha ensanchado la cintura.

Tendré que decírselo pronto, pero decírselo a Max —decírselo a cualquiera— lo hará real, y, cada vez que me permito pensar en este embarazo, lo único que veo es el cuerpo inmóvil de Dylan en mis brazos. Volverá a suceder, estoy segura. Quizá no del mismo modo —quizá antes o quizá después—, pero sucederá. Tampoco podré quedarme con este hijo.

Max y yo convivimos como compañeros de piso, educados pero distantes; nos turnamos para cocinar y después nos retiramos cada uno a su espacio: él, abajo con el televisor y yo, arriba en mi cuarto de lectura con un libro. Me pregunto si se arrepiente de haberme hecho este refugio y luego pienso que quizá era esto lo quería, desde el principio. Veo cómo nuestro matrimonio empieza a hacer aguas, y aunque sé que yo soy la causa, y aunque quiero tanto a Max que me duele, sigo distanciándome de él.

El trabajo es un alivio; para los dos, sospecho. Nuestros mensajes se vuelven más esporádicos, limitados a He llegado bien x y Espero que hayas tenido un buen vuelo x. Echo de menos nuestras videollamadas, nuestras largas conversaciones mediante mensajes de texto. Lo echo de menos a él.

—Pues díselo —me dice Jada.

Estamos revisando la cabina de pasajeros vacía antes de bajar del avión y ella ya está planeando a qué club nocturno de Johannesburgo ir primero. En el mundo de Jada todo es sencillo. ¿Te gusta alguien? Díselo. ¿Tienes un problema? Exprésalo.

—No sé por dónde empezar. —No le he dicho a Jada que estoy embarazada. Somos amigas, más o menos, pero ella es, ante todo, una compañera de trabajo y, pese a su edad, mi superior, y yo llevo cuatro meses de un embarazo que no he revelado a nadie. He atribuido no beber alcohol a mi intención de perder los kilos que «me he puesto encima sin darme cuenta», y Jada, que valora tanto el físico, ha aceptado la excusa sin cuestionarla—. Antes podíamos hablar de lo que fuera, pero ahora es como si las palabras se me atragantaran.

Cojo una bufanda que se ha quedado en un asiento, devuelvo una revista de a bordo a su sitio.

Jada se muerde el interior del labio con aire pensativo. Lleva la barra de labios que ha lanzado la propia aerolínea, un rojo subido que parece pensado especialmente para ella.

—Mis padres fueron a terapia de pareja después de que mi madre amenazara con dejar a mi padre si él no dejaba el golf.

—Parece un poco extremo.

—Tú no conoces a mis padres. En fin, está claro que dio resultado, porque siguen juntos, y mi padre puso sus palos a la venta en eBay. —Llegamos al final de la cabina, cogemos nuestras maletas del portaequipajes y nos ponemos el calzado de tierra. No puedo evitar compadecerme del padre de Jada—. Quizá deberíais probar.

—Quizá.

Mi respuesta es evasiva, pero la cabeza me va a mil por hora. Pienso en los padres de Jada: la madre sin duda tan alta y glamurosa como su hija; el padre, orgulloso de su hijita. E imagino ser la clase de persona que va a terapia por una discusión relacionada con el golf. Pero aquí estoy, con un problema mucho más grave que el tiempo pasado en el *green*. ¿Y qué hago? Ignorarlo. Esperar a que desaparezca.

No va a desaparecer. Tengo que hablar con Max.

Caminamos dando zancadas por el aeropuerto de Johannesburgo detrás de nuestro piloto, y ya me siento mejor. Un niño nos señala y tira de la mano de su madre. «¡Mira!» Me recuerdo de pequeña, observando los aviones en el jardín de mis padres, y me pregunto si este niño será auxiliar de vuelo de mayor, o piloto, o ingeniero de aviación. Tiene más o menos la edad que ahora tendría Dylan y, en vez de apartar la mirada, le sonrío y él me devuelve la sonrisa. Puedo hacerlo, pienso. Puedo sentirme mejor.

En el autobús, la tripulación habla sobre hoteles. Excepcionalmente, nos han repartido en dos distintos. Nuestro capitán, Shona, se aloja en el Sandton Sun con la mitad del equipo, y Jada y yo estamos en el Palazzo Montecasino con el resto de la tripulación. Me evado de la conversación y enciendo el móvil para informar a Max de que he llegado bien. Él regresa hoy porque ha alargado su viaje a Chicago un día para ver a su madre. Chicago va siete horas por detrás de Johannesburgo y, mientras mi teléfono busca una señal local, cuento con los dedos, demasiado cansada para hacer los cálculos mentalmente. Mediodía aquí, lo que significa... cinco de la madrugada para Max.

Me llega su habitual mensaje de buenas noches, fuera de lugar con el sol que entra a raudales por las ventanillas del autobús.

Que duermas bien, cariño, te echo de menos. Te quiero mucho y me siento muy afortunado de tenerte.

El sol sudafricano me entibia la cara y el mensaje de Max me entibia el corazón. Yo soy la afortunada. Max nunca se ha dado por vencido conmigo. Ha seguido queriéndome sin exigencias y ha esperado a que yo volviera a él.

Hay más, pero necesito leer el resto del mensaje dos veces, porque no tiene sentido. Por un momento me pregunto si soy yo: el *jet lag*, el cansancio, el embarazo.

Me ha encantado pasar el día contigo. Estoy deseando repetir xxx

Llevo cinco días sin ver a Max.

Este mensaje no iba dirigido a mí.

TREINTA Y SIETE

MAX

2017

Estoy enfrente de la casa, mirándola desde la otra acera.

Una mujer cargada con varias bolsas de la compra se detiene a mirarla conmigo.

—Ha quedado muy bien —dice.

—Gracias.

El color rojo de la casa de mi madre ha recuperado su esplendor de antaño y el revestimiento de madera blanco vuelve a estar reluciente. Los músculos me duelen de una manera que no es del todo desagradable y el sol de junio me calienta la nuca.

—Supongo que no llevará una tarjeta encima, ¿no?

—¿Tarjeta? Ah... ya. Esta es la casa de mi madre, no soy pintor.

La mujer me mira el mono cubierto de pintura y las manos salpicadas de rojo y blanco.

—Pues nadie lo diría. —Deja las bolsas en la acera y rebusca en el bolso—. Oiga, vivo en el 1021, en un bloque de pisos nuevos que necesitan un poco de personalidad. El blanco no va conmigo, ¿sabe? El trabajo es suyo, si lo quiere. —Anota un número en un papel y me lo da—. Me llamo Nancy.

Le llamo al día siguiente.

Quiere el salón azul, la cocina, amarilla, la habitación, verde.

—Como dije, el blanco no va conmigo.

Se ríe y los pendientes le rozan el cuello al moverse. Debe de tener unos cincuenta años, lleva el pelo gris más corto que yo y tiene los brazos llenos de pulseras de plata que tintinean cuando los mueve, lo que hace a menudo cuando habla. Me explica que es trabajadora social, que mantiene una relación con una mujer de Little Italy pero no tienen intención de irse a vivir juntas —«¡No pienso cometer el mismo error!»— y que le gusta el jazz y odia los gatos. Me deja con las brochas y la pintura, una escalera de tijera y la llave de su piso.

El trabajo me lleva dos semanas. Establecemos una rutina. Nancy llega a casa alrededor de las seis y, mientras yo limpio las brochas, ella prepara café y comprueba mis progresos.

Al final de cada semana, me paga en efectivo y yo regreso a casa a pie, sintiéndome exactamente igual que el quinceañero que consiguió su primer trabajo de verano en la piscina de Eckhart.

Nancy me pone por las nubes cada vez que alguien va a su casa y termino con otros dos pisos que pintar y el exterior de una casa como la de mi madre, pero de color gris.

A finales de julio llevo a mi madre al Wicker Park Street Fest. Dice que es demasiado vieja para los grupos de música —aunque nadie lo diría si la viera seguir el ritmo con los pies—, pero le encanta pasear por los puestos de comida. El sol cae a plomo mientras nos abrimos paso entre el gentío. Todo el mundo está comiendo, sonriendo y riéndose, charlando con amigos. Una mujer con zancos y sedosas tiras de tela que se arremolinan alrededor de ella se inclina para dar un globo a una niña que la mira boquiabierta.

Estamos sentados al aire libre en el Big Star, comiéndonos un plato de tacos, cuando Blair pasa con sus hijos. La cara se le ilumina con una sonrisa.

—¡Perfecto! Podéis resolver una discusión que tenemos. —Lleva el pelo recogido en un moño y los tirabuzones que se le han salido le caen sobre el pañuelo que se los aparta de la cara. Empuja a sus hijos hacia nosotros—. Saludad, chicos. —Logan dice «hola» y Brianna emite un gruñido adolescente. Ambos parecen hartos—. El Kids Fest no es para críos, ¿verdad?

—¡Qué va! —Mi madre no se lo piensa dos veces—. En el programa pone que esta tarde harán animales con globos, y he oído que también habrá decoración de galletas.

Brianna pone los ojos en blanco. Blair me mira y no puedo evitar reírme.

—Pues supongo que eso resuelve la discusión —dice Blair, sonriendo—. Nada de Kids Fest.

—Aunque —intervengo— ¿habéis visto que enseñan karate?

Logan se anima. Encuentro la página en el programa y miro la hora.

—Empieza dentro de diez minutos. Podrías aprender a patearle el trasero a tu hermana.

—Ja, se lo patearé yo antes de que él me lo patee a mí.

—¿Quieres apostar? —Meto la mano en el bolsillo y saco un billete de cinco dólares. Brianna hace ademán de cogerlo y yo levanto la mano fuera de su alcance—. Antes hay que patear traseros.

—¡Max! —La desaprobación de mi madre es casi tangible, pero Blair se ríe a carcajadas.

—¡Vamos! —Se detiene y me mira, desconcertada—. Vienes, ¿verdad?

—Nunca me pierdo un espectáculo así.

Después, cuando los niños están presumiendo de sus patadas de karate, solo ligeramente entorpecidas por sus helados, Blair y yo estamos sentados a la sombra de un fresno, con la espalda apoyada en el rugoso tronco.

—Eres genial con ellos.

—Son majos.

Blair lametea las gotas de helado derretido.

—Echo una mano en un club de natación los jueves por la noche —dice en cuanto vuelve a tenerlas bajo control—. Les faltan voluntarios y he pensado que...

—Ahora mismo estoy muy ocupado.

—Vale. —Blair deja mi mentira suspendida en el aire.

Cuando Dylan salió del hospital, quise llevarlo otra vez a nadar, como solíamos hacer los sábados por la mañana, pero no fue fácil. Nos permitieron llevarlo a hidroterapia, a un centro que estaba en el otro extremo de Birmingham, pero las piscinas públicas eran zonas prohibidas, aunque estuvieran adaptadas para discapacitados, con grúas, rampas y personal con formación especial. El sistema inmunitario de Dylan estaba demasiado debilitado.

—Bueno, si cambias de opinión, tu ayuda me vendría muy bien.

—No lo haré.

No pretendo ser brusco y veo un atisbo de dolor en su cara, antes de recobrar la sonrisa.

—No pasa nada.

Seguimos viendo cómo sus hijos practican patadas de karate, pero, de repente, la hierba ya no me parece tan verde, ni el sol tan brillante.

TREINTA Y OCHO

PIP

2015

Max me llama minutos después de que aterrice su avión. Lo imagino desabrochándose el cinturón antes de que las señales se apaguen y encendiendo el móvil pese al anuncio que ordena a los pasajeros no hacerlo, impaciente por saber qué se ha perdido durante el vuelo. Lo imagino palideciendo cuando se da cuenta de que me ha mandado un mensaje destinado a otra mujer.

Pongo el móvil en silencio y veo cómo su nombre aparece en la pantalla una vez tras otra, hasta que salta el buzón de voz. ¿Quién es ella? ¿Una compañera de trabajo? ¿Alguien que conoció en el avión? Pienso en la noche que nos conocimos, hace casi quince años, y en lo segura que estuve de que solo tenía ojos para mí. De que solo teníamos ojos el uno para el otro. ¿Me equivoqué? Quizá sea lo que hace Max en sus viajes de negocios al extranjero. Una mujer en cada puerto. No sería el primero: he visto suficiente en mi trabajo para saberlo.

Hacemos una escala de veinticuatro horas en Johannesburgo y Max llama al menos tres veces en cada una de ellas. Empiezo a escuchar los mensajes de voz, pero todos dicen lo mismo. Lugares comunes. «Pip, por favor, tenemos que hablar. Llámame. Te quiero.»

Ninguna explicación. «No, no es lo que piensas, no es lo que parece.» Porque, por supuesto, es lo que pienso. Es justo lo que parece. Mi marido tiene una aventura.

Me quedo en la habitación mientras los demás se van de compras y pasan la tarde de juerga. Pido que me suban la comida a la habitación pero dejo la bandeja en el pasillo una hora después, sin probar bocado. Corro las cortinas y me echo en la cama, la única luz son los esporádicos destellos de la pantalla de mi móvil silenciado. «Llamada entrante de Max, llamada entrante de Max.»

Me despiertan los retortijones. Me quedo tumbada con los ojos abiertos, intentando mantener la calma, pero los retortijones son tan fuertes que me cortan la respiración. Con cautela, bajo las piernas al suelo, me siento, me pongo de pie y voy al baño. Me preparo para ver sangre en el agua.

Nada. Pero el estómago sigue doliéndome y me doblo por la mitad. Pienso en las primeras contracciones que tuve cuando Dylan nació: me ponían la barriga tan tirante que le veía el contorno de los pies.

Y entonces me ruge el estómago. Es un ruido inconfundible y me río a carcajadas que resuenan en el baño alicatado. Retortijones de hambre. Eso es todo. No he comido desde que salí del Reino Unido.

Me subo el pantalón de chándal, me lavo la cara y me miro un momento al espejo. La palidez ojerosa de los primeros tres meses ha desaparecido y ahora tengo el cutis terso, las mejillas arreboladas y el pelo más tupido y brillante.

«Estás aliviada —pienso, mirándome en el espejo—. Aliviada de seguir embarazada.»

—Sí —digo en voz alta. Abro las manos sobre mi barriga, me pongo de lado y las separo hasta tenerlas por encima y por debajo del bulto. Otro rugido de hambre estropea el momento—. Vale, bebé, vamos a darte de comer.

Es la primera vez que le hablo, la primera vez que reconozco su presencia, y el vuelco que me da el corazón es tangible y a la vez aterrador.

Abro la puerta, pero ya hace rato que se han llevado la bandeja, de manera que me pongo unas chanclas y una camiseta ancha para disimular la barriga y bajo. Incluso a mediados de semana, el restaurante está lleno y espero a que la camarera me encuentre mesa. Con el rabillo del ojo veo que alguien me saluda. Lars Van der Werf. Alzo la mano y le sonrío con educación, justo cuando la camarera regresa para disculparse.

—Serán cuarenta minutos como mínimo. ¿Puede esperar? —Lanza una mirada a Lars, que está ejecutando una complicada pantomima, frotándose la barriga y señalando la silla vacía de su mesa—. ¿O quizá querría sentarse con su amigo?

—De hecho, no es mi... —Pero Lars se está acercando.

—¡Pip! ¿Acabas de llegar?

—He venido en el vuelo veinte cero cinco. Estaba durmiendo.

—¿Te sientas conmigo? No hace mucho que he pedido; estoy seguro de que pueden esperar a servirme hasta que tú pidas.

—No quiero molestarte —le digo, aunque soy yo la que quiere cenar sola. Tengo que ver qué hago con el mensaje de Max; decidir qué voy a decirle cuando llegue a casa, si lo llamaré antes de marcharme de Johannesburgo.

—Me harías un gran favor. Si me dejas solo, me comeré tres platos y los quesos y mañana no cabré en la cabina. —Se acaricia el estómago como una tabla.

La mesa de Lars está junto a las puertas abiertas de la terraza y me cambia el sitio para que pueda ver los hermosos jardines. Hay un pavo real paseándose majestuosamente por el borde de un estanque rectangular y las plumas de su cola levantan una fina nube de polvo a su paso. Cuando me siento, el móvil me vibra en la mano y un insistente tintineo indica que he recibido otro mensaje de Max. Lo pongo en silencio y lo dejo en la mesa boca abajo.

—Responde, por favor, si lo necesitas.

—Tranquilo. Solo es mi marido.

«Te quiero mucho y me siento muy afortunado de tenerte.» No es un mensaje que se manda a un lío de una noche ni a un ligue que se ve durante un viaje de negocios. Max la quiere. Se siente afortunado de tenerla. ¡Afortunado! ¿Porque es mejor que yo, más atractiva, más inteligente? ¿Porque no tiene estrías, que además no le han servido de nada? No se pasa horas mirando al infinito porque está rota por dentro y...

—¿Pip? —Lars me mira con curiosidad.

—¿Perdona?

—Estaba diciendo que salir tanto de viaje es duro para las relaciones.

—Ah. Sí, perdona, tenía la cabeza en otro parte. —Miro por las puertas abiertas, que enmarcan un vasto cielo teñido de rojo y naranja—. Sí, es duro, pero te acostumbras. —«Acostándote con otra, en el caso de mi marido», añado para mis adentros.

Acepto una copita de vino y espero que el alcohol me embote los sentidos. Jada y el resto de la tripulación ya estarán en el Club Fluid. Siento una punzada de envidia por sus vidas sin complicaciones.

—¿Estás casado? —pregunto.

—Soy viudo.

Esboza una sonrisa que reconozco. Una sonrisa que no le alegra los ojos, que está pensada para que la persona que ha preguntado se sienta mejor, menos incómoda. Una sonrisa que reconozco por las contadas ocasiones en las que doy una respuesta sincera a la pregunta «¿tienes hijos?» «Tuve uno —digo—. Murió poco antes de cumplir tres años.» Y sonrío y cambio tan deprisa de tema que mi interlocutor podría creer, con razón, que ya lo he superado.

Solo que no se supera; sencillamente, se lleva mejor. Se disimula mejor. Sostengo la mirada a Lars y le hago la pregunta que siempre quiero oír pero nunca me hacen. Oigo cosas como «lo siento mucho», «qué horror», o «debió de ser espantoso», pero nunca nada que dé «vida» a Dylan...

—¿Cómo se llamaba?

Esta vez la sonrisa le alegra los ojos.

—Maaike. Murió con treinta y un años. Luchó contra el cáncer muchas veces, pero la última pudo con ella.

—Lo siento mucho. —La emoción, que siempre tengo a flor de piel, me inunda por dentro. Treinta y un años. Más joven que yo. Me aterra pensar qué frágil es la vida, con qué facilidad se nos van nuestros seres queridos. Sin pensarlo, me toco la barriga con las yemas de los dedos—. ¿Tuvisteis hijos?

Lars niega con la cabeza.

—Queríamos hijos, pero, para cuando estuvimos preparados, Maaike ya estaba enferma. Aunque era profesora y adoraba a sus alumnos, así que creo que eso le ayudó mucho. —Me escruta la cara—. Pero ¿tú cómo estás?

Y como él ha hablado de la pérdida con tanta facilidad, sin mirar alrededor por si había alguien escuchando, me parece natural hacer lo mismo.

—Con altibajos. Fui a ver a la médica de mi hijo.

Fue Lars quien me aconsejó que hablara con la doctora Jalili. «A lo mejor te ayuda a pasar página», dijo. Lars buscaba soluciones, como Max. La comparación me entristeció: debería estar hablando con Max de los remordimientos y la culpa que me atormentan, no con una persona que apenas conozco.

—¿Te ayudó?

Necesito un momento para pensarlo.

—Fue duro. Lloré; de hecho, lloramos las dos. Me dijo que ella también se cuestionaba su decisión. —Percibo preocupación en la cara de Lars—. Lo sé, parece que eso debería haberlo empeorado, pero me ayudó a verla... —busco la palabra precisa—, falible.

Lars me escucha con atención.

—¿Seguirás hablando con ella?

—No creo. —Vacilo—. No hay forma de saber cómo habría sido la vida de Dylan si lo hubiéramos llevado a Estados Unidos. Y, aunque la hubiera, ya es demasiado tarde. Tengo que centrarme en el futuro, no en el pasado. —Oportunamente, noto movimiento en mi vientre.

—Todos necesitamos recordar eso, de vez en cuando —observa Lars.

La carta es italiana y pido ensalada *Caprese* y *risotto* de setas; prometo dejárselo probar a Lars, quien reconoce estar indeciso entre el *risotto* y el lenguado a la plancha.

—Es lo mejor de este trabajo, ¿no te parece? ¿La cena? —dice mientras nos comemos los entrantes con apetito.

Me río, en parte porque tiene un brillo en los ojos que indica que está bromeando, pero también porque nunca he visto a nadie a quien le entusiasme tanto comer. Después de mirar los platos de las otras mesas, declara que «hemos elegido sabiamente» e insiste en que pruebe su entrante de calamares que está «condimentado a la perfección».

—¿Te gusta cocinar?

—Comer. Me da vergüenza decir que era Maaike la que siempre cocinaba: no sé hacer nada más complicado que un huevo duro.

—A lo mejor deberías aprender. ¿Hacer un curso?

—Me gustaría. Tiempo, ¿no es eso siempre? A lo mejor algún día.

—Puede que ese día no llegue nunca. —Me doy cuenta, demasiado tarde, de lo lúgubres que suenan mis palabras, pero Lars me mira con expresión seria.

—Tienes razón.

Enseguida pasamos a hablar de trabajo, como a menudo sucede entre compañeros, y de los países que hemos visitado. En plena discusión sobre las ventajas de Miami con respecto a Cancún, un chico nervudo con una guitarra se acerca a nuestra mesa y se pone a cantarnos su versión de «Your Song» de Elton John. Lars y yo nos miramos y nos reímos incómodos cuando el músico cierra los ojos y se menea ligeramente mientras canta en tono melódico. Nos ha tomado por un matrimonio, supongo; uno en viaje de luna de miel o de aniversario de boda. Me siento culpable, como si fuera cómplice de un engaño, y después imagino el mensaje de Max. «Me ha encantado pasar el día contigo. Estoy deseando repetir xxx.» Tres besos. Por ridículo que parezca, esos besos me duelen tanto como el engaño de Max. Esos son «mis» besos. «Nuestros» besos. Uno para cada miembro de nuestra reducida familia.

—Te he entretenido demasiado —dice Lars cuando ya hemos compartido un tiramisú y un plato de quesos y el *jet lag* me hace bostezar.

—No, ha sido muy agradable. Gracias por dejarme cenar contigo.

Nos dirigimos a los ascensores y no sé si es el *jet lag*, la media copa de vino después de tres meses sin probar el alcohol o sencillamente el deseo, repentino y errado, de vengarme de Max, pero cuando las puertas se abren en mi planta, doy un paso adelante y beso a Lars en los labios. Por un instante, él me corresponde y me pone una mano en el hombro, pero después se retira, niega con la cabeza y me aparta con suavidad.

—Estás casada, Pip.

Y entonces las puertas se cierran y yo me quedo en el pasillo de la quinta planta de mi hotel, muerta de vergüenza.

TREINTA Y NUEVE

MAX

2017

—¿Le apetece algo de beber, señor?

Pido un refresco y unas patatas fritas a un auxiliar de vuelo que ha tenido que preguntármelo dos veces porque lo había olvidado. Todo el mundo está nervioso. El vuelo va completo, algunos asientos estaban mal asignados y hay demasiado equipaje de mano para los portaequipajes. Cuando bajo la mesita, la mujer que va sentada a mi lado apoya el codo en el reposabrazos que compartimos; otro paso más en la muda disputa que tenemos desde que hemos despegado. El gemelo izquierdo amenaza con contracturarse y me giro en el asiento para intentar descruzar las piernas, pero con la mesa bajada no hay espacio y tengo que contentarme con doblar los tobillos.

Heathrow está congestionado y pasamos diez minutos dando vueltas por encima del aeropuerto antes de poder aterrizar. Con la mesa levantada, tengo sitio para sacar mi libro y termino las últimas páginas de un Wilbur Smith que creía que recordaba pero que me ha pillado por sorpresa. ¿Cuánto tiempo hace que no leo un libro que no sea un manual de empresas o una autobiografía de motivación? «Siente el miedo y hazlo de todas formas.» «No puedes volar sin antes saltar.» «Cómo ganar en la vida.» Qué montón de gilipolleces.

Después del control de pasaportes, me salto la cinta de recogida de equipajes y me dirijo a la sala de llegadas. Por costumbre, miro las caras que esperan. Algunas tienen la emoción escrita en el rostro, otras están aburridas, cansadas y alteradas debido a vuelos retrasados, perdidos, desviados. Taxistas y chóferes sostienen una variopinta colección de carteles que abarca desde cartones escritos a mano hasta lujosas pantallas de iPad.

Ya casi he atravesado la multitud cuando veo una cara conocida. Está mirando su reloj y vuelve a mirarlo al momento, como si hubieran transcurrido minutos en vez de segundos. Tamborilea con los dedos en el bolso que lleva en bandolera. Vacilo. Cambio de opinión. ¿Por qué habría de acordarse de mí? Cuando me alejo, oigo su voz.

—¡Señor Adams!

Me vuelvo. Me asaltan los recuerdos y exhalo despacio.

—Es usted, ¿verdad? —Su sonrisa es vacilante—. Me lo ha parecido.

Está con un hombre en el que me había fijado a primera vista. Es alto y mayor que ella, con el pelo cano y gafas. Me sonríe con afabilidad y se retira con discreción para dejarnos hablar.

—Doctora Jalili. Me alegro de verla.

Se ha cortado el pelo justo por debajo de la barbilla, pero, por lo demás, está igual que hace cuatro años. No, igual no. La doctora Leila Jalili tenía una cara que yo no sabía interpretar. Una cara que a veces pensaba que significaba que le daba igual, que Dylan solo era otro paciente, que Pip y yo solo éramos otros padres. Esta mujer está insegura. Nerviosa.

Me tiende la mano con timidez.

Se la estrecho.

—Max.

—Leila.

Más que presentarnos, nos pedimos permiso. Los dos sabemos que las personas que éramos entonces pueden no ser exactamente las que somos ahora. Recuerdo que volvió a trabajar, no mucho después del juicio. Absuelta de un delito de falta grave.

—¿Cómo va todo? —La pregunta es cautelosa.

—Dylan nos dejó el pasado septiembre.

—Lo siento mucho. —Y añade—: Aunque han sido cinco años y medio. Es increíble.

«Y medio.» Ese medio año es importante. Si les preguntan, todas las personas que han perdido a un hijo dirán exactamente cuántos meses, cuántas semanas, cuántos «días» vivió. Me impresiona, no, me admira que la doctora Jalili se acuerde. ¿Cuántos niños habrá conocido desde Dylan?

—¿Y cómo está Pip?

—Está bien. De hecho, hemos quedado ahora. Ella... ya no estamos juntos.

Hay un silencio.

—También siento mucho eso. Erais un matrimonio muy unido.

Noto un nudo en la garganta. «Éramos» un matrimonio unido. Unidísimo. Cambio de tema:

—¿Esperas a alguien?

—A mi madre. —Le brillan los ojos—. Se muda al Reino Unido. Viene a vivir conmigo.

—¿Desde Teherán? —Me sorprende saberlo. Era Pip la que tenía en la cabeza los detalles de la vida de todos; la que pensaba en preguntar por la familia y retomar el contacto después de las vacaciones.

—Tienes buena memoria. —Leila sonríe—. No se encuentra bien últimamente y yo llevo mucho tiempo preocupada. Tiene muchos amigos en Irán, pero nadie que pueda cuidarla con regularidad. —Suspira—. No ha sido fácil, pero por fin la dejan venir.

—Enhorabuena. Es afortunada de tenerte.

—La afortunada soy yo. —Entran nuevos pasajeros en la sala de llegadas y Leila se da la vuelta, respira hondo y llama al hombre que la acompaña—. ¡Nick, ahí!

—Os voy a dejar. Encantado de verte, Leila. Me alegra que estés bien.

Me doy la vuelta cuando llego a la salida, a tiempo de ver una mujer bajita y curvilínea, con un pañuelo azul marino en la cabeza, que corre hacia Leila tan rápido como le permiten sus dos enormes maletas. Le coge la cara entre las manos, le estruja las mejillas y la besa en la frente, antes de volverse hacia el hombre de pelo cano y hacerle lo mismo.

—¿Adivina a quién acabo de ver?

Me alegra tener algo de qué hablar, para evitar la incomodidad que de otro modo podría haber surgido entre Pip y yo. He venido a recoger mis cosas. Al menos, todas las cosas que quepan en una maleta y pesen menos de veintitrés kilos.

—¿A quién?

—A la doctora Jalili.

Después de vender la casa, Pip lo trasladó todo a un trastero. Vendimos los muebles que ninguno de los dos quería y ahora solo quedan objetos personales: los libros, los discos, las fotografías. Recuerdos de una vida anterior a nuestra vida juntos, para llevárnoslos a las dos vidas que estamos construyendo aparte.

—Puedo hacer fotos de todo —sugirió Pip—. Mandarte lo que quieras quedarte.

—No estoy seguro de que lo sepa hasta que lo vea —argüí, cuando lo que en verdad quería decirle era: «Quiero volver a verte».

Pip tensa las manos al volante.

—¿La doctora Jalili estaba en el aeropuerto?

Yo habría cogido el tren, pero Pip trabajaba hoy y me pareció grosero rechazar su ofrecimiento de llevarme en coche.

—¿Qué hacía?

—Esperar a su madre. Los médicos pueden salir del hospital, ¿sabes?

Pip me mira de reojo.

—Lo sé. Pero siempre se hace raro, ¿verdad? Como ver a tus profesores en el cine o a una monja en una montaña rusa. —Se queda un rato callada y después añade—: No me gustaría verla.

—¿No?

Se muerde el labio. Pone el intermitente y cambia de carril. Recuesto la cabeza en el respaldo del asiento y miro su reflejo en el espejo retrovisor. Me encantaba verla maquillarse antes de salir, pintarse los ojos hasta tenerlos oscuros y seductores. Me miraba en el espejo y me sacaba la lengua, o fruncía los labios recién pintados. Trago saliva.

—Creo que me resultaría demasiado duro —dice, y tardo un momento en comprender que sigue hablando de Leila Jalili—. Me altero de solo pensar en ella, para serte sincera.

—Perdona...

—Tranquilo. Es solo que... si viera su cara, me traería recuerdos, ¿sabes? Como cuando... —Se calla de golpe.

—¿Como cuando me miras a mí? —digo en voz baja.

No contesta. En el espejo retrovisor veo lágrimas rebosando sus minúsculas patas de gallo.

Como era de esperar, repartirnos las pertenencias no es nada agradable, pero no discutimos. De hecho, somos extrañamente educados y ambos insistimos en que el otro se quede con un jarrón que fue un regalo de boda de alguien que ninguno de los dos recuerda. «No, quédatelo tú.» «No, en serio, no podría; es tuyo.»

Pip se interrumpe y me mira, con el jarrón en las manos.

—Ni siquiera te gusta, ¿verdad?

—Lo odio.

Se echa a reír; luego sopesa el jarrón con ambas manos y mira la pared del fondo del trastero.

—¿Nos jugamos algo?

—No te atreverás.

En respuesta, arroja el jarrón como un lanzador de peso ruso. Se hace añicos al instante y brillantes fragmentos de porcelana verde rebotan por todos lados.

—¿Mejor? —pregunto.

Ella asiente despacio.

—Sí, la verdad. Prueba tú.

Echamos un vistazo al montón de cosas que quedan.

—¿El juego de té?

No es un juego de té horrible, ni mucho menos. Era de los

padres de Pip y no lo usamos ni una sola vez en todos los años que estuvimos casados.

—En cualquier caso, ¿quién usa un juego de té? —dice Pip.

Me lo tomo como un sí.

Arrojo las tres primeras tazas despacio, las tres siguientes como las balas de una ametralladora. Zas, zas, zas. Después los platillos, luego las bandejas y, por último, la tetera. Zas.

—Caray.

—Sienta bien, ¿verdad?

Rompemos tazas demasiado pequeñas para tomarse un té decente y vasos sueltos de juegos que desaparecieron hace ya tiempo. Rompemos un marco de fotos de arcilla decorado con una ardilla muy cursi y una licorera de whisky grabada con el monograma de otra persona, que Chester me regaló una Navidad.

—¿Por qué hemos guardado tantas porquerías? —dice Pip mientras se deshace de una huevera que daban gratis con los cupones de dieciséis cajas de cereales.

Es increíble, absurda y asombrosamente terapéutico.

Cojo nuestro plato de la boda. Regalo de una de las antiguas compañeras de trabajo de Pip, lo trajo a nuestra boda con una caja de bolígrafos de colores y después se lo llevó —repleto de los bienintencionados mensajes de nuestros invitados— para esmaltarlo y vidriarlo. «Que vuestro matrimonio no os traiga nada más que cielos azules», reza uno.

—No. —Nuestros dedos se rozan cuando Pip me lo quita de las manos—. Esto no.

—Solo queda esto —digo en voz baja. Cojo un dibujo enmarcado—. No podemos partirlo por la mitad.

Es el dibujo que Dylan hizo en la escuela. «Mi familia.» No es el único: lo hizo por ordenador y nos mandaron una copia por correo electrónico, pero este se imprimió en la escuela. En la esquina inferior derecha está la huella dactilar que Dylan puso ahí con la ayuda de su terapeuta de dibujo.

—Quédatelo tú —dice Pip.

Lo deseo tanto... Lo sostengo con ambas manos e imagino a

mi hijo coloreando la página hasta que aparecieron tres formas, una más pequeña que las otras dos. Quizá sea irreal imaginar que sabía lo que hacía, pero quiero creer que así fue.

—Tú eres su madre. Llévatelo tú.

Los ojos le brillan mientras mira el dibujo; me lo devuelve.

—Llévatelo a casa, Max. Llévatelo a Chicago.

Quiero decirle que la amo, que es la única a la que he amado, a la que podría amar.

—Gracias —digo en cambio.

Cenamos en un restaurante que queda muy cerca del trastero. Está completamente vacío, con una aburrida camarera sentada en un taburete de la barra.

—¿Hay alguna posibilidad de que nos hagan un hueco? —pregunta Pip con cara de póquer—. Me temo que no hemos reservado.

Contengo una carcajada, pero la camarera está mirando el restaurante vacío.

—Esto... sí, creo que no habrá problema.

Nos lleva a una mesa situada en un rincón, donde estamos sentados en ángulo recto. Nos comemos con esfuerzo el terrible menú, bebemos un vino blanco que nos obliga a hacer muecas y nos acordamos del horrible restaurante al que fuimos en nuestra luna de miel, donde el camarero no podía despegar los ojos del escote de Pip y el filete venía con gusano incorporado.

—¡Y aun así nos pidieron que dejáramos una crítica en TripAdvisor!

Pip se ríe; entonces me mira, de pronto seria. Se me cae el alma a los pies. Hemos estado actuando, esta noche. Recordando cómo era todo. Esto no es real.

—He conocido a alguien —dice.

Hago girar el vino avinagrado en la copa y lo miro atentamente antes de tomar un sorbo.

—Es pronto, no es nada serio, pero quería que lo supieras.

—Enhorabuena.

¿Soy sincero? Una parte de mí lo es, creo. Una parte pequeña. Una parte muy pequeña. La quiero. Quiero que sea feliz.

—Se llama Lars. Es piloto de la aerolínea. No sé si llegaremos a algo, pero... —No termina la frase.

Comemos en silencio durante un rato.

—Si yo no hubiera... —Casi no puedo decirlo, pero, como si fuera una especie de masoquista, tengo que saberlo—. Si no hubiéramos ido a juicio, ¿crees que seguiríamos juntos?

No me doy cuenta de que tengo la mano en mitad de la mesa hasta que noto sus dedos entre los míos. Nos miramos a los ojos y entrelazamos los dedos, y me duele tanto el corazón que daría lo que fuera por atrasar el reloj, porque ella está asintiendo despacio, a regañadientes. «Sí.»

—Pero el veredicto no fue lo único que nos destrozó, Max. Fue todo. El tratamiento de Dylan, el juicio, el mero hecho de tener que decidir si nuestro hijo vivía o moría. Nos destrozó.

—Después... deberíamos habernos esforzado más. Deberíamos haber hecho que lo nuestro funcionara.

—Después, todo cambió. —Pip se ha puesto a llorar y yo le aprieto las manos y desearía poder llevarme todo su dolor—. Éramos cuidadores, no padres; compañeros de trabajo, no marido y mujer.

Niego con la cabeza, pero tiene razón: todo lo que dice es cierto. Ojalá no lo fuera, pero lo es.

—Estar separados es doloroso —continúa Pip—, pero aún lo es más estar juntos.

Me alegro de que hayamos elegido este restaurante de mala muerte y de que nadie más haya querido cenar aquí, porque ahora también estoy llorando yo.

—Lo siento mucho, Pip. Nunca creí que nuestro matrimonio fracasaría.

—¿Fracasar? —Niega vehementemente con la cabeza—. No, Max. Nuestro matrimonio ha terminado, pero no ha fracasado.

Se inclina hacia mí y pega su mejilla a la mía. Y nos quedamos así durante muchísimo tiempo.

CUARENTA

PIP

2015

Los aviones son países aparte con zonas horarias elásticas. Los pasajeros desayunan a la hora de cenar, se toman el gin-tonic cuando aún quedan muchas horas de sol. En los aviones, el mundo real no existe y yo desearía que hoy el viaje no se acabara nunca.

He desayunado en la habitación, demasiado preocupada por tropezarme con Lars para atreverme a salir. ¿En qué estaba pensando? ¿Qué se le pasó por la cabeza cuando lo besé? «Una de esas —debió de pensar—. Otra azafata boba que le ha echado el ojo a un piloto.» Pero yo no soy así. Yo jamás haría eso. Yo... y en cambio lo hice. Al menos, lo intenté.

¿Qué habría hecho si él no me hubiera detenido? ¿Me habría acostado con él? ¿Para vengarme de Max? Crispo la cara, muerta de vergüenza.

—¿Está bien, cariño?

Una mujer quemadísima por el sol me mira preocupada, con dos círculos perfectos donde llevaba las gafas de sol. Estoy echando una mano en clase turista y agradezco la distracción.

—Sí, perdone. Un vino blanco, ¿verdad? ¿Y patatas fritas?

Le dejo el aperitivo en la mesita y le doy a su marido, con los mismos ojos de panda que ella, la cerveza y las galletas saladas que me pide. Me pinto una sonrisa y sigo avanzando despacio por el pasillo. «Zumo de naranja, no hay problema.» «Lo siento, pero se nos han acabado los refrescos bajos en calorías.» «¿Lo quiere con hielo?» Mientras charlo con los pasajeros, me pregunto qué hace Max en este momento. Si sigue pensando en lo que va a decirme o si ya tiene su explicación, sus excusas: todo listo.

Al final apagué el móvil. Le mandé un mensaje de una sola línea —«Hablaremos cuando vuelva»— y me lo metí en el bolso.

Cuando lo enciendo en el coche, por si lo necesito en el trayecto a casa, solo tengo un mensaje suyo.

Buen viaje. Te quiero xxx

Miro el mensaje, incapaz de sentir nada aparte de enfado. Tres besos. Hace un tiempo tan importantes, ahora tan carentes de sentido.

Hay poco tráfico y antes de las nueve y media ya he llegado a nuestra calle. Debería dormir después de un turno de noche, pero, como tengo tres días libres, me quedaré despierta para poder acostarme a una hora normal esta noche, a fin de reajustar mi reloj biológico. Johannesburgo tiene que ser mi último viaje: no puedo ocultar este embarazo durante mucho más tiempo. Llamaré a Recursos Humanos. Mañana. Ignoro la vocecilla interior que me dice que será más fácil eludir a Lars si me quedo en tierra.

Me quedo un momento en la puerta, con la llave en la cerradura, sintiéndome como una desconocida en casa de otra persona. En el recibidor, casi me sorprende encontrarlo todo igual —los zapatos de Max junto al felpudo, su abrigo en el perchero— cuando tengo la sensación de que todo ha cambiado.

Max está sentado a la mesa de la cocina. Ninguno de los dos dice nada. A su lado hay varios vasos y tazas vacías, y un cuchillo sucio en un plato lleno de migas de pan. Tiene el pelo alborotado y muchas ojeras. Da la impresión de no haberse levantado de la silla desde que regresó de Chicago.

—¿Quién es? —digo en voz baja.

Max hace una mueca como si las palabras le dolieran físicamente y yo me alegro, porque su mera idea me está haciendo daño a mí.

Max se dirige al plato vacío.

—Se llama Blair. Éramos vecinos... iba al mismo club de natación cuando éramos pequeños. Me encontró en Facebook y... —Se interrumpe—. Nos vimos en Chicago.

—¿Os «visteis»? —Dibujo las comillas con los dedos—. ¿Qué es eso? ¿Una especie de eufemismo para «follar»?

Max se levanta con tanta brusquedad que su silla se vuelca y se estampa contra el suelo embaldosado. Se acerca a mí y me agarra los brazos con vehemencia, y me sorprende ver que está llorando.

—Lo siento mucho, Pip. No quería hacerte daño. No quería que nada de esto pasara, pero estabas tan distante y...

Me suelto.

—¡No te atrevas a echarme la culpa a mí!

Pero mi ira está alimentada por el miedo, la certeza de que tiene razón, de que, poco a poco, lo he ido apartando cada vez más. De forma instintiva, me llevo la mano a la barriga, al secreto que no debería haberle ocultado.

—No, no, claro que no. Eso no es lo que digo. Claro que es culpa mía. Solo estoy intentando explicar que necesitaba... —Suspira exasperado, con las manos alzadas como si buscara las palabras en el aire, y el enfado que siento se apaga tan rápido como ha prendido. De golpe estoy agotada.

Cruzo la cocina, recojo la silla del suelo y me siento al lado.

—Necesitabas ser normal con alguien —digo en voz baja.

Max asiente despacio.

—Sí.

Vacila un momento y se sienta conmigo a la mesa. Nos miramos largamente y yo pienso en todo lo que hemos compartido, en todas las cosas que nadie más podría entender.

—¿Cuánto hace que la ves?

No quiero oír la respuesta y, sin embargo, me es imposible no saberla.

—¿Cinco, seis meses?

Su entonación es interrogativa, como si necesitara que yo se lo confirmara.

Se me corta la respiración. Pensaba que serían semanas, no meses. Ella, Blair, está en Chicago; Max está en el Reino Unido: no se trata de sexo, al menos no se trata solo de sexo. Se trata de llamarse a larga distancia, de mandarse mensajes y conversar por Skype, de echarse de menos... Retrocedo mentalmente cinco, seis meses. Abril. Mayo. Cuando Max empezó a hablar de tener otro hijo. ¿De eso se trata?

—¿La quieres?

Max se restriega la cara con fuerza. Me mira, desdichado, abatido.

—Te quiero a ti.

—Pero ¿la quieres a ella?

Lo desafío a mirarme a los ojos, a tener la decencia de sostenerme la mirada mientras me dice la verdad. El silencio se hace eterno.

—Sí.

Asiento. Y luego, como las cosas no pueden ir peor, le digo que estoy embarazada. Atisbo una alegría fugaz en su cara, antes de que quede mitigada por lo que ha sucedido, por el hecho de que yo no se lo haya contado hasta ahora. Me mira como si me viera por primera vez, fijándose en los cambios que ha causado el embarazo.

—No me lo dijiste.

—Te lo digo ahora.

—¿De cuánto estás?

—No lo sé exactamente, no he ido al médico. Unas dieciséis, diecisiete semanas...

Max pone los ojos como platos y luego parece confundido.

—¿No has ido al médico? ¿No deberías haberte hecho ya la primera ecografía? Nos hicimos una a las doce semanas con... antes. —La ausencia de Dylan pende entre nosotros, pesada y dolorosa, antes de que Max vuelva a hablar—. ¿Y si le pasa algo al niño?

No respondo. ¿Qué podría decir? ¿Que al principio me daba igual cómo estuviera el niño? ¿Que al principio ni siquiera quería reconocer que estaba embarazada? Debe de notármelo en la cara, porque la suya palidece y le cuesta decir las palabras, como si cada una le escociera.

—Ibas a abortar.

—¡No!

—¿Cómo puedes hacerme esto otra vez?

«Otra vez.»

Hemos estado fingiendo, desde que Dylan murió, que somos un matrimonio. Hemos salido adelante llevando vidas aparte, sin hablar nunca de cómo nos sentimos, de lo que sucedió, de por qué hicimos lo que hicimos. Y durante todo ese tiempo nuestro rencor ha ido creciendo.

Hablo con toda la calma de que soy capaz, en voz baja y tirante:

—Nunca habría interrumpido este embarazo.

—Entonces ¿por qué lo has mantenido en secreto?

—Es demasiado difícil de explicar.

—¿Es de otro? ¿Es eso?

—¡No me juzgues por tu mismo rasero! —Pienso en mi beso con Lars y me callo. ¿De verdad soy mejor que Max?—. Tenía miedo —digo por fin—. Miedo de perder a otro hijo, de querer a este niño, para que luego me lo quiten. —Veo que Max se mueve como si fuera a cogerme la mano, pero cambia de opinión y se agarra a los lados de la silla—. Y me parecía una traición. Quería, quiero muchísimo a Dylan, y sustituirlo me parecía...

—No lo estás sustituyendo, Pip.

—No digo que tenga lógica, digo que así es como me sentía. —«Sentía.» No «siento».

—No me puedo creer que no me lo hayas dicho. Todo este tiempo...

—No estás en situación de juzgarme por guardar secretos, Max.

—Lo último que quería era hacerte daño, Pip, tienes que creerme.

Damos vueltas y más vueltas. Oscilo violentamente entre la

callada aceptación y la cólera furibunda. Max es menos voluble: se mantiene firme en sus disculpas e insiste en que nunca quiso que sucediera esto.

—Pero ha pasado —digo por millonésima vez, o eso me parece, y él hace la pregunta que los dos nos hemos estado haciendo desde que leí el mensaje de Max.

—¿Y ahora qué?

No respondo. Me da demasiado miedo decirlo, ser la que toma la decisión.

—Le diré a Blair que se ha acabado, que no volveré a verla.

—No puedes dejar de quererla así como así.

—Sí puedo. —Y esta vez no cambia de opinión: mueve la silla para tocarme las rodillas con las suyas y me coge las manos entre las suyas—. Podemos hacer que esto funcione, Pip. Vamos a tener un hijo.

—Esa no es una razón para seguir juntos.

Me aprieta las manos, apoya la frente contra la mía y me habla en voz baja y sincera:

—Te quiero.

—Yo también te quiero. —Me echo a llorar—. Pero no creo que sea suficiente.

CUARENTA Y UNO

MAX

2017

Cuando Darcy abre la puerta a sus cuatro años, lleva tan solo una camiseta con un unicornio. Hace más de un año que no la veo —desde que me fui a vivir a Chicago— y me mira con recelo. Tom aparece en el pasillo. Coge a su hija en brazos.

—Me gusta cómo os vestís en esta casa —le digo.

—Cariño, no debes abrir la puerta hasta que llegue papá. —Me mira y sonríe—. En esta casa, los pantalones no son obligatorios.

—Ah, me acuerdo de esa clase de fiestas... —Alistair está en la puerta de la cocina, con cara de falsa nostalgia—. Antes de que las relevaran las ludotecas y los pastelitos de *Frozen*.

—Te encanta. —Le estrecho la mano.

—¿Cómo estás?

Miro a uno y a otro, sus caras son un espejo de su preocupación. Muevo la cabeza hacia un lado y luego hacia el otro. «Así, así.»

—Vi a Pip anoche.

—Ah.

—Fue... bien. —Me corrijo—: Triste, pero bien.

—¿Como el gusto de Tom con la ropa?

—¡Pipí! —anuncia Darcy.

Tom se pone en movimiento de inmediato: echa a correr y entra en el baño de la planta baja. Sigo a Alistair a la cocina.

—¿Le estáis enseñando a ir al baño?

—Hemos pensado en volver a probarlo. El especialista dice que un día todo se colocará en su sitio: ir al baño, la coordinación, hablar... —Se encoge de hombros.

Me fijo en su expresión.

—¿Te preocupa?

Se queda un momento callado antes de responder, sosteniéndome la mirada.

—Está aquí. Es lo único que importa.

—Falsa alarma —dice Tom cuando regresa a un paso bastante más calmado—. Creo que solo le gusta decir «pipí».

—¡Pipí! —proclama Darcy justo después.

—¿Veis? —dice Tom cogiendo una taza de café medio llena de la encimera.

—Esto... ¿Tom?

Me mira, con expresión interrogante, una fracción de segundo antes de que el calorcillo que se le extiende por la cintura le dé la respuesta.

—Maldita sea, Darce.

—Tienes buen aspecto —dice Alistair cuando dejamos de reírnos.

Sonrío con aire autocrítico.

—El trabajo honrado, supongo.

Pasarme el día encaramándome a escaleras me ha quitado kilos; trabajar al aire libre me ha bronceado. Mis manos, antes suaves y cuidadas, están agrietadas y con callos, pero fuertes.

—Bueno, te favorece, sea lo que sea.

Cuando Tom y Darcy reaparecen, Tom lleva un pantalón limpio y Darcy va completamente vestida. Nos sentamos en el sofá bañado de sol del invernadero contiguo a la cocina y miramos cómo Darcy se bambolea por su tienda de mentira.

—Así que... —Cojo la naranja de plástico que ella me ofrece y finjo que me la como—. Pip ha conocido a alguien. —Hay un elocuente silencio y alzo la vista de golpe—. Ya lo sabíais.

—Lars. —Tom parece incómodo.

—¿Lo conocéis?

He tenido menos de veinticuatro horas para hacerme a la idea de que Pip está con otro y ahora resulta que queda con nuestros amigos. A lo mejor debería irme.

Dejo la taza.

Pero no puedo contenerme.

—¿Cómo es?

—Holandés —responde Tom.

Alistair pone los ojos en blanco.

—Muy útil.

—Alto, rubio, ojos azules —añade Tom—. Piloto. Me lo tiraría.

Alistair le arroja un cojín.

—¡Tu hija está aquí!

—¡Hipotéticamente, por supuesto!

Ven mi cara y se callan de golpe.

—Perdona —dice Tom.

—Es que me cuesta asimilarlo... Apenas ha pasado un año. Yo... —Me restriego la cara con vigor, me paso los dedos por el pelo—. Supongo que es duro para mí darme cuenta de que significaba tan poco para ella.

«Es doloroso estar separados», dijo Pip. Claramente, no tanto.

—¡Din don! —Tom toca un timbre imaginario con el dedo índice—. Hola, vengo a regodearme en mis miserias, ¿es aquí?

—Que te follen. —Entonces me acuerdo de Darcy, demasiado tarde—. Lo siento, tíos.

—Tranquilo —dice Alistair sin inmutarse—. El logopeda está anotando todas sus frases de tres palabras y «que te follen» es tan buena como cualquier otra.

Tom suspira, de nuevo con expresión seria.

—Siempre significarás algo para Pip, Max.

—¿Incluso ahora que tiene al Holandés Errante?

Hay un silencio, antes de que Tom y Alistair se echen a reír.

—Oh, Dios —dice Tom—. Ahora ya no podré llamarlo de otra manera.

Miro cómo Darcy pasa las verduras de plástico del armario de su cocina a una bolsa de arpillera.

—Estoy diciendo tonterías, ¿verdad?

—Sí.

Alistair es más conciliador, pero solo lo justo.

—Está pasando página, Max, eso es todo. Puede que tú necesites hacer lo mismo.

La maleta de objetos personales que me llevo del trastero se queda sin abrir en el recibidor del número 912 de North Wolcott Avenue. Libros, ropa, un montón de discos que llevo años sin escuchar. No es mucho para toda una vida.

—Podrías pintar el sótano —dice mi madre—. Poner un sofá, sacar tus cosas.

Tiene buena intención, lo sé, pero es la gota que colma el vaso. No tengo diecisiete años. No quiero acondicionar el sótano para montar fiestas con mis amigos. No puedo quedarme aquí.

—¿Y qué piensas hacer? —Blair remueve su café. Abre TripAdvisor en el móvil y encuentra el restaurante en el que estamos—. ¿Un cuatro?

—Buscar trabajo, supongo. Démosle un cinco: me gusta la música que ponen.

Cada dos sábados, cuando los hijos de Blair están con su padre, vamos a algún establecimiento que ha tenido una pésima crítica en el *Tribune* y le hacemos la nuestra. Nunca pretendimos convertirlo en una costumbre. Una amiga de Blair tuvo una crítica demoledora y ella me preguntó si estaba libre para comer en su local.

—Imagino que le vendrá bien tener clientes —dijo.

Leí la crítica: «El filete reseco fue un grato alivio después del aguado entrante de marisco».

—No me lo estás vendiendo nada bien.

Pero Blair insistió, y yo no tenía nada que hacer —maldita sea, ¿cuándo tengo yo algo que hacer últimamente?—, así que quedé con ella allí. Comimos estupendamente y convinimos que el crítico tenía algún motivo oculto y que quizá deberíamos dar un empujoncito a algunos de sus otros objetivos.

«No te emociones, mamá —dije cuando le conté que había quedado a comer con Blair otra vez—. Somos amigos, nada más.»

—Ya tienes trabajo —comenta Blair—. Escribe nuestra crítica.

—Pinto pisos.

—Y te gusta.

—Sí, pero...

Blair enarca una ceja.

—¿Qué se me está escapando?

—Fui uno de los asesores empresariales más solicitados del país. —Hablo como un cretino, pero no parezco capaz de parar—. He favorecido la introducción de cambios estratégicos en cientos de empresas que se habrían hundido sin mi asesoramiento. Gané el premio MCA al proyecto del año en el 2011 y el 2012. Me... —No sigo. Es como si estuviera recitando el currículo de otra persona—. Era un buen trabajo —concluyo, sin convicción.

—Pero ya no lo tienes —señala Blair, con más dulzura de la que sospecho que merezco, después de mi actualización oral de LinkedIn—. Así que necesitas otro. Y ahora mismo pintar pisos parece una alternativa bastante buena. —Abro la boca para interrumpirla, pero ella no me lo permite—. Max, lo entiendo: ¡echas de menos tu antiguo trabajo!

—No, yo... —Iba a decir que ya no me siento asesor empresarial. Que quizá sea hora de probar otra cosa. Pintar pisos podría ser un trabajo tan bueno como cualquier otro.

Me rasco la barba que ya siento que forma parte de mí.

—Antes de tener hijos era diseñadora gráfica. Trabajaba en campañas para Adidas, Coca-Cola, IBM... —Blair clava en mí una mirada que me recuerda a mi profesora de matemáticas de segundo de Secundaria—. Ahora archivo documentos y preparo café para dos abogados, y echo una mano en el club de natación una vez a la semana, porque eso es lo que nos va bien a mis hijos y a mí en este momento. La vida cambia. Es lo que hay. Supéralo.

No hablo de inmediato, un poco anonadado por su sermón. Su mención del club de natación, así como mi patética excusa para no echar una mano, hacen que me sienta más cretino aún.

Blair sonríe.

—Lo sé, soy como tu madre, ¿verdad?

—Oh, no. Eres muchísimo peor. —Guardo silencio—. Entonces... supongo que soy pintor.

De repente me noto un poco nervioso. Pintar los pisos de los amigos de Nancy era una ocupación para llenar el tiempo, una manera de ayudar a mi madre con los gastos. No tenía que depender de ello como fuente de ingresos fijos.

—Supongo.

Hasta ahora.

—No puedo depender eternamente de la impresionante lista de amigos de Nancy.

—Necesitas un plan.

—Sí.

—Ojalá conocieras a alguien con experiencia en cambios estratégicos. —Blair suspira—. Alguien, pongamos, que ganó el proyecto del año en el 2011 y el 2012...

—*Touché.*

—¿Pedimos la cuenta? Parece que tienes trabajo que hacer.

Es cien veces más fácil elaborar un plan para la empresa de otra persona que para la propia. Borro una docena de intentos, hago las cuentas otra docena más. Requiere tres semanas, otra comida con Blair, un sinfín de palabrotas encadenadas y el retorno de mi viejo enemigo, Miedo al Fracaso, pero entro en el banco con cifras previstas, un análisis FODA y pruebas de la demanda de pintores, y salgo con un préstamo que me permite pagar una furgoneta, una campaña de marketing y un juego de brochas nuevas. Max Adams Decorating Services está en marcha. También salgo del banco con algo que llevaba mucho tiempo sin tener. Orgullo.

Mando flores a Blair. Me parece que es lo menos que puedo hacer, después de que me diera la patada en el culo que necesitaba. Adjunto una tarjeta. «Favor con favor se paga. Cuenta conmigo los jueves por la noche para el club de natación.»

CUARENTA Y DOS

PIP

2015

—Lo siento, señor, no puedo hacer nada más.

—¡Pero llevo más de veinte años volando con ustedes!

—Le agradecemos su fidelidad, señor, pero el Instituto Meteorológico ha emitido una alerta por niebla y...

Mi cliente, un sesentón que lleva una llamativa camisa y una chaqueta de vestir de solapas anchas, extiende un brazo hacia las puertas exteriores.

—¿Niebla? ¿Le parece eso niebla?

—La niebla se está levantando —digo pacientemente—, pero, por desgracia, tenemos una acumulación de pasajeros...

—¿Acumulación? —El hombre parece empeñado en repetir todo lo que digo. Se vuelve hacia la cola, como un abogado que se dirige al jurado—. ¿Han oído eso? Por lo visto, somos una «acumulación». Una atención al cliente estupenda.

—Puedo ofrecerle estos vales restaurante obsequio de la casa...

—¡Vales!

Me refreno, por los pelos, de poner los ojos en blanco y, en cambio, mantengo una expresión neutra hasta que el hombre de la camisa llamativa se queda sin fuelle. Coge los vales y va a quejarse a otra parte del retraso de seis horas previsto para su vuelo aplazado.

No todos se toman la noticia tan mal.

—Más tiempo para hacer las compras de Navidad —dice un pasajero, sonriendo.

—No podemos controlar el clima —observa otro.

Facturo el equipaje de una mujer muy embarazada y su pareja y leo la carta del médico para asegurarme de que puede volar.

—La cambiaré a un asiento de pasillo —le digo—. Asegúrese de darse un paseo al menos cada treinta minutos y beba mucha agua.

—Te lo dije. —Su compañero le da un codazo.

—Piensa que no debería volar —me explica la mujer embarazada—, pero es la boda de mi hermano, y es Antigua, por el amor de Dios: estas podrían ser mis últimas vacaciones de verdad en muchos años.

Me río.

—Es muy probable. —Tecleo en el ordenador para ver los asientos que quedan en su vuelo—. Mire, en clase preferente no queda nada, pero si la pongo en Premium tendrá un poco más de sitio para mover las piernas.

—¡Gracias! —contestan sonriendo como niños a los que han dejado salir antes de la escuela y su alegría es contagiosa.

—Pásenlo muy bien. —Imprimo sus tarjetas de embarque y les devuelvo los pasaportes—. Y buena suerte con el parto.

—¡Igualmente!

La mujer embarazada hace un gesto con la cabeza para señalarme la barriga, que, a las veinte semanas, ya es inconfundible, como si confesar mi embarazo me hubiera dado permiso para hincharme como un globo.

Mi turno está a punto de acabar cuando veo a Lars cerca de los mostradores. Mira su reloj: espera a alguien. Noto que me ruborizo y lo disimulo charlando con la chica que va a relevarme, pero Lars sigue ahí cuando me bajo del asiento y cojo el bolso. Soy consciente de mi abultada barriga y siento más vergüenza que nunca por la última vez que nos vimos. «Sí, intenté besarte. Sí, estoy casada. Sí, además estoy embarazada. ¡Sorpresa!»

—¡Hola! —Lars se acerca a mí y me besa en la mejilla sin apenas rozarme—. Tu amiga Jada me dio la noticia. He pensado pasarme para darte la enhorabuena.

—¡Oh! Gracias. —Me esperaba a mí.

—¿Tienes tiempo para un café?

—Tengo cita en el hospital.

Me señalo la barriga, poniéndola como excusa para no poder quedarme y evitar así el riesgo de una conversación incómoda sobre lo que sucedió en Johannesburgo.

—Nada malo, espero.

—Solo una ecografía de rutina. Debería haberme hecho una a las doce semanas, pero... —No termino la frase—. En fin, esta tarde me hago la ecografía de las veinte semanas, así que... —Señalo la salida con gesto impreciso.

—¿Estás preocupada, quizá? —Lars me mira fijamente—. ¿Después de perder a tu hijo? Debe de ser... agridulce: ¿es esa la palabra?

Agridulce. Es justo la palabra.

—Sí, esa es la palabra.

—¿A lo mejor podemos hablar mientras caminamos?

Habla un inglés muy correcto, casi anticuado, que me hace sonreír. Acomodamos nuestros pasos y de vez en cuando nos separamos para sortear una maleta huérfana o un aluvión de pasajeros.

—Bueno... ¿qué has hecho últimamente?

Me apresuro a darle conversación, lo que sea para evitar hablar de Johannesburgo...

—De hecho, he estado aprendiendo a cocinar.

Me detengo y lo miro.

—¿En serio?

—Como tú dijiste, puede que un día nunca llegue. Son dos horas una vez a la semana, y falto continuamente por trabajo, así que puedo explicarte cómo preparar masa de pasteles, pero no qué hacer con ella; o cómo preparar salsa de carne, pero no cómo asar un pollo para acompañarla.

Me río.

—¿Quién más hace el curso?

—Somos seis. Cuatro hombres y dos mujeres. Una de las

mujeres se cree una chef de primera y siempre está diciéndole al profesor cómo cocina las cosas ella.

—Seguro que estáis encantados.

Hemos llegado a la salida y me detengo. Lars se vuelve para mirarme.

—La última vez que nos vimos...

«Oh, Dios mío, la última vez.»

—... hablamos de los países a los que habíamos ido, de cuánto nos gustaba ver mundo. Cuando Jada me dijo que estabas en tierra, pensé que debías de echar de menos viajar.

Se saca algo del bolsillo y me lo da.

Es una postal. Una puesta de sol, como la que vimos desde el restaurante del hotel de Johannesburgo, pero reflejada en aguas abiertas en vez de en el estanque de un jardín ornamental. Tonalidades rojas y anaranjadas rielan en una laguna donde hay amarrada una barcaza con un alto mástil.

—¿Tailandia?

—Camboya.

—Es bonita. —Me vuelvo para mirarlo—. Gracias. Por esto y —vacilo— por pensar en mí. —Llegamos a la salida y nos detenemos, de nuevo incómodos—. Las cosas están un poco... complicadas ahora mismo.

Espero que no me pida que le explique más. No lo hace. En cambio, vuelve a meterse la mano en el bolsillo de la chaqueta y saca una tarjeta de visita.

—Mi número. Si te apetece un café, o dar un paseo, o... —Se encoge de hombros—. A veces es más fácil hablar con una persona que apenas conoces, ¿no?

Lo veo alejarse por donde hemos venido y sus largas piernas no tardan en recorrer la distancia. Estar en el trabajo a menudo es más sencillo que estar en casa, pienso, y cómo puede resultar mucho más fácil hacer confidencias a peluqueros, dentistas y taxistas que a nuestros seres queridos. Pienso en Max viéndose con Blair después de pasar toda una vida en países distintos, después de que los años los hayan convertido en desconocidos, y en lo fácil que debió de ser entablar una amistad que enseguida pasó a ser algo más.

Pienso en todas esas cosas mientras me dirijo al aparcamiento, y solo cuando busco las llaves me doy cuenta de que hay algo escrito en el dorso de la postal. Con trazo grueso y seguro, Lars ha anotado:

Camboya, diciembre del 2015
Ojalá estuvieras aquí.

Quedo con Max en el aparcamiento del hospital.

«Será más fácil», dije, aunque los dos sabíamos que esa no era la verdadera razón. La maternidad está al lado del hospital infantil: ni siquiera estaba segura de poder llegar a la puerta.

—Estás estupenda. —Max me besa en la mejilla. Me sostiene la mirada un momento y, de repente, me siento muy triste por no haber conseguido que lo nuestro funcione y, a la vez, completamente segura de que ha terminado—. ¿Cómo te encuentras?

—Bastante bien. Bien. —Me detengo—. Nerviosa.

—¿Por la ecografía?

—Por... —Señalo el hospital con un movimiento del brazo.

Max me coge la mano.

—Yo también. Vamos.

Echamos juntos a andar, mirando al frente, y no nos detenemos hasta que las puertas correderas se abren y estamos en la entrada de la Unidad de Maternidad. Respiro. Ha sido más fácil de lo que pensaba.

No tiene nada que ver con la UCIP. Hay filas de mujeres que se están acariciando las enormes barrigas y, en su mayor parte, parecen encantadas de hacerlo. Una chica con el embarazo muy avanzado persigue a un niño pequeño que corre sin rumbo, lo alcanza cerca de la zona de juegos y le hace cosquillas hasta que él chilla de risa. Adorará a su hermanita, pienso. Y entonces ella empezará a gatear y a querer los juguetes de su hermano mayor y... Siento una opresión en el pecho.

—¿Bien? —Max observa mi cara buscando preocupación.

—Bien. —«Deja de hacer eso, Pip. Es como hurgar en la llaga o tirarle piedras a un oso. Sabes lo que va a pasar, cómo vas a sentirte.» Dejo de torturarme. Al final de la sala, una enfermera con una carpeta dice un nombre—. Sentémonos ahí. —Cojo una revista y la hojeo distraídamente.

Max apoya los codos en las rodillas y se toquetea las uñas, preparándose para decir algo que no me sorprende cuando lo escucho.

—Te echo de menos.

¿Qué puedo decir? ¿Qué debería decir? Yo también lo echo de menos, pero eso no cambia nada.

—No puedes tenernos a las dos —digo en voz baja.

Si hay dos caminos, dos alternativas, hay que elegir una. Nosotros, más que nadie, lo sabemos.

—¿Philippa Adams?

—Salvado por la campana —dice Max con una sonrisa irónica.

Me tiende la mano y yo se la cojo y se la aprieto mientras seguimos a la mujer de la carpeta.

—¿Primer hijo? —pregunta la ecografista. Vuelve a dolerme el pecho y miro a Max, pero, antes de que ninguno de los dos pueda hablar, ella termina de leer nuestro historial médico. Alza la vista—. No, veo que no. Lamento su pérdida. —Hace una brevísima pausa y yo me pregunto si seré capaz de afrontar esto, pero ella coge un bolígrafo y me pregunta—: ¿Alguna complicación en el primer embarazo? Con... —vuelve a consultar el historial—, ¿Dylan?

—Ninguna. —Es agradable oír su nombre. Confirmar que salió de mí, que existió—. Fue un embarazo de libro. —Me pongo una mano en la barriga—. Y tampoco hay problemas con este.

—Estupendo. —Me dirige una sonrisa radiante, como si yo hubiera aprobado un examen—. Pues súbase a la camilla.

Debería estar preocupada. ¿Y si no se oyen latidos? Intento recordar la última vez que he notado movimiento. ¿Y si algo va mal? Por fin doy forma al miedo que me acosa desde que me quedé embarazada, desde la primera vez que Max y yo hablamos de tener más hijos. ¿Y si este niño ya está enfermo? ¿Y si tiene discapacidades incompatibles con la vida?

«¿Y si este es mi castigo?»

Cierro los ojos cuando la ecografista me unta la barriga de frío gel y solo cuando el tooc, tooc, tooc de los latidos resuena en la sala vuelvo la cabeza y miro a nuestro hijo.

—¿Quieren saber el sexo?

—Sí. —respondemos Max y yo a la vez. Ya estamos hartos de incógnitas.

Noto su mano en la mía cuando la ecografista desliza el transductor por mi barriga y el bebé con curiosa forma de judía se enfoca y desenfoca en la pantalla.

—Enhorabuena —dice por fin, antes de pulsar una tecla para imprimir una copia de la ecografía—. Van a tener una niña, y está sanísima.

CUARENTA Y TRES

MAX

2017

En los pocos días entre Navidad y Año Nuevo, por fin encuentro piso.

—Sabes que podrías haberte quedado todo el tiempo que quisieras —dice mi madre mientras me ayuda a recoger mis cosas.

Ahora que ya no me paso la vida ovillado bajo el edredón rosa, creo que le gusta bastante tenerme en casa.

—Vendré a verte continuamente.

Antes de que mis padres se compraran esta casa en East Village, el barrio ni siquiera se llamaba así. Era una serie de calles entre Ukrainian Village y Noble Square; una zona en la que el polaco se hablaba más que el inglés y era más fácil comprar *kielbasa* que perritos calientes. El año que yo nací, el índice de incendios provocados generó una unidad especial propia. Mis padres se quedaron porque era donde la familia de mi padre vivía desde la lejana época en la que su apellido era Adamczyk en vez de Adams. Vi un par de pisos cerca, pero me decidí por un estudio situado en el número 555 de Arlington Place, en Lincoln Park. Es minúsculo, pero no está lejos del lago y tiene plaza de aparcamiento. Firmo un contrato de alquiler de doce meses.

—Más te vale.

Cuando regresé a Chicago, me pareció que el mundo de mi madre era pequeño, y su vida social, limitada. Ahora sale todos los días y está ocupada con reuniones y tertulias, y me doy cuenta de que se quedaba en casa por mí. De que había dejado su vida en suspenso mientras su hijo adulto sufría una crisis nerviosa.

Hago lo que puedo para agradecérselo. Cocino casi todas las noches, aunque nunca tan bien como ella, y busco películas que creo que le gustarán. La llevo en mi furgoneta nueva a la clase de tai chi con su grupo sénior de *fitness*.

Pienso en Leila Jalili y en lo contenta que estaba de que su madre se fuera a vivir con ella. «La afortunada soy yo», me dijo. Yo también he sido afortunado. Afortunado de tener otra oportunidad para pasar tiempo con mi madre, para vivir juntos como adultos, no como madre e hijo.

Blair me ayuda a instalarme.

—¿Dónde quieres poner estos libros?

Paseo la mirada por el minúsculo espacio, más pequeño que el salón de la casa que Pip y yo hemos vendido no hace mucho.

—Ahí. Tendré que montar la librería.

El estudio no está amueblado, pero como apenas hay espacio para nada aparte de una cama, un sofá pequeño y una librería, mi viaje a Ikea no me ha dejado en números rojos. Comeré en el sofá y, bueno, si alguna vez surge una cena para dos, será hombro con hombro en la barra de la cocina americana.

Es una sensación extraña eso de volver a empezar. Es extraño tener solo dos unidades de cada cosa en los armarios: dos tazas, dos platos, dos tazones, cuando durante años he tenido platos y cubiertos de más para Acción de Gracias. También es extraño tomar decisiones sin preguntar a nadie. Meter las sartenes, una grande y otra pequeña, en el armario que me apetezca. La tristeza empieza a invadirme, pero no permito que se apodere de mí. En cambio, pienso en la flamante caligrafía de mi furgoneta, en el logo que ha diseñado Blair, con su alegre brocha como un signo de exclamación después de mis iniciales. Pienso en el lugar en el que estoy ahora mismo, y en qué distinto es del lugar en el que me encontraba el año pasado. Y me siento agradecido.

Cuando terminamos, nos hundimos en el sofá y contemplamos nuestra obra.

—Muy cómodo —concluyo.

Apoyo la cabeza en el edredón rosa que me he llevado de casa de mi madre.

—Tengo uno gris en algún sitio, creo —me dijo ella cuando le pregunté si me lo podía quedar.

—Querría este, si no te importa.

Ella me sostuvo la mirada y creo que lo entendió, porque sonrió y no me preguntó por qué; se limitó a sacarlo de la cama y dármelo.

—¡Ah, tengo algo para ti! —Blair coge las llaves y desaparece. Está de vuelta al cabo de dos minutos, con una gran bolsa que contiene una planta y un puñado de objetos que no distingo—. Bueno, esto es un poco cursi, pero... —Se sonroja y, en vez de mirar cómo saca los objetos de la bolsa, me descubro fijándome en el rubor de sus mejillas, en la expresión de sus ojos, entre entusiasmada y nerviosa—. Que tu nuevo hogar esté lleno de vida.

Saca la planta, un helecho cuyas livianas frondas verdes se mecen con la brisa que entra por la ventana abierta, y me la da.

—Gracias, es preciosa.

—Hay más. —Otro sonrojo, esta vez oculto en parte por su pelo, cuando se inclina para mirar dentro de la bolsa—. Bien. Que vivas con luz y felicidad.

Se sienta sobre los talones y me da el siguiente regalo, un farolillo de estilo marroquí con medias lunas recortadas que permiten ver la vela del interior.

—Esto es increíble. —La miro—. Tú eres increíble.

El siguiente regalo es un salero. Enarco una ceja.

—Para que tu vida no sea nunca sosa —dice Blair, sonriendo.

—Genial.

Me regala una barra de pan con la esperanza de que mi nuevo hogar jamás conozca el hambre; un tarro de miel para que las horas que pase en él sean dulces. El azoramiento de Blair desaparece y sus mejillas recuperan el color normal.

—Por último, pero no por ello menos importante —dice, sacando el último regalo—. Que no pases nunca sed.

Nos bebemos el champán en vasos de tubo —añado copas de vino a la lista de cosas que aún necesito— y brindamos por «los nuevos comienzos».

—Por la amistad —añade Blair, alzando su vaso.

Nos sostenemos la mirada un momento y ahora soy yo el que se ruboriza, porque la sensación que ha surgido dentro de mí al oír su brindis ha sido muy parecida a la decepción.

—Por la amistad —repito. Es lo único que quiero. Amo a Pip y eso no va a cambiar—. Oye, ya tengo mi certificado de antecedentes penales —añado como si acabara de acordarme.

—¡Oh, estupendo!

—Así que esta semana puedo echar una mano en el club de natación, si aún queréis que lo haga.

—Claro que queremos.

Sigo las indicaciones que Blair me ha dado para ir al club deportivo de Sheffield y doy mi nombre a la recepcionista, quien me informa de que el Challenge Swim Club está en la piscina más pequeña de las dos. «Niveles de aptitudes distintos», me dijo Blair. Me pregunto cuánto recordaré de mi propio entrenamiento y si tendré facilidad para transmitir mis conocimientos a otros.

En el vestuario me dejo la camiseta puesta, pero me quito los vaqueros y me pongo el bañador. Dejo los zapatos en una taquilla y me dirijo a la piscina.

Un ruido me insta a pararme en seco, incluso antes de ver el agua. Un grito agudo que podría parecer de angustia, pero que me deja sin aire en los pulmones y me obliga a apoyarme en la pared. Oigo otro grito agudo, solo que no es un grito, sino una carcajada. Otra, y otra.

«Dylan.»

El pensamiento está en mi cabeza antes de que la lógica pueda intervenir. Doy unos cuantos pasos más y entro en la piscina, y entonces mis pies se niegan a seguir moviéndose. Esperaba ver una fila de niños con bañadores iguales, preparados al borde de la piscina, esperando su turno. Pensaba que vería giros bajo el agua y estilo libre, mariposa y espalda. Cronómetros y carreras.

No esto.

Hay unos doce niños en la piscina y al menos la misma cantidad de adultos. Los niños están sentados o tumbados en colchones flotantes, con la cabeza bien alejada del agua. Algunos están quietos y su único movimiento son las olas que levanta el agua; otros agitan las extremidades como locos, salpicando a todos los que están en su órbita. Al lado de la piscina hay una grúa hidráulica, para ayudar a los críos a entrar y salir.

Blair está dentro de la piscina. Me ve y habla con otro voluntario, antes de nadar hacia la escalerilla. Lleva una camiseta azul del Challenge Swim Club encima del bañador.

—Tendrías que habérmelo comentado —le digo en cuanto la tengo delante.

Un estremecimiento recorre mi cuerpo.

—No pensaba que vendrías.

—No lo habría hecho. —Me parece que el corazón va a parárseme, o a estallarme, o... «Dylan, Dylan, Dylan»—. No puedo hacer esto. Lo siento. —Tomo el camino del vestuario.

—Este era el club de mi hija.

Me detengo. Me doy la vuelta.

—Mi hija mayor, Alexis. Nació con parálisis cerebral y un montón de problemas más. —Me sonríe con dulzura y me sostiene la mirada, lo que me impide irme—. Murió el año que nació Brianna. Tenía cuatro años.

Se oye un grito de alegría en la piscina. Dos voluntarios están haciendo girar en el agua a un adolescente que lleva un chaleco salvavidas.

—No me lo habías contado.

—No quería que pareciera que te daba lecciones. Con el duelo, he descubierto que cada uno tiene que hacer su propio viaje.

Me pregunto si mi madre lo sabe y Blair le pidió que no dijera nada.

—A Alexis le encantaba el agua, era feliz en ella. Empecé a echar una mano cuando les faltaban voluntarios, y me quedé.

—¿No te...? —me interrumpo.

—¿Parece duro? —Blair piensa un momento en ello y niega con la cabeza—. No en ese sentido. —Echa un vistazo a la piscina y luego a mí—. Una cosa no quita la otra, Max.

—Miro a estos niños y... —Trago saliva—. Veo a Dylan.

La mirada de Blair se dulcifica, pero, cuando vuelve a hablar, lo hace con firmeza:

—Entonces no estás mirando con la suficiente atención.

CUARENTA Y CUATRO

PIP

2016

El cielo está tan azul y despejado como en un día de verano, hasta que salgo y veo el vaho de mi respiración. El tendedero oscila, cargado de camisetas y peleles diminutos suavizados por un lavado y tendidos al aire libre para aprovechar este excepcional día sin lluvia. Me apoyo la cesta en la cadera, con dificultad por mi enorme barriga, y con la otra mano voy descolgando las prendas y metiéndolas dentro. Mi hija traerá la primavera y pasaremos los meses de verano tumbadas en la hierba bajo el sol.

Mientras recojo la ropa, un avión pasa por encima y saludo con la mano; aún soy la niña de ocho años que miraba los aviones tumbada en el jardín de sus padres, soñando con vivir aventuras. No cogí un avión hasta los diecisiete años, pero sabía los nombres de todos los aviones que despegaban del aeropuerto de Birmingham y cuánto personal iba a bordo. Cuando tenía catorce años, mi padre me organizó una visita al aeropuerto. Me trataron como a una reina, me dejaron pulsar el botón para poner en marcha la cinta de recogida de equipaje, sentarme en la cabina de mando de un Boeing 747 y enseñar a ponerse el chaleco e identificar las salidas de emergencia a filas de pasajeros imaginarios. Mis padres tienen la fotografía en la repisa de la chimenea. Cuando empecé a trabajar para British Airways, ocho años después, mi padre la mandó a un semanario, que publicó un artículo muy cursi titulado «La carrera de una chica de la región despega».

Llego al final del tendedero y llevo dentro la cesta llena de ropa limpia. ¿Qué haré cuando nazca la niña? Dejé los vuelos de larga distancia cuando tuvimos a Dylan, pero los eché de menos, y he tardado años en recuperar la categoría que tenía. Quizá podría trabajar en vuelos de larga distancia a jornada parcial si Max no viajara tanto, pero...

—Puedes seguir contando conmigo —dijo cuando terminó de subir sus cosas al coche—. Ahora y cuando nazca la niña. Igual que antes.

Había una caja de discos apoyada contra la ventanilla del acompañante como si estuviera borracha, colocada encima de una bolsa de ropa.

—Lo sé.

Pero, por supuesto, no sería como antes. Max no me haría un masaje en los pies después de un largo día de trabajo, ni apoyaría la cabeza en mi barriga por las noches para cantar una nana desafinada a nuestra hija aún por nacer. No estaría a las tres de la madrugada con un bebé que no se duerme.

—No tenemos que hacer esto. —Max se quedó de pie junto a la puerta abierta del coche—. No es demasiado tarde.

Sería tan fácil pedirle que deshiciera el equipaje, que le dijera a Blair que no la quería, que volviera a vivir conmigo y esperara a que naciera la niña. Y después... ¿qué? ¿Ser infelices? ¿Mirarnos y pensar en lo que podría haber sido? ¿En lo que aún podía ser?

Cuando las personas hablan de superar los altibajos del matrimonio, se refieren a las tensiones de la vida normal. Despidos y preocupaciones por dinero, problemas de salud y recuperaciones. Mi relación con Max se siguió en la prensa nacional. Se vivió en la sala de justicia. Los matices de nuestro lenguaje gestual fueron fotografiados por *paparazzi* y comentados en las mesas de cocinas que jamás pisamos. Esas no son circunstancias normales. No somos los mismos que cuando Dylan estaba vivo.

—Lo es.

Entonces nos besamos, un beso largo y pausado que sentí en todas las partes del cuerpo.

Un beso triste, un beso de despedida, es una clase muy distinta de beso. De igual manera que los nuevos amantes, demasiado temerosos aún para decirlo en voz alta, entretejen sus abrazos de mudos «te quiero», un beso de despedida también esconde palabras. «Lo siento mucho —dijo el nuestro—, siento mucho que las cosas hayan ido así.» Y más que eso: «Sigo queriéndote, siempre te querré».

Mis padres no lo entienden.

—Pero si todavía os queréis...

Mi madre buscó el apoyo de mi padre, cuya incomodidad fue evidente.

—Es su decisión, Karen.

—Van a tener una hija, Derek.

—Estoy aquí —les recordé—. Y soy muy consciente de que vamos a tener una hija, igual que Max. Pero esa no es una razón para seguir juntos.

Los labios fruncidos de mi madre dieron a entender lo contrario.

Cualquier duda que pudiera quedarle de que nuestra separación era permanente se despejó cuando le dije que habíamos iniciado los trámites de divorcio.

—Pero eso es tan... tan definitivo.

—Esa es la idea, mamá.

Necesitábamos pasar página. Los dos. Aunque sospecho que Max lo necesitaba más que yo. La culpa por haberme engañado seguía atormentándole, y estaba dispuesto a terminar con Blair y a volver a intentarlo conmigo. Pero nuestro matrimonio era una ruina; su relación con Blair, en cambio, un solar limpio, con los cimientos echados, listos para un nuevo comienzo. Y yo le debía ese nuevo comienzo.

Una vez dentro de casa, dejo la cesta de la ropa en la mesa y oigo caer cartas sobre el felpudo. Estoy tan gorda que no puedo inclinarme para recoger el correo; así que separo bien las piernas y me agacho, apoyándome en la puerta con una mano para no perder el equilibrio. Dos facturas de gastos fijos, una carta de mi abogado y una postal de Johannesburgo.

«¡No es lo mismo sin ti!», leo en el dorso de una fotografía del Palazzo Montecasino. Está tomada desde el final del jardín y se ve el estanque con la terraza del restaurante al fondo. Una flecha dibujada a mano señala una de las mesas, nuestra mesa.

La pongo en la nevera, donde acompaña a las postales de Barbados, Santa Lucía, Shanghái, Boston, Las Vegas, Seattle, etcétera. Mi vuelta al mundo virtual, por cortesía de Lars. «A veces es más fácil hablar con una persona que apenas conoces.» A lo mejor lo llamo, en algún momento. Después de que nazca la niña.

En la primera planta guardo los peleles limpios en la cómoda del rellano. La niña —aún no nos hemos puesto de acuerdo en qué nombre ponerle— dormirá conmigo los primeros meses y esa demora me da una excusa para no haberle preparado un cuarto. Tenemos cuatro habitaciones en la primera planta. El dormitorio que sigo considerando «nuestro» —aunque ya llevo casi tres meses durmiendo sola en él—, el cuarto de invitados, el despacho de Max —ya sin libros ni ordenador— y la habitación de Dylan, que ahora es mi cuarto de lectura. Entro en todos ellos e imagino la cuna en cada uno, a una niña saltando sobre el colchón, impaciente por levantarse. ¿Lo veré? ¿Llegará esta niña que llevo dentro a la edad de Dylan? ¿Cumplirá más años? «Claro que sí», me digo con severidad, pero sigo sin poder reunir el valor para bajar la cuna del desván, para pintar una habitación de colores alegres. «Pasito a pasito», pienso.

Me siento en el sillón de la habitación que Max decoró para mí y miro las azoteas de las casas por la ventana. Subo los pies doloridos al asiento y apoyo la cabeza en la oreja del sillón. Mi libro está en la mesa junto a mí, con la carta doblada de una citación médica como punto de libro, pero por una vez no tengo ganas de leer.

Al lado del sillón, donde lleva tres años sin que la toque, está mi bolsa de labores. La cojo, me la pongo en el regazo y espero un momento antes de abrirla. Cuando lo hago, tengo que cerrar los ojos y concentrarme en inspirar y espirar, inspirar y espirar. El olor a hospital, no sé si real o imaginado, a gel bactericida, zapatos con suelas de goma y los uniformes lavados y planchados de los enfermeros. El bip bip bip de las máquinas de Dylan, las yemas de los dedos pegajosas por los electrodos que llevaba en el pecho. Aún con los ojos cerrados, meto la mano en la bolsa y palpo los suaves cuadrados de punto. Imagino la manta terminada colocada a los pies de la «cama de niño mayor» que íbamos a comprar cuando Dylan tuviera tres años. Siento el dolor en el pecho y, en vez de luchar contra él, lo dejo brotar, florecer y morir, y, cuando desaparece, abro los ojos y me siento más liviana. Paso un rato mirando los pájaros de las azoteas y después saco mis agujas de punto, con el cuadrado a medias colgando, y empiezo a tejer.

CUARENTA Y CINCO

MAX

2018

—Hola, muchachote, ¿qué tal? Te eché de menos la semana pasada.

Michael tiene ocho años y está boca arriba en el agua, con flotadores alrededor del cuello, la pelvis, los brazos y las piernas. Su terapeuta está realizándole una serie de movimientos con las extremidades concebidos para mejorar su función muscular y articular, y el agua proporciona resistencia natural.

—Estaba acatarrado y se quedó en la escuela. Más vale prevenir que curar, ¿no?

Como algunos otros niños del Challenge Swim Club, Michael vive en una escuela residencial de Chicago y lo traen a la piscina una vez a la semana en un minibús adaptado. Algunos de los críos, incluida Madison, que ahora mismo está salpicando a su madre con expresión de incontenible alegría, viven en casa y vienen con sus padres. Además de los voluntarios, como Blair y yo, hay fisioterapeutas y expertos en terapia acuática, así como empleados del club deportivo para manejar las grúas. La piscina está abarrotada y el nivel de decibelios es increíble; es como una ludoteca con el volumen al máximo.

Hablo con Michael para que su terapeuta pueda concentrarse en los ejercicios. Aunque al niño le encanta estar en el agua, odia que le salpiquen en la cara y reacciona conteniendo la respiración hasta que los labios se le ponen azulados. Mi tarea es vigilar a los niños que salpican y apartarlos con delicadeza, lo cual es más fácil de decir que de hacer en una piscina llena de niños excitados.

Después de la sesión, espero a Blair, que sale de la ducha con el pelo aún mojado. Se pone un gorro morado con un pompón cuando nos dirigimos juntos al aparcamiento.

—¿Has leído la crítica del *Tribune* sobre la pizzería nueva de Clark Street con Diversey Parkway? —pregunto—. ¿Podría ser una opción para el sábado?

Nuestra última comida, hace quince días, fue en un bar de fusión latina del West Loop que se merecía con creces la mordaz reseña del crítico de restaurantes del periódico. Fuimos todo lo amables que pudimos en nuestra crítica para TripAdvisor.

—Resulta que iba a hablarte de eso.

—¿Tendrás a tus hijos? Tráelos, si quieres.

—No, estarán con su padre, pero... —Blair saca las llaves del bolso—. ¿Querrías cenar en vez de comer? —Me mira y alza un poco la barbilla—. En un sitio bonito.

—Un sitio bonito —repito, tomándome un momento para asimilarlo. Me fijo en su barbilla alzada, en el rubor de sus mejillas—. Oh. ¿Te refieres... a tener una cita?

Blair se ríe.

—Sí, Max. Una cita. Una cita de verdad. Tú y yo. ¿Qué me dices?

Pese al cortante viento de marzo, de golpe tengo demasiado calor. Quiero intentar explicarme, pero lo único que se me ocurre es: «No eres tú, soy yo», y ni siquiera yo soy tan cretino para decir eso.

—Entiendo. —Blair baja la cabeza y levanta una mano, con la palma vuelta hacia mí—. No necesitas explicarme nada.

Luego alza otra vez la vista y vuelve a reírse, y puede que realmente no le importe, o quizá sea una gran actriz, pero, sea como sea, no hay nada en su expresión que dé a entender que es importante.

—¿Pizza entonces? —Alzo la voz cuando ella se encamina a su coche—. Según parece, «la carta es tan poco original como la decoración», así que debería ser una experiencia inolvidable.

—¡Te digo algo!

Se despide con un alegre gesto de la mano y se marcha, y yo me quedo un momento donde estoy, deseando poder dar marcha atrás, pero entonces me doy cuenta de que seguiría sin saber qué decir.

Blair está ocupada el sábado. Me lo comunica en un mensaje de texto, con besos y carita sonriente incluidos, lo que me indica que no está enfadada conmigo. Voy a la pizzería con mi madre, que se queda desconcertada con la insulsa carta y las paredes de ladrillo que los propietarios han pintado de marrón por alguna razón inexplicable. Pienso en cómo nos habríamos reído de eso Blair y yo, en que habríamos pedido platos distintos para poder experimentar todo el abanico de horrores. No sé qué hacer el sábado por la noche y al día siguiente me despierto con sensación de pesadez e inquietud, deseando que el día termine, que termine la semana. Salgo a correr; atravieso el parque por Fullerton Avenue y después tuerzo a la derecha para seguir la orilla del lago hacia el sur, con áticos de un millón de dólares a mi derecha y el lago grande como un mar a mi izquierda. Sopla el viento, el agua está gris y las olas arremeten contra los espigones e invaden la playa hasta los puestos de los socorristas. Bajo a la pista y encuentro mi ritmo, pero sigo inquieto cuando llego al Loop.

Blair no propone otra comida. Pienso que quizá debería mandarle un mensaje, pero pasan varios días, y después dos semanas, y luego me resulta embarazoso que haya pasado tanto tiempo. Acepto un trabajo fuera de la ciudad y me disculpo con la secretaria del club de natación, pero no con Blair, y paso las tardes solo en mi estudio, donde las paredes se me caen encima. Un conocido peso me oprime el pecho y, cuando la primavera llega a Chicago, una nube negra me persigue. Dejo de buscar nuevos clientes y solo trabajo si me llaman ellos. Cuando Blair me escribe: Hola, cuánto tiempo, ¿qué me cuentas?, dejo el mensaje sin responder.

—¿Y bien? —Mi madre se fija en las botellas de vino vacías de la repisa de la cocina y después me mira con expresión crítica.

—No estoy pasando una buena época —mascullo.

Me saca a rastras de casa, pide café y me obliga a desayunar.

—Blair me ha dicho que ignoras sus llamadas.

—Una o dos, quizá. —Tres, cuatro, cinco...

—Es un encanto, Max. —Mi madre vacila—. Resulta que tenéis mucho en común...

—Sé lo de Alexis.

Mi madre exhala.

—Te lo habría dicho, pero...

—Tranquila. —Se me hace un nudo en la garganta de solo pensar en lo que estoy intentando decir. Doblo la servilleta por la mitad, y después en cuatro—. Dylan habría cumplido ocho años la semana que viene. —Parpadeo mirando la servilleta, sabiendo sin necesidad de alzar la vista que mi madre está intentando no llorar, igual que yo—. Debería estar comprándole un regalo.

Tras un silencio, alarga la mano y la pone sobre la mía.

—Haz que se sienta orgulloso de ti, Max. Ese es el mejor regalo que podrías hacerle.

Y me doy cuenta de que no llora por Dylan, sino por mí.

Devuelvo la llamada a un hombre que me ofrece un trabajo de diez días en una urbanización nueva de Milwaukee y convengo en empezar de inmediato. El edificio está vacío y me alegro de estar solo. Me concentro en mis brochazos, en los recortes, en la diáfana línea entre la pintura y el cristal. Respiro con mis brochazos. Arriba, abajo; dentro, fuera. Vacío la mente, expulso los pensamientos que amenazan con consumirme, y hacia el final de la primera semana siento que la nube negra empieza a disiparse.

El sábado hago una pausa a las once de la mañana. Me siento en el suelo con la espalda contra la pared debajo de la ventana que acabo de pintar y apoyo los antebrazos en los muslos, con el móvil en las manos. Veo cómo pasan los minutos.

Exactamente a las once y diez, Pip me llama. Me preguntaba si lo haría. Esperaba que lo hiciera.

—Y así sin más —dice—, fuimos padres. A las once y diez del 5 de mayo de 2010.

—Estuviste increíble.

—No te separaste de mi lado ni un solo momento.

—¿Te acuerdas de aquella comadrona tan genial?

—«Guárdelos, doctor McNab; llevo asistiendo a partos desde antes de que usted se graduara y aún falta mucho para los fórceps.»

Pip se ríe y yo cierro los ojos; apoyo la cabeza en la pared, deseando con todas mis fuerzas que estuviera aquí, a mi lado.

—¿Cómo te va con el...? —Me interrumpo justo antes de decir «holandés errante»—. ¿Con Lars?

—Bien. —Es una respuesta cauta y el corazón me da un vuelco, pero no ha terminado—. Muy bien, de hecho. Estupendamente.

—Me alegro. —«No es verdad.»

—¿Has... has conocido a alguien?

Pienso en Blair. En la cita que no tuvimos, y en cómo dio la impresión de que le daba igual. Pienso en cómo se ruboriza cuando se siente incómoda y en su sonrisa radiante cuando está a gusto. Pienso en sus lustrosos tirabuzones castaños.

—No. No hay nadie.

Después de que Pip haya colgado —después de que hayamos dicho «feliz cumpleaños, Dylan» y yo haya contenido a duras penas las lágrimas y la haya oído hacer lo mismo—, llamo a Blair para ver si está libre este fin de semana.

—He pensado en llevarte a cenar. A un sitio bonito.

El sitio bonito termina siendo Roister en el West Loop, sentados en sillas alrededor de la cocina abierta, donde comemos caldo de ternera con fideos *bucatini* y pollo cocinado de tres formas, todas deliciosas. Blair lleva un vestido de algún tipo de tela elástica que se le ciñe a las caderas, atado con una complicada doble vuelta alrededor de la cintura. Se ha dejado el pelo suelto y huele a un perfume que reconozco pero que no podría nombrar ni en un millón de años. Pip lo sabría.

—¿Cuánto tiempo tardaste en superar la pérdida de tu hija?

Blair abre los ojos un poco más de lo normal. «Así se hace, Max. Como tema de conversación para romper el hielo en una primera cita, esto es la bomba.» Niego con la cabeza.

—Cielos, perdón, me ha salido sin...

—No, tranquilo. No me importa hablar de ella. Pero ¿qué te hace pensar que lo he superado?

—Porque se... se te... —Muevo la mano para abarcar su pelo, su vestido, su...—. Se te ve muy bien.

Se ríe. Su risa es distinta a la de Pip. La risa de Pip es aguda y liviana, como las notas más agudas de una partitura musical. La de Blair es un rugido: un fuerte resoplido de alegría que incita a la gente a mirarla, a sonreír.

—Llevo quince años recorriendo una autopista a la que tú acabas de incorporarte, Max.

—Dime que se vuelve más fácil.

Vacila, como si estuviera sopesando la posibilidad de mentirme; luego niega con la cabeza.

—No, no se vuelve más fácil. Pero se aprende a llevarlo mejor. Igual que tú aprendiste a llevar mejor tu bicicleta cuando éramos pequeños. Te tambaleabas, te caías de vez en cuando, pero, por lo general, lo hacías sin pensar. Sabías que ibas en bicicleta, que tus piernas hacían rodar los pedales, y que tus manos iban agarradas al manillar, pero lo hacías sin pensar. Lo hacías y punto.

De repente recuerdo a Blair a los diez años, con los pelos al viento, avanzando a trompicones por la acera en la bicicleta de su hermano. Los dos hemos tenido una vida dura: ¿seríamos los mismos si no hubiéramos perdido a nuestros hijos?

Después de cenar vamos a pie en dirección al metro y mi mano encuentra la de Blair. Es suave y cálida, pero se me hace extraña, no se acopla instintivamente con la mía. Me siento como si estuviera representando un papel: «¡Mira qué bien estoy, mira cómo he superado lo de Pip!». Mientras escucho a Blair, siento que me distancio, que me retraigo.

Cuando doblamos por Sangamon Street, Blair se detiene.

—¿Qué pasa?

—Nada —respondo de forma automática. Sigo andando, porque a veces es más fácil hablar cuando no hay que mirar a la persona. Suspiro—. No me siento bien cogiéndote la mano.

—Tengo otra. —Mueve los dedos delante de mí, pero deja de hacerlo cuando no me río—. Max, no quiero llevarte al altar. Hemos salido juntos, nada más. Hemos pasado una noche agradable, una noche preciosa, yo al menos, y ahora estamos yendo a coger el metro. No hay más.

—Estar con otra persona... Siento que la estoy engañando.

—¿Aunque ella esté saliendo con otro?

—¿Cómo sabes eso?

La línea de metro elevado pasa por el final de la calle y oigo el rumor de un tren que se acerca.

Blair parece incómoda.

—Supongo que me lo dijo tu madre. Lo siento. No hablábamos de ti. Al menos no mucho. —Intenta sonreír, pero no lo consigue.

—Me siento tan mierda, Blair.

—¿Porque has salido conmigo? Porque, sinceramente, no creo que a Pip le importara. En todo caso, creo que se...

—No, esto no es por Pip: me siento un mierda contigo. —Dejo de andar, me vuelvo hacia ella y pongo las manos en sus hombros—. Me gustas mucho. Me gustas muchísimo. Me gustaría ver dónde va esto. Pero, por mucho que lo intente, aún quiero a Pip.

—Claro que aún la quieres. Me preocuparía si no lo hicieras. —Sonríe—. Cuando Alexis nació, pensaba que no tendría más hijos. ¿Cómo iba a hacerlo, cuando ya había volcado todo mi amor en el primero? Pero entonces tuve a Brianna, y después a Logan, y comprendí una cosa que no nos enseñan en biología. —El tren pasa con estruendo por encima de nosotros, una mancha de luz atronadora y chirriante. Blair me coge la mano y me coloca la palma sobre el pecho—. El corazón se ensancha.

CUARENTA Y SEIS

PIP

2016

Pulso el botón y espero el ascensor. La sala VIP solo está un piso más arriba, pero, en mis últimas semanas de embarazo, el dolor pélvico me ha obligado a pedir la baja por maternidad quince días antes. Hoy es mi último día de trabajo y toda esperanza de irme a casa temprano se ha esfumado cuando ha aparecido mi supervisor con una gran tarta en una caja y cara de agobio.

—¿Puedes llevarla a la sala VIP? Dios sabe cómo ha acabado aquí abajo, pero hay una fiesta privada a la que le falta la tarta y, no sé cómo, la bronca me ha caído a mí.

Está claro que, de repente, todos los demás están «ocupadísimos», pienso, cambiando incómodamente el peso de un pie al otro. El olor azucarado del baño que lleva la tarta me hace la boca agua. Si la sala VIP está tranquila, a veces nos dejan comer algo cuando reponen el bufet. Me ruge el estómago al pensarlo; sin embargo, en cuanto llego a la sala, no reconozco a la recepcionista. Sonríe aliviada; seguro que también le han echado una bronca por no haber tarta. Me dispongo a dejársela en el mostrador.

—Lo siento, ¿le importaría entrarla? No puedo dejar la recepción.

Se me está agotando rápidamente la paciencia. Hoy debe de haber un centenar de personas de servicio, pero, de algún modo, la que está embarazadísima termina haciendo los recados. Desde luego, no pienso irme sin un sándwich para el trayecto en coche a casa.

La sala VIP tiene distintas zonas, separadas por mamparas que crean cierta sensación de intimidad. Oigo un rumor de conversación al fondo y cruzo la sala, donde hay parejas y viajeros solos sentados en relativo silencio, leyendo, trabajando, comiendo.

De todas maneras, ¿qué se supone que tengo que hacer con esta tarta? Más les vale no esperar a que también se la sirva. En cambio, cuando cruzo la mampara, la primera persona que veo es a Jada, aún de uniforme, pero con una copa de champán en la mano.

—¡Oh! —Le enseño la caja—. ¿Sabes algo de esta tarta?

Ella sonríe.

—Resulta que sí. La he pedido yo.

Tardo tanto en atar cabos —estoy demasiado ocupada pensando que si ha sido ella la que ha pedido la dichosa tarta, lo menos que podría haber hecho era subirla— que, cuando veo a Ethan, a Marilyn y después... —¡qué cara tan dura!— al mismísimo supervisor que me ha mandado aquí, sigo sin darme cuenta de lo que pasa, hasta...

—¡Sorpresa!

Todos levantan la copa y, cuando alzo la vista, veo una pancarta colgada en la mampara donde pone «¡Enhorabuena!». Jada me coge la caja, la abre y dentro está la tarta más bonita que he visto nunca, con rosas escarchadas de color rosa y «¡Es una niña!» escrito alrededor del borde.

—¿Es «mi» tarta?

—¡Es «tu» fiesta!

Jada aplaude como una niña pequeña. Todos se ríen, alguien me da una copa de espumoso de flor de saúco y después todo son besos, apretones de manos y «Espero que todo vaya bien».

Todas estas personas lo saben, saben lo que le sucedió a Dylan. Se lo fueron contando —no para chismorrear, exactamente, sino como una explicación susurrada que descubrí que no me importaba—. Y ahora están todas aquí, personas con las que he trabajado tanto en el aire como en tierra, deseándome lo mejor, no solo porque es lo que se hace cuando la gente tiene hijos, sino porque lo sienten de verdad.

Lo mismo que al menos la mitad de los asistentes, Lars está tomando zumo de naranja. Acerca su copa a la mía y brindamos.

—Bonita fiesta.

—De haberlo sabido, me habría arreglado —digo sonriendo con aire arrepentido y señalo mi conjunto con un amplio gesto del brazo. «¡Tachán!» Llevo la versión de Virgin Atlantic de ropa premamá: camiseta y pantalón negros, con mi chaqueta roja encima. Bien poco glamuroso.

—Estás... ¿cómo se dice? —Lars encuentra la palabra—: Radiante.

—Y yo que pensaba que los pilotos necesitaban una vista perfecta...

Abre la boca para protestar, antes de comprender que estoy de broma.

—Entonces —dice en cambio—, ahora que estás de baja, ¿quizá podríamos tomarnos ese café?

—¿Vas a salir con Lars van der Werf?

—No es una cita. —La fiesta ha terminado y Jada y yo estamos sentadas en dos tumbonas en un rincón de la sala VIP—. Es un café.

A mi lado, en el suelo, hay una cesta de regalos llena de peleles, bombones, pañales, una montaña de artículos de tocador y una botella benjamín de champán obsequio de Marilyn: «Para esconderla en la bolsa que te lleves al hospital».

Jada coge un pellizco de merengue del plato que tengo sobre la barriga, a punto de reventar después de mi segundo gran trozo de tarta. Comer para dos, y todo eso.

—A lo mejor te dejas llevar y te lo tiras con los postres.

Me río y el plato se bambolea.

—Pero te pone, ¿verdad?

—No digas bobadas.

Enarca una ceja perfecta.

—Vale, quizá un poco.

Alza las manos en señal de victoria.

—Pero en un sentido puramente objetivo. —Ignoro la penetrante mirada de Jada—. Estoy a punto de tener una hija con un marido del que me estoy divorciando. Es un poco pronto para ponerme a buscar un sustituto, ¿no te parece?

—Estás siendo proactiva.

—Es puramente platónico, te lo prometo. Entre otras cosas porque, en lo que a él respecta, sigo casada.

Por suerte, Lars jamás ha mencionado mi torpe intento de seducirlo.

—Oh, no, él sabe que estás separada. —Se levanta—. Vamos, he prometido que nos iríamos antes de las cinco.

—¿Qué? ¿Cómo lo sabe?

Jada sonríe y me tiende la mano para ayudarme a levantarme.

—Porque se lo he dicho yo.

Veo a Lars unos días después, a finales de marzo. Vive en Saint Albans y quedamos a medio camino, en un pub de las afueras de Milton Keynes, donde acabamos comiendo en vez de tomar café.

«No es una cita», me recuerdo mientras Lars me ayuda a quitarme el abrigo y me retira la silla para que tome asiento. «No es una cita», me repito cuando siento calor en la piel al mirarlo y una descarga en las terminaciones nerviosas al rozar mi brazo con el suyo. «No es una cita.»

—¿A qué sitio te gustaría ir que aún no hayas ido? —me pregunta Lars, mientras se recuesta en la silla, esperando mi respuesta.

Pienso un momento. He volado todas las semanas —descontando los años de Dylan— desde que tenía veintidós años. No hay muchos lugares a los que no haya ido. De repente lo sé.

—Al Distrito de los Lagos.

—¿En serio? —Lars se ríe.

—En serio. No he ido nunca, y parece precioso. Me gustaría acampar cerca de los lagos, y sentarme alrededor de una fogata, tostando malvaviscos y contando historias. ¿Y tú?

Pero no llego a oír adónde querría ir Lars, porque justo en ese momento noto una sensación de humedad que me baja por las piernas y lo primero que pienso es cuánto me alegro de no ser primeriza, porque, si no hubiera dado a luz antes, podría haber creído que la vejiga me había traicionado. Lo segundo que pienso es que no tengo la menor idea de dónde está Max.

—Lo siento mucho —digo, ridículamente británica—, pero voy a tener a mi hija.

En su favor, Lars se limita a sonreír.

—Me he dado cuenta.

Por un momento creo que se refiere a lo que parece un tsunami de líquido amniótico debajo de la mesa, pero entonces comprendo que cree que solo me estoy disculpando por estar embarazada. Abro la boca para explicarme, justo cuando tengo la primera contracción, y se me escapa un grave gemido, como una vaca que necesita que la ordeñen. Me doblo por la cintura y me agarro a la mesa con ambas manos.

—¡Oh, Dios mío! ¡Te refieres a que vas a tener a tu hija ahora!

Asiento, incapaz de hablar hasta que el dolor disminuye y la contracción pasa.

—Será mejor que me vaya a casa a prepararlo todo.

Aún no tengo la bolsa hecha y, pese a los consejos de mis comadronas de tener mi historial médico en el coche, se ha quedado sobre la mesa de la cocina.

—Te llevaré en coche.

—Estoy bien, aún falta un montón. Con Dylan estuve de parto durante... —El dolor es como un puñetazo en el abdomen—. ¡Oh, Dios mío!

Soy vagamente consciente de gente que se apresura alrededor de nosotros, de que Lars pide a un camarero que llame a una ambulancia, y de que yo digo: «Estoy bien, vayamos en coche». Oigo a Lars decir: «Es demasiado pronto: no sale de cuentas hasta dentro de un mes», y de repente pienso que sí, que quiero una ambulancia, porque es demasiado pronto, y si... y si...

—Max... —consigo decir.

—Le llamaré.

Cojo el bolso, donde sé que hay una desgastada tarjeta de visita en alguna parte. La busco como puedo y alguien me lo quita de las manos y la saca. De repente siento la necesidad de ponerme a cuatro patas y bajo al suelo como puedo, gritando cuando tengo otra contracción. Está sucediendo muy deprisa. Demasiado pronto y demasiado deprisa. Si la niña corre peligro, no puedo estar aquí, no puedo dar a luz en el suelo de un restaurante...

Entonces oigo una sirena a lo lejos que va aumentando de volumen y Lars me frota la espalda y me dice: «Lo estás haciendo muy bien». Luego alguien dice «está aquí» y veo una silla de ruedas, y técnicos de ambulancia, y óxido nitroso para el dolor. ¡Oh, bendito óxido nitroso!

Doy a luz a mi hija en la parte trasera de una ambulancia, a medio camino entre el pub y la Unidad de Maternidad del hospital Milton Keynes. Alumbro estrujando la mano de Lars y asistida por un técnico de ambulancia. Y aunque llega con tres semanas y cuatro días de antelación, y aunque pesa menos de dos kilos y medio, es absolutamente perfecta.

En el hospital se la llevan. Les ruego que no lo hagan, pero la comadrona, aunque amable, se mantiene firme:

—Es prematura y hace un poco de ruido al respirar. Me quedaría más tranquila si la exploran en la Unidad de Cuidados Intensivos Neonatales. Voy a traerle una taza de té con mucho azúcar y, antes de que se dé cuenta, volverá a tenerla en brazos.

Siento una opresión en el pecho y un hormigueo en los pechos, llenos de leche que no tiene dónde ir. Tendría que estar en la Maternidad de Warwick. Tendría que darles mi historial médico, donde pone en letras mayúsculas que hemos perdido a un hijo, que podríamos estar preocupados, asustados. Me llevan a la sala y yo no dejo de preguntar: «¿Cuándo me la traerán? ¿Puede ir a ver si está bien?», pero están ocupados y no lo entienden; no entienden lo que hemos pasado.

—Todo irá bien —dice Lars y, aunque no puede saberlo, me tranquiliza su presencia serena, el hecho de que no parezca nada alterado por lo ocurrido.

Los brazos me duelen por el peso del vacío que acunan. Intento contener las lágrimas, lo intento con todas mis fuerzas, pero me pongo a llorar. «Solo quiero a mi hija. Por favor, tráiganme a mi hija.»

—¡Pip!

Oigo un portazo y Max irrumpe en la sala, sin chaqueta y con la corbata floja y torcida. Mira alrededor con cara de espanto, me ve y corre hasta mi cama. Entonces me ve llorando, ve la cuna de metacrilato vacía junto a mí.

—No. —Niega con la cabeza y da un paso atrás—. No, no, no...

—¡Aquí está! —La comadrona se acerca con paso enérgico, empujando una cuna—. Aquí está mamá. —Habla con el bultito envuelto en una mantita que ahora coge y me pone en los brazos. Habla con mi hija—. Está perfecta. Tiene un poco de ictericia, lo cual es bastante normal para un bebé prematuro, pero nada que nos preocupe. Enhorabuena, mamá y... —Mira a Max y luego a Lars, quien tose incómodo.

—Yo soy solo un amigo.

—Estábamos comiendo cuando me he puesto de parto.

Max no parece habernos oído. Está mirando la cosita que tengo en los brazos y alarga la mano para pasarle un dedo por la frente.

—¿Puedo cogerla?

—Claro.

Abro los brazos y dejo que sostenga a su hija. Max se acerca a la ventana y la levanta para besarla en la cara y susurrarle palabras que yo solo oigo con el corazón. La comadrona se marcha y Lars se levanta.

—Muchas gracias —digo—. No sé qué habría hecho si no hubieras estado conmigo.

Max parece ver a Lars por primera vez. ¿Qué se le estará pasando por la cabeza? ¿Se está preguntando quién es, qué significa para mí? Pero se coloca a nuestra hija en el brazo izquierdo y tiende la mano derecha a Lars.

—Max.

—Lars. Trabajo con Pip.

Los dos hombres se miran un momento; luego Max sonríe.

—Gracias.

—No ha sido nada —responde Lars, lo que nos hace reír a todos, porque lo ha sido todo—. Cuídala —le dice a Max cuando se marcha, y no sé si se refiere a la niña o a mí.

CUARENTA Y SIETE

MAX

2018

En Kucher Consulting la vida giraba en torno a los problemas. Yo era especialista en resolverlos, un apagafuegos, el hombre que veía lo que nadie más sabía ver. El solucionador. Podía identificar los obstáculos para el éxito de una fusión o diseñar una estrategia para entrar en un nuevo mercado. Podía encontrar los puntos débiles en la estructura organizativa de una empresa y mejorarlos. No había problema que se me resistiera.

Ninguno de esos problemas incluía a una niña casi adolescente que no quiere que salga con su madre.

Brianna me cae simpática. Pensaba que nos llevábamos bien. Hablamos de música —aunque parezca mentira, a los dos nos gusta Eminem— y le di un bote de pintura y unas cuantas brochas para que reciclara un escritorio que Blair le había dado para su cuarto. Me sonreía y saludaba cuando iba a ver a Blair, y me enseñaba vídeos de YouTube sobre orangutanes que se reúnen con sus cuidadores.

Por eso me quedo un poco sorprendido cuando paso a recoger a Blair un par de semanas después de que cenáramos en Roisters y Brianna da media vuelta, se marcha enfurruñada y me deja plantado en la puerta.

—Se lo has contado a tus hijos, ¿no? —digo cuando Blair ha dado instrucciones a la niñera y vamos camino del cine.

—Pensaba que se alegrarían. —Blair parece apesadumbrada—. Les gusta estar contigo; no pensé que tuviera importancia.

Pero Brianna se puso como loca. —Gimotea y se lleva las manos a la cabeza—. Dijo que me odia.

—No te odia.

«Aunque podría odiarme a mí», pienso al recordar su mirada fría cuando me ha abierto la puerta.

—Lo sé. Claro que lo sé. Pero... —Le tiembla la voz y le cojo la mano—. Soy tonta. Pensaba que les alegraría que estuviéramos saliendo.

—Cambiarán de opinión. ¿Qué dijo Logan?

Blair emite un ruido que es mitad risa, mitad sollozo.

—Se encogió de hombros y dijo: «Pensaba que ya estabais saliendo».

—Oye, eso es un índice de éxito del cincuenta por ciento; está bastante bien.

La tarde va de mal en peor. La película, anunciada como comedia, tiene casi tanta garra como una discoteca amish y Blair saca el móvil del bolso en dos ocasiones por si hay mensajes de casa. El restaurante, que por una vez no hemos elegido de entre los que desaconseja el *Tribune*, se merece pertenecer a esa categoría con creces. Estamos sentados sin apenas hablar, apartando fideos que no saben a nada.

—Puede que esto haya sido un error.

—¿El restaurante? Desde luego que... —Veo la cara de Blair—. Oh. Te refieres a todo. A ti y a mí. Entiendo.

Mi intención es quitar hierro al asunto, pero solo parezco seco e insensible. Me duele la cabeza y no sé qué decir para arreglarlo. ¿Brianna no quiere que su madre salga con nadie, o es solo que no quiere que salga conmigo? Una vocecilla me susurra «fracasado» al oído y me la quito de la cabeza. «No, no voy a permitir que me hables así. Ya no.»

—Vayámonos, ¿vale?

El móvil de Blair se ha pasado toda la cena en la mesa, por si Brianna le mandaba un mensaje. En el momento que lo coge, la pantalla se ilumina.

Cuando eres asesor empresarial, pasas mucho tiempo esperando en recepción a que bajen a buscarte. Vas al mostrador, das tu nombre y esperas mientras comprueban la lista de visitas previstas con el dedo. «No le veo», dicen, y tú te inclinas sobre el mostrador y les señalas tu nombre, que te llama la atención aunque esté del revés. Porque es tu nombre.

O, en este caso, el nombre de Pip.

«Pip Adams.»

Parpadeo.

—¿Por qué Pip te ha mandado un mensaje?

Blair mete el móvil en el bolso.

—¿Qué?

—Era el nombre de Pip el que ha salido en tu pantalla.

Blair se levanta.

—No, es otra Pip.

Está nerviosa y tarda mucho en ponerse la chaqueta, intentando disimular su malestar.

—¿Otra Pip Adams? —Suelto una risa falsa y arrojo los billetes sobre la mesa. Sigo a Blair cuando sale del restaurante—. ¿Por qué tiene tu número? ¿Por qué tienes su nombre guardado en el móvil? ¿Qué coño pasa, Blair?

—¡Hablamos, vale!

Blair se para en seco, a cinco metros del restaurante, y gira sobre sus talones para mirarme. Tiene los ojos como platos y la mandíbula tensa en un gesto desafiante.

—Vosotras... ¿habláis? —Es como si dos mundos aparte hubieran colisionado—. ¿Cómo?

—Bueno, ella dice algo, luego yo digo algo, luego ella sigue, luego...

—No, me refiero a ¿cómo? ¿Por qué? —Me paso los dedos por el pelo—. ¿Desde cuándo?

Blair suspira.

—Desde que fue a casa de tu madre para que firmaras los papeles de la casa. Tenía mi dirección por mi firma y me escribió.

—¿Te escribió?

—Estaba preocupada por ti, Max. —Blair encorva la espalda

y echa a andar—. Me dijo que te había visto muy mala cara, que no sabía qué hacer, estando tan lejos...

Oigo la voz de Pip en sus palabras, la imagino yendo a buscar papel y un sobre, sentándose a la mesa de la cocina y escribiendo a una mujer que acababa de conocer.

—Tu madre había estado un poco... —Blair busca una expresión diplomática. Esperamos en el semáforo en rojo de Belmont Avenue con Broadway; cruzamos en cuanto para el tráfico—, irritable con ella, lo que es comprensible, supongo. Y quería que alguien estuviera pendiente de ti y... la informara.

Le cuesta decir las últimas palabras, que son como una confesión.

—Y tú te prestaste a... —la ira me cierra la garganta y me cuesta esfuerzo hablar— ¿espiarme?

—¡No te espiaba! Le prometí que estaría pendiente de ti, nada más. Que la informaría de cómo estabas, que intentaría sacarte un poco de casa...

Pienso en las veces que Blair pasaba por casa para ver a mi madre. Pienso en cómo nos tropezamos con ella «por casualidad» en la Wicker Park Fest y acabamos pasando el día juntos. Pienso en su propuesta de brindar un poco de apoyo al restaurante de su amiga después de la horrible crítica del *Tribune*.

—Entonces, todo esto —muevo los brazos, intentando, sin demasiado tino, referirme a «tú, yo, nosotros»— ¿ha sido porque te compadecías de mí? ¿Sales conmigo por lástima?

«Eres un fracasado...»

—¡No! —Blair intenta cogerme del brazo, pero yo me aparto—. Max, no. Me gustas. Dios mío, quizá hasta...

—No lo digas. —La miro—. Ni se te ocurra.

Cuando llego a casa, llamo a Pip y le dejo un furibundo mensaje de voz. Me paseo de un lado para otro, agobiado por el minúsculo estudio que al salir me resultaba tan acogedor y ahora me parece patético, un reflejo de lo bajo que he caído. Abro una botella de vino y me he bebido la mitad cuando mi mirada se posa en el edredón que cubre el respaldo del sofá.

¿Esto no había pasado ya? ¿Cuando Pip me dejó? ¿La bebida, el enfado, la amargura, el rencor? Recuerdo la cara de Tom cuando vio la cocina sucia, su nariz arrugada por mi mal olor. Pienso en los meses que pasé ovillado bajo el edredón rosa en casa de mi madre, con una aplastante sensación de fracaso que me pesaba tanto que era incapaz de levantarme aunque quisiera.

¿Acaso no fue eso lo que me pasó? Y antes de esa vez, ¿no era siempre lo que yo hacía? Retirarme, huir, guardar las distancias. Pienso en la noche que Pip y yo discutimos e hice las maletas. Pienso en las semanas que viví en un hotel cerca del hospital, comunicándome con ella a través de las cartas de los abogados y escuetas notas que dejaba junto a la cuna de Dylan. Pip volvió conmigo por él, pero ¿es de extrañar que no se haya quedado?

Miro el dibujo de Dylan colgado de la pared. «Mi familia.»

«No.»

Vuelvo a decirlo, esta vez en voz alta:

—No.

Tapo la botella de vino y, al momento, vuelvo a destaparla para vaciarla en el fregadero. Abro el grifo y veo cómo el vino se vuelve rosa hasta desaparecer por completo. «No.» Basta de huir. Basta de encerrarme en mí mismo.

Mando un mensaje a Blair. Me he pasado. Lo siento. ¿Podemos hablar mañana? Y otro a Pip. El mensaje de voz estaba fuera de lugar, lo siento. Pero ¿podemos hablar? Y después me acuesto.

Normalmente, no trabajo en fin de semana, pero los últimos domingos los he pasado en el Instituto Dearborn, una de las escuelas que lleva alumnos al club de natación. Hice unos cuantos trabajillos para ellos, solo para echar una mano, y me ofrecí a pintar un muro exterior del complejo residencial. Por la mañana tengo los nervios de punta, esperando que Blair o Pip —o las dos— me llamen, pero no tardo en concentrarme. Creo que algunas personas se sienten así cuando planchan o corren: entran en el mismo estado de relajación que se alcanza realizando el mismo movimiento una y otra vez.

—Puedo ayudar.

Es una afirmación, no una pregunta. Me enderezo. Un chico de unos dieciocho años está mirando mis brochas. La mata de pelo castaño casi le tapa las pobladas cejas que se le juntan en el entrecejo. Lleva gafas y luce una amplia sonrisa que no puedo evitar corresponder.

—Claro. —Encuentro una brocha de un tamaño decente—. He hecho los bordes, así que ahora solo estamos rellenando.

Pone demasiada pintura en la brocha —todo el mundo lo hace— y le enseño a escurrirla en la cuerda que he colocado de lado a lado del bote, para evitar que la pintura gotee por los laterales. Observa cómo aplico la pintura al muro, tapando bien las grietas del mortero, ladeando la brocha en los ladrillos más lisos, y me imita a la perfección.

—Oye, eso está muy bien. Vas a dejarme sin trabajo, si no tengo cuidado.

Me presento y me entero de que se llama Glen, tiene dieciocho años y está en el último curso de Dearborn. Me cuenta cuál es su comida favorita (el queso), de qué color es su camisa favorita (verde) y cuál es su equipo de béisbol (Cubs). Casi hemos terminado el muro cuando aparece Jessica Miller, una de las profesoras del complejo residencial.

—¡Muy buen trabajo! ¿Has echado una mano, Glen?

—Ha estado increíble.

—Debo irme ya —dice Glen—. Tengo que ver a Martha Stewart.

—Gracias por tu ayuda —le digo, pero Glen ya se ha ido.

Miro a Jessica con una ceja enarcada.

—¿Martha Stewart?

—A Glen le encanta la pastelería. Le gusta su programa de cocina. —Admira el muro terminado—. Lo ha hecho muy bien. Quizá deberíamos añadir «pintor» a su currículo.

—¿Busca trabajo?

—Lo buscará. Muchos de nuestros alumnos pasarán de la escuela a un centro residencial, pero algunos, entre ellos Glen, recibirán apoyo para independizarse, lo que podría incluir encontrar trabajo. —Me mira y le leo el pensamiento.

—Oye, no tengo suficientes clientes para empezar a contratar gente —le digo antes de que pueda pedírmelo—, pero podría enseñarle, si sirve de algo...

—¿En serio?

Me suena el móvil y miro la pantalla.

—¿Me disculpas? Tengo que atender la llamada.

—Seguimos en contacto. —Jessica echa a andar—. ¡Voy a tomarte la palabra, Max Adams!

—Hola.

No logro interpretar la voz de Blair. Parece recelosa, como si se guardara algo. «Me gustas —dijo anoche—. Quizá hasta...»

—Soy un idiota —le digo.

—Cuéntame algo que yo no sepa.

La oigo sonreír y exhalo despacio. Creo que me ha dado otra oportunidad.

CUARENTA Y OCHO

PIP

2016

El ruido es increíble. Es como estar en la pista de despegue de Heathrow cuando un avión alza el vuelo, pero sin orejeras y con niños en vez de aviones.

—Santo cielo, odio las ludotecas. —Kat mira alrededor y hace una mueca—. Dios sabe qué habrá en ese foso lleno de balones.

Estamos sentadas en sofás de piel sintética en la «zona para bebés» de un gigantesco almacén situado a las afueras de Leamington.

—Aunque a ellos les encanta: míralos.

Grace tiene ocho meses y está arrastrándose de culo a una velocidad impresionante por una pista de obstáculos construida con una serie de coloridos bloques acolchados, haciendo todo lo posible para seguirle el ritmo a Thomas, el hijo de Kat, que solo le lleva una semana pero que ya gatea con mucha seguridad. Grace tiene los mismos hermosos rizos rubios que Dylan de bebé y me pregunto si se le oscurecerán como a él. En ocasiones lo veo tan claramente en la cara de mi hija que se me corta la respiración, pero la mayoría de las veces solo veo a Grace. Mi pequeña. Mientras Kat y yo vemos cómo juegan nuestros hijos, Grace se queda atrapada en un rincón, sin saber cómo darse la vuelta, y Thomas pasa gateando por encima de otro niño.

—Es como un episodio de la serie *Robot Wars*, ¿verdad? —digo mientras los rescatamos—. Casi parece que vayan a arder por combustión espontánea.

Sacamos a los niños por encima de la valla que rodea la zona para bebés y yo estoy acomodando a Grace para darle el pecho cuando llega Priya con Aeesha, que ya tiene el lustroso pelo negro tan largo que lleva dos moñitos sujetos con gomas rosas.

—Siento el retraso. —Priya mira alrededor—. ¿Charlotte no está?

—Ha vuelto a trabajar —le recuerdo.

Le hacemos sitio y Priya se sienta en el sofá.

—Uf. Es como si las vacaciones de verano se estuvieran acabando y ahora empezara la escuela.

—No para mí —dice Kat—. Voy a estar sin un céntimo pero feliz, quedándome en casa, engordando y haciendo pasteles y bebés. —Sonríe y me mira—. ¿Te han dicho ya que sí en el trabajo?

—Sí, puedo reincorporarme a jornada parcial el mes que viene. Pero solo será posible si Max convence a su jefe de que sea algo flexible con los horarios de trabajo. —Grace se separa, demasiado distraída por los ruidos y colores que la rodean para mamar como es debido. Me recoloco la camiseta y hurgo en el bolso buscando un colín para ella—. Puedo hacer un viaje de cinco días cada dos semanas, pero solo si Max me asegura que trabajará desde la oficina del Reino Unido durante esos días, para llevarla a la guardería.

—¿Y su jefe no se lo permitirá?

—Está por ver. Chester no es un fanático de la familia. —Me levanto—. Bueno, necesito café, ¿alguien más?

Estoy en la cola del café cuando una voz conocida dice mi nombre.

—¡Me ha parecido que eras tú!

Cuando me doy la vuelta, veo a Alison, con una niña de unos dos años en brazos que tiene los dedos pringosos y una sonrisa radiante.

—Estás increíble. Cielos, ¿cuánto tiempo ha pasado?

«¿Desde que dejasteis de incluirme en vuestras invitaciones?»

—Debe de hacer cuatro años —respondo en tono desenfadado.

—Sí. —Hace una mueca—. Tremendo, ¿no? Isaac y Toby ya están en segundo, ¿te lo puedes creer?

¿Es posible que sea tan grosera? ¿Tan insensible? ¿No piensa que sé perfectamente en qué curso están sus hijos, en qué curso habría estado Dylan? ¿No se imagina cómo me sienta, todos los meses de septiembre, ver el aluvión de fotografías en Facebook de niños vestidos de uniforme con enormes carteras?

—Un pajarito me dijo que habías tenido un hijo. Un niño, ¿verdad?

—Una niña. Grace.

Seguro que ese mismo pajarito le dijo que Max y yo nos hemos separado.

—Un nombre precioso. Esta es Mabel. —Alison me presenta a la niña de los dedos pringosos y veo que también tiene la cara pegajosa. Es evidente que Mabel estaba comiéndose un sándwich de mermelada cuando Alison me ha visto—. Saluda, Mabel.

La niña entierra la cara en el pecho de su madre y me reconforta saber que ahora la rebeca de angora gris claro de Alison está embadurnada de mermelada de frambuesa.

Avanzo en la cola.

—Es un poco tímida. Fiona está ahí, también ha tenido otra niña. ¿Por qué no vienes con nosotras? Sería fantástico ponernos al día. Es estupendo verte tan bien, después del mal trago.

«El mal trago.» El tiempo que pasamos en el hospital. Las devastadoras noticias que nos dieron, el diagnóstico terminal, la decisión que ningún padre debería tener que tomar jamás. La intrusión de los medios de comunicación, el tiempo que estuvimos de juicio. El mal trago de que vuestro hijo muriera...

Miro con seriedad a Alison, que ha descubierto la mermelada en su chaqueta y está intentando en vano limpiársela con un pañuelo de papel.

—Creo que no, gracias. Estoy con unas amigas. —Llego al principio de la cola y le doy la espalda—. Dos expresos con leche sin espuma y un té, por favor.

—Qué arpía.

Lars está sentado en el suelo de mi salón con Grace, apilando vasos de plástico. Cada vez que termina la torre, Grace los tira y se ríe como una loca, y Lars la reconstruye. Una y otra vez.

—Siempre lo fue, creo, solo que no me había dado cuenta.

O quizá, pienso con culpabilidad, sus pullas nunca habían ido dirigidas a mí. Miro la hora. Tengo que bañar a Grace.

—Mañana no trabajo.

Lars continúa apilando vasos, con una concentración muy superior a la que requiere la tarea. Se hace un silencio que creo debería llenar yo.

—Así que...

Grace derriba obedientemente la torre terminada y Lars se tapa la cara con las manos fingiendo consternación. Mi hija se ríe sin parar y Lars le sonríe mientras continúa hablando conmigo:

—Podría quedarme. Después de cenar. Podría quedarme a pasar la noche. Ya sabes, si...

Apila los vasos, con los ojos clavados en el plástico de vivos colores.

Tenemos, parece, una relación, más o menos. No es una relación convencional; sin duda, no tuvo un comienzo convencional, aunque, bien pensado, mi vida ha tenido bien poco de convencional en los últimos cuatro años.

—Me gustaría llevarte a cenar —dijo Lars cuando Grace tenía seis semanas—. Pero como eso es un poco difícil para ti en este momento, por la logística, ¿te parecería bien que te llevara la cena a casa?

Si tenía alguna duda de que aquello iba a ser una cita con todas las letras, se desvaneció cuando abrí la puerta y vi a Lars con un bonito traje azul marino, una camisa rosa pálido y una corbata azul. Llevaba una gran bolsa en cada mano.

—Aún no estoy lista, lo siento. ¿Te importaría vigilar a Grace mientras me cambio?

Ya me había cambiado de ropa. Me había puesto unos vaqueros limpios y una blusa sin vómitos de Grace, pero solo tardaría un momento en volverme a cambiar. No soportaba la idea de que Lars pudiera sentirse demasiado arreglado y, cuando saqué del armario un vestido con el que aún podría dar el pecho a Grace, sentí una chispa de entusiasmo que hacía tiempo que no sentía. ¡Iba a cenar con un hombre! Y ni siquiera iba a tener que salir de casa.

Lars no solo trajo la cena. Trajo el mantel y salvamanteles individuales, platos y cubiertos. Trajo flores y un jarrón para meterlas, y una vela que colocó en el centro de la mesa, en un pequeño candelero de plata.

Me quedé en la puerta de la cocina, vergonzosa de repente, viendo cómo Lars daba los últimos toques a la mesa y charlaba con Grace, que estaba sentada en su silla saltarina. Como si pudiera sentir mis ojos clavados en él, se dio la vuelta y por un momento solo nos miramos. Algo cambió en el ambiente y de repente me sentí realmente como si estuviera en una cita.

—Estás preciosa.

Me ruboricé.

—Tengo platos, ¿sabes?

—Ah, pero así puedo guardarlos al final de la noche y podemos fingir que estamos en un restaurante y que los lavan otros.

Me reí.

—Supongo que esperarás un diez por ciento de propina por las molestias...

—Cómo mínimo. Aunque necesito copas para el vino; he pensado que no sobrevivirían a la experiencia de ir en una bolsa.

Crucé el salón y saqué dos copas del armario.

—Ten.

—No estaba seguro de si tomarías alcohol.

Lars me enseña dos botellas, una de vino y otra de una bebida espumosa sin alcohol.

—Una copa no me hará daño.

Brindamos e intenté pensar en quién más conocía capaz de esmerarse tanto en organizarme una noche tan agradable. No se me ocurrió nadie.

—Es un detalle precioso, de veras —le dije—. Gracias.

Lars había cocinado. Chili con carne, arroz al pimentón y un bizcocho de limón ligerísimo, servido con una cucharada de helado de vainilla.

—El helado no lo he hecho yo, me temo.

—Me admira que hayas hecho el resto; creo que debería mandar un correo electrónico a tu profesor de cocina con una carta de recomendación.

—Me he apuntado al nivel intermedio —dijo Lars, un poco ruborizado.

Después nos retiramos al salón con el café. Se me hizo extraño ver a otro hombre sentado donde antes se sentaba Max y me entristecí al pensar que la vida no nos había ido como esperábamos. Aunque, bien pensado, supongo que casi nunca lo hace.

Hablamos de Grace y de viajar, cómo no, pero también de muchas otras cosas. Hablamos de libros, política y feminismo, y, aunque los ojos empezaron a cerrárseme, no quería que la noche terminara.

Me desperté, atontada y desconcertada, con el llanto de Grace. Las luces estaban atenuadas y yo echada en el sofá, aún vestida. Me cubría la manta del respaldo del sofá, hecha con los cuadrados amarillos que yo había empezado a tejer junto a la cuna de Dylan y que había terminado en mi cuarto de lectura, tres años después.

¿Dónde estaba Grace? ¿Y Lars?

Me entró pánico y me enredé con la manta al levantarme; me la quité de encima y la dejé tirada en el suelo. Corrí a la cocina, donde se veía luz por la rendija de la puerta entreabierta.

—¡Grace!

Lars se levantó y me dio a mi hija. Parecía aliviado, y no era para menos, dado que yo lo había dejado con ella en brazos durante —miré mi reloj— ¡tres horas!

—He pensado que te vendría bien descansar.

—Lo siento mucho, Lars. —Me aparté para dar el pecho a Grace y me miré el vestido para no enseñar más de lo necesario, preguntándome si era la única mujer que había amamantado a su hija en la primera cita—. Debes de pensar que soy una maleducada.

—Pienso que acabas de ser madre y que lo estás llevando estupendamente. Y pienso que ahora debería dejaros tranquilas a las dos.

En esa primera cita no nos besamos. Pero lo hicimos en la segunda, quince días después, cuando Grace y yo quedamos con Lars en la casa de las mariposas y sucedió... así, sin más.

—Podrías quedarte —le digo ahora, como si estuviera sopesando la idea. Repitiendo sus palabras, sin dar una respuesta.

—Solo si tú quieres.

Se me acelera el corazón, porque claro que quiero que se quede, pero —Dios mío, esto es complicado— tengo una niña de ocho meses, la piel del abdomen floja y blancuzca, y en lo que respecta a «ahí abajo»... Recuerdo las primeras veces que Max y yo estuvimos juntos después de que naciera Dylan, nuestros intentos, vacilantes y a veces dolorosos, de recuperar nuestra relación física. Y se trataba de un hombre que ya me conocía, que había visto cómo me cambiaba el cuerpo durante el embarazo y después del parto. Me siento en el suelo al lado de Lars. Me rodea con el brazo y me acurruco contra él.

—Ya no soy joven —digo con vacilación.

—Ni yo.

—Tener hijos es... mi cuerpo está...

Me atropello al hablar y, al final, Lars se vuelve para ponerse de cara a mí.

—Eres preciosa. Me pareciste preciosa desde la primera vez que te vi, y si supieras cuánto me costó apartarte de mi lado, la noche de Johannesburgo...

Se inclina para besarme y me permito fundirme con su cuerpo. Este hombre me ha visto dar a luz. Me ha visto dormir y dar el pecho, ha cuidado de mi hija mientras yo me daba un baño y me la ha dado mientras yo iba envuelta en una toalla. Quiere esto. Y yo también.

CUARENTA Y NUEVE

MAX

2018

Glen está sentado en el suelo, pasando la brocha por el zócalo con mucho cuidado. La lengua le asoma por la comisura de la boca, como a Blair cuando se pone rímel por las mañanas. Lleva seis meses conmigo después de lo que empezó como una semana de aprendizaje bajo tutela y ha terminado siendo un trabajo en prácticas remunerado. Esa Jessica Miller sabe cómo pedir un favor.

Al final del día de hoy, Glen dejará sus brochas por última vez —le permito quedarse con el mono— y mañana las cogerá Mikayla. Como Glen, Mikayla tiene síndrome de Down y, como él, tiene una buena motricidad fina y le interesa el trabajo. Queda por ver si mis clientes apreciarán sus interpretaciones de canciones de *High School Musical* tanto como yo.

Paso a ver a Blair cuando termino de trabajar, después de quitarme el mono y dejarlo en la furgoneta. Tengo las manos llenas de puntitos de pintura que desaparecen todas noches en la ducha, solo para que otros ocupen su lugar al día siguiente. Me gustan. Me gusta tener una prueba tangible de un duro día de trabajo, mucho más satisfactorio que un informe impreso o una página de notas tomadas durante una reunión.

Llamo al timbre. Tengo una llave, pero no la utilizo cuando los niños están en casa. Blair ha decorado el piso y hay una festiva guirnalda colgada de la puerta, con minúsculas campanitas plateadas atadas con cintas rojas. Las campanitas suenan cuando Logan abre la puerta. Alza la mano para chocarme esos cinco.

—Por abajo —dice; se la coloca cerca del muslo y la retira antes de que la mía la toque—. ¡Demasiado lento! —Sonríe—. ¿Podemos jugar a Fortnite?

—Claro. ¿Dónde está tu madre?

—Cocinando.

Blair sale al recibidor. Lleva un delantal y, cuando la beso, noto un inapropiado cosquilleo bajo los vaqueros. Parece que ella también lo nota, porque se ríe y dice que la ducha está libre si la necesito.

—Una fría, quizá —añade en voz baja.

Me río.

—¿De qué os reís? —pregunta Logan.

—De nada. Bueno, ¿*Batalla real* o *Salvar el mundo*? —Sigo a Logan al salón.

—Necesitamos la tele —le anuncia a su hermana, que coge el mando a distancia y se lo pega al cuerpo.

—Hola, Brianna —digo en tono alegre, pero ella ni siquiera reconoce mi presencia.

—Estoy viendo una cosa.

—Llevas siglos viéndola; me toca a mí. Max, díselo.

Alzo las manos como si tuviera la espalda contra una pared.

—No es mi casa ni son mis reglas, colega. Podemos jugar en otro momento.

Logan da una patada al sofá sin mucha convicción y se marcha, sin duda para quejarse de su hermana a Blair. Me siento en el sofá. Brianna tiene el entrecejo fruncido y no despega los ojos del televisor.

—¿Qué tal la escuela?

Nada.

—Interesante, ¿no? —En la pantalla, una chica con una falda cortísima está subida a una mesa de una cafetería escolar gritando algo sobre el respeto—. Tiene buena pinta —miento.

Brianna suspira muy alto. Coge el mando a distancia y cambia de canal.

—Bien, se acabó. —Parece que he llegado al límite de un

aguante que ni siquiera sabía que tenía. Me levanto y apago el televisor—. Vamos a salir.

—Divertíos —dice ella en un tono que insinúa todo lo contrario.

—No. Tú y yo. Vamos a salir a tomarnos unos gofres. Vamos a hablar de esto en territorio neutral, porque está amargándole la vida a tu madre.

Brianna vacila. Aunque no le guste que salga con su madre, tiene buenos sentimientos.

—Vale. —Se levanta del sofá—. Pero no pienso comer nada.

—Cariño. —Asomo la cabeza por la puerta de la cocina—. Brianna y yo salimos a tomarnos un helado. No tardaremos.

—Vais... —Blair se interrumpe—. ¡Vale! ¡Estupendo!

Vamos a Butcher & the Burger en Armitage, donde el surtido de repostería es tan tentador que Brianna no puede cumplir su amenaza. Me da las gracias entre dientes porque ni siquiera ella es tan grosera para ignorar el plato lleno a rebosar que acabo de comprarle. Nos sentamos en taburetes cromados e intento decidir qué voy a decirle a esta niña de doce años tan enfadada, ahora que la tengo delante. Resulta que ella se me adelanta.

—No quiero otro padre. Ya tengo uno.

Apenas me sorprende —después de todo, las películas sobre las angustias de la adolescencia están llenas de tópicos por alguna razón—, pero, aun así, me alegro de que lo haya dicho abiertamente.

—Eso lo entiendo. —Tomo una cucharada de natillas y dejo que se me derrita en la boca—. El caso es, Brianna, que me gusta bastante estar contigo y con Logan. No solo porque sois estupendos, sino porque... porque mi hijo ya no está.

Brianna agranda un poco los ojos. Sabe lo de Dylan, pero yo no hablo mucho de él delante de ella y su hermano. Supongo que no hablo de él nada en absoluto, porque, ahora que he empezado, no puedo parar.

—Le encantaba estar al aire libre. Incluso cuando hacía mucho frío o llovía a cántaros. Cuando empezó a andar, nunca pasaba por un charco sin saltar dentro; teníamos que llevar una muda de ropa por si acaso. —Sonrío al recordarlo—. Incluso después de que se pusiera enfermo, cuando iba en silla de ruedas, quería estar al aire libre. Cuando llovía, echaba la cabeza hacia atrás y abría la boca.

Brianna mira sus gofres, con una gruesa capa de helado y chocolate deshecho.

—Mi madre llevaba a mi hermana en silla de ruedas.

—Lo sé. —«Despacio. No la cagues, Max»—. Tenemos mucho en común tu madre y yo.

Sigo comiéndome las natillas, intentando disimular cuánto deseo que esto salga bien. Brianna no dice nada durante un buen rato y yo pienso en un millón de cosas que podría decir y las descarto todas. Quiero decirle que su madre me ha salvado. Que me hizo volver a sonreír, que sin ella aún podría estar escondido debajo de un edredón rosa. Quiero decirle que Blair me hace reír como nadie más ha hecho desde que Pip me dejó; que me entiende como nadie aparte de Pip. Pero Brianna tiene doce años. Así que me como las natillas y ella se come su gofre. Y supongo que los dos nos quedamos absortos en nuestros pensamientos durante un rato.

—Hemos tenido lengua y literatura —dice después de pasarnos cinco minutos de reloj sin oír nada que no sea el tintineo de las cucharas. Me mira—. En la escuela.

—Guay.

—Y María Pérez se ha hecho daño en el tobillo en clase de gimnasia y han tenido que llevarla a Urgencias.

—Eso no es tan guay.

Brianna se encoge de hombros.

—María Pérez no le cae bien a nadie.

«A mí sí», pienso.

CINCUENTA

PIP

2017

El banco está en una colina desde la que se ve el parque al que Max y yo llevábamos a Dylan a jugar. Estábamos jugando en él cuando todo empezó a ir mal. Yo estaba sentada en el arenero con Dylan cuando el móvil me sonó con una llamada que aún no sabía que era urgente y me alejé unos pasos de los niños que jugaban, sin dejar de vigilar a Dylan, con un dedo en el otro oído para poder oír.

«Ya tenemos los resultados de los análisis de sangre de Dylan. Al especialista le gustaría hablar con ustedes. ¿Cuándo pueden venir? No, mañana no. Hoy, si es posible.»

El banco es de madera de teca. Tiene el respaldo curvo y los brazos lisos, y una placa de plata a la que saco brillo con la manga siempre que vengo.

DYLAN ADAMS, 05/05/10-17/04/13

Esparcimos las cenizas de Dylan junto con puñados de semillas de flores silvestres. Ahora ya están muy crecidas a ambos lados del banco y todo está impregnado de su fragancia y del zumbido de las abejas. Los ranúnculos y las crestas de gallo brillan tanto como el sol.

—¡Mamá!

Grace tiene catorce meses y se encuentra en la etapa de hacer nuevos descubrimientos todos los días.

—¡Ya veo! Qué lista es mi niña.

El descubrimiento de hoy es que, si se pone de espaldas a mí y se inclina para mirar entre las piernas, me ve del revés; y que, si se echa hacia delante en esa postura, se cae y acaba sentada en el suelo. Lo hace una y otra vez, hasta que se marea.

Miro el parque infantil, donde una mujer intenta reunir a varios niños pequeños. En cuanto tiene al primero en la puerta, el segundo echa a correr hacia el balancín y el tercero hace un intento de liberarse. El cuarto se quita el abrigo que su madre acaba de ponerle. Es como ver concursar a un perro pastor especialmente torpe y no puedo evitar sonreír. Al otro lado del parque, un hombre echa a andar desde el aparcamiento. Deja atrás la zona de juegos y empieza a subir la cuesta.

—Gracie, viene papá.

Mi hija se queda a media voltereta, se estira en el suelo y se pone a cuatro patas antes de levantarse. Aún anda con pasos vacilantes, con más determinación que dirección.

—¡Papi!

Echa a correr y yo tuerzo el gesto cuando se embala por el camino, previendo el tropezón, las rodillas peladas, las lágrimas.

Pero Max piensa lo mismo y corre a su encuentro; la coge en brazos antes de que se caiga y le da un buen achuchón antes de volver a dejarla en el suelo. Se acercan, cogidos de la mano, y oigo a Grace charlar con él en su peculiar mezcla de inglés y palabras inventadas.

—Hola —me saluda Max, y me besa en la mejilla.

La logística del divorcio exige cierto esfuerzo y agradezco que Max y yo no solo nos hablemos, sino que también seamos buenos amigos. Amigos inmejorables, supongo, con la salvedad de que yo no quiero conocer los detalles de su relación con Blair e imagino que él preferiría no pensar demasiado en Lars y yo. Se han visto, por supuesto, no solo cuando Grace nació, sino varias veces desde entonces. Se tratan con amabilidad, pero es poco probable que alguna vez lleguen a irse juntos de copas, lo que me parece razonable. Max aún vive en el Reino Unido, pero cada vez pasa más tiempo en Chicago. Blair y yo somos amigas en Facebook, lo que es tremendamente moderno y civilizado, y me obliga a pasarme la vida desetiquetando las fotografías en las que voy sin maquillar y llevo un pelo que parece que pertenezca a una de las desgreñadas muñecas de Grace.

—¿Tienes hambre? —Abro la cesta que he subido hasta aquí y extiendo la manta de picnic en el suelo—. Grace, ¿me ayudas a sacar la comida?

Ella saca la barra de pan, el humus, las aceitunas, el paté y el queso que he metido esta mañana y lo toquetea todo para probarlo antes de encontrarle sitio en la manta.

Max se arrodilla al lado de Grace y abre la mochila. Saca tres vasos de plástico, media botella de champán y un tetrabrik de zumo de manzana, y pone los vasos en fila en el banco para llenarlos.

Tiene un piso, con un cuarto pintado de rosa lleno de juguetes y ropa de Grace, a una media hora de la casa que aún está a nombre de los dos. Cada quince días, cuando me toca trabajar, Max se queda en el cuarto de invitados de mi casa. Lleva a Grace a la guardería camino de la oficina del Reino Unido, gracias a que Chester por fin ha accedido a su petición bastante razonable de pasar más tiempo aquí. Es un arreglo poco corriente, pero nos va bien. De vez en cuando llego a casa y Max ha preparado la cena. Nos la comemos juntos y yo me sorprendo de lo bien que nos llevamos ahora. Nos separamos justo a tiempo, pienso a menudo, como si alguien hubiera destapado la olla antes de que el agua hirviendo rebosara.

—Salud —dice Max con dulzura, entrechocando su vaso de plástico con el mío—. Feliz cumpleaños, Dylan.

—Feliz cumpleaños, Dylan.

No puedo evitarlo, aún se me saltan las lágrimas, pero sonrío y parpadeo, y miro a nuestra increíble hija, que tiene un puñado de aceitunas en una mano y un vaso de zumo en la otra.

—¡Gracie! —Choca su zumo contra mi vaso y luego contra el de Max.

Max niega con la cabeza.

—El cumpleaños de Gracie no, el de tu hermano Dylan.

Hoy cumpliría siete años. —Me mira y su tono de voz cambia—. Siete.

—Lo sé.

Nos comemos el picnic. Después, Grace se impacienta y la mando con Max al parque infantil. Guardo la comida, vacío el zumo de manzana que ha sobrado y, cuando todo está recogido y he comprobado que no dejamos basura, me siento en el banco de Dylan. Una mariposa revolotea por encima de una prímula.

—He bajado tu triciclo del desván para Gracie. ¿Te acuerdas de él? Tenía un asa detrás para que pudiéramos empujarlo cuando se te cansaban las piernas. A Grace le encanta. Le he dicho que era tuyo. Le hablo de ti a todas horas, ¿sabes? Ella no lo entiende, aún, pero lo hará.

Miro el parque infantil, donde Grace está subida al carrusel. Max le da vueltas despacio, sujetándola por un hombro. La imagino diciéndole: «¡Más, papá, más!».

—Ojalá... —Paso el pulgar por las hebras de la madera—. Ojalá pudiera saber con seguridad qué habría pasado. —Pienso en la doctora Leila Jalili, sentada en la cafetería próxima al hospital. «Podría haberme equivocado...» «Pero podría haber tenido razón»—. ¿Deberíamos haberte llevado a Estados Unidos? —Alzo un poco la voz—. ¿Habría surtido efecto el tratamiento? ¿Te habría comprado una bicicleta nueva para tu cumpleaños, en vez de...?

Me interrumpo. Esto no es lo que quiero que sea este lugar. Quiero que este banco sea un lugar feliz, al que Max y yo —y Grace, cuando sea mayor— podamos venir solos o juntos y pensar en los momentos felices que pasamos con nuestro precioso hijo. Quiero que la gente se siente un rato en él, para descansar las piernas después de la cuesta y disfrutar de las flores que no estarían aquí si Dylan hubiera vivido. Y si ven la placa de plata, se fijan en las fechas y se dan cuenta de que nuestro hijo era casi un bebé, espero que les recuerde que la vida es corta y que esta noche abracen a sus hijos un poco más fuerte. Porque yo daría lo que fuera por abrazar otra vez al mío.

En el parque infantil, Grace ha hecho un amigo, un niño un poco menor que ella; su madre está cerca, hablando por teléfono. Hurgan en las virutas de corteza de madera, las apilan y después corren alrededor de los montones hasta caerse. Max y yo estamos apoyados en la barandilla, mirándolos.

—Con el montón de columpios que hay y ella quiere jugar en el suelo —dice, encantado en su fuero interno. Y después, sin más preámbulos, añade—: Chester quiere que dirija la oficina de Estados Unidos. Es un ascenso, más o menos. Menos viajes, más estrategia.

Me quedo un rato callada.

—¿Qué vas a decirle?

—Que no, por supuesto. Grace está aquí.

Pero ha respondido demasiado rápido, con demasiada rotundidad, y, si no tenía dudas, ¿por qué me lo ha dicho?

—¿Qué opina Blair?

Max hurga en las virutas de corteza de madera con la puntera del zapato.

—Paso tanto tiempo como puedo con ella, pero le cuesta, no vivir siempre juntos. Es... —Busca una palabra que explique la situación sin decir más de la cuenta—. Complica nuestra relación.

—¿Quieres ese trabajo? —Veo que Max está a punto de hablar y alzo la mano—. Olvídate por un momento de dónde es, ¿es el trabajo que quieres hacer?

—Joder, sí. Es ideal. Estoy harto de viajar, Pip, harto de vivir atado a una maleta. Quiero despertarme en el mismo sitio todos los días, jugar al fútbol...

Miro a Grace. Ya habla con Max por Skype cuando él está de viaje, o en su piso. ¿Cambiaría algo si Max viviera en Chicago?

—Deberías decir que sí.

—No. No sería justo.

—Es en tu ciudad, Max. En la ciudad de tus padres. Viniste a Inglaterra porque te casaste conmigo, pero... —«Pero ya no estamos casados»—. Grace y yo podríamos ir a verte continuamente: puedo utilizar mis bonos de viaje. —Le toco el brazo y me mira—. No digas que no solo por nosotras. Tú también tienes que vivir tu vida.

—Y a ti, ¿qué tal te va? ¿Cómo está Lars?

Como de costumbre, se me hace raro oír su nombre en boca de Max.

—Está bien. De hecho, acabamos de reservar las vacaciones. Nos vamos de acampada al Distrito de los Lagos.

—Nunca llegamos a hacerlo, ¿verdad?

Hay una nota de amargura en su voz y me siento un poco malvada. No hacía falta que le dijera adónde íbamos; no hacía falta que le recordara que había prometido llevarme.

Busco algo que decir para nivelar la balanza:

—Quiere que nos casemos, pero yo no quiero.

No es exactamente así. Lars ha hablado de matrimonio, en varias ocasiones, pero nunca me ha insistido, y yo nunca le he dicho claramente que no. Supongo que solo quiero demostrar a Max que tampoco todo es perfecto en mi vida.

—¿Por qué no?

Me encojo de hombros. Si no he podido dar una razón convincente a Lars, dudo que pueda dársela a Max.

—Tú también tienes que vivir tu vida. —Me dirige una sonrisa torcida.

—*Touché.* —Me río—. Míranos, comportándonos como verdaderos adultos. El ejemplo modélico de divorcio amistoso.

Max no se ríe conmigo. Se vuelve y mira a Grace, que está jugando tan a gusto con su amigo nuevo, y sé que en su pensamiento no es el hijo de un desconocido quien está jugando con ella, sino nuestro hijo. Nuestro Dylan. Porque es lo que también veo yo.

—Ojalá hubiera sido todo distinto.

—Los médicos hicieron lo que creían...

Max se vuelve.

—No, Dylan no. Tú y yo. —Aparta otra vez la mirada—. Ojalá las cosas hubieran sido distintas entre nosotros.

CINCUENTA Y UNO

MAX

2019

Blair está medio dormida en su asiento. Se ha tapado con el jersey y tiene la cabeza a unos centímetros de la mía, con las pestañas rozándole las mejillas. Está bronceada después de pasar diez días en Florida y el moreno le favorece.

—Deja de mirarme —dice sin abrir los ojos.

La beso en la punta de la nariz y sonríe. Al otro lado del pasillo, Brianna y Logan están viendo películas: *El proyecto esposa* y *Hobbs & Shaw*, respectivamente. Carecen del sexto sentido de su madre y no se dan cuenta de que los miro. Logan aún lleva la gorra de Pantera Negra que le compramos el primer día que pasamos en Disney World, con la visera tan baja que me sorprende que pueda ver la pantalla del televisor. Brianna se ha pasado los diez días llevando una diadema con las brillantes orejas rosas de Minnie Mouse, pero al llegar al aeropuerto se la ha quitado y la ha metido en la maleta. Cuando empiece la escuela, estará en segundo de Secundaria. Es una edad complicada, a caballo entre la infancia y la edad adulta, y ella y yo seguimos situándonos en nuestra relación.

Discuten en el aeropuerto, donde el bajón posvacacional empeora con la demora en la recogida del equipaje. Cuando la cinta por fin se pone en marcha, saca la maletita de Logan y la maleta más grande que comparto con Blair, pero no la bolsa rosa de viaje con «Brianna Arnold» en la etiqueta.

—Ha sembrado el pánico en seguridad —dice Logan.

—Cállate.

—Tendrán que registrarla.

—¡Cállate!

—Probablemente te están registrando la ropa interior ahora mismo. —Logan se coloca un sujetador imaginario en el flaco pecho. Adopta la voz grave de un guardia de seguridad ficticio—: «Caballeros, aquí no cabe ningún explosivo, podemos pasar a la siguiente maleta».

—¡Mamá!

Brianna le da un manotazo en la cabeza y le tira la gorra al suelo.

—¡Ay! ¡Mamá!

—¡Parad, los dos! Sois peores que críos pequeños.

—¿Encargamos la cena esta noche? —le propongo a Blair—. ¿Pasamos de la vida real hasta mañana?

Ella asiente agradecida y yo veo por fin la bolsa rosa de Brianna en la cinta transportadora.

Nos dirigimos al aparcamiento cuando veo a Pip acompañada de sus compañeros de trabajo. Avanzan en formación, como pájaros tropicales no voladores: diez auxiliares de vuelo, vestidos de rojo, y dos pilotos, con barras doradas en las mangas. Arrastran sus maletas con ruedas y de repente me recuerdo sacando la maleta de Pip de su coche, subiéndola al dormitorio y dejándola sobre la cama.

—¿Podéis adelantaros? —Doy a Blair las llaves del coche—. Solo quiero...

Pero ella también la ha visto. Sonríe.

—Ve. Ya cojo yo la maleta.

Pip está charlando con una chica negra muy alta que anda como una modelo. Hablarán de anoche, imagino. Del bar al que fueron, de lo que cenaron. De las compras, las atracciones turísticas, la vida social.

—¡Pip!

Ella se vuelve de inmediato, con una sonrisa en los labios, como si casi esperara verme aquí.

—Dos minutos —le dice a su compañera. Me abraza, muy fuerte—. ¿Dónde has estado?

—En Disney World.

—¿Con Blair y los niños? ¿Lo habéis pasado bien?

—Ha sido estupendo. —Vacilo—. Me alegro de verte. Quería... Quería decírtelo en persona. —Percibo un atisbo de inquietud en su cara, el legado de una época en la que solo nos daban malas noticias, y no la dejo en vilo—. Blair y yo vamos a casarnos. —Abre un poco la boca, pero no dice nada de inmediato, y yo me fijo en su rostro buscando desaprobación, tristeza, preocupación... Lo que sea—. Crees que es demasiado pronto. Crees que estamos precipitándonos.

Y entonces pone los ojos como platos y me sonríe.

—No, creo que es maravilloso. Me alegro mucho por ti, Max. Me alegro mucho de que vuelvas a ser feliz.

—Nos gustaría que vinieras, si no es demasiado raro.

—No me lo perdería por nada del mundo.

Le brillan los ojos. Detrás de ella, a cien metros de distancia, la formación roja y azul se ha detenido. La están esperando. Pip sigue mi mirada. Hay un piloto algo separado del resto.

—¿Es Lars?

Ella asiente. Se sonroja un poco, como nos sucede cuando oímos el nombre de la persona de la que estamos enamorados. Nos miramos un instante.

—Podrías...

—¿Presentarnos? —Cuando has terminado las frases de otra persona, y ella las tuyas, durante tantos años, es una costumbre difícil de cambiar—. Claro.

Lars es alto, con el pelo rubio y los ojos azules. Es mayor que yo —es patético por mi parte que me importe o que tan siquiera me fije, pero es un hecho— y su apretón de manos tiene la firmeza justa. No es flojo, pero tampoco agresivo; no le hace falta marcar territorio.

—Pip no para de hablar de ti —dice casi de inmediato—. Me alegro de conocerte por fin.

—Igualmente.

Se les ve bien juntos. ¿Es extraño pensar eso de tu exmujer? Encajan. Parecen felices. Pip parece feliz. Y eso es lo único que quiero para ella.

Los veo alcanzar a los demás e incorporarse a la formación como si nunca la hubieran abandonado. Veo que la chica con andares de modelo se vuelve para mirarme —«¿Así que ese es tu exmarido?»— y sonrío para mis adentros cuando me doy la vuelta y me encamino al aparcamiento.

Enamorarte por segunda vez es una sensación extraña. Haría lo que fuera por poder retroceder en el tiempo hasta el verano antes de que Dylan ingresara en el hospital. Antes de que supiéramos que estaba enfermo, antes de que nos pidieran elegir, antes de que nuestro matrimonio fuera, poco a poco, naufragando.

Y en cambio, si Pip y yo siguiéramos juntos, yo no me casaría con Blair. No me despertaría todos los días con esperanza en el corazón y una maraña de tirabuzones en la almohada junto a la mía. No tendría un negocio que me encanta, en una ciudad que me encanta, con aprendices que me han ayudado a ver el mundo de otra manera.

No puedo tener las dos vidas, solo puedo vivir esta.

CINCUENTA Y DOS

PIP

2019

Las bodas son distintas, la segunda vez. Más sosegadas, más comedidas.

No menos emocionantes, no menos estresantes.

Noto cosquillas en el estómago cuando mi madre da una vuelta alrededor de mí con ojo crítico, sacándome hilos invisibles del vestido y colocándome un rebelde mechón de pelo en su sitio.

—Perfecta. —Tiene lágrimas en los ojos—. Estás perfecta, Pip.

Llevo un vestido de novia. Estaba indecisa, pero todos me animaron. Mi madre, Jada, incluso Lars. «Todos te mirarán a ti —me dijo—. Deberías comprarte el vestido más vistoso y bonito que encuentres.»

No es vistoso, pero sí bonito. El satén me ciñe las caderas y se estrecha hasta llegarme a las rodillas, donde se ensancha para formar una minúscula cola. El corpiño no tiene tirantes, pero llevo una mantilla antigua de encaje que me cubre los brazos, atada en la rabadilla con un lazo suelto, antes de caer por detrás del vestido. Incluso Jada, que intentaba persuadirme para que llevara un modelo de Vivienne Westwood de tres tallas menos, se quedó convencida.

—¡Este es!

Juntó las manos y se llevó los dedos pulgares a los labios.

Me volví para ver la etiqueta del precio.

—Es carísimo.

—Solo te casas...

Jada no terminó la frase y yo lo hice por ella con una sonrisa irónica:

—¿Dos veces?

Me miré en el espejo. El encaje era de color oro pálido e incluso sin maquillaje me realzaba la piel. Era el vestido perfecto, sin duda.

—¡Mamá guapa!

Grace sube los brazos y yo la cojo y giro sobre mí misma.

—Grace guapa.

Lleva un vestido blanco salpicado de ranúnculos, con una enagua de tul que ya ha enseñado a todas las personas del registro civil y a varias más del aparcamiento. De repente me acuerdo de Dylan a los dieciocho meses y de la época en la que se obsesionó con los tutús y llevaba uno rosa desde que se levantaba hasta que se acostaba. Estrecho a Grace contra mí hasta que logra apartarse y entonces la beso en la nariz. Tiene tres años, más que Dylan cuando murió. Estamos en territorio desconocido y ya no hacemos comparaciones. Grace ya es toda una personita, distinta de su hermano mayor en muchos aspectos, y se está abriendo camino en el mundo con energía y confianza.

—Cuidado con el vestido de mamá.

Mi madre sujeta las zapatillas de Grace, unas Converse blancas con cordones amarillos, para que no me rocen el vestido.

—Tranquila.

Me la acomodo en la cadera, recordando cuántos reparos tuve con mi primer vestido de novia, que mi madre se llevó una plancha a la iglesia para darle un repaso de última hora en la sacristía.

La puerta se abre y aparece mi padre.

—¿Lista?

De repente me pongo nerviosa. Mi madre me besa y se marcha para ocupar su asiento, y Jada, que ha elegido un sencillo vestido recto para su papel de dama de honor, se mira por última vez en el espejo antes de coger a Grace en brazos.

—Vamos, princesa, ayudemos a mamá a casarse, ¿sí?

Le da a Grace su ramillete de flores amarillas y coge el suyo, y ambas esperan en la puerta de la antesala que nos han proporcionado para prepararnos. Mi padre se coloca a mi lado y yo entrelazo mi brazo con el suyo.

—Bueno, nunca pensé que volvería a hacer esto —dice.

—No crees que me esté equivocando, ¿verdad?

Lo miro fijamente para intentar leerle el pensamiento. La primera vez me llevó aparte mientras los invitados se sentaban en los bancos y cogían los himnarios y me dijo que, si cambiaba de opinión —«aunque estemos a mitad de camino del altar, aunque ya estés en el dichoso altar, Pip»—, solo tenía que decirlo. No importaba, nadie pensaría mal de mí.

—¿No te gustaba Max? —le pregunté años después.

—Claro que me gustaba —fue su respuesta—. Pero me gustabas más tú.

Ahora espero que me diga que estoy cometiendo un error y me pregunto qué haré si lo hace. Pero él solo sonríe y acerca mi brazo más al suyo.

—Ninguno de nosotros sabe qué va a pasar en el futuro, cariño. Lo único que podemos hacer es tomar nuestras decisiones basándonos en cómo nos sentimos en el momento presente.

—Le quiero —digo sin más, y mi padre asiente.

—Pues bien.

Un nuevo comienzo, pienso. Para mí y para Grace.

Ella acapara toda la atención de inmediato y un «aaah» se propaga por la sala como una ola en un estadio de fútbol. Se oyen pies moviéndose cuando todos se levantan para ver cómo mi pequeña avanza despacio por el pasillo, de la manera que le ha enseñado Jada, con la barbilla bien alta como una modelo de pasarela de menos de un metro de estatura. No le veo la cara, pero sé que estará seria, con el entrecejo fruncido como siempre que se concentra.

No hay un ápice de seriedad ni de solemnidad en mi cara, que luce una sonrisa tan amplia que me duelen las mejillas. Mi padre mantiene un paso constante, pero yo quiero correr, porque de repente estoy deseando casarme, tener a mi lado a la media naranja con la que volveré a sentirme completa. Veo a Tom y a Alistair, y a Darcy, que ya tiene ocho años, y entonces, desde el principio de la sala, Lars se vuelve para mirarme. Me da un vuelco el corazón. Inclina la cabeza con anticuada caballerosidad, me mira el vestido y asiente con muda admiración. «Todos te mirarán a ti.»

Aunque, en verdad, todos miran a Grace, que ve a Max, se separa de Jada y deja una estela de pétalos cuando corre a su encuentro y le exige que la coja en brazos. Hay más expresiones de asombro y un murmullo de risas y, antes de darme cuenta, mi padre me suelta el brazo, me besa en la mejilla y me susurra «Estoy orgulloso de ti, cariño» al oído.

Y, al momento, el juez de paz está preguntando si estamos listos y «¿Pueden todos tomar asiento, por favor?». Jada encuentra un sitio al lado de Lars y yo me quedo al lado de Max, que tiene a Grace abrazada al cuello como una monita. Y, cuando empieza la ceremonia, la sala desaparece y solo estamos Max, Grace y yo, y el juez de paz, y volvemos a convertirnos en una familia.

ANTES

Doble senda se abría en un bosque y yo,
yo elegí tomar la menos transitada,
y eso lo ha cambiado todo.

ROBERT FROST

CINCUENTA Y TRES

LEILA

Leila se pregunta si el juez Merritt tiene familia. Se pregunta si lo visitaron el fin de semana pasado, si jugó con sus nietos y pensó en la semana que le esperaba, en la decisión que debía tomar. Se pregunta si esta noche irá a casa para cenar con su mujer y hablar de los vecinos, la recogida de basuras, una salida al teatro; o si se quedará en su despacho, con la puerta cerrada, esperando haber tomado la decisión correcta. Leila sabe que el juez pensará en este juicio durante el resto de su vida, igual que hará ella.

El juez Merritt ha escuchado todas las declaraciones. Habrá hecho como Leila, como Pip y Max Adams: habrá intentado imaginar el futuro. ¿Cómo será la vida si a Dylan lo tratan en Estados Unidos? ¿Cómo será si solo recibe cuidados paliativos? ¿Cuál de las dos alternativas es la mejor? ¿Cuál es más compasiva? ¿Cuál es la correcta? Se habrá hecho una pregunta tras otra, y habrá buscado las respuestas en las pruebas presentadas ante él.

Y ahora se ha decidido.

Leila se nota mareada, como si hubiera corrido una carrera y se hubiera detenido, de golpe, en la línea de meta. Su cuerpo está inmóvil, pero su pulso sigue acelerado, la adrenalina aún le corre por las venas, sin tener adónde ir.

Recorre sala de justicia con la mirada y no ve personas, sino sentimientos. Expectación. Miedo. Pena. Remordimiento. Determinación. Pip y Max miran al frente, cogidos de la mano con fuerza. Leila jamás ha conocido a dos personas que hagan tan buena pareja. Le aflige ver cómo les ha afectado la situación y espera que sean fuertes. Van a necesitarse, sea cual sea la sentencia de hoy.

—Querría dar las gracias al equipo médico del Hospital Infantil Saint Elizabeth y a los numerosos expertos que han prestado declaración en los últimos tres días. —El juez Merritt habla despacio y con claridad—. Han tratado a Dylan con la dignidad y la compasión que merece, y se les debe elogiar por ello. Sobre todo, doy las gracias a los padres de Dylan, Max y Phillipa Adams, quienes se han comportado con valentía y dignidad en esta situación particularmente difícil y solo han tenido presente el bienestar de su hijo.

Los padres de Dylan están rotos de dolor. Leila intenta imaginar qué debe de sentirse cuando el propio infierno se hace público, y se da cuenta de que no puede. Siente una súbita rabia contra el técnico de ambulancias Jim y su indiferencia hacia los sentimientos de los Adams.

—Mi fallo de hoy es increíblemente difícil, pero los parámetros en los que baso mi decisión son sencillos. Debo decidir qué es lo mejor para Dylan. Debo considerar sus necesidades emocionales, además de las médicas.

Leila sabe lo duro que es para los padres tener a un hijo en cuidados intensivos. Más duro es saber que quizá no sobreviva, y más aún que pongan su vida en sus manos y les pidan que decidan qué hacer con ella.

—La pregunta sobre la que gira este triste caso —continúa el juez— no es solo si la terapia de protones alargará la vida de Dylan, sino ¿cuál será la calidad de esa vida? De hecho, ¿a qué podemos llamar vida?

¿Cuánto más difícil debe de ser para unos padres, se pregunta Leila, afrontar todo esto con el mundo mirándoles? ¿Pasar por delante de un quiosco lleno de sus fotografías, encender una radio y oír su nombre? ¿Leer columnas sensacionalistas y artículos de opinión de periódicos serios que ponen al descubierto los miedos que los atormentan por la noche?

De repente, Leila tiene náuseas.

—Mi decisión no se basa en lo que yo haría, sino en lo que creo que es justo para este niño, en estas circunstancias. Está tomada basándome en las leyes que nos gobiernan y protegen.

Leila se levanta. Combate el impulso de echar a correr y, en cambio, atraviesa la sala de justicia al paso más rápido posible. Sus zapatos resuenan en un vacío donde el vuelo de una mosca haría el ruido de un avión. El juez Merritt no interrumpe su discurso y Leila no se vuelve para ver si desaprueba su brusca marcha. Sus palabras quedan engullidas por el suave rumor de la puerta al cerrarse y Leila sale al vestíbulo.

Por un momento, le sorprende darse cuenta de que la vida sigue transcurriendo al ritmo de siempre. Hay personas que van y vienen por este limbo entre salas de justicia, entre discursos de apertura y clausura. Hay abogados y testigos, demandantes y demandados. Periodistas. En alguna parte están Habibeh y Wilma. La vida sigue.

No obstante, para Pip y Max Adams —para Dylan Adams— la vida jamás volverá a ser la misma. Y, de repente, Leila siente que está mal compartir este momento crucial con ellos, tomarse como un espectáculo una situación que cambia la vida de las personas afectadas. No puede impedir que los periódicos publiquen noticias ni que los presentadores de programas de entrevistas planifiquen debates. No puede decir a los millones de personas de Twitter que dejen de emitir juicios, que detengan esta invasión de la intimidad. No puede decir a las multitudes que esperan delante del Palacio de Justicia que se marchen a casa. Pero puede taparse los oídos, solo un rato más. Puede darles a Max y a Pip este pedacito de intimidad, de respeto.

Así pues, Leila espera fuera de la sala de justicia. Piensa en el niñito con la suave aureola de rizos castaños, en su cuarto vacío en casa y en los padres que lo quieren tanto como se quieren el uno al otro.

En unos momentos, las puertas se abrirán y empezará el siguiente acto de la historia de Dylan. Sea cuál sea el fallo del juez hoy, las vidas de Max y Pip cambiarán de forma irreversible y Leila sabe que siempre se cuestionarán las decisiones que tomaron en las semanas previas al juicio. Sin embargo, cuando nos encontramos en una encrucijada, no podemos ver los destinos, sino solo el principio de las sendas que nos llevarán a ellos. Lo único que podemos hacer es elegir una y echar a andar, y esperar que alguien nos acompañe.

Hay un repentino arranque de actividad detrás de ella. Se da la vuelta. Por la puerta abierta de la sala de justicia ve a Pip y a Max, y la distancia que los separa parece aumentar mientras los mira.

Se ha acabado. Y, asimismo, apenas ha hecho que empezar.

AGRADECIMIENTOS

Un sincero agradecimiento a Robin Shane y Baljinder Bath, por la información jurídica; a Cheryl Payne, Bryony Gamble y Sarah Hawthorne, por asesorarme en materia médica y tratamientos en el extranjero; a Maryam Ozlati, por sus conocimientos de la gastronomía, cultura e idioma iraníes; a Nina Smith, por la información sobre ambulancias aéreas privadas; a Shona Bowman, Nicola Boddy y el equipo de Virgin Atlantic en Twitter, por responder a mis preguntas sobre auxiliares de vuelo y la normativa de la aerolínea; a Robert France, por resolver una incógnita planteada por la diferencia horaria, y a Toni Hargis, por ayudarme con el inglés americano de Max. Todos los errores son míos y, si me alejo de la realidad, suelo hacerlo por razones de peso. Gracias a Alan Donnachie, por hacer un generoso donativo a una organización benéfica a cambio de poner el nombre de su madre a un personaje en este libro. Espero que a Wilma le haya gustado su tocaya. Estoy inmensamente agradecida a Claire Zion, que me enseñó Chicago, su ciudad natal. Sus aportaciones han sido decisivas para este libro.

Gracias también a todos los que han respaldado esta historia de puertas adentro, quienes entendieron qué quería hacer y me apoyaron cuando no sabía si sería capaz de lograrlo. A mi agente, Sheila Brown, y a Abbie Grieves y todo el equipo de Curtis Brown; a mis editoras, Lucy Malagoni y Cath Burke, y a toda la oficina de Little, Brown, son demasiados para nombrarlos uno por uno.

Gracias a todos los blogueros de libros, críticos, libreros y bibliotecarios que han transmitido su pasión por mis libros, y a todos los lectores que han hablado bien de ellos.

Gracias a Kim Allen por ayudarme a organizarme, y a MOB por ayudarme a conservar la cordura. Y, por último, gracias a Rob, Josh, Evie y George por volver a llenar mis brazos vacíos.

NOTA DE LA AUTORA

En el 2006, mi marido y yo nos enfrentamos a una decisión imposible: mantener con vida a nuestro hijo en estado crítico o desconectarlo y dejarlo morir. Era una decisión que había que tomar con rapidez y que debíamos tomar los dos. Pregunté a la especialista qué ocurriría si queríamos soluciones distintas, si no podíamos poneros de acuerdo. «Tenéis que poneros de acuerdo», me respondió. El Sistema Nacional de Salud fue increíble; los médicos, sensibles y compasivos. Tengo una gran deuda con ellos y también con nuestras familias, que nos quisieron y apoyaron y jamás cuestionaron nuestra decisión.

En los últimos años hemos asistido a muchos casos trágicos en los que los padres han discrepado de las recomendaciones de los profesionales que atienden a sus hijos. En todos los casos admiro profundamente tanto a los equipos médicos como a los padres, que han tenido que vivir su peor pesadilla bajo la mirada del público. Todo el mundo tiene una opinión, pero lo cierto es que nadie puede saber qué es lo correcto. Nadie puede predecir el futuro, y, por tanto, lo único que podemos hacer es tomar una decisión basada en los datos de que disponemos y, a veces, en lo que nos dicta el corazón.

Cuestiono mi criterio todos los días. Echo de menos a mi hijo todos los días. Este libro ha sido increíblemente difícil de escribir, pero también me ha hecho muy feliz. Sé que para muchas personas habrá sido un libro difícil de leer y entenderé que lo hayan dejado antes de llegar a esta página. No obstante, esta novela no trata sobre la pérdida, sino sobre la esperanza. Esperanza por el futuro, por tener una vida después de una tragedia inevitable. No podemos predecir el futuro cuando tomamos decisiones difíciles en la vida, pero podemos dirigir el curso de los años que siguen. Podemos decidir volver a vivir.

Clare Mackintosh